Veröffentlicht von
DREAMSPINNER PRESS

5032 Capital Circle SW, Suite 2, PMB# 279, Tallahassee, FL 32305-7886 USA
www.dreamspinnerpress.com

Die Spürnasen
Urheberrecht der deutschen Ausgabe © 2018 Dreamspinner Press.
Originaltitel: Bone to Pick
Urheberrecht © 2017 TA Moore
Original Erstausgabe. August 2017
Übersetzt von Teresa Simons.

Umschlagillustration
© 2017 Anne Cain.
annecain.art@gmail.com
Die Illustrationen auf dem Einband bzw. Titelseite werden nur für darstellerische Zwecke genutzt. Jede abgebildete Person ist ein Model.

Deutsche ISBN. 978-1-64080-529-3
Deutsche eBook Ausgabe. 978-1-64080-528-6
Deutsche Erstausgabe. April 2018
v 1.0

Gedruckt in den Vereinigten Staaten von Amerika.

DIE SPÜRNASEN

TA MOORE

Mit Dank an meine Mutter, die meine größte Unterstützerin ist, und die Fünf, die meine Seltsamkeit akzeptieren. Und an Lady –
meinen ersten Hund, meinen besten Hund und die Inspiration für Bourneville.

1

JEDER POLIZIST besaß seinen ganz persönlichen Aberglauben.

Der schielende Jimmy Daley von der Sitte schwor, dass seine Woche jedes Mal in einer Katastrophe endete, wenn er eine bestimmte rothaarige Nutte aufgriff. Obwohl Lieutenant Frome es niemals zugegeben hätte, brachte er grundsätzlich finstere Stimmung mit zur Arbeit, wenn er an der Kreuzung Mendes und Third eine rote Ampel erwischte. Als Deputy Kelly Tancredi im letzten Jahr schwanger gewesen war, hatte sie sich hauptsächlich darüber beklagt, nicht mehr gut in ihren Glücks-BH zu passen.

Cloister wusste, dass ihm eine schlimme Nacht bevorstand, als er die aus der Wüste heranrollenden Teufelswinde spürte. Hitze war in Südkalifornien normal, doch die Winde trockneten es zusätzlich aus und verwandelten Schweiß in Salz. Und wo man nicht salzig war, wurde man sandig.

Es war mehr als nur die größere Gereiztheit von Misshandlern und Schlägern. Die Winde trugen die Art von Grauen heran, das einem Albträume verursachte. Kleine Leichen, Schenkel mit Blutergüssen, für immer unbeantwortete Fragen.

Das Schlimmste war, dass man sich im Plenty Sheriff's Department nicht einfach abergläubisch melden konnte. Obwohl man wusste, dass alles den Bach runtergehen würde, musste man zur Arbeit erscheinen und auf die Katastrophe warten.

Nach drei Stunden seiner Mitternachtsschicht wartete Cloister noch immer. Vielleicht irrte er sich, doch der zugedröhnte, barfüßige Junkie machte ihm keine allzu großen Sorgen.

Der von der Wüste ausgetrocknete Mann hatte die Anweisung, sich hinzulegen und seine Hände zu heben, ignoriert, um stattdessen hastig durch ein zerbrochenes Fenster zu klettern und über den Parkplatz zu fliehen. Er rannte wie ein in Rückstand geratener Olympionike, mit schwingenden Armen und zurückgeworfenem Kopf, sodass unter den verblassten blauen Tattoos an seinem Hals die Sehnen hervortraten. Er gab wirklich alles. Auch wenn es ihm nichts nützen würde.

„Warum müssen die immer gerade dann weglaufen, wenn es so verdammt heiß ist?", fragte Cloister. Doch nichts rannte wie ein schlechtes Gewissen, egal bei welchem Wetter. Und seine Partnerin vertrödelte ohnehin nicht gern Zeit mit Plaudereien. Cloister bückte sich, um mit geübter Leichtigkeit ihr Halsband zu lösen. Sie wurde aufmerksam und die Schultermuskeln unter dem dichten Kragen aus schwarzem und braunem Fell spannten sich an, doch sie wartete, bis Cloisters Stimme mit der Schärfe eines Kommandos erklang. „Fass!"

Sie gehorchte.

Über die Jahre hatte Cloister mit vielen Hunden gearbeitet, von der Jagdhundemeute seines Stiefvaters bis zu einem Idiot savant von Spaniel im Irak – er fraß Steine, konnte jedoch noch nach fünf Tagen Sprengstoffrückstände erschnuppern –, doch keiner von ihnen hatte einen Jagdinstinkt wie Bourneville besessen. Der schwarze Schäferhund schoss los wie ein Windhund und ließ das Fenster mit einem einzigen großen Sprung hinter sich – wobei Cloister zusammenzuckte, als die noch am Rahmen verbliebenen Glasscherben das beige Fell unter ihrem Bauch streiften. Kaum war sie gelandet, lief sie bereits wieder.

Er zupfte an der Leine und wickelte das schwere Nylon um sein Handgelenk, bevor er sich ebenfalls dem Fenster zuwandte. Mit der kugelsicheren Weste war es nicht leicht, sich hinunterzubeugen, und der schwere Leinenstoff seiner Hose blieb am Glas hängen, als er seinen fast ein Meter neunzig großen Körper durch den morschen Holzrahmen zwängte.

Auf der anderen Seite des Parkplatzes kletterte der Junkie über einen Maschendrahtzaun, wobei sich sein T-Shirt im Stacheldraht am oberen Ende verfing und ihm vom Körper gerissen wurde, bis es als blutiger Stofffetzen im Wind flatterte. Dann rannte er weiter und verschwand hinter einer Häuserreihe.

Bourneville zögerte nicht, als sie auf die Motorhaube eines Pick-ups sprang, ohne erst die Entfernung abzuschätzen. Beim Landen stolperte sie über ihre eigenen Pfoten, knallte beinahe mit dem Kinn auf den Boden, doch dann lief sie schon wieder.

Der Zaun rasselte, als Cloister gegen ihn prallte, und schwankte, als er ihn erklomm. Seine Hand berührte dabei den Stacheldraht und ein Dorn bohrte sich schmerzhaft in seinen Daumen. Er verzog das Gesicht, ließ sich davon jedoch nicht aufhalten.

Nachdem er auf der anderen Seite gelandet war, folgte er der an einen Wolf erinnernden buschigen Rute seines Hundes an der Rückseite der Häuser entlang. Das Geschrei und der Lärm der Drogenrazzia verklangen hinter ihm. Um kein Risiko einzugehen, senkte er eine Hand zu seiner Waffe und legte die Finger um den vertrauten, aus Plastik gegossenen Griff.

The Heights war im Grunde kein schlechter Stadtteil. Nur ziemlich arm. Im Gegensatz zu einigen Kollegen war Cloister in einer Gegend aufgewachsen, in der es wichtig war, den Unterschied zu kennen. Doch auch die Armen zogen ihre Vorhänge zu und mischten sich nicht in fremde Angelegenheiten ein. Die Dankbarkeit eines Sheriffs konnte den Unmut der Banden nicht lange ausgleichen.

Man konnte es den Leuten nicht vorwerfen. Sie mussten dort leben und ihre Kinder großziehen. Natürlich wollten sie dabei Ärger vermeiden.

Also legte Cloister die Finger um seine Waffe, ließ sie jedoch an ihrem Platz an seiner Hüfte.

Am Ende der Gasse hatte der Mann eine Recyclingtonne gepackt und hinter sich geschleudert. Sie kippte um und verteilte Dosen und zusammengedrückte

Plastikflaschen auf dem Boden. Das Hindernis verschaffte ihm wertvolle Sekunden, da Bourneville der über den Asphalt rutschenden Tonne ausweichen musste. Auch Cloister verlor Zeit, als er sie aus dem Weg stieß.

Kurz verlor er Bourneville aus den Augen, als sie sich bereits um die Ecke warf, während er selbst beinahe von einer fettigen Plastikverpackung unter seinem Fuß zu Boden geworfen wurde. Fluchend erhöhte er das Tempo und bog um die Ecke, nur um fast über Bourneville zu stolpern, die stehen geblieben war.

Mit schräg gelegtem Kopf betrachtete sie verwirrt den Junkie. Was Cloister gut verstehen konnte. Der schlanke Mann – seine Haut umspannte nichts als Knochen und Muskeln – hatte sich aus einem Garten das Fahrrad eines kleinen Mädchens geschnappt. Es war pink und hatte noch Stützräder, doch er wollte damit in die Freiheit fahren. Seine nackten Füße standen auf den Pedalen und sein dürres Hinterteil ragte in die Luft, während sich seine Knie hektisch hoben und senkten. Viel Erfolg hatte er dabei allerdings nicht. Trotz seines Einsatzes bewegte sich das schwankende Fahrrad kaum vorwärts.

„Oh, Mann", brummte Cloister.

Er warf einen Blick auf Bourneville, die ihn mit fragend geneigtem Kopf erwiderte, wie sie es immer dann tat, wenn sie sich ihrer Aufgabe nicht mehr sicher war. Sie drehte den Kopf erst in die eine Richtung, dann in die andere, wobei ihre flauschigen schwarzen Ohren wackelten.

„Ja, ich bin ganz deiner Meinung, Mädchen. Das wird ein lustiger Bericht."

Mit einem „Braves Mädchen" kraulte er sie kurz hinter den Ohren. Sie hatte gute Arbeit geleistet. Dann näherte er sich dem in Zeitlupe Flüchtenden und zog ihn an einer verschwitzten Schulter vom Fahrrad.

„Dafür hast du mich so rennen lassen?" Er warf dem wieder auf den Füßen stehenden Mann einen finsteren Blick zu. Normalerweise wirkte der sehr gut. Die Wittes tendierten zu groß, blond und einschüchternd, und Cloister war praktisch bereits kampfbereit auf die Welt gekommen, mit erhobenen Fäusten und gebrochener Nase. Kleine Kinder mochten ihn – warum auch immer –, doch alle anderen hielten für gewöhnlich Abstand. Allerdings schienen Drogen die Wirkung abzuschwächen.

„Ha'm Sie den Bär gesehen?", fragte der Junkie. „Verdammter Bär war hinter mir her. Einfach so."

„In einer Drogenküche?", fragte Cloister. Der Junkie zuckte mit den Schultern und bemühte sich um einen trotzigen Blick. Er wirkte hauptsächlich dämlich. Unter den schlechten Tätowierungen und den Auswirkungen des jahrelangen Drogenkonsums war dennoch zu erkennen, dass er dem Alter für ein Kinderfahrrad noch nicht allzu lange entwachsen sein konnte – Anfang zwanzig oder vielleicht sogar noch ein Teenager, wenn man bedachte, wie früh sich so mancher Süchtiger den ersten Schuss setzte. Doch auch wenn er in seinem Alter noch die Chance gehabt hätte, sich körperlich zu erholen, falls er von seiner Sucht loskäme, war hinter den trüben blauen Augen außer Leere nicht mehr viel zu sehen. Cloister seufzte. „Okay. Mach deine Taschen leer."

Er rechnete nicht damit, etwas zu finden. Jeder vernünftige Junkie wusste, was er auf der Flucht lieber loswurde. Tatsächlich befanden sich in den Taschen seiner weiten Jeans lediglich Fussel, etwas Sand und ein halb gelutschtes Pfefferminzbonbon.

„Okay, Freundchen, hiermit bist du festgenommen", teilte Cloister ihm mit, während er den anstelle klassischer Handschellen verwendeten Kabelbinder aus Plastik fest um die rissige Haut der dürren Handgelenke schlang. „Sie haben das Recht zu …"

Sein Funkgerät knisterte.

„Deputy Witte", sagte Mels Stimme. „Wie ist die Situation?"

In Mels Stimme schwang eine Anspannung mit, die in seinem Magen ein nervöses Kribbeln auslöste. Die dünne, eisenharte Frau war schon länger dabei als sie alle, noch aus der Zeit als Plenty anstelle der kleinen Polizeistation mit ihren Sheriffs ein eigenes Polizeipräsidium besessen hatte. Sie kannte die Stadt. Wenn sie unglücklich klang, nahm man es besser ernst.

„Ich habe einen 390 verfolgt", erklärte er. „Ich wollte ihn gerade über seine Rechte informieren."

„Das FBI hat Unterstützung aus der Hundestaffel angefordert", sagte Mel.

Cloister verzog das Gesicht. „Und das kann niemand anders machen?", fragte er. „Als ich das letzte Mal ausgeholfen habe, hat es mit Disziplinarmaßnahmen geendet, weil ich dem verantwortlichen Special Agent beinahe eine reingehauen hätte."

„Tut mir leid", sagte Mel, ohne besonders überzeugend zu klingen. „Alle anderen Teams sind unabkömmlich oder nicht in der Nähe." Dann folgte der Moment, auf den er seit dem ersten Heulen des Windes am Morgen gewartet hatte. „Es ist ein 920C draußen beim Retreat."

Scheiße.

Cloister bestätigte, dass er verstanden hatte, woraufhin sie ihm den genauen Ort durchgab. Er schob den Mann wieder auf das Fahrrad, wobei sich der billige, pinkfarbene Sattel in das knochige Hinterteil bohrte.

„Du hast Glück, Freundchen", sagte er. „Ich werde woanders gebraucht."

Freundchen grinste benebelt. „So bin ich", antwortete er. Der Blick eines Auges schien kurz abzudriften, losgelöst von seinem Gedankengang. „Ein Glückspilz."

Er hob die Hände, wodurch das Ende des Kabelbinders wie ein Griff in die Höhe ragte, und sah Cloister erwartungsvoll an.

„So viel Glück nun auch wieder nicht", teilte ihm Cloister mit. Er wich einen Schritt zurück, um den anderen an der Razzia beteiligten Deputy zu verständigen. „Witte hier", sagte er in sein Funkgerät. „Ich habe einen 390, aber wurde zu einem 920 gerufen. Kann ihn jemand abholen? Nicht weit von der Rückseite."

Schnell bekam er eine Zusage, und das ohne die üblichen Proteste. Cloister senkte das Funkgerät und warf dem Mann einen Blick zu. „Bleib, wo du bist. Wenn du dich versteckst, holen sie wieder die Bären."

Dann schnippte er mit den Fingern, um Bourneville aufzufordern, ihm zu folgen. Den Mann ließ er auf seinem kleinen pinkfarbenen Fahrrad zurück. Sollte es ihm doch gelingen, sich zu befreien und zu fliehen, würde man ihn eben bei der nächsten Gelegenheit festnehmen. Cloisters Sohlen trafen geräuschvoll den Boden, als er mit zügigen, großen Schritten über den Asphalt joggte. Bourneville folgte ihm wie ein Schatten und hechelte glücklich, weil es sich für sie diesmal nur um entspanntes Laufen und nicht um eine Verfolgungsjagd handelte. Unterwegs kam ihm bereits Jim entgegen, um den skurrilen Drogendealer einzusammeln.

920C. Ein vermisstes Kind *und* das FBI. Warum konnte er bei seinen abergläubischen Vorahnungen nicht ein einziges Mal unrecht haben?

2

DER RETREAT war, was bei einem Zusammenstoß von Gentrifizierung und Hippies herauskam. Einst handelte es sich um eine stetig schrumpfende Hippiekommune in den Bergen. Sie verkaufte nicht sehr hochwertige Andenken auf Märkten und eine aus Oaxaca stammende Cannabiskreuzung, en gros oder in kleinen Tütchen. Dann, vor etwa zehn Jahren, schwappten mehr und mehr Menschen aus dem wachsenden San Diego herüber. Plötzlich wuchsen im um seine Existenz ringenden ländlichen Plenty Vororte wie vorher Salat und der letzte Hippie des Retreat erkannte seine Chance. Er kaufte das umliegende Land, entfernte die Pflanzen aus der Scheune und verpackte den abgeschiedenen Aussteigerlebensstil als „Glamping".

All das war vor Cloisters Zeit gewesen. Als er nach Plenty gekommen war, hatte der Retreat bereits Fünf-Sterne-Jurten, Mondbäder und gelegentliche Anzeigen wegen sexueller Übergriffe gehabt.

Mit flackerndem Blaulicht raste Cloister am alten Tierfutterladen am Stadtrand vorbei, dessen Banner aggressiv im Wind flatterten, und bog nach links ab. Im hinteren Teil des Fahrzeugs lag Bourneville wie eine Sphinx, mit überkreuzten Pfoten und interessiert erhobenem Kopf. Sie wusste, dass die Lichter Arbeit bedeuteten. Sie musste lediglich warten, bis sie anhielten.

Beim Erreichen der Vorhügel wurde die Straße schmaler. Vom Wind zerzauste Kiefern warfen im Mondlicht ihre spindeldürren Schatten auf den Asphalt, doch die Oberfläche war glatt wie ein Band. Während die Straßen in den weniger schönen Stadtteilen häufig Schlaglöcher besaßen, die älter als Bourneville waren, wurde die Straße zum Retreat jedes Frühjahr neu befestigt. Niemand wollte riskieren, dass sich ein wohlhabender Besucher die Achse seines BMW brach.

Von Plenty bis zum Retreat waren es normalerweise vierzig Minuten. Cloister gelang es, das durchbrochene, verzierte Kupferschild in zwanzig Minuten zu erreichen. In der letzten Kurve schaltete er das Baulicht aus, woraufhin sich seine Augen erst an den plötzlichen Wechsel zum Monotonen gewöhnen mussten. Im Bemühen um Diskretion nahm er den Fuß vom Gas, doch das hätte er sich im Retreat vermutlich sparen können.

Jedes Zelt und jede Hütte waren bereits hell erleuchtet, während die Bewohner in nervösen Gruppen zusammenstanden. Hände umklammerten Kinderschultern. Schlafanzüge und Nachthemden flatterten im Wind.

Cloister parkte hinter dem schwarzen SUV, der vor einer Veranda mit Schaukelstühlen stand. Das FBI schien noch hier zu sein.

Nachdem er ausgestiegen war, öffnete er die Hintertür für Bourneville. Sie krabbelte heraus, schüttelte sich und wartete ungeduldig darauf, dass er ihr Geschirr überprüfte. Während er damit beschäftigt war, kam eine schlanke, sonnengebräunte junge Frau aus dem Büro. Sie trug die aus Jeans und einem smaragdgrünen T-Shirt bestehende Uniform des Retreat.

„Ähm, ich sollte Ihnen Marokko zeigen, wenn Sie ankommen." Nach einem verständnislosen Blick von Cloister errötete sie bis zum Haaransatz und fügte hinzu: „So heißt die Hütte. Die haben doch Namen. Und die Hartleys wohnen immer in Marokko."

Offenbar wirkte er, als wäre er bereit, denn sie setzte sich eilig in Bewegung. Einige andere Deputies waren dabei, ängstliche Familien zu befragen. Irgendwo im Camp war ein Bellen zu hören, das nach dem typischen Kläffen eines kleinen Hundes klang.

Bei „Marokko" handelte es sich um eine niedrige Hütte aus glattem bernsteinfarbenem Holz und einigen unbearbeiteten Ästen. Die Tür stand offen und ließ gekühlte Luft in die warme Nacht entkommen. Cloister bremste die junge Frau, bevor sie die Hütte betreten konnte.

Menschen in Stresssituationen waren wie Hunde in Stresssituationen. Sie neigten schon bei Kleinigkeiten dazu, bissig zu reagieren. Wenn wirklich ein Kind verschwunden war – nicht nur, um seine Eltern zu erschrecken, indem er bei Freunden schmollte, oder mitgenommen von ihrem Vater, der sich im Sorgerechtsstreit um sie befand –, dann wollte Cloister nicht mit Verärgerung beginnen.

Also klopfte er an die offene Tür.

Das leise Murmeln von Stimmen aus dem Inneren verstummte und ein großer, dunkelhaariger Mann mit teurem Haarschnitt und teurerem Anzug betrat den Flur. Die auf Anspannung hindeutenden Falten neben seinem Mund vertieften sich noch, als sein Blick auf Cloister fiel. Agent Javier Merlo schien ihre letzte Begegnung ebenfalls nicht vergessen zu haben.

„Deputy."

Arschloch.

„Special Agent."

Merlo wandte sich an die junge Frau. „Sie können gehen. Lassen Sie es mich wissen, wenn noch jemand ankommt."

Nach kurzem Zögern nickte sie und eilte in die Dunkelheit hinaus. Merlos Aufmerksamkeit richtete sich wieder auf Cloister. Es war eine Schande, dass es sich bei ihm um das attraktivste Arschloch der Stadt handelte. Scharf geschnittene Gesichtszüge dieser Art sah man sonst nur in Modemagazinen oder bei griechischen Statuen.

„Ich habe drei Hundestaffel-Teams angefordert."

„Im Augenblick steht außer mir niemand zur Verfügung", antwortete Cloister. „Die anderen befinden sich im Einsatz. Sie kommen, sobald sie können. Was ist passiert?"

Merlos Mundwinkel senkten sich und er zupfte die Manschetten seines Hemdes zurecht. Soweit Cloister sich erinnern konnte, war es bisher der erste

Hinweis auf Gefühle außer Ungeduld und Selbstzufriedenheit, den er vom ortsansässigen Special Agent gesehen hatte.

„Zwölfjähriger Junge", sagte er angespannt, aber leise, damit der Wind seine Stimme nicht mit sich tragen konnte. „Drew Hartley. Er ist heute verschwunden, während seine Eltern bei einem Workshop waren. Sein Bruder William war bis drei Uhr bei ihm und hat dann einen Freund besucht. Seine Eltern hätten um diese Zeit zurückkommen sollen, haben sich aber etwas verspätet. Alle sind davon ausgegangen, Drew wäre bei jemand anderem."

Cloister warf einen Blick auf seine Uhr. Es ging bereits auf ein Uhr morgens zu. Drew war möglicherweise seit über neun Stunden verschwunden. Es war für Bourneville nicht unmöglich, nach so langer Zeit noch eine Spur zu finden, allerdings auch nicht leicht – vor allem an einem heißen, trockenen Tag an einem Ort mit vielen Menschen.

Jedoch nicht unmöglich.

Er deutete auf das Innere der Hütte. „Hier wurde er das letzte Mal gesehen?"

Merlo nickte. „Deputy Witte, ich habe einen Helikopter angefordert, der mit Wärmebildern arbeiten kann, doch bis dieser eintrifft, muss ich mich auf Sie verlassen. Egal, welche Probleme wir also bei der letzten Zusammenarbeit hatten …"

„Keine Probleme", unterbrach ihn Cloister.

Das stimmte nicht ganz. Er mochte Merlo nicht – hauptsächlich weil dieser deutlich gemacht hatte, dass er die Hundestaffel für einen netten Anachronismus hielt, der seine gehorsamen Hunde mit guten Nasen lieber gegen moderne Technologie austauschen sollte, aber auch ein wenig deshalb, weil er Cloister ansah wie etwas Ekelhaftes, das er unter seiner Schuhsohle gefunden hatte. Kein angenehmer Weg, eine anfängliche Schwärmerei erstickt zu sehen.

Doch das spielte jetzt keine Rolle. Sie mussten ihre Arbeit machen.

„Können Sie uns der Familie vorstellen?", fragte Cloister.

Obwohl er aus irgendeinem Grund unzufrieden wirkte, nickte Merlo und führte ihn hinein. Cloister war versucht, die Familie herablassend als ihre Kinder vernachlässigende Yuppie-Eltern zu betrachten, die nicht einmal bemerkt hatten, dass ihr Kind verschwunden war – in dieser Hinsicht war er vorbelastet. Doch die Hartleys wirkten kaum anders als jede andere Familie in dieser Situation. Vielleicht besser gekleidet und mit teureren Möbeln, doch der sauer-salzige Geruch der Angst und die gebeugte Haltung des dahinter wartenden Kummers waren identisch. Deputy Tancredi saß bei ihnen und beruhigte sie mit ihren besten ermutigenden, aber unverbindlichen Floskeln.

„Ken, Lara." Merlo senkte seine Stimme zu einem unbeholfen sanften Tonfall. Es schien nicht zu seinen Talenten zu gehören.

Die Eltern sahen mit verzweifelter Hoffnung zu ihm auf. Der Vater war klein und dunkelhaarig – seine unverkennbar slawischen Gesichtszüge passten nicht ganz zu ihrem gewöhnlichen Nachnamen. Seine Frau war schlank und knochig.

Unter ihren tief in den Höhlen liegenden Augen befanden sich deutliche Ringe, doch ihre dunklen, wilden Locken schienen der Angst zu trotzen. Hinter ihnen auf der Fensterbank, als wäre er nicht ganz sicher, wo im Raum der richtige Platz für ihn war, hockte ihr Sohn wie eine unfertige Skizze von beiden.

William. Vermutlich Bill oder Billy für alle, die nicht auf Förmlichkeiten bestanden. Cloister verspürte nicht den Drang, dem unglücklich wirkenden Jungen Fragen zu stellen.

Merlo berührte Cloisters Schulter. „Das ist Deputy Witte, ein zu den Sheriffs gehörender Hundeführer." Dabei beließ er es.

Cloister ließ das Halsband los, um Bournevilles Seite zu tätscheln. „Und das ist meine Partnerin Bourneville", erklärte er. „Sie ist einer unserer besten Spürhunde."

Sie spitzte hechelnd die Ohren und ihr Maul öffnete sich zu einem Hundelächeln. Cloister spürte Merlos genervte Ungeduld, auch wenn er sie nicht ganz nachvollziehen konnte. Cloister war nicht derjenige, in den die Hartleys ihre Hoffnung setzen sollten. Stattdessen wollte er ihnen begreiflich machen, dass dieser Hund zu sehr viel mehr fähig war als alltägliche Haustiere.

Die Frau – Lara – rang mit hervorstehenden Fingerknöcheln die Hände. „Er ist ein guter Junge", sagte sie. Ihre Stimme klang dünn und angespannt. Es gelang ihr kaum, ihre Panik zu unterdrücken. „Drew würde nicht einfach mit Freunden verschwinden, ohne einen Zettel zu hinterlassen. Er wüsste, dass wir uns Sorgen machen würden."

„Das wissen sie, Mom", sagte Billy.

Etwas Hässliches überfiel ihr Gesicht. Sie verzog es zu einer Grimasse, um es zu vertreiben, und rieb sich mit einer Hand über den Mund. Erst nachdem sie tief Luft geholt und ihre schmalen Schultern gestrafft hatte, konnte sie fortfahren.

„Nein, das wissen sie nicht", antwortete sie. Billy zuckte zusammen und schob sich dichter an das Fenster. „Sie kommen rein, sehen uns an und denken, Drew wäre nur so ein vernachlässigter reicher Junge. Tja, das ist er nicht. Er ist ein guter Junge."

Cloister neigte den Kopf, um ihr in die Augen zu sehen. „Er ist ein kleiner Junge", sagte er. „Gut oder nicht, ein kleiner Junge muss gefunden werden."

Kurz wurde ihr Gesicht von Verzweiflung erfasst und Tränen traten ihr in die Augen, um auf ihren dichten Wimpern zu zittern. Dann hob sie das Kinn, riss sich merklich zusammen und presste ihre Lippen in einer unnachgiebigen Linie aufeinander.

„Sie, ähm, brauchen sicher etwas von Drew? Ein Spielzeug oder Kleidung?"

Cloister nickte. „Am besten etwas, das er vor kurzem getragen hat. Ungewaschen", bestätigte er.

Sie erhob sich nickend. Ihr Mann nahm ihre Hand in seine, doch ihre Finger entglitten ihm, als sie sich entfernte. Nachdem sie den Raum verlassen hatte, wandte er sich an Cloister.

„Wir sind spät zurückgekommen", sagte er. „Wir hatten beim Workshop einen Unfall, bei dem sich jemand ziemlich schlimm geschnitten hat, und wir sind beide Ärzte. Wir dachten nicht, dass wir einen Grund zur Eile hätten. Dieser Ort ist wie ein Zuhause für uns. Wir kennen jeden."

Er wollte hören, dass es nicht seine Schuld war. Selbst die Familien, bei denen es doch der Fall war, wollten das hören.

„Es ist nicht eure Schuld, Ken", kam Merlo der unausgesprochenen Bitte nach. „Ich bin sicher, Drew geht es gut."

Cloister entging nicht, dass er ihn wie ein Bekannter ansprach, nicht wie ein Polizist. Und er sagte seinen Namen ohne jede Überheblichkeit.

„Das letzte Mal wurde Drew also hier gesehen?", fragte er noch einmal nach.

Ken nickte und wandte sich nach kurzem Zögern an seinen Sohn. „Bill? Ihr seid hiergeblieben, oder? Wie wir es euch gesagt haben?"

Billy zog unter seinem Star-Trek-Shirt die durch einen Wachstumsschub knochigen Schultern hoch. „Klar."

Das stand also noch nicht fest. Wenn die Jungen die Hütte verlassen hatten, hätte Bill es bei einer solchen Suggestivfrage sicher nicht zugegeben.

Lara kam wieder ins Zimmer, wobei sie wie automatisch ein zerknittertes T-Shirt mit Captain-America-Aufdruck zu einem ordentlichen Rechteck faltete. Sie zögerte kurz, reichte es dann jedoch Cloister. „Dieses trägt er am liebsten", erklärte sie.

„Ich bringe es zurück", versprach Cloister.

Merlo folgte ihm aus der Hütte. Bevor Cloister sich an die Arbeit machen konnte, stoppte Merlo ihn, indem er eine Hand in Cloisters verschwitzte Armbeuge legte. Die Berührung ließ seinen Arm kribbeln, als wäre er elektrisch aufgeladen. Er bekam eine Gänsehaut und seine Muskeln spannten sich an, während er innerlich darüber fluchte, sich so leicht beeinflussen zu lassen. Ablenkungen konnte er im Augenblick nicht gebrauchen.

„Hier ist irgendetwas passiert", sagte Merlo. Wegen des Staubs in der Luft kniff er die Augen zusammen, als er Cloister mit gerunzelter Stirn ansah. „Ich kenne die Familie. Lara Hartleys Vater war FBI-Agent und ein Freund. Sie sind glücklich. Sie sind fürsorglich. Ich sehe keine Risikofaktoren. Ich möchte den Jungen finden."

„Ich möchte sie immer finden", teilte ihm Cloister mit. „Ich bin dafür zuständig, sie nach Hause zu bringen – nicht dafür, darüber zu urteilen, wie sie verschwinden konnten."

Er entzog Merlo seinen Arm und hockte sich auf den Boden, um Bourneville die Handvoll Stoff hinzuhalten. Sie schnüffelte und schnaubte, während sie ihre Nase hineinschob, um zu den verschwitzten Nähten zu gelangen. Als sie sich des Geruchs sicher war, sah sie Cloister erwartungsvoll an.

„Such", forderte er sie mit Nachdruck auf.

Sie senkte ihre Nase zum Boden und suchte. Nachdem sie kurz geniest hatte, weil ihr der trockene Sand in die Nase geraten war, steuerte sie geradewegs auf eine Rinne zu. Bei besserem, nasserem Wetter war diese vermutlich ein Bach. In der momentanen Trockenperiode war sie lediglich feucht. Bourneville zog an der Leine, um sich vom Retreat weg in Richtung Osten zu bewegen, und Cloister joggte los, um ihr zu folgen.

Während dem Hund das trübe Mondlicht ausreichte, löste Cloister eine Taschenlampe von seiner Weste, als die hellen Lichter des Retreat hinter ihnen verblassten. Er schaltete sie ein und richtete den Strahl auf den Boden vor Bourneville.

Eine überraschte Eidechse floh mit wild strampelnden Beinen aus dem unerwarteten Licht und huschte über die Felsen. Ihr locker wackelnder Körper erweckte dabei den Eindruck, als könnte der Wind sie einfach packen und forttragen.

Die Rinne wurde flacher, als ihre hohen Ränder sich in rasselndes, dorniges Gestrüpp senkten. Zwischen den Mesquiten war die Andeutung eines gewundenen Pfads zu sehen. Nachdem Bourneville ihm gewissenhaft einige Meter gefolgt war, drehte sie plötzlich zur Seite ab. Sie lief einige Schritte, hielt inne, versuchte es erneut. Endlich fand sie, was sie erschnuppert hatte. Leise knurrend blieb sie stehen und kratzte mit der Pfote über den Boden.

Cloister rief sie mit einem Pfiff zurück. Sie entfernte sich widerstrebend, einen Schritt nach dem anderen, um Cloister sehen zu lassen, was sie gefunden hatte. Zwischen den Wurzeln eines Baumes, in einer klebrig-schlammigen Pfütze, lag eine zusammengedrückte Flasche. Er nahm die Taschenlampe zwischen die Zähne, die sich dabei an den üblichen Stellen in die Gummiummantelung bohrten, und stupste die Flasche vorsichtig an. Im Innern befand sich ein Rest Flüssigkeit, der körnig wirkte.

Vielleicht handelte es sich nur um Sand.

Da er die Flasche dennoch nicht einfach zurücklassen wollte, fotografierte er sie hastig und schob sie in einen Plastikbeutel. Dann stand er auf und steckte sie in seine Westentasche, wo sie beim Atmen ablenkend knisterte.

Bourneville wartete, bis er sich aufgerichtet hatte, bevor sie sich wieder in Bewegung setzte. Diesmal gab es keinen Weg, nur Wurzeln und Steine und den Drahtzaun an der Grundstücksgrenze des Retreat. Zwischen zwei Bäumen befand sich im Sand eine Vertiefung von der Breite eines Körpers, wo sich über die Jahre vermutlich so manches Kind für eine Weile vom Gelände entfernt hatte. Bourneville passte leicht hindurch, doch Cloister war kräftiger gebaut als der durchschnittliche Teenager. Der Draht zerrte an seinem Haar und seinem T-Shirt, als er sich hindurchschob, und zog an den Riemen seiner Weste.

Endlich auf der anderen Seite angekommen fand Cloister eine alte unbefestigte Straße vor. Die Radspuren darin waren knöcheltief und steinhart. Es sah aus, als wäre sie seit einiger Zeit nicht befahren worden. Cloister vermutete, dass es sich um die Zufahrt einer alten Farm handelte, auch wenn er nicht genau wusste, welche die nächste war. Nach fünf Jahren kannte er Plenty recht gut, jedoch nicht so gut wie jemand, der dort aufgewachsen war.

Bourneville kratzte wieder über den Boden und winselte heftig, um Cloister auf ihren Fund aufmerksam zu machen.

„Hör auf", sagte Cloister. Während er über einen durch den Schweiß brennenden Kratzer in seinem Nacken rieb, kniete er sich neben sie. Das Gras neben der Straße war plattgedrückt und zerwühlt. Im Sand war eine frische Vertiefung zu sehen.

Die Flüssigkeit im Gras hatte diesmal nichts mit Getränken zu tun.

Cloister lehnte sich zurück auf seine Fersen, spürte das Ziehen seiner Oberschenkelmuskeln. Es hätte sich um einen harmlosen kleinen Sturz handeln können. Doch Bourneville hatte aufgehört zu suchen. Die Spur ging nicht weiter und auf dem Boden befand sich Blut.

Er nahm sich kurz Zeit, um Bourneville zu loben, ihr über den Rücken zu streicheln und ihr zu sagen, was für ein braver Hund sie sei. Dann nahm er sein Funkgerät und meldete seinen Fund. Etwas Kaltes breitete sich in seinem Magen aus.

Niemand benutzte das Wort Entführung. Noch nicht. Eine Panik auszulösen wäre nicht hilfreich gewesen und der Besitzer des Retreat war für einen ehemaligen Hippie sehr gut darin, Leute zu schmieren und schlechte Nachrichten verschwinden zu lassen. Außerdem war noch nichts bewiesen. Theoretisch könnte Drew in einer Stunde mit geschwollenem Knöchel in einem Graben gefunden werden oder im Krankenhaus auftauchen, weil ein hilfsbereiter Mensch am Straßenrand einen verletzten Jungen gefunden hatte.

Nur wusste Cloister, dass es nicht passieren würde. Der Junge hatte sich nicht verlaufen. Er war mitgenommen worden.

Cloister würde ihn trotzdem finden. Das war seine Aufgabe. Aber … Er unterbrach seinen Gedankengang. Nach dem *Aber* ließ die Hoffnung nach und so weit wollte Cloister noch nicht gehen. Bis ihm das Gegenteil bewiesen worden war, erwartete er einen glücklichen Ausgang.

Irgendwann musste es doch einen glücklichen Ausgang geben.

3

DER KAFFEE war typische Raststättenbrühe. Er hatte ihn in der Tankstelle gekauft, die außerdem frittierte Hähnchenmägen und schlaffe, runzlige Pommes frites anbot. Er schmeckte nach Fett und Benzin. Javi trank ihn trotzdem. Der Sonnenaufgang hatte soeben den zweiten Tag nach Drew Hartleys Verschwinden eingeleitet und Javi brauchte jedes bisschen klaren Verstand, auch wenn die Ränder etwas verschwammen.

„Du musst lernen, jede Gelegenheit zum Schlafen zu nutzen. In diesem Beruf ist jedes kleine Nickerchen besser als nichts." Es war Drews Großvater Saul Lee gewesen, der Javi diesen Rat gegeben hatte – allerdings ohne ihn selbst zu befolgen. Er war um drei Uhr morgens gestorben, und zwar noch im Büro an seinem Schreibtisch. Man hatte ihn mit dem Kopf auf einem Stapel Akten gefunden, neben ihm eine Tasse mit kaltem Kaffee.

Javi schuldete ihm etwas. Es war Sauls Eingreifen zu verdanken, dass Javi nach Phoenix hierher versetzt worden war, anstatt an einem ruhigen, unauffälligen Ort zu versauern. Bei Plenty handelte es sich nicht gerade um eine Touristenhochburg, doch es war eine solide Stufe auf der Karriereleiter. Auch wenn die Zustimmung seiner Vorgesetzten zu einem großen Teil darauf beruht hatte, dass es einen guten Eindruck machte, einen Mexiko-Amerikaner als Agenten in San Diego einzusetzen.

Allerdings würde sich das wahrscheinlich schnell ändern, wenn sein Name mit dem ungelösten Fall des verschwundenen Enkels eines hochrangigen FBI-Beamten in Verbindung gebracht wurde.

Sein eigener essigsaurer Zynismus ließ ihn schuldbewusst zusammenzucken, weil er eigentlich nicht so dachte. Zumindest hatte er sich bisher jedes Mal rechtzeitig gebremst.

„Am Ende zählen Ergebnisse, nicht gute Absichten." Auch das hatte ihm Saul gesagt.

MIT EINER Hand am Lenkrad leerte Javi seinen Kaffeebecher bis zum unappetitlichen Bodensatz, während er über die Hauptstraße von Plenty fuhr. Plenty war malerisch auf eine Weise, die Städte selten auf natürlichem Weg entwickelten. Die Geschäfte besaßen Bleiglasfenster und die Gehwege waren frei von Schmutz. Neben Joghurt-Grünkohl-Smoothies und Designerschuhen konnte man von Ureinwohnern hergestellten Schmuck erwerben, für das Dreifache der Summe, die dem Künstler für die Herstellung bezahlt wurde. Antiquitätenläden verkauften aufgearbeitete Möbel und Überbleibsel der aufgegebenen Farmen und Häuser.

Die hässlichere Seite von Plenty – die Drogenkartelle und der illegale Handel, die der Grund für eine FBI-Zweigstelle in der Stadt waren – wurde möglichst gut versteckt. Aus den Augen, aus dem Sinn, wenn man es sich leisten konnte.

Am Busbahnhof bog er links ab und lenkte sein Auto auf den hufeisenförmigen Parkplatz der Polizeistation. Einst war das Gebäude eine Fabrik gewesen – eiserne Maschinen, zerkratzte Holzböden und rote Backsteinmauern. Heute beherbergte es außer der Polizei das Stadtarchiv, die Leichenhalle und im oberen Stockwerk, in der ehemaligen Chefetage, das FBI. Glücklicherweise mussten sich nicht alle einen Eingang teilen.

Streifenwagen warteten in ordentlichen Reihen auf die Morgenschicht. An der Wand lehnte eine müde wirkende Frau in Jogginghose und einem T-Shirt mit „Auch Batman muss mal schlafen"-Aufdruck. Sie rauchte mit einer Verbissenheit, die auf mehr als das Bedürfnis nach Nikotin hindeutete. Ihr Haar, das einen matten, selbst gefärbten Kupferton aufwies, war zu einem strengen Pferdeschwanz zurückgebunden und unter ihren geröteten Augen waren dunkle Ringe zu sehen.

Als Javi aus dem Auto stieg, drückte sie die Zigarette an der Mauer aus. Sie hinterließ ein Komma aus Asche auf den Steinen.

„Scheiße", sagte sie tonlos.

Bei ihrer ausdruckslosen Stimme war es schwer zu beurteilen, ob sie damit Javi über ihre momentane Gefühlslage aufklären oder einfach nur den Rest der Welt verfluchen wollte. Sie ging wieder hinein und ließ den mitgenommenen Zigarettenstummel auf dem Boden zurück.

Die Frau an der Rezeption hob den Kopf, als er eintrat.

„Special Agent Merlo", begrüßte sie ihn. Sie legte eine Hand über die Sprechmuschel des Telefons, um ihre Stimme zu dämpfen. „Der Lieutenant erwartet Sie."

DER KAFFEE einer Polizeistation schmeckte nicht besser als der einer Tankstelle. Allerdings wurde er einem so heiß serviert, dass die Geschmacksknospen nach kurzer Zeit zu betäubt waren, um es zu registrieren. Javi nippte an einer Tasse davon, während er die an der Wand befestigte Karte betrachtete. Rote Stecknadeln markierten den Aufenthaltsort von in der Nähe befindlichen Sexual- und Gewaltstraftätern wie ein Sternbild.

Draußen in den Hügeln hatte die Angst und Panik wegen des verschwundenen kleinen Jungen wie der Einschnitt in eine Idylle gewirkt. An einem solchen Ort passierten diese Dinge nicht. Nur taten sie es offensichtlich doch.

„Ich habe Deputies losgeschickt, um alle registrierten Perversen zu überprüfen", sagte Lieutenant Frome hinter seinem Schreibtisch. Er leckte sich über den Daumen und rieb damit über einen Kaffeefleck an seinem Hemdsärmel.

„Allerdings sind das nur die, die wir erwischt haben und die sich nach Vorschrift regelmäßig melden." Er unterstrich die Aussage, indem er müde mit den Schultern zuckte. Javi kannte die Probleme des Systems.

„Ich möchte Mr. Reed zu einer Befragung herbestellen", sagte Javi. So hieß das freundlich auftretende, Fair-Trade-Kleidung tragende Reptil, dem der Retreat gehörte.

Frome runzelte die Stirn. „Sie glauben, er hat etwas damit zu tun?" Er schüttelte zweifelnd den Kopf. „Wir hatten nie große Probleme mit ihm. Selbst als er mit Gras gehandelt hat, war es auf ruhige und höfliche Weise. Als wir raufgefahren sind, hat er uns das eine oder andere ‚Schwein' oder ‚Bulle' an den Kopf geworfen, aber da ging es wohl eher darum, den Schein zu wahren."

„Seit der Retreat eröffnet wurde, gab es zwölf Beschwerden wegen sexueller Übergriffe und Belästigung."

Frome zuckte mit den Schultern. „Ein paar Mädchen aus der Stadt, die auf eine Entschädigung von einem reichen Gast gehofft haben. Oder Teenager, die ein bisschen zu wild waren. Es war nichts Ernstes und niemand hat je angedeutet, dass Reed etwas damit zu tun hatte."

Es kostete Javi Mühe, seinen neutralen Gesichtsausdruck beizubehalten. Frome war im Grunde kein schlechter Polizist, doch einige seiner Ansichten sorgten dafür, dass er manchmal hässliche Dinge sagte. Allerdings wusste Javi, dass es nicht helfen würde, ihn dafür zu kritisieren.

„Trotzdem", antwortete er. „Er ist da oben der König. Ich würde gern an einem Ort mit ihm reden, an dem er sich nicht so wohlfühlt."

Frome nickte und machte sich mit kratzendem Kugelschreiber eine Notiz. „Ich werde ihn bitten, herzukommen. Am besten sage ich, wir wollen uns über das Gelände unterhalten."

„Und ein Officer sollte oben bei der Familie bleiben", fügte Javi hinzu. „Wenn möglich zwei. Berufen Sie sich auf mich. Ich möchte jede Kleinigkeit wissen, die dort vor sich geht, wenn sie zusammen und wenn sie allein sind."

„Ganz sicher?", fragte Frome skeptisch. „Wir kennen sie alle. Sie sind gute Menschen. Lara arbeitet seit Jahren in der Notaufnahme. Sie hat Menschenleben gerettet. Das Leben von Deputies."

„Bis wir mehr wissen, möchte ich möglichst keinen Druck auf die Familie ausüben", antwortete er, „aber die Eltern und der Bruder haben den Jungen als Letzte gesehen. Es wäre fahrlässig, sie nicht im Auge zu behalten."

Auch wenn es sich um eine unschöne Tatsache handelte, sah die Wahrheit etwas anders aus, als man bei den vielen Krimis mit verzweifelten, von rücksichtslosen Polizisten schikanierten Eltern vermutet hätte. Meistens – in vielleicht sieben von zehn Fällen – war der Täter nicht der unheimliche Nachbar oder der verdächtig wirkende Typ aus dem Laden. Stattdessen war es jemand aus der Familie, der ungehinderten Zugang zu einem Kind hatte und es beeinflussen konnte.

„Ich kann mir nicht vorstellen, dass Lara so etwas tun würde. Nicht bei ihrem eigenen Kind."

In Javis Kopf tauchte das Bild der erschöpft wirkenden Frau auf, die vor der Polizeistation rauchte, als hätte sie sich eine Zigarettenpause genommen.

„Jeder abartige Perverse im Gefängnis hatte Menschen in seinem Leben, die es nicht für möglich gehalten hätten", sagte er. „Ich glaube nicht, dass sie ihrem Sohn etwas angetan haben. Das hoffe ich wirklich. Aber wenn es doch der Fall sein sollte, möchte ich sie nicht davonkommen lassen."

Fromes Stuhl quietschte, als er sich darauf zurücklehnte. Sein Uniformhemd spannte sich etwas über dem in dieser Position sichtbaren Bauch. Er tippte so kräftig mit dem Kugelschreiber auf seinen Notizblock, dass er kleine Dellen hinterließ.

„Sie sollten mit Witte reden."

Obwohl er sich nicht sehen konnte, spürte er, wie sich sein Gesicht zu einem geringschätzigen Ausdruck verzog. Er konnte es nicht verhindern. Deputy Witte hatte einfach diesen Effekt auf ihn.

„Worüber?", fragte er. „Hunde und Countrymusik?"

Frome antwortete ihm mit einem amüsierten, jedoch nicht unbedingt zustimmenden Lächeln. „Unterschätzen Sie ihn nicht", sagte er. „Auf seinem Gebiet leistet er sehr gute Arbeit."

„Dabei, Hunden hinterherzulaufen?"

„Dabei, Menschen zu finden", antwortete Frome. „Er arbeitet als freiwilliger Helfer beim Bergrettungsdienst von San Diego und ist außerdem für den Such- und Rettungsdienst bei Gebäudeeinstürzen ausgebildet. Im Augenblick befindet er sich nur deshalb nicht auf diesem Berg, weil ich ihn zurückgerufen habe, damit sein Hund etwas schlafen kann. Er hat mit mehr Vermisstenfällen zu tun gehabt, als wir beide zusammen es jemals werden. Und er war der erste Deputy da oben. Vielleicht ist ihm etwas aufgefallen. Wenn jemand helfen kann, dann er. Reden Sie mit Witte."

Er zupfte das obere Blatt von seinem Schreibblock und streckte es Javi entgegen. Er nahm es und betrachtete die hingekritzelten Zahlen und Buchstaben. Eine Telefonnummer und eine Adresse. Javi zog eine Augenbraue hoch. Nicht der übliche Weg, auf dem er die Nummer eines Mannes bekam, aber na ja …

„Ich rede mit ihm." Er steckte den Zettel in die Tasche. „Lassen Sie mich wissen, wann Reed für eine Befragung zur Verfügung steht."

Draußen sah er wieder die Frau im Batman-Schlafshirt. Diesmal saß sie weinend im Auto, einem mitgenommenen Ford, auf dessen Rückbank Taschen mit Kleidern und ein Schlafsack lagen. Obdachlos. Ein anwachsender Teil der Bevölkerung von Plenty, wo es Arbeit gab, aber keinen Ort zum Wohnen, wenn man sich kein zweistöckiges Haus mit Pool und Solaranlage leisten konnte.

Hätte *sie* ein vermisstes Kind gemeldet, wäre sie nicht mit Samthandschuhen angefasst worden, da war Javi sicher. Das Leben war nicht fair. Doch das wusste sie vermutlich schon.

16

4

JAVI MACHTE sich auf den Weg zum Stadtrand. Unterwegs bemerkte er, dass der Süßigkeitenladen geschlossen hatte und das Ladenlokal wie durch einen Einsiedlerkrebs von einem Starbucks in Besitz genommen worden war. Javi ließ seine Zungenspitze über die Rückseite seiner Zähne gleiten, wo er noch verbrannten Kaffee und den pelzigen Rückstand billiger Kondensmilch schmeckte. Endlich gab es in der Stadt einen Laden mit besserem Kaffee.

Vielleicht würde er sich später einen Becher besorgen. Erst einmal folgte er jedoch den Schildern zu Plentys reizloser Küstenlinie – mehr Schiefergestein als Sand – und der Wohnwagensiedlung, in der Witte das Klischee lebte.

Und da hatte Javi gedacht, er wäre beleidigend gewesen, als er den großen blonden Deputy bei ihrer letzten Auseinandersetzung als niveaulosen Hinterwäldler bezeichnet hatte.

Der Sunnyside Trailer Park beherbergte im Sommer Touristen. Obwohl es in Plenty nicht viel zu sehen gab – die malerische Hauptstraße, ein Weingut, das Rundgänge durch die Hügel nicht weit vom Retreat organisierte, und ein Höhlensystem am Strand, das hauptsächlich unter Wasser lag und in dem sich niemals Seehunde sehen ließen –, befand es sich dicht genug bei ernsthafteren Touristenzielen, um als Zwischenstopp genutzt zu werden.

Um diese Jahreszeit gab es viele freie Plätze. Die anderen wurden durch dauerhafte Gäste besetzt, deren Wohnwagen von niedrigen Zäunen und sonnengebleichten Gartenmöbeln umgeben waren. Bei den meisten handelte es sich um Saisonarbeiter, die von den Farmen als Erntehelfer beschäftigt wurden oder auf einer der Baustellen in der Umgebung tätig waren. Auch der eine oder andere Vagabund befand sich darunter, um sich hier mit Gelegenheitsarbeit und Kleinkriminalität zu beschäftigen, bis es ihn an einen anderen Ort zog.

Javi fuhr unter dem Holzschild mit abblätternder Schrift hindurch und stellte sein Auto auf dem halbmondförmigen Parkplatz neben einem nach altem Fruchtfleisch riechenden Pick-up ab. Einige Kinder spielten zwischen den Wohnwagen fangen. Sie trugen Badekleidung und besaßen die Sonnenbräune, die für das ganze Jahr an einem Strand lebende Menschen typisch war. Dünne Hunde mit kurzgestutztem Fell liefen ihnen bellend um die Beine.

Als Javi ausstieg, unterbrachen die Kinder ihr Spiel. Nach einigen misstrauischen Blicken auf seinen Anzug liefen sie davon, bevor er ihnen eine Frage stellen konnte.

Sehr hilfreich. Er schob seine Sonnenbrille etwas nach vorn, um die von Frome aufgeschriebene Adresse zu lesen.

Stellplatz 275. Alter silberner Airstream. Nicht zu übersehen.

Das stimmte. Als Javi den Kopf hob, fiel sein Blick auf die große, silberne Patronenform am anderen Ende des Parks, wo er zum Strand abfiel. Die Vorderseite war mit Dellen übersät und ein weißer Plastikzaun umschloss einen rechteckigen, spärlich bewachsenen Garten. Javi überquerte den unebenen Parkplatz, während er sich bemühte, den über seinen Nacken rinnenden Schweiß und den über seine Haut kratzenden Wind zu ignorieren.

Aus der Nähe wirkte der Wohnwagen makellos sauber. Als Javi die genoppten Stahlstufen erklomm, um an die Tür zu klopfen, hallte ein metallischer Klang durch die Luft. Niemand öffnete. Selbst der Hund war nicht zu hören. Javi ging wieder hinab, wobei er beinahe stürzte, als er mit der Ferse an einer der schmalen Stufen hängen blieb. Er hätte erst anrufen sollen. Auch wenn es ihm leichter vorgekommen war, es nicht zu tun.

Und vielleicht wollte er Witte wiedersehen, wie eine listige Stimme in seinem Kopf ganz spitz bemerkte. Natürlich nur, um sich daran zu erinnern, wie sehr Witte ihn nervte. Die Stimme klang wirklich sehr nach der, die er für herablassende Bemerkungen bei einem Verhör benutzte. Kein Wunder, dass Menschen darauf so gereizt reagierten.

Er fischte sein Handy und den Zettel aus der Tasche und rief die Messenger-App auf, um Cloister eine Nachricht zu schreiben. Gerade hatte er *Melden Sie sich beim Büro* getippt, als er von einer rauen, aus einiger Entfernung kommenden Stimme unterbrochen wurde.

„Jetzt mischen Sie sich schon unters gemeine Volk, Special Agent?"

Als Javi sich umdrehte, sah er Witte, der sich aus der Richtung des Strandes näherte.

Ein Paar Shorts aus weichem Stoff saß tief auf seinen Hüften und er hatte sich ein ausgewrungenes T-Shirt um den Hals gehängt. Aus seinem mit honigfarbenen Strähnen durchzogenen Haar tropfte Wasser auf seine whiskeygoldene Haut, die über den Rippen mit Tattoos verziert war. Das Muster wurde von blassem Narbengewebe durchbrochen.

Javi bekam einen trockenen Mund. *So sieht also eine leibhaftige schlechte Entscheidung aus.* „Gibt es etwas Neues über den Jungen?", fragte Witte, als er auf der obersten Stufe stehen blieb, um sich mit dem T-Shirt über das Gesicht zu wischen. Der Hund schob sich zwischen seinen Beinen hindurch und setzte sich hechelnd auf Cloisters Füße, wobei seine Zunge über scharfen, weißen Zähnen aus seinem Maul hing.

„Bisher nicht", antwortete Javi. Er hob eine Hand und kniff die Augen zusammen, um sie vor der Sonne zu schützen. „Können wir drinnen reden?"

Nachdem er ihn eine Sekunde lang prüfend gemustert hatte, zuckte Witte mit den Schultern und deutete einladend auf den Wohnwagen. „Klar. Gehen Sie rein. Die Tür ist nicht abgeschlossen."

Javi schob die Tür auf und trat mit gesenktem Kopf ein, um sich nicht am Türrahmen zu stoßen. Im Innern roch es besser als erwartet und sämtliche Oberflächen waren peinlich sauber und aufgeräumt. Auch wenn er es sich selbst nicht als Wohnort ausgesucht hätte, musste er zugeben, dass man es schlechter treffen konnte.

„Wir waren letzte Nacht die Ersten", begann Javi. Er sah sich um, als er sich von der Tür entfernte, damit Cloister eintreten konnte. Auf dem Küchentisch befand sich ein abgenutztes MacBook. Unter dem Fenster waren Bücher aufgereiht. In einer Ecke der Arbeitsplatte neben der Mikrowelle stand ein leerer Blumentopf. Für Polizisten häufig ein Hinweis auf illegalen Anbau. Als er sich wieder der Tür zuwandte, duckte Witte sich gerade hindurch. „Bisher haben wir nichts, also dachte ich, es könnte vielleicht helfen, noch einmal die erste Suche durchzugehen."

„Von mir aus", sagte Witte, während er sich an der Schulter kratzte. „Lassen Sie mich kurz das Salz abwaschen. Bon Bon, bleib."

Der nachdrückliche Befehlston schien Javis Hoden zu umklammern und zuzudrücken. Gereizt biss er sich auf die Innenseite seiner Wange. Witte war nicht sein *Typ*. Er neigte zu klug, belesen und gebildet – mit eleganten Händen und leicht zu beeinflussen. Nicht zu großen, blonden, auf aggressive Weise heterosexuellen Proleten aus Kalifornien, die sich vermutlich selbst die Haare schnitten.

Witte war nicht hübsch. Nicht einmal *gut aussehend*. Mit seiner Adlernase und den kärglich groben germanischen Gesichtszügen konnte er sich noch ganz knapp an markant festklammern.

Was auch immer ihn also an Witte anzog, hatte nichts mit Attraktivität zu tun.

Womit er wirklich Glück hatte, denn Witte betrat die kleine Kabine, die das Badezimmer des Wohnwagens darstellte, und schien es nicht für nötig zu halten, die Tür ganz zu schließen. Der Spalt war gerade groß genug, um Bewegungen zu erkennen, den Umriss einer nackten Hüfte, das Klatschen eines nassen Waschlappens. Aber das war nicht das Wichtigste. Ein Voyeur beobachtete nicht, um nackte Menschen zu sehen. Stattdessen ging es um die Illusion von Intimität …

Und Intimität, ermahnte Javi sich, als er den Blick abwandte, war das Einzige, was er noch weniger wollte als einen Deputy aus einer Wohnwagensiedlung. Er setzte sich an den in einer Nische angebrachten Küchentisch und bemerkte, dass der Hund ihn beobachtet hatte, während er *nicht* Witte beobachtet hatte. Er saß mit um die Pfoten gelegtem Schwanz auf dem Boden und starrte ihn an.

Als Javi sich abwandte – er war sicher, einmal gelesen zu haben, dass man Blickkontakt bei Hunden vermeiden sollte –, fühlte er sich erneut von diesem ablenkenden Türspalt angezogen.

„Ist Ihnen im Retreat irgendetwas Ungewöhnliches aufgefallen?", fragte er. Schuldbewusst erinnerte er sich daran, warum er eigentlich hier war. Ein Kind wurde vermisst, die Familie eines Freundes stand unter Verdacht und er ließ sich von Muskeln und einem knackigen Hintern ablenken. Gereiztheit machte seine

Stimme schärfer. „Etwas, das Ihnen nicht wichtig vorkam oder das Sie nicht in Ihrem Bericht erwähnt haben?"

Witte stieß mit dem Ellbogen die Badezimmertür auf und kam heraus. Eine Hand hielt an seiner Hüfte ein Handtuch fest. Den Schweiß hatte er größtenteils abgewaschen, doch an seinen Schultern und Knien klebte noch etwas Sand. Seine Mundwinkel waren leicht gesenkt, seine Augen zusammengekniffen.

„Tauschen wir uns aus oder muss ich meine Arbeit verteidigen?"

„Haben Sie etwas zu verbergen?", fragte Javi.

Kaum hatte er die Worte ausgesprochen, bereute er sie, doch das war wie üblich zu spät. Er fühlte sich in Wittes Gegenwart nicht ganz wohl und sein Gehirn wurde von einem unzufriedenen kleinen Gremlin gesteuert, der keine Ruhe zu geben schien, bis er dafür gesorgt hatte, dass sich Witte ebenfalls unwohl fühlte.

Glücklicherweise verfehlten die Worte diesmal ihr Ziel. Witte zuckte lediglich mit den Schultern.

„Sicher", sagte er. „Deshalb gibt es Gewerkschaftsvertreter. Brauche ich meinen?"

„Nein", antwortete Javi. „Sie brauchen eine Hose, aber nicht die Gewerkschaft. Tut mir leid. Ich bin müde. Mich schickt niemand nach Hause."

Kurz fürchtete er, die Entschuldigung wäre nicht genug. Dann zuckte Witte erneut mit den Schultern und verschwand in einem anderen Raum. Die Tür schloss er auch jetzt nicht.

„Ich kümmere mich um Hunde, nicht um Ermittlungen", sagte Witte. „Ich bin nicht sicher, was Sie von mir wollen."

Dich ficken. Die Antwort tauchte mit einer solchen Deutlichkeit in Javis Kopf auf, dass er kurz fürchtete, sie laut ausgesprochen zu haben. Erst die fehlende Reaktion von Witte überzeugte ihn davon, dass er es nicht getan hatte. Der Gedanke blieb in seinem Kopf, nur weniger als Wort und mehr als die Vorstellung bestimmter Gefühle – Hitze, Hände, enge Wärme um seinen Schwanz.

Dass Witte nicht sein Typ war, schien nichts daran zu ändern. Er wollte ihn trotzdem, doch dazu würde es nie kommen. Selbst wenn er sich irrte, was seinen Eindruck von Witte als Musterbeispiel für den heterosexuellen Macho anging, hatte Javi grundsätzlich keinen Sex, wo er wohnte. Das führte nur zu Komplikationen. Also fasste er das ganze Durcheinander lustvoller Gedanken zusammen und schob es in seinen Hinterkopf aus seinem Blickfeld und aus dem Weg.

Dann räusperte er sich und konzentrierte sich darauf, eine angemessenere Antwort zu finden. „Ist Ihnen an der Familie irgendetwas komisch vorgekommen? Vielleicht … unaufrichtig?"

Witte kam wieder in den Hauptraum des Wohnwagens, während er sich noch ein altes Disney-T-Shirt über den Kopf zog. Die Nähte seiner Jeans waren hell durch Abnutzung und der Stoff spannte sich straff über seine Oberschenkel.

„Hatten Sie nicht gesagt, sie wären gute Menschen?"

20

„Das habe ich", antwortete Javi. „Das glaube ich auch. Aber ich könnte mich irren."

Ein Zucken seines Mundwinkels verriet Javi, dass Witte diese Art von Konflikt nicht unbekannt war. Er senkte den Blick, vergrub nachdenklich die Finger im dichten Nackenfell des Hundes und zuckte schließlich mit einer Schulter.

„Ich habe heute frei", sagte er. „Wenn Sie möchten, können wir hochfahren und noch einmal alles durchgehen."

Es war ein großzügiges Angebot. Obwohl Javi dankbar war, ärgerte ihn die bereitwillige Großzügigkeit auch ein wenig. Er verstand selbst nicht, warum. Vielleicht lag es an der für ihn nicht gerade schmeichelhaften Tatsache, dass ihn störte, wie viel schwerer Witte es ihm damit machte, sich ihm überlegen zu fühlen.

Manchmal war Javi ein solcher Mistkerl, dass er es kaum in seinem eigenen Kopf aushielt.

„Das wäre sehr nett", antwortete er.

Er war ein Mistkerl, aber er hatte Manieren.

5

CLOISTER BOG am Mastbetrieb von der Straße ab. Die ersten Morgenaktivitäten hatten begonnen und Arbeiter in kakifarbenen T-Shirts waren damit beschäftigt, Paletten zu beladen und Drahtkörbe mit Agrarerzeugnissen neben den Türen zu platzieren. Er hielt am Ende des Parkplatzes an, gleich neben einem Buick, dessen Lack selbst aufgesprüht zu sein schien. Bourneville bellte begeistert, als sie einige Vögel entdeckte. Sie fand eindeutig Gefallen daran, einmal außerhalb ihrer Arbeit mit dem Auto unterwegs zu sein.

„Ich vermute, hier war Drews Ziel. Oder er dachte, es wäre sein Ziel." Er deutete auf die an der Wand aufgereihten Warenautomaten. Buntes Plastik bewarb M&Ms und Arizona-Eistee, auch wenn es nicht ganz so verlockend leuchtete wie am Abend. „Viele Kinder schleichen sich her, um sich Süßigkeiten zu kaufen … oder jemanden dafür zu bezahlen, ihnen Alkohol zu besorgen – aber dafür ist zehn wahrscheinlich zu jung."

„Sie würden sich wundern."

„Wahrscheinlich nicht", gab Cloister zu. „Jedenfalls ist es ein beliebter Ort. Deputies werden oft verständigt, um die Kinder zurückzufahren. Aber um herzukommen, benutzen sie eine Abkürzung."

Er zeigte Richtung Retreat. Der Blick des anderen Mannes folgte seinem Finger und er schien sich zu orientieren. „Auf demselben Weg, auf dem Drew die Hütte verlassen hat."

„Marokko", verbesserte ihn Cloister mit neckend zuckenden Mundwinkeln. „Aber ja, das denke ich."

„Sie denken es nur?"

„Es ist nicht mein Bereich", antwortete Cloister. „Ich bin für vermisste Personen und Razzien zuständig, nicht für Kinder, die heimlich Süßigkeiten kaufen. Aber da war ein Pfad. Er führte um Hindernisse und Büsche herum, nicht mitten hindurch oder darüber hinweg. Erwachsene gehen einfach drüber, Special Agent Merlo."

Das brachte ihm einen vernichtenden Blick ein. „Javier. Oder Javi. Sie sprechen das *Special* aus, als hätte es ironische Anführungszeichen."

„Genau den Effekt hatte ich beabsichtigt", sagte Cloister. Er wendete, um das Auto wieder auf die Straße zu lenken.

„Also muss ich beim ‚Sie' und beim ‚Deputy' bleiben?"

Na gut. „Cloister."

„Ernsthaft?", fragte Javi. „Ich dachte, das wäre nur ein Spitzname, weil du religiös bist. Ich wusste nicht, dass deine Mutter dich gehasst hat."

Cloister verlangsamte an der Ausfahrt sein Tempo. Es war nicht genug Verkehr, um anhalten zu müssen. Manchmal hatte man als Polizist eine besorgniserregend gleichgültige Einstellung, was Verkehrsregeln anging.

„Es war ihr Mädchenname", antwortete er. „Gehasst hat sie mich erst später."

Kurz herrschte Stille. Cloister spürte, wie Javi sein Profil musterte. In Gedanken sprach er den Namen aus, um zu sehen, wie er sich anfühlte. Zumindest war er kürzer als „Special Agent". Nach einiger Zeit gab Javi ein leises „Oh" von sich, als wäre ihm etwas klar geworden. Dann wechselte er das Thema.

„Die Eltern merken es wahrscheinlich nicht", sagte er. „Zu Hause würde es ihnen vielleicht auffallen, aber im Camp, wo sie ab und zu eine Woche oder ein Wochenende verbringen? Da konzentrieren sie sich zu sehr auf ihre Erholung und ihre Yogaworkshops, um jeden Schritt ihrer Kinder zu beobachten. Der Sinn eines solchen Erholungsorts ist doch die sichere Umgebung, wo die Kinder sich frei in der Natur bewegen können."

„Vielleicht ist Drew allein hingegangen", dachte Cloister laut nach. Er musste dem Drang widerstehen, noch einmal die Sache mit seiner Mutter anzusprechen. Dass er so verwirrend direkt war, sollte dazu dienen, andere Leute zu verunsichern. Es sollte ihnen nicht das Gefühl geben, etwas über ihn zu wissen.

„Wer hat ihm dann die Limonade gegeben?", fragte Javi.

Cloister ließ seinen Arm aus dem Fenster hängen. Das Metall presste sich heiß gegen seinen Arm und der Wind war noch heißer, als er seine Haut mit Staub bedeckte. Das Radio hatte am Morgen vor Waldbränden gewarnt.

„Du hast gesagt, die Laborergebnisse wären noch nicht da", sagte er. „Vielleicht hat er sie von zu Hause mitgenommen."

Aus dem Augenwinkel sah er, wie Javi sich ihm zuwandte. „Aber warum hat seine Spur dann an der alten Straße aufgehört?"

Vielleicht gab es einen guten Grund dafür. Aber wenn es ihn gab, fiel er Cloister nicht ein. Mit einem Brummen schaltete er in den nächsten Gang.

„Du stellst viele Fragen."

„Es ist wie beim Angeln", erwiderte Javi. „Mann muss oft auswerfen, bis einer anbeißt."

Cloister löste kurz den Blick von der Straße, um Javi einen zweifelnden Blick zuzuwerfen. „Du angelst?", fragte er spöttisch.

„In letzter Zeit nur noch selten. Als wir jünger waren, sind wir oft mit dem Boot meines Onkels rausgefahren, um Marline zu fangen." Javi hielt inne. „Und du?"

Die Frage hing in der Luft wie eine der ausgeworfenen Leinen, die Javi erwähnt hatte. Ihr Köder wartete darauf, dass Cloister mit einer Geschichte anbiss. Oder hier wollte sich nur jemand unterhalten und hatte zufällig das Thema Familie gewählt. Cloister durfte nicht vergessen, dass es nicht für jeden ein wunder Punkt war. „Wir haben unser Essen im Laden gekauft", sagte er schließlich.

Als Javi wieder ein interessiertes Geräusch von sich gab, breitete sich eine nervöse Anspannung in Cloister aus, die an seinen Schultermuskeln zerrte. Er bemühte sich, sie zu ignorieren. Schließlich war das Ganze kein Geheimnis. Er redete nicht gern über seine Familie, doch wenn Javi wirklich daran interessiert war, konnte er sich die verschiedenen Dokumente ansehen, in denen die ganze schmutzige Geschichte schwarz auf weiß verewigt war. Einträge im Jugendstrafregister sollten eigentlich nicht mehr zugänglich sein, doch er wusste, dass es für das FBI kein Hindernis darstellte.

„Hattest du als Kind viele Freunde?", fragte Javi.

Ein Themawechsel oder weitere Neugier? Cloister atmete in der trockenen, heißen Luft tief durch und zwang sich dazu, wie ein vernünftiger Mensch zu reagieren. „Nein."

„Ich auch nicht. Ich frage mich, wie das bei Drew ist."

Es LAG im Auge des Betrachters. Was für sein „Freundchen" mit dem Drogenproblem ein verdammt beängstigender schwarzer Hund gewesen war, wirkte auf die Kinder wie ein niedlicher Welpe. Da sie nun die Erlaubnis zum Spielen hatte, war Bourneville in ihrem Element. Die Kinder hatten ihr die Ohren gekrault, an ihrer Rute gezupft und Bälle für sie geworfen. Jetzt sank sie auf einem alten Tennisball herumkauend auf Cloisters Füße, während er sich mit einer ihrer neuen Freundinnen unterhielt.

Kinder mochten ihn. Den Grund hatte er nie ganz verstanden, doch es war derselbe Effekt wie bei seinem Stiefvater. Kinder und Hunde liebten Vincent Witte. Alle anderen besaßen mehr Verstand.

„Kennst du Drew?", fragte er.

Millie rümpfte die Nase und sah sich zu ihrer besorgt wirkenden Mutter um, die ihr aufmunternd zunickte. Alle Eltern wirkten besorgt. Bei den Wohnwagen liefen die Kinder den ganzen Tag unbeaufsichtigt umher. Hier oben durften sie nicht das Blickfeld ihrer Eltern verlassen. Seufzend schob Millie ihre Brille etwas hoch.

„Letztes Jahr waren wir Freunde", antwortete sie. „Aber dieses Jahr nicht."

„Ach nein?"

Sie verdrehte die Augen. „Er hat gesagt, er spielt nicht mehr mit Mädchen oder kleinen Kindern", erklärte sie. „Und er hat mich Brillenschlange genannt."

„Davon hast du mir nichts erzählt", sagte ihre Mutter.

„Weil es mich nicht gestört hat", antwortete Millie in weise klingendem Tonfall. „Er war nur dumm. Er hat behauptet, er hätte jetzt eine richtige *Freundin*, aber er ist erst *zehn*."

Mehr hatte die für ihr Alter so vernünftig klingende Millie nicht zu berichten. Drei Kinder später nahm Bourneville vorsichtig ein Stück Speck aus den fettigen Händen eines kleinen Jungen namens Sean entgegen. Sein Bruder streichelte sie, wie es Kinder taten – als wären ihre Schultern eine Trommel. Der Vater ermahnte ihn immer wieder zur Vorsicht und warf Cloister schuldbewusste Blicke zu. Das Streicheln störte Bourneville nicht, doch da sie nachdenklich die fettigen Kinderfinger betrachtete, erinnerte er sie mit einem kleinen Stups gegen ihre Hüfte daran, sich zu benehmen.

„Er wollte gehen, aber sein Bruder wollte ihn nicht hinbringen", sagte Sean. Er kratzte an seiner Nasenspitze, wo unter sonnenverbrannter Haut neue Sommersprossen zum Vorschein kamen. „Sie finden ihn doch, oder? Wie im Fernsehen?"

„Ich werde alles tun, was ich kann", sagte Cloister.

„Natürlich wird er das", sagte gleichzeitig Seans Vater. „Ich habe dir doch gesagt, er kann nicht weit weg sein."

Er legte Sean eine Hand auf die Schulter, vergrub die Finger in seinem Ben-10-T-Shirt und zuckte mit den Schultern. „Er hatte Albträume", erklärte er. „Ich glaube, das reicht jetzt."

Cloister nickte verständnisvoll und sagte: „Nur noch ganz kurz. Noch eine Frage?"

Seans Vater zögerte. Vermutlich war er hin- und hergerissen zwischen der Sorge um den vermissten Jungen und dem Wunsch, sein eigenes Kind davor zu schützen – als könnte Sean nichts Schlimmes passieren, solange er nichts davon wusste. Anstatt ihn noch lange überlegen zu lassen, stellte Cloister seine Frage.

„Hat Drew sich dieses Jahr irgendwie komisch verhalten?", fragte er. „Hatte er neue Freunde oder hat an einem anderen Ort gespielt?"

Sean verzog nachdenklich den Mund.

„Weiß nicht." Er zuckte mit den Schultern. Dann wand er sich ein wenig und stieß hervor: „Er war echt sauer, weil es sein letztes Jahr war? Er hat gesagt, daran wäre nur Billy schuld. Er war echt sauer. Bringt das was?"

Cloister nickte. „Sogar viel", antwortete er und streckte seine Hand aus. Sean ergriff sie mit seiner klebrigen kleinen und grinste ein lückenhaftes Grinsen, als Cloister sie ernst schüttelte. „Du warst mir eine große Hilfe."

Sean durfte auch Bournevilles Pfote schütteln, während sie ihm ihr bestes Hundelächeln mit heraushängender Zunge präsentierte. Dann wandte sich der Vater mit seinen Kindern ab. Nachdem Cloister ihnen kurz nachgesehen hatte, erhob er sich von dem Stein, auf dem er gesessen hatte. Er klopfte sich den Staub von der Jeans und schaute sich suchend um, auch wenn er nicht wusste, für wen er schauspielerte. Bourneville war es egal und er selbst hatte sich bereits eingestanden, dass er jederzeit genau verfolgte, wo sich Javi befand. Die Anwesenheit des dunkelhaarigen Mannes, der eine solch heftige Wirkung auf ihn zeigte, war wie ein Jucken in Cloisters Nacken.

Oder vielleicht eher in seinen Eiern.

Es verwirrte und beunruhigte ihn. Eigentlich ließ er sich bei der Arbeit von nichts ablenken, ganz sicher nicht von stattlichen Schultern unter maßgeschneidertem

25

Stoff. Vor allem nicht bei einem Vermisstenfall. Das waren nämlich die schlimmen. Er schlief ohnehin nicht viel, doch wenn jemand gesucht wurde, schlief er so gut wie überhaupt nicht. Nur hatte sein Gehirn plötzlich beschlossen, wertvolle Energie für eine hoffnungslose Schwärmerei zu verschwenden.

Vielleicht hatte er doch etwas mehr Schlaf nötig.

Javi stand vor dem Büro und hatte den Kopf gesenkt, um mit einem etwas ungepflegten Mann in abgetragenem Overall zu reden. Dem Sand an den Knien und der scharf wirkenden Baumschere nach zu urteilen handelte es sich um den Gärtner.

Seine Antworten waren leise gemurmelt. Er hatte den Blick gesenkt, die Schultern hochgezogen und fühlte sich offensichtlich unwohl. Entweder fiel es ihm allgemein schwer, mit anderen Menschen zu reden, oder er hatte nur Probleme mit Autoritätspersonen oder gut aussehenden Männern mit eleganten Händen.

Cloister konnte ihn gut verstehen. Er fühlte sich bei diesen drei Dingen ebenfalls unwohl. Nur reagierte er instinktiv eher mit Trotz als mit Unterwürfigkeit. Allerdings besaß er auch eine Waffe und überragte den Gärtner um etwa dreißig Zentimeter.

„Komm mit, Mädchen", sagte er, als er die Leine an Bournevilles Halsband befestigte. „Bei Fuß."

Zurück an die Arbeit. Sie schüttelte sich einmal, um Chipskrümel loszuwerden, und nahm ihre gewohnte Position an seiner Seite ein. Ihre Schulter streifte auf gesellige Weise sein Bein, als sie sich dem Büro näherten. Cloister war bereits bei ihrer Ankunft darüber informiert worden, dass Reed nicht zugegen war. Er hatte einen „wichtigen Termin". Cloister ging davon aus, dass es sich um einen Termin bei seinem Anwalt oder seiner Versicherung handelte. Vielleicht auch beides.

Aus der Nähe betrachtet hatte der Gärtner das wettergegerbte Gesicht einer Person, die im Freien arbeitete. Dadurch konnte man nur schwer sein Alter schätzen. Unter den ungleichmäßigen Stoppeln an seinem Kinn war die Haut rau und voller dunkler Poren. Cloister vermutete, dass er zwischen fünfundzwanzig und dreißig Jahre alt war.

„Ich habe nie einen Jungen alleine weggehen sehen", murmelte der Mann, während er die Nase rümpfte und nervös blinzelte. „Habe ich den anderen Polizisten schon gesagt."

„Ich will nur sicher sein, dass Sie nichts vergessen haben, Matthew", sagte Javi. „Manchmal sagt man, was einem in dem Moment einfällt, und bemerkt erst später, dass man einige Details ausgelassen hat. Sie haben an diesem Abend also keinen Jungen gesehen?"

Matthew zog seine knochigen Schultern noch höher, als er nervös über eine Schramme an seinem Hals kratzte. „Ich habe viele Jungs gesehen. Hier sind immer viele. Ich beachte sie nicht besonders, aber ich seh sie."

26

„Und waren die Söhne der Hartleys dabei?", fragte Javi. „William und Andrew?"

Einer von Matthews Mundwinkeln zuckte und er verlagerte sein Gewicht. „Kann schon sein." Er dehnte die Worte, als zöge er sie mit einer Zange hervor. „Aber nicht alleine. Sonst hätte ich was gesagt."

„Mit wem haben Sie sie gesehen?", fragte Javi.

Der Mann bewegte unruhig die Klingen seiner Schere, wobei der verrostete Bolzen quietschte. „Miteinander", erklärte er. „Der ältere Junge wollte irgendwohin und der kleinere wollte mitkommen."

„Wann war das?"

„Keine Ahnung. Spät. Als ich gefahren bin."

„Haben sie sich gestritten?", fragte Cloister, der sich neben ihnen an einen niedrigen Zaun lehnte. Er knarzte unter seinem Gewicht, hielt ihm aber stand.

„Ich glaube." Der Mann zuckte mit den Schultern. „Wie sich Brüder eben zanken. Kann ich jetzt gehen?"

Javi schrieb noch etwas auf und klappte das kleine Notizbuch zu. „Sicher", antwortete er.

Matthew schloss und sicherte die Schere, schob sie in die Tasche und eilte davon. Sie sahen ihm nach. Sein Hals hatte rote Flecken, wo er frisch rasiert war.

„Warum hast du gefragt, ob sie Streit hatten?", durchbrach Javi nach kurzer Zeit das Schweigen.

„Anscheinend hat Drew den anderen Kindern erzählt, dass es sein letzter Sommer hier wäre. Und dass es an seinem Bruder lag. Außerdem hat er Millie gesagt, er hätte eine Freundin, aber ich glaube, er wollte sie nur beeindrucken."

„Hat es funktioniert?"

„Sah nicht so aus." Kurz flackerte Belustigung in Javis haselnussbraunen Augen auf, verschwand jedoch gleich wieder. Cloister wartete, während Javi sein Notizbuch einsteckte, und räusperte sich. „Es muss nichts heißen. Brüder streiten sich. Bei Kindern gibt es Missverständnisse."

„Aber das könnte es", gab Javi zu. „Bill hat gesagt, er hätte seinen Bruder in der Hütte zurückgelassen, und nicht, dass er ihm nach draußen gefolgt ist."

Das stimmte allerdings. Cloister stieß sich vom Zaun ab, was das Holz zum Quietschen brachte. Nachdenklich wickelte er sich die Leine um die Hand und fühlte den Schweiß darauf.

„Sollen wir uns noch einmal die Stelle ansehen, wo die Spur endet?", fragte er.

Javis Mundwinkel waren angespannt, als er den Blick auf die Hütte der Hartleys richtete. Einen Augenblick später nickte er. „Das machen wir als Erstes", sagte er.

Bei Tageslicht und mit Bourneville an seiner Seite, ohne dass er ihr folgen musste, war die Strecke weniger anstrengend, aber heißer. Der Wind rüttelte an den Bäumen und peitschte mit sandigen Schlägen um ihre Beine und in ihre Gesichter.

Cloister kniff die Augen zusammen und spuckte Staub aus. Javi zog eine Pilotensonnenbrille aus der Tasche – als wäre er ohne dunkles Glas vor den Augen nicht schon schwer genug zu durchschauen.

Die Stelle, an der Cloister die Flasche gefunden hatte, war mit einem gelben Schildchen markiert. Von der grellen Sonne beschienen und durch den Wind sandgestrahlt war das ursprünglich leuchtende Gelb bereits zur Farbe eines alten Eis verblasst.

„Hat er sie einfach nur weggeworfen?", spekulierte Javi. Er drehte sich um, damit er die Entfernung bis zum Retreat abschätzen konnte. „Er ist schon ein ganzes Stück gelaufen, er war müde und es war niemand da, der ihn dafür zurechtweisen konnte, Müll in der Natur zu hinterlassen."

Cloister hockte sich auf den Boden, balancierte auf den Zehenballen.

„Es war ein heißer Abend", antwortete er. „Trocken. Ich hatte Durst. Ich hätte keine Flasche weggeworfen, die noch zu einem Drittel voll war."

Javi wandte sich ihm zu und runzelte die Stirn. Die polarisierende Wölbung der Brillengläser zeigte Cloister sein Spiegelbild mit einem gegen das Sonnenlicht zugekniffenen Auge.

„Das stand nicht im Bericht."

Cloister öffnete das Auge und hielt sich eine Hand neben das Gesicht. „In meinem schon", antwortete er. „Ich habe ein Foto gemacht."

In Javis Kiefer zuckte ein Muskel. „In der Flasche waren nur noch ein paar Tropfen, als sie im Labor ankam. Was hast du mit dem Rest gemacht? Ihn getrunken?"

Cloister stützte sich mit ausgestreckten Fingern am Boden ab, um aufzustehen, und näherte sich dem Baum, wo er mit dem Schuh gegen die harte Kruste aus getrocknetem Schlamm stieß. Verstörte und irritierte Ameisen flohen. „Die Flasche ist ausgelaufen", erklärte er. „Er muss einen Grund dafür gehabt haben, sie wegzuwerfen."

„Zum Beispiel?"

Cloister zuckte mit den Schultern. „Ich bin kein Zehnjähriger. Vielleicht war er wegen irgendetwas wütend? Oder die Limonade hat komisch geschmeckt. Oder …" Er zögerte und richtete den Blick in die Richtung der Grundstücksgrenze. In seinem Kopf lief ein schwitzender Junge über den festgetretenen Sand und wich Hindernissen aus, durch die ein Erwachsener einfach hindurchgestapft wäre. Doch es handelte sich nicht um Drew mit den dunklen Locken, der nur seiner Mutter und seinem Bruder ähnelte, jedoch nicht seinem Vater. „Vielleicht war es auch anders. Vielleicht ist Drew jemandem bis hierher gefolgt und hat gemerkt, dass etwas nicht stimmte …"

„Also lässt er die Flasche fallen", spann Javi den Gedanken fort, während er mit der Hand den Wurf nachahmte, „und läuft weg. Er schafft es bis zur Straße, wo er entweder stolpert oder von seinem Verfolger eingeholt wird."

Das Szenario klang brauchbar, auch wenn Javi dabei nicht besonders glücklich wirkte. Cloister musste zugeben, dass es für Drew nicht gut klang – oder für Billy, wenn es stimmte, dass Matthew sie zusammen gesehen hatte.

„Die Suchtrupps arbeiten noch", sagte er.

„Zwei Tage", erinnerte ihn Javi.

Sie gingen den Rest des Weges bis zur alten Straße. Die tiefen Radspuren waren durch die kreuz und quer fahrenden Polizeiautos geglättet worden und am Straßenrand war ein Kastenwagen geparkt, der als fahrbares Hauptquartier für die Suche diente. Als sie sich näherten, sah er Tancredi auf der Stoßstange sitzen, wo sie mit hochgekrempelten Ärmeln und Schweißtropfen im Gesicht einen Bericht verfasste. Auf der anderen Straßenseite blitzten zwischen den Bäumen gelbe Westen auf, als sich die Suchenden in Richtung der Hauptstraße vorarbeiteten.

Glücklicherweise mussten sie diesmal nicht unter dem Zaun hindurchkriechen. Der Draht war durchgeschnitten und aufgerollt worden, um den Zugang zu erleichtern.

„Tancredi", begrüßte sie Cloister. „Irgendetwas Neues?"

Sie wischte sich den Schweiß vom Gesicht. „Nichts." Als sie den Kopf hob und Javi entdeckte, erhob sie sich hastig. „Tut mir leid", sagte sie, während sie sich ungeduldig eine Fliege aus dem Gesicht wedelte. „Ich wusste nicht, dass Sie hier sind, Sir."

Cloister fiel ein, dass Tancredi sich im Vorjahr beim FBI beworben hatte. Wegen ihrer anschließenden Schwangerschaft hatte sie die Bewerbung zurückgezogen, doch ihr Bemühen, Javi zu beeindrucken, ließ ihn vermuten, dass sie erneut darüber nachdachte.

„Sie brauchen mich nicht Sir zu nennen", sagte Javi. „Agent Merlo reicht völlig."

Tancredi biss sich auf die Unterlippe. Eine schwache Röte legte sich auf ihren Hals. „Verstanden, Agent Merlo."

Cloister wandte sich ab, wobei er Javis Arm leicht mit seiner Schulter anstieß und murmelte: „Arschloch."

Javi hatte es vermutlich gehört. Wenn es so war, ignorierte er es.

„Wie weit wurde das Suchgebiet ausgedehnt?", fragte er Tancredi. Sie führte ihn um das Fahrzeug herum, um ihm die Karten im Innern zu zeigen.

Die Leine zupfte an Cloisters Hand. Er senkte den Blick zum Ende des gewebten Nylon. Bourneville lehnte sich gegen ihr Halsband und ihre Rute zuckte, als hätte sie etwas gerochen. Vielleicht nur ein Tütchen Gras, das ein freiwilliger Helfer verloren hatte. Schließlich befanden sie sich in Kalifornien und die Sheriffs hatten immer den Verdacht gehabt, dass nicht alle Cannabispflanzen aus dem Retreat entfernt worden waren.

Nicht das, wonach sie suchten, doch es wäre eine leichte Aufgabe für Bourneville und sie konnte einen Erfolg gebrauchen. Auch wenn sie die Details der Suche nach einem vermissten Kind und der mit jedem Tag schwindenden Hoffnung wahrscheinlich nicht begriff, wusste sie, dass sie etwas für ihn finden sollte. Wenn sie es nicht tat, merkte man ihr ihre schlechte Stimmung an.

Außerdem war Cloister weichherzig genug, um zu glauben, dass sie wenigstens etwas von der ganzen Sache verstand – zumindest, dass manche Fälle ihm mehr zusetzten als andere.

Also gab er nach und ließ die Leine länger, als sie den Straßenrand absuchte, wobei der staubige Wind sie zum Niesen brachte. Dann fand sie den Geruch, dessen Moleküle sie gelockt hatten und ihre Nase blieb dicht am Boden, als sie zum Zaun hinaufkrabbelte. Mit einem frustrierten Winseln versuchte sie, sich in den aufgerollten Draht zu zwängen.

„Bourneville, Platz", bellte Cloister. Ein tiefes Brummen löste sich aus ihrer Brust, doch sie warf sich auf den Boden und lag bebend da, bis er sie erreicht hatte. „Braves Mädchen."

Cloister wickelte die Leine auf, während er an ihre Seite kletterte, und schlang sie um sein Handgelenk. An ihrer Pfote war Blut zu sehen, leuchtend rot auf ihrem rostbraunen Fell. Cloister senkte sich auf ein Knie hinab, um sie genauer zu untersuchen. Das spitze Ende des Drahtes hatte sich in ihren Pfotenballen gebohrt und ein großer Blutstropfen trat hervor, als Cloister ihre Zehen bewegte. Doch es blutete nicht von selbst weiter, weshalb es nicht besonders ernst sein konnte. Bourneville winselte leise, als er sich mit der verletzten Pfote beschäftigte, doch der größte Teil ihrer Aufmerksamkeit war nach wie vor auf die Drahtrolle gerichtet.

Es war leichter, ihr ihren Erfolg zu lassen, als sie fortzuziehen. Cloister beugte sich vor, um seine Finger durch die rautenförmigen Löcher zu schieben. Mit einem Ruck zog er den Zaun zur Seite, auch wenn sich der elastische Draht dabei in seine Finger drückte. „Bring!"

Bourneville schoss vorwärts, kratzte über den Boden und zog etwas Rechteckiges und Weißes heraus. Vorsichtig hob sie es mit den Zähnen auf. Dann setzte sie sich vor Cloister, legte das Handy vor ihn auf den Boden und sah ihn erwartungsvoll an.

„Braves Mädchen", sagte er und streichelte ihr abwesend über den Kopf, während er den Draht losließ. Er schnappte zurück in die aufgerollte Position, wobei die scharfen Enden Linien in den Boden kratzten. Cloister schüttelte seine Hand, um wieder Blut in die abgeschnürten Finger zu befördern, und rief: „Tancredi, haben wir hier Handschuhe?"

Die hatten sie. Doch es war Javi, der sie überstreifte und nach dem Handy griff, bevor Cloister etwas sagen konnte. Bourneville knurrte – ein dumpfes Geräusch, das tief aus ihrer Kehle bis zur Nasenspitze bebte. Javi erstarrte und Anspannung zitterte in seinen Schultern.

„Schon gut", sagte Cloister und legte Bourneville eine Hand auf die Schulter, um die Finger in ihrem Fell zu vergraben. „Lass ihn."

Sie gab noch ein leises Grollen von sich, aber senkte die Lippen wieder über die Zähne und wich etwas zurück. Javi nahm das Handy, verzog das Gesicht und wischte den Hundespeichel an seiner Hose ab. Nachdem er es gesäubert hatte, presste er den Daumen auf den Home-Button. Der dünne Latexhandschuh blieb kurz am Plastik kleben, doch der Bildschirm leuchtete auf. Javi wischte in vertikaler Richtung über den Bildschirm.

„Gesperrt?"

„Nachrichten", antwortete Javi tonlos. Seine Lippen pressten sich zu einer schmalen Linie zusammen und die Haut spannte sich über seinen Wangenknochen. „Billys Freundin möchte wissen, warum er ihr nicht antwortet."

Javi erhob sich mit einer einzigen fließenden Bewegung und befahl Tancredi: „Besorgen Sie mir eine Asservatentüte und ein Auto, das mich zum Retreat bringt."

Ihr Haar hüpfte auf und ab, als sie enthusiastisch nickte und zum Kastenwagen rannte.

„Es muss nicht bedeuten, dass die Familie etwas damit zu tun hat", sagte Cloister. „Sie wollten doch gestern herkommen, um bei der Suche zu helfen. Vielleicht hat er es dabei verloren."

Selbst durch die dunklen Brillengläser spürte Cloister den bösen Blick.

„Du bist für Hunde zuständig, nicht für Ermittlungen", erinnerte Javi ihn. Er hielt zwischen Daumen und Zeigefinger das Handy in die Höhe. „Und im Augenblick sieht es so aus, als wärst du selbst darin nicht besonders gut. Also überlass das doch lieber den Leuten, die sich damit auskennen."

Sein Mund verzog sich zu einem harten Ausdruck und er wandte sich ab, um steif zur Straße hinunterzustapfen. Cloister sah ihm nach, wobei er die Zähne so fest zusammengebissen hatte, dass sein Kiefer schmerzte. Er konnte sich nicht entscheiden, ob er das überhebliche Lächeln lieber mit einem Faustschlag oder mit einem Kuss von Javier Merlos hübschem, verdammtem Mund beseitigt hätte. Oder verdammt hübschem Mund.

Egal, sagte er sich dann, während er Bourneville mit einem Schnalzen aufforderte, ihm zur Straße zu folgen. Er konnte sich beides sehr gut vorstellen.

6

KEN SACKTE wie ein völlig erschöpfter Mann zusammen und sank kraftlos auf das riesige cremefarbene Sofa. Kummer und Sorge schienen dem Luxus der Hütte seinen Glanz geraubt zu haben. Der Parkettboden war mit Staub und schmutzigen Fußspuren bedeckt, während an den Wänden aufgerissene Pappkartons mit frisch gedruckten VERMISST-Postern aufgereiht waren. Der Geruch von warmem Papier und Tinte überdeckte beinahe den säuerlichen von Essen, auf das niemand Appetit hatte.

„Wir wollen nur mit Bill reden", sagte Javi. Es war immer eine Lüge, doch diesmal fühlte es sich noch mehr danach an. „Was den Abend betrifft, an dem Drew verschwunden ist, gibt es noch ein paar Kleinigkeiten, die wir klären wollen."

Trotz ihres angespannten Gesichts und der dunklen Ringe unter ihren Augen war der wütende Blick, mit dem Lara ihn daraufhin ansah, ausgesprochen kraftvoll.

„Was glaubst du, mit wem du redest?", fragte sie. „Du kannst hier mit ihm sprechen oder du kannst aus meinem Haus verschwinden."

„Lara ..."

Ihre Lippen bebten kurz, doch dann presste sie sie finster zusammen und blinzelte die Tränen aus ihren Augen. Mit fliegenden Locken schüttelte sie den Kopf. „Nenn mich nicht so. Im Moment sind wir keine Freunde. Und wenn du meinen Sohn mitnimmst, werden wir das nie wieder sein."

Die Worte legten sich in Javis Kehle wie ein Kieselstein. Sie überraschten ihn. Er hatte Freunde – wenn man als *Freund* jemanden bezeichnete, den man im Notfall um einen Gefallen bitten konnte. Lara hatte ihn zum Thanksgiving-Essen eingeladen. Er war nicht hingegangen, doch es war eine nette Geste gewesen.

„Ich mache nur meine Arbeit", antwortete er. „Wenn wir Drew finden wollen, müssen wir jedem Hinweis nachgehen. Auch wenn es euch nicht gefällt."

„Nein. Nein", sagte Lara. „Du findest mein Baby nicht, indem du mir meinen Sohn wegnimmst. So funktioniert das nicht. Nein."

„Ich fürchte doch", antwortete Javi. Mit einem bitteren kleinen Nicken gab er dem Deputy die Erlaubnis, seine bittere kleine Aufgabe auszuführen. Der Mann löste Billy aus Laras Griff und führte ihn mit einer fest um seinen Ellbogen gelegten Hand aus der Hütte. Ken hievte sich endlich vom Sofa hoch und näherte sich Lara, um sie zu umarmen, doch sie schob seinen Trost von sich.

„Es wird schon gut gehen, Lara", sagte er. „Wir müssen der Polizei vertrauen. Sie will nur Drew finden."

Lara ballte ihre Hände so fest zu Fäusten, dass es schmerzhaft aussah. Die Sehnen in ihren knochigen Handgelenken traten deutlich hervor. Sie schloss die

Augen, schluckte schwer und schwankte leicht. Als Javi bereits befürchtete, sie würde ohnmächtig werden, atmete sie plötzlich tief durch und straffte die Schultern.

„Mein Sohn ist verschwunden. Jemand hat ihn entführt. Ihr solltet ihn suchen, anstatt Billy zu beschuldigen. Er liebt seinen Bruder."

„Das bestreite ich nicht. Und ich sage nicht, dass er etwas getan hat", antwortete Javi. „Ich möchte nur mit ihm reden und es ist für alle das Beste, wenn wir es offiziell machen."

Lara schniefte klebrig und entfernte sich einen Schritt von Ken, um die Arme zu heben und die schwere Flut ihrer Locken mit einem Haarband zusammenzufassen. „Weißt du, was mein Vater sagen würde, wenn er hier wäre?", fragte sie. „Vertrau der Polizei, aber besorg dir einen teuren Anwalt."

Sie nahm ein Schlüsselbund und einen Stapel Poster vom Tisch, bevor sie Ken musterte. Selbst aufrecht stehend wirkte er noch immer etwas zusammengesunken, als wäre etwas, das ihm sonst Auftrieb gab, aus ihm entwichen.

„Sei nicht so nutzlos", sagte Lara. Es war keine Beleidigung. Sie klang nicht wütend. Es handelte sich lediglich um eine neutrale Aufforderung. Dann richtete sie einen kühlen Blick auf Javi. „Wir treffen uns beim Revier. Falls ihr mit meinem Sohn redet, bevor ich dort bin, wirst du es bereuen. Und du kannst mich mal."

Damit stolzierte sie aus der Hütte.

Ken schluckte, fuhr sich mit einer Hand über das Gesicht und rieb mit Daumen und Zeigefinger über seine geschwollenen Lider.

„Ihr befolgt nur die Vorschriften, oder?", fragte er. Ken war Orthopäde. An diese Art von Stress war er nicht gewöhnt. „Du weißt doch, dass Billy das nicht getan hat? Dass er das nie tun würde?"

Vermutlich hatte er nicht so zweifelnd klingen wollen. Javi legte ihm kurz eine Hand auf die Schulter.

„Du solltest Lara begleiten", sagte er. Er hätte etwas wie „sie braucht dich" hinzufügen sollen, doch es wäre so unehrlich gewesen, dass ihm die Worte im Hals stecken blieben. Die einzige Person, der Kens Anwesenheit helfen würde, war Javi. Ken besaß den gesunden Respekt vor Autoritätspersonen, den man in der Mittelschicht häufig antraf.

Nach kurzem Zögern, als erwartete er etwas, nickte er und folgte Lara. Keiner von beiden machte sich die Mühe, die Tür abzuschließen. Vielleicht gab es einfach nichts mehr, das sie zu verlieren fürchteten.

Auf dem Weg zum Auto bemerkte er Matthew, den Gärtner, der von einem trockenen Stück Rasen aufschaute und zusah, wie Billy zu einem Streifenwagen geführt wurde. Er war der erste Gaffer, würde jedoch nicht der letzte sein. Am nächsten Tag würde Billy eine gewisse Berühmtheit erreicht haben.

JAVI STAND im mit Glas und Bronze verkleideten Aufzug, der ihn aus dem Parkhaus brachte, und las mit finsterem Blick seine E-Mails. Bewilligung der Finanzierung einer Arbeitsgruppe, die sich mit den neuen Meth-Dealern in der Stadt befasste. Die Bitte um „nähere Erläuterungen" zu mehreren von ihm verfassten Berichten. Fünf Nachrichten der alten Freunde von Saul unter seinen Kollegen, die nach Neuigkeiten zum Fall fragten.

„Fuck", brummte er, während er alles in einen „Später erledigen"-Ordner verschob.

Wenn es so weiterging, konnte er bald nur noch Cloister Witte fragen, wenn er einen Gefallen brauchte. Und musste ihn dann vermutlich dafür zum Essen einladen. Er betrachtete den Gedanken misstrauisch, während der Aufzug im richtigen Stockwerk hielt, beschloss dann aber, dass er einigermaßen harmlos war. Dann stellte er sich eben gern vor, Cloister zum Essen einzuladen – und danach noch einiges in einem netten Hotelbett zu tun. Das bedeutete nicht, dass er es auch in die Tat umsetzen und gegen seine Kein-Sex-wo-man-wohnt-Regel verstoßen würde.

Dabei wäre es vermutlich ein günstiges Date. Cloister wirkte, als wäre ihm ein Filet-O-Fish bei McDonald's lieber als mit Sesam sautierter Ahi bei Truluck's.

Als sich die Türen öffneten, schob er den flüchtigen Gedanken von sich. Am Ende des kurzen Flures sah die Mitarbeiterin der Verwaltung von ihrem Computer auf und nickte knapp, als sie ihn erkannte. Sie begann, Unterlagen von ihrem Schreibtisch zusammenzusuchen und nach Wichtigkeit geordnet zu stapeln, um sie ihm zu überreichen, bevor er das Büro betrat. Er durchquerte mit großen Schritten den Flur und schob die Tür auf, damit sie beginnen konnte.

„Agent Merlo." Sie stand auf und schob den Stapel Papiere in ihre Armbeuge. Unter dem gepflegten Pagenkopf aus grau werdendem Haar, wie es die Mode heutzutage erlaubte, zeigte ihr Gesicht heute einen leicht missbilligenden Zug um den Mund. „Der Sheriff hat angerufen. Die Hartleys sind in der Station eingetroffen und er wartet auf Sie, bevor er ihren Sohn verhört."

Ah. Javi blieb stehen, ließ die Tür hinter sich zufallen und schob sein Handy in die Tasche. „Ist das ein Problem, Sue?", fragte er.

Sie blinzelte und schob ihre Brille etwas hinauf. „Meinen Sie auf persönlicher oder auf professioneller Ebene?"

„Auf professioneller."

„Dann nicht", antwortete sie. „Meine Aufgabe ist es, hier alles zu organisieren, Agent Merlo. Dabei spielt meine persönliche Meinung keine Rolle."

Saul hätte sie trotzdem gefragt, was ihre persönliche Meinung war. Wohl einer der Gründe dafür, dass er Saul mehr gemocht hatte als ihn. Lara hatte Ms. Daly mit ziemlicher Sicherheit zu einem ihrer Barbecues eingeladen.

„Gut", sagte Javi. „Dann will ich sie nicht länger warten lassen. Gibt es noch etwas, das ich sofort erledigen muss? Oder kann es bis zum Abend warten?"

Sie teilte einen roten Ordner aus ihrem Stapel an ihn aus. „Ich brauche Ihre Unterschrift für diese Anschaffungen." Er schlug den Ordner auf, überflog, hakte ab und unterschrieb.

„Wir haben vom Labor immer noch nichts zum Inhalt der Flasche gehört", sagte sie. Javi hielt mitten in einer Unterschrift inne und hob mit gerunzelter Stirn den Blick. Sie zuckte mit den Schultern. „Ein Fall in Los Angeles hatte Vorrang. Mit Sauls Namen konnte ich das Ganze etwas beschleunigen, aber ganz so schnell geht es nicht."

Er nickte. In einer Zweigstelle zu arbeiten, hatte seine Vorteile – sonst wäre er nicht mehr hier gewesen –, doch manchmal hätte es nicht geschadet, sich in der Nähe des Labors zu befinden, um es leichter von einer schnelleren Bearbeitung überzeugen zu können. Nachdem er das letzte Formular unterschrieben und den Stapel mit der Kante auf den Tisch geklopft hatte, um ihn zu ordnen, gab er ihn zurück. „Was ist mit den Dateien, um die ich gebeten habe?"

„Ich habe Sauls – Agent Lees – Fallakten auf Ihren Server hochgeladen. Alle, bei denen es nicht zu einer Gefängnisstrafe kam oder bei denen dem Verdächtigen nichts nachgewiesen werden konnte. Und die vielen alten Morddrohungen, die er bekommen hat. Die meisten wirken … theatralisch, aber das muss nicht bedeuten, dass niemals ernste Absichten dahinterstehen. Es ist eine ziemlich große Datei. Glauben Sie wirklich, der Fall könnte damit zu tun haben?"

„Solange die Ermittlungen laufen, möchte ich keine Möglichkeit ausschließen", sagte er.

Ihre Augenbrauen hoben sich um ein sorgfältig bemessenes Stück. „Nicht mein Fachgebiet." Sie drehte sich um, damit sie die Ordner auf dem Schreibtisch platzieren konnte, und warf einen Blick auf ihre Armbanduhr. „Ich werde heute etwas früher Mittagspause machen. Und da ich mich jetzt in meiner Freizeit befinde mal ganz persönlich: Dieser Junge hat nichts getan, Agent. Daran sollten Sie denken."

So sagte sie ihm ihre Meinung und ging, ließ die Glastür hinter sich zufallen. Verärgerung stieg in seiner Kehle auf. Er konnte sie schmecken, als er in sein Büro stapfte, sich einloggte und auf den Server zugriff. Nachdem er mit ungeduldigen Fingern das Passwort eingegeben hatte, schickte er die Dateien an sein Tablet, um sie später lesen zu können. Warum taten alle, als hätte er William Hartley einer furchtbaren Tat beschuldigt? Er wollte nur zu gern glauben, dass Billy unschuldig war. Er suchte instinktiv nach einer anderen Erklärung.

Doch die Hinweise deuteten in eine bestimmte Richtung und es war sein Beruf, ihnen nachzugehen. Das hatte Saul ihm beigebracht.

Da sein Zwischenstopp im Büro damit beendet war, loggte er sich aus und machte sich auf den Weg nach unten. Dem Sheriff teilte er in einer Nachricht mit, dass er in fünfzehn Minuten da sein würde, doch letztendlich brauchte er zwanzig. Als er die Station erreichte, stand bereits die dem Wind trotzende Presse vor dem Gebäude.

„Special Agent Merlo, können Sie uns etwas dazu sagen, warum die Hartleys hier sind?"

„FBI-Agent Javier Merlo ist Minuten nach der Familie des vermissten Jungen an der Polizeistation eingetroffen."

„Drew Hartley ist nun seit drei Tagen verschwunden. Hätte sich die Polizei früher auf sein direktes Umfeld konzentrieren sollen?"

Javi wiederholte „kein Kommentar", während er sich durch die Menge kämpfte. Das Blitzlicht einer Kamera flackerte auf und ein abgelenkter Teil seines Verstandes fragte sich, wie das Foto am nächsten Tag präsentiert werden würde – Held oder Versager?

Am Eingang saß eine andere Person als am Morgen. Javi musste einen Blick auf seine Uhr werfen, um sicher zu sein, dass seitdem bereits genug Zeit für einen Schichtwechsel vergangen war.

„Agent", sagte der junge Mann, während er sich einen Kugelschreiber hinters Ohr schob. „Die Hartleys sind im Vernehmungsraum und der Sheriff erwartet Sie."

„Danke", antwortete Javi. „Könnten Sie nach ihnen sehen und ihnen Wasser und Kaffee besorgen, wenn sie etwas trinken möchten?"

Obwohl der Mann – hätte Javi sich bemüht, hätte er sein Namensschild lesen können – kurz überrascht wirkte, nickte er.

Es hatte keinen Sinn, Billy Unbehagen durch Durst zu verursachen. Damit hätte er die Familie nur noch mehr vor den Kopf gestoßen und auf eine Art waren sie noch immer Opfer. Mit der Presse vor der Tür durfte er das nicht vergessen.

Javi steuerte auf Fromes Büro zu und kündigte sich mit einem flüchtigen Klopfen an. Durch Glas und Holz nahm er das Brummen einer Stimme wahr, doch erst beim Eintreten wurde ihm klar, dass Frome gerade Cloister disziplinierte.

Sein Gehirn stolperte kurz über das Wort, mit dem es dunkle Hitze und gerötete Haut assoziierte, doch hier ging es nicht um die sexy Art von Bestrafung.

Frome war so verärgert, dass an seinen Schläfen pochende Adern hervortraten, und Cloister wirkte … leblos – mit verschränkten Armen auf seinem Stuhl zusammengekauert und sein schmales, noch immer nicht hübsches Gesicht zeigte keine Regung.

„… viele Freiheiten gehabt, weil Sie einer unserer besten Hundeführer sind, also verscherzen Sie sich das nicht, Witte. Nicht, wenn Sie Ihre Stelle und Ihren Hund behalten wollen."

Cloister blinzelte und wartete.

Es war das Gesicht einer Person, die viel Übung darin hatte, Schlimmes über sich ergehen zu lassen, ohne zu reagieren. Javi wusste nicht, was es über ihn sagte, dass er es sich gedanklich für die Zukunft notierte. Gut oder schlecht, er tat es.

„Haben Sie etwas zu sagen?", fragte Frome.

Cloister bewegte sich zum ersten Mal etwas auf dem Stuhl und hob leicht den Kopf. Seine erste Reaktion außerhalb der kontrollierten Zurückhaltung, die noch für ein ausdrucksloses Gesicht und ruhig auf seinem Bizeps liegende Hände sorgte.

„Nein", antwortete er. „Sir."

Gereiztheit dehnte Fromes Wangen zu flachen Ebenen. „Unverschämtheit kann Ihre Fehler nicht wiedergutmachen, Witte. Dank Ihnen haben wir Zeit damit verschwendet, den Jungen am falschen Ort zu suchen."

Der Seitenhieb traf einen wunden Punkt, auch wenn Javi nicht sicher war, dass Frome es bemerkte. Cloisters Augen verengten sich für eine Sekunde, bevor sich sein Gesicht wieder entspannte.

„Sir." Seine Stimme war tonlos.

„Andererseits", unterbrach Javi, „wissen wir dank ihm überhaupt erst, dass wir am falschen Ort gesucht haben."

Er wusste nicht, weshalb er plötzlich das Bedürfnis verspürte, Cloister zu verteidigen. An der langsam siedenden Lust konnte es nicht liegen. Sie hatte ihn nicht daran gehindert, es zu melden, als Cloister ihm gesagt hatte, er könne ihn am Arsch lecken. Und viel Dank brachte es ihm auch nicht ein, nur ein Brummen von Frome und einen kurzen, verschlossenen Blick von Cloister.

„Soll ich das gefundene Handy zum Labor schicken?" Frome nahm hinter seinem Schreibtisch Platz, wischte sich über die Stirn und tupfte sich den Schweiß vom Haaransatz.

„Noch nicht", antwortete Javi. „Ich glaube, hier ist es im Moment nützlicher. Wollen Sie bei der Befragung anwesend sein, Lieutenant?"

„Ich glaube, das ist nicht nötig", antwortete Frome. „Sie kennen sie bereits. Wenn ich mich jetzt einmische, sorgt es nur für Verwirrung."

Was er *meinte*, war, dass die Konsequenzen dann ihn treffen könnten und er sie lieber in Richtung des FBI lenken wollte. Javi störte das nicht – ihm war es lieber, die Kontrolle über einen Fall zu behalten –, doch er ließ sich auch nicht täuschen.

„Kann ich mir Deputy Witte ausleihen?", fragte er.

„Sie können ihn behalten", antwortete Frome. Er zeigte über den Schreibtisch hinweg auf Cloister. „Seien Sie, was Agent Merlo möchte. Sagen Sie, was er möchte. Tun Sie, was er möchte. Wenn Sie sich nicht daran halten, werde ich Sie für den Rest des Falles suspendieren und den Hund Kent zuteilen."

Javi musste sich räuspern, um sich von der Vielfalt unterhaltsamer Szenarios abzulenken, die er mit diesen Anweisungen herbeiführen konnte. Es gab Wichtigeres zu tun, doch es kam nicht jeden Tag vor, dass ein Bekannter aus dem Berufsleben seine privaten Vorlieben so genau traf. „Er muss ihnen nur unsere bisherigen Erkenntnisse präsentieren", sagte Javi. „Sie kennen ihn und Lara weiß, dass er da draußen nach ihrem Sohn gesucht hat. Zurzeit wird sie auf ihn positiver reagieren als auf mich und das möchte ich ausnutzen."

37

Cloister runzelte die Stirn und verlagerte sein Gewicht, wobei der billige Plastikstuhl quietschte und sein Rand an der Naht seiner Jeans hängen blieb. „Für Verhöre bin ich nicht zuständig."

„Was habe ich Ihnen *gerade* erst gesagt?", fragte Frome streng. „Wollen Sie etwas wiedergutmachen und den Jungen finden? Dann befolgen Sie Agent Merlos Anweisungen."

Obwohl ein selbstgefälliges Grinsen kontraproduktiv gewesen wäre, konnte er es nur mit Mühe unterdrücken. Javi nickte Frome zu. „Ich gehe jetzt und rede mit ihnen. Aber bis wir mehr wissen, möchte ich immer noch Reed für eine offizielle Befragung herbringen lassen. Hat sich da schon etwas ergeben?"

In Fromes finsterem Blick schwang etwas mit. Es hätte sich um Frustration darüber handeln können, den Besitzer des Retreat noch nicht vor Ort zu haben, doch er vermutete eher Enttäuschung, weil Javi weiterhin auch in diese Richtung ermitteln wollte. Aus politischer Sicht wäre es wesentlich praktischer gewesen, die Eltern oder den Bruder als Schuldige zu entlarven.

„Noch nicht", sagte Frome. „Aber ich sage Bescheid."

Javi überließ ihn wieder seiner Arbeit und trat gefolgt von Cloister auf den Flur hinaus. Er senkte den Blick. Am Hosenbein von Cloisters Uniform waren Hundehaare zu sehen, doch kein Hund.

„Hast du deine bessere Hälfte in den Zwinger gesteckt?"

„Sie ist in ihrem Freilaufgehege", bestätigte Cloister. Oder verbesserte. Er runzelte die Stirn und die geraden Brauen zogen sich über der weniger geraden Nase zusammen. „Ich fühle mich nicht wohl dabei, diese Befragung zu machen."

„Gut", antwortete Javi. „Dadurch wirst du ihnen sympathischer. Denk nur daran, was dein Chef dir gesagt hat, und befolge Anweisungen."

Die Worte genoss er vermutlich mehr, als er sollte, doch das Gefühl ließ schnell nach, als er sich auf ihre unangenehme Aufgabe konzentrierte. Es war niemals leicht, einen Minderjährigen vor seinen Eltern zu befragen. Erst recht nicht, wenn man sie kannte.

„Sei einfach still, bis ich dich auffordere, etwas zu sagen", wies er Cloister an. Dann musterte er ihn mit zweifelndem Blick und verzog den Mund zu einem schiefen Lächeln. „Und versuch, etwas weniger danach auszusehen, als wolltest du jemanden verprügeln."

Cloister seufzte. „Du richtest dich hier nicht gerade nach meinen Stärken."

Der kurz aufblitzende staubtrockene Humor überraschte Javi so sehr, wie es das narbendurchbrochene Tattoo auf Cloisters Rippen getan hatte. Ein weiterer Hinweis darauf, dass mehr hinter der betont schlichten Fassade steckte. Javi ärgerte sich darüber, das wissen zu müssen.

„Verstehen wir uns, Deputy Witte?" Er benutzte die formelle Anrede, um sich wieder etwas zu distanzieren. „Wenn Sie mir da drinnen in den Rücken fallen, wird Lieutenant Frome Ihre geringste Sorge sein."

„Keine Angst, *Special Agent* Merlo", sagte Cloister und zuckte träge mit einer Schulter. „Ich mache mir wegen keinem von euch beiden Sorgen."

Javi lächelte, um die Anspannung in seinem Kiefer zu lösen, und hörte das Gelenk knacken. „Dann wird es wohl Zeit, Lara zu sagen, dass ihr Sohn vermutlich seinen Bruder getötet hat."

7

DER VERHÖRRAUM war ein Relikt aus vergangener Zeit. Die Farbe des im typischen Grün staatlicher Einrichtungen gehaltenen Putzes sickerte immer tiefer in die Ritzen und an einer Stelle war eine verdächtig kopfförmige Delle zugespachtelt worden. Die Plastikabdeckung der Leuchtstoffröhre an der Decke war von fünfzig Jahren Nikotin verfärbt. In die Mitte des alten, abgenutzten Tisches war ein Metallring eingelassen, zerkratzt und verbeult von den Handschellen, die seit Jahren daran befestigt wurden.

Billy konnte seinen Blick nicht von dem einschüchternden Halbkreis aus Metall abwenden. Er saß vornübergebeugt auf seinem Stuhl und zupfte mit nervösen Fingern an seinen Nägeln herum, während sein Anwalt und seine Mutter rechts und links von ihm saßen. Lara wirkte, als wäre ihre Wirbelsäule durch eine Metallstange ersetzt worden – so aufrecht, dass man es beim Zusehen in den eigenen Muskeln spürte – und sie hatte Billy einen Arm um die Schultern gelegt.

J. J. Diggs war die Art von Anwalt, bei der jeder Hai gegen einen Vergleich mit ihm protestiert hätte – reich, anspruchsvoll gekleidet und vollkommen amoralisch. Saul hatte ihn gehasst, doch er konnte verstehen, warum Lara ihn angerufen hatte. Wenn man nachzählte, hatte er das FBI bei vier wichtigen Fällen fertiggemacht, hatte zweimal heftig verloren und, auf persönlicher Ebene, war einmal kräftig von Javi durchgefickt worden.

Es verstieß nicht direkt gegen Javis „nicht wo man wohnt"-Regel. Diggs Kanzlei befand sich in LA.

„Sie waren wohl zufällig in der Nähe, als Lara angerufen hat?", fragte Javi mit hochgezogener Augenbraue.

Diggs erwiderte sein Lächeln mit perfekten Zähnen und viel Übung. „Ist das nicht ein Glück?" Er rückte seine Krawatte zurecht, sodass sich der Knoten über seinem Adamsapfel befand. „Ich gehe davon aus, dass es nicht lange dauern wird. Meine Klienten sind offensichtlich darauf bedacht, möglichst schnell zum Retreat zurückzukehren und die Suche nach ihrem Sohn fortzusetzen."

„Wir alle wollen Drew finden", sagte Cloister. Beim rauen Klang der gedehnt gesprochenen Worte warf Diggs ihm einen kurzen, prüfenden Blick zu, der die groben Kanten und die breiten Schultern registrierte. „Wenn wir nicht der Meinung wären, Billy könnte helfen, wären wir jetzt nicht hier. Wir wären noch da draußen beim Suchen."

Die schlichte Aufrichtigkeit in Cloisters Stimme traf Lara und ihr Rücken verlor etwas von der stählernen Steifheit. Cloister wirkte wie ein schrecklich schlechter Lügner. Es stand ihm ins nicht gerade hübsche Gesicht geschrieben.

Doch Ehrlichkeit konnte einem ebenfalls weiterhelfen, wenn man wusste, wie man sie einsetzte.

Javi konnte sich später dafür hassen.

„Sie sollten lieber damit weitermachen", unterbrach Diggs, „anstatt die Familie wegen irgendeines erfundenen Verdachts zu schikanieren, mit dem Special Agent Merlo seine Aufklärungsquote verbessern möchte."

Billy bewegte sich auf seinem Stuhl und richtete sich etwas auf, um so gerade zu sitzen, wie ein Teenager es eben tat. Er verschränkte seine Finger auf dem Tisch und presste sie fest zusammen, bis sie sich knickten.

„Ich will helfen", sagte er. „Wenn Sie Fragen haben, beantworte ich sie."

„Billy." Diggs hob eine Hand. „Lass mich …"

„Nein." Billy schüttelte den Kopf. „Ich möchte helfen, meinen Bruder zu finden. Ich habe ihm nichts getan. Er ist mein *Bruder*."

Javi beugte sich vor. „Das behauptet ja auch niemand, Billy", antwortete er. Noch nicht. „Du hast uns die Wahrheit gesagt, aber nicht die ganze Wahrheit."

„Das stimmt nicht", sagte Lara. Ihre Finger legten sich fester auf Billys Arm, bis der Stoff des Ärmels darunter Falten bildete. „Billy hat alles erzählt. Er hat Drew in der Hütte zurückgelassen und etwas Schreckliches ist passiert. Hätte er lügen wollen, hätte er es dabei getan."

Billy schluckte schwer. Sein Adamsapfel hüpfte in der Kehle, knochig unter vom Rasieren geröteter Haut. Er blinzelte zweimal.

„Aber Drew ist nicht in der Hütte geblieben, stimmt's, Billy?", fragte Javi.

„Ich weiß nicht …"

Javi ignorierte ihn und fuhr fort: „Wir haben einen Zeugen, der dich an dem Abend bei einem Streit mit Drew gesehen hat. Er wollte mitkommen, oder? Seinen großen Bruder begleiten."

„Nein."

„Das muss genervt haben", sagte Javi. „Als ich ein Teenager war, hätte ich mich nicht gern mit einem Zehnjährigen abgegeben. Nicht, wenn ich Mädchen beeindrucken wollte."

Auf der anderen Seite des Tisches hob Diggs den Kopf, um ihm wegen dieser Behauptung einen amüsierten Blick zuzuwerfen. Sein Kugelschreiber kratzte über einen Notizblock.

„Sie sind nicht mein Klient", sagte er. „Billy war ein liebender Bruder."

„Ist", sagte Lara.

„Er *ist* ein liebender Bruder", verbesserte Diggs sich umgehend. Er berührte kurz Laras Hand. „Und wir wissen, dass Drew aus der Hütte verschwunden ist. Also ist mir nicht klar, worauf Sie hinauswollen, Agent."

Javi sah zu, wie Billy auf der Innenseite seiner Lippe kaute. „Hat Drew angedroht, euren Eltern zu verraten, dass du ihn allein zurücklassen wolltest?", fragte er. „Du hast sowieso schon in Schwierigkeiten gesteckt, oder?"

„Woher wissen Sie …"

„Er ist ein Teenager", unterbrach ihn Diggs. „Die stecken ständig in Schwierigkeiten."

„Und er war bei einer Party", mischte sich Lara ein und beugte sich vor. „Das wissen alle. Andere haben ihn da gesehen. Seine Freunde. Und seine Freundin."

„Allison, richtig?", fragte Javi. „Doch leider hat sie Billy an diesem Abend nicht gesehen, stimmt's, Billy? Und du hast nicht auf ihre Nachrichten geantwortet."

Billy zuckte angespannt mit den Schultern. Seine Finger verknoteten sich noch immer nervös auf dem Tisch. „Ich … ich habe mein Handy verloren", antwortete er. „Das ist alles."

„Ich weiß", sagte Javi. Er hob das Ende der Tüte auf dem Tisch an, woraufhin das Handy herausrutschte. „Wir haben es gefunden. Genauer gesagt Deputy Witte."

Obwohl es ihm offensichtlich widerstrebte, spielte Cloister seine Rolle. „Es lag draußen an der alten Straße", sagte er. „Wo wir Drews Spur verloren haben."

Das Handy lag auf dem Tisch, zerkratzt und schmutzig. Lara löste ihre Hand von Billys Schulter, entfernte sich ganz leicht von ihm. Als Billy nach dem Handy griff, hinderte Javi ihn daran.

„Möchtest du uns etwas sagen?"

„Ich habe es *verloren*", sagte Billy, wobei er seinen Blick erst auf Javi richtete, dann auf Lara. Seine Stimme wurde heiser. „Mom, ich habe es verloren. Das schwöre ich."

Jetzt war es Diggs Hand, die sich auf Billys Schulter legte. Neben dem zu sehr geliebten, verwaschen grauen Band-T-Shirt wirkten die sorgfältig manikürten Finger ausgesprochen elegant. „Ich glaube, das waren genug Fragen", sagte er. „Solange Sie kein offizielles Verhör daraus machen wollen, Agent Merlo, werden wir jetzt gehen."

„Ist das dein Handy?", fragte Lara. Ihre Stimme klang rau und die Anspannung machte die Sehnen in ihrem Hals zu straffen Strängen unter ihrer Haut. „Billy. Ist das dein Handy?"

„Ich … ich weiß es nicht", stammelte Billy. Das Bedürfnis, ihr zu antworten, war stärker als das Gewicht von Diggs Hand auf seiner Schulter. „Ich weiß nicht, was damit passiert ist, Mom. Ich habe es verloren."

Lara hob zitternde Hände an den Mund und presste die Fingerknöchel so fest gegen ihre Lippen, dass sich weiße Einbuchtungen bildeten. „Was hast du getan?", hauchte sie.

„Nichts!"

Billy streckte eine Hand zu ihr aus, doch sie wich zurück und schob sie von sich. „Wenn du etwas getan hast, wirst du es ihnen jetzt sagen", befahl sie. Ihre Stimme hob sich zittrig. „Du sagst ihnen, wo mein Baby ist."

Diggs übertönte sie beide. „Du sagst kein Wort, William", warnte er. Er richtete seine Aufmerksamkeit auf Javi und seine blauen Augen verengten sich, als er ihm nachdrücklich mitteilte: „Diese Befragung ist beendet, Agent Merlo. Mehr wird mein Klient nicht sagen."

„Doch, das wird er", widersprach Lara. „Er wird uns sagen, warum sein Handy dort war. Er wird uns sagen, was passiert ist. Ich will es wissen."

„Ich bin nicht Ihretwegen hier, Doctor Hartley", sagte er, „sondern wegen Billy. Und bevor ich die Gelegenheit hatte, mich mit ihm zu besprechen, ist es nicht in seinem Interesse, noch etwas zu sagen. Also, dürfen wir jetzt gehen oder nicht?"

Javi nickte. „Vorerst."

Diggs führte Billy eilig zur Tür, bevor ihm noch etwas Unbedachtes entschlüpfen konnte. „Mom?", protestierte er über seine Schulter hinweg. Seine Stimme wurde panischer und übertönte Diggs ruhige Anweisungen. „Mom, ich habe nichts gemacht."

Auf der anderen Seite des Tisches wandte Lara sich mit dem ganzen Körper von ihm ab. Ihre Schultern wirkten scharf genug, um sich daran zu verletzen, als sie sie hochzog.

„Lara", sagte Javi sanft und sie korrigierte ihn nicht. „Glaubst du, Billy könnte seinem Bruder etwas angetan haben?"

Sie schniefte. Ihre Mundwinkel senkten sich nach unten und sie rieb sich mit einem Finger über die Lippe. „Ich weiß es nicht", sagte sie. „Eigentlich war er nie … In letzter Zeit ist er nur so *wütend* geworden."

Cloister beugte sich vor, wobei er sich etwas duckte, um kleiner zu wirken. „Anscheinend hat Drew gesagt, es wäre Ihr letztes Jahr im Retreat und es hätte mit Billy zu tun?"

„Nein. Nicht nur mit Billy", antwortete sie. „Ich wollte diesen Sommer nach San Diego ziehen, Billy in ein neues Umfeld bringen, aber Ken wollte bis Weihnachten warten. Er wollte seinen Vater nicht verärgern."

Die Bitterkeit in ihren Worten klang, als hätte sie sich über lange Zeit entwickelt – nicht erst in den wenigen Monaten seit dem Sommer. Doch bevor sie noch weitere Fragen stellen konnten, stürzte plötzlich Ken in den Raum.

„Unser Anwalt sagt, wir sollen uns nicht mehr äußern", erklärte er und legte eine Hand um Laras Arm. Doch als er zog, rührte sie sich nicht von der Stelle. „Lara. Wir sollten jetzt gehen."

„Es ist sein Handy", sagte sie. „Er war nicht bei der Party und es ist sein Handy, Ken. Mein Baby ist irgendwo da draußen und Billy …"

„Nein", unterbrach Ken sie tonlos. „Sprich das nicht aus. Unser Sohn hat nichts getan."

„Doctor Hartley", sagte Javi und stand auf. „Sie müssen sich beruhigen."

„Nein, das muss ich nicht", antwortete Ken. „Mein Anwalt sagt, wir sollen gehen. Und genau das werden wir jetzt tun."

Er drängte Lara zum Aufstehen und führte sie zur Tür, wobei er ihr bei jedem Schritt etwas zumurmelte. Javi verzog das Gesicht. Fünf Minuten mehr und sie hätten vielleicht einige Antworten gehabt.

„Ich hätte nicht gedacht, dass er doch noch Eier in seiner Hose findet", brummte er.

43

Cloister ließ seinen Stuhl etwas nach hinten kippen und stützte sich mit seinen langen Beinen auf dem Boden ab. Sein Gesicht wirkte verschlossen und eine verdrossene Miene verbarg alle anderen Gefühle.

„Was ist?", fragte Javi.

„Nichts", antwortete Cloister. Dann fügte er nach kurzem Zögern hinzu: „Ich habe nur das Gefühl, dass da etwas nicht stimmt."

„Ein Junge hat vielleicht seinen Bruder ermordet", sagte Javi. Frustration legte sich in seine Stimme und machte sie sarkastisch. „Und das müssen wir seinen Eltern beweisen. An so einer Situation stimmt so ziemlich *alles* nicht, Witte."

Cloister kratzte sich das Kinn, wobei seine Nägel über beinahe unsichtbare goldene Stoppeln schabten. Er wechselte das Thema. „Ken folgt einem neuen Skript, aber die Person mit dem Rückgrat ist immer noch Lara. Hätte sie nicht nachgegeben …"

„Ich weiß." Gereiztheit kräuselte seine Lippen. „Noch fünf Minuten und wir hätten etwas Brauchbares von ihr erfahren können. Aber das macht nichts. Wir werden noch andere Gelegenheiten finden, denn wir haben jetzt Zweifel gesät. Wenn sie Billy ansieht, wird sie sich jedes Mal fragen, ob wir vielleicht recht haben."

„Ja." Cloister erhob sich von seinem Stuhl, hakte die Daumen in die Taschen seiner Jeans und schaute nachdenklich durch die offene Tür. „Und wenn wir unrecht haben?"

„Dann haben wir Zeit mit einem falschen Verdacht verschwendet und einem Familientherapeuten geholfen, im Geschäft zu bleiben", antwortete Javi. „Wir haben die Aufgabe, Drew Hartleys Entführer zu finden – nicht die, uns Sorgen um seine Familie zu machen."

Die Muskeln in Cloisters Kiefer zuckten. „Die Aufgabe hast *du*", verbesserte er. „Meine ist es nur, Drew zu finden. Und wenn es hier sonst nichts für mich zu tun gibt, werde ich mich jetzt wieder darum kümmern."

Das gab es nicht. Zumindest nichts, was für einen Arbeitsplatz angemessen gewesen wäre. Javi ließ ihn gehen. Und wenn er vielleicht etwas zu lange in der Tür stand, um dem großen, langgliedrigen Mann nachzusehen, dann lag es nur teilweise daran, dass er die Aussicht genoss. Es hatte vor allem damit zu tun, dass er sich fragte, ob Cloister etwas aufgefallen war, das er selbst übersehen hatte, oder ob er nur nicht noch einen Jungen mit dem Gefühl aufwachsen sehen wollte, von seiner Mutter gehasst zu werden.

Vielleicht war es beides.

8

Es WAR ein Albtraum. Das wusste Cloister. Die Angst darin war so vertraut wie eine alte Jogginghose. Allerdings half das nicht. Die Furcht war dennoch da.

Es war trocken und heiß. Cloister hatte Durst – diesen erdrückenden Durst, der einen nahezu erstickte – und der Sand kratzte über seine Beine, als er rannte. Er wusste nicht, wovor er floh oder wohin er lief. Er wusste nur, dass er fort wollte. Vor ihm lag etwas Schlimmes, doch das Schlimmere befand sich hinter ihm.

Also rannte er, mit trockenem Mund und brennenden Augen, während der Wind Staub unter seine Wimpern schnippte.

Erst als er stolperte und auf einen Felsen stürzte, fragte er sich, warum er so klein war. Doch ihm blieb keine Zeit, länger darüber nachzudenken. Er hörte das Pfeifen, dann die Hunde. So war die Reihenfolge immer. Pfeifen, dann Hunde.

Eine feuchte Nase im Herzen seiner Handfläche riss ihn aus dem Schlaf. Erst war er nicht ganz sicher, wirklich wach zu sein. Sein Mund war noch trocken und Schweiß juckte in den Falten seiner Haut. Doch als er seine Beine über den Rand des Klappbettes schob, waren sie länger, als es im Traum sein gesamter Körper gewesen war. Die Narbe an seinem Knie – wo ihm ein Sturz und eine Flasche einen besseren Blick auf seine Kniescheibe gestattet hatten, als ihm lieb gewesen war – befand sich ebenfalls an ihrem Platz, während sie in seinen Träumen niemals auftauchte.

Vielleicht war die Erinnerung an den schmutzigen Knochen und den knittrigen Hautlappen über seinem nackten Knie seinem Unterbewusstsein zu viel.

Bourneville schob sich zwischen seine Knie, verlangte nach Aufmerksamkeit. Cloister war nicht sicher, ob es der Angstgeruch seines Albtraums war, der sie störte, oder der ergebnislose Nachmittag, den sie damit verbracht hatten, jeden Zentimeter Boden zwischen den Eichen nach einem Hinweis auf Drew Hartley abzusuchen.

Nach etwas anderem, das sie übersehen hatten.

Er ließ sich den Gedanken einige Sekunden durch den Kopf gehen, versuchte sich mit ihm anzufreunden, doch er kam ihm weiterhin falsch vor. Auch wenn jeder einmal Fehler machte, konnte er sich nicht erklären, wie dieser passiert sein sollte. Das Handy roch ausreichend stark nach Drew, um selbst zwei warme Tage nach dem Verschwinden des Jungen von Bon gefunden zu werden … aber nicht, als der Geruch noch frischer gewesen war? Zu dem Zeitpunkt mochte es dunkel gewesen sein, doch Cloister war auf dem Bauch unter dem Zaun hindurchgekrochen. Das Handy hätte sich direkt unter seinem Ellbogen befunden haben müssen.

Aber was bedeutete es, wenn sein Verdacht berechtigt war – wenn es tatsächlich jemand nachträglich dort platziert hatte? Wie konnte es überhaupt in den Besitz der Person gelangt sein, wenn Billy nicht dort draußen gewesen war? Und was hatte Billy an diesem Abend getan, das er ihnen nicht verraten wollte?

Bourneville schob ihren Kopf gegen sein Kinn und seine Zähne schlugen so heftig aufeinander, dass ihm Tränen in die Augen traten. Offenbar war er zu abgelenkt, um ihr angemessen viel Aufmerksamkeit zu schenken. Er kraulte sie hinter den Ohren, bevor er sie von sich schob, um einen Blick auf seine Armbanduhr zu werfen.

Zwei Stunden Schlaf. Er rieb sich mit dem Handballen über die Augen, spürte kratzigen Sand. Vermutlich handelte es sich eher um eineinhalb. Er war noch müde – sein Kopf fühlte sich an, wie es sein Mund tat, wenn er beim Zahnarzt mit Watte gefüllt wurde –, doch wenn er jetzt weiterschliefe, wäre da nur wieder der Albtraum. Also stand er stattdessen auf, schwang sein Bein über Bourneville und schnappte sich einige Kleider.

„Sollen wir ein bisschen joggen?", fragte er. Sie klopfte mit der Rute auf den Boden und neigte den Kopf zur Seite. Er grinste. „Na, dann los."

Er stieß die Tür auf und ließ Bourneville hinausspringen, bevor er sich auf die Treppe setzte, um in abgetragene, sandige Turnschuhe zu schlüpfen. Der Wind hatte nicht nachgelassen und wirbelte Getränkedosen und zerrissene Papiertüten durch die Wohnwagensiedlung. Es war dunkel, aber nicht still. Irgendwo weinte ein Kind – das monotone Jammern, das meist lange anhielt – und der dumpfe Bass aus dem Wagen der Kiffer klang wie ein schlagendes Herz.

Einige der anderen Deputies machten sich über seinen Wohnort lustig – und Javis spöttisches Lächeln bei seinem Besuch war nicht zu übersehen gewesen –, doch für ihn war es das Richtige. Wenn man sein Leben lang an Schlaflosigkeit litt, waren Ruhe und Frieden während der Nacht das Letzte, was man sich wünschte. Stille wirkte lediglich, als wollte die Welt einen damit verspotten, wie gut sie schlief.

Außerdem hatten sich seine Wurzeln als vergiftet erwiesen. Daher hatte er beschlossen, Miete für einen verbeulten alten Airstream zu zahlen und sein alter Seesack diente als Kleiderschrank.

Er erhob sich und pfiff nach Bourneville. Sie schlängelte sich mit Spinnweben an den Ohren und einem schäbigen alten Tennisball zwischen den Zähnen unter dem Wohnwagen hervor.

„Ich kaufe dir Zeug, Bon", teilte er ihr mit. „Gutes Zeug. Und trotzdem läufst du lieber mit einem Ball rum, den kein Gebrauchtwarenladen mehr nehmen würde? Die Leute *reden*."

Sie grinste ihm mit ihrem Hundegrinsen zu, bei dem ihr hinter dem Ball die Zunge aus dem Maul hing, bis er lachen musste. Er brauchte nur einmal die Hand zu heben, da rannte sie auch schon auf das Meer zu. Nachdem er mit einer kräftigen Bewegung seine Schultern gelockert hatte, nahm er die Herausforderung an.

Der Hund gewann das Wettrennen.

CLOISTER HATTE einen großen Teil seines Lebens damit verbracht zu rennen – in schwierige Situationen, hinter Hunden her, vor den Dingen fort, die in seinen Albträumen lauerten. Das Problem, das Menschen wie der dümmliche Junkie hatten, war die Überzeugung, vor Problemen weglaufen zu können. Das funktionierte nicht. Die Probleme erreichten grundsätzlich als Erstes das Ziel. Man konnte lediglich laufen, bis es einem so *erschien*, als wäre das größte Problem die Entscheidung, zu kotzen oder zu kommen.

Diesmal war es kotzen.

Cloister schleppte sich in die Wellen, während seine Muskeln vom Laufen auf dem nachgebenden groben Sand schmerzten, und schöpfte mit den Händen etwas Salzwasser in seinen Mund, um ihn auszuspülen. Salz und Sand schwächten den Geschmack von Fett und Säure ab. Dann spuckte er es aus.

Hinter ihm rollte sich Bon begeistert umher, womit sie ihrem salzverklebten Fell sandige Strähnen hinzufügte. Er würde sie später abduschen müssen.

Cloister rannte für diese eine Minute erschöpfter Klarheit, in der sein Gehirn einfach leer war. Bon rannte, weil sie ein Hund war. Doch warum war Drew Hartley gerannt? Zehnjährige Jungen flohen nicht vor ihren Brüdern, wenn nicht bereits etwas vorgefallen war.

Er hörte wieder Laras zittrige Stimme. „In letzter Zeit ist er nur so *wütend* geworden." Aber hätte sie es so formuliert, bevor Drew verschwunden war? Wenn man erst einmal dachte, sein Kind könnte etwas Schlimmes getan haben, wurde alles andere dadurch verzerrt. Niemand hatte gesagt, Drew habe Angst vor Billy gehabt. Dass er sich über ihn geärgert hatte, dass er ihm lästig sein konnte, doch von Angst war keine Rede gewesen.

Zehnjährige tranken, was sie von ihren Brüdern bekamen, auch wenn es seltsam schmeckte. Zehnjährige rannten, wenn sie wussten, dass ihnen jemand wehtun wollte – nicht nur weil sie vermuteten, jemand *könnte* es tun. In diesem Alter fürchtete man sich bereits davor, dumm auszusehen.

In Cloisters Hinterkopf stieg die Furcht auf, die sich normalerweise auf seine Albträume beschränkte, und verursachte ein Kribbeln in seinem feuchten Nacken. Es war nicht schwer zu erraten, warum sie sich jetzt zeigte, doch er war nicht sicher, wie ihm eine viele Jahre zurückliegende, bruchstückhafte Erinnerung von einem weit entfernten Ort weiterhelfen sollte.

Cloister blieb noch einige Sekunden stehen und betrachtete das bewegte schwarze Wasser, das sich vor ihm erstreckte, während die Wellen seine Knie umspülten. Er hielt Billy noch immer nicht für schuldig, konnte jedoch keinen vernünftigen Grund für dieses Gefühl nennen.

Der gegen Billy gerichtete Verdacht wurde durch Hinweise, Zeugenaussagen und die Zweifel einer Mutter gestützt. Dagegen hatte er Albträume und eine verschwommene Szene in seinem Kopf vorzuweisen, die genauso gut

Wunschdenken wie eine Theorie sein konnte. Wäre es nicht sein *eigener* Instinkt gewesen, der widersprach, hätte er zugeben müssen, dass alles an dem Fall auf Billy hinwies.

„Was meinst du?", fragte er Bourneville, als er aus dem Wasser watete. Seine Turnschuhe waren durchnässt. Die rauen Nähte rieben über seine Knöchel, während die vollgesogenen Schnürsenkel durch den Sand schleiften. „Bin ich nur zu weichherzig, was den Jungen angeht?"

Bourneville sprang hastig auf und schüttelte sich heftig, wobei sie einen halben Strand aus Sand und Muscheln abwarf. Die andere Hälfte blieb in ihrem weichen schwarzen Fell hängen. Hinter den Überresten des Balls baumelte ihre Zunge aus ihrem Maul.

„Du hast recht." Er näherte sich ihr, um Seetang von ihren Lefzen zu zupfen und sie unter dem Kinn zu kraulen. „Wir sollten uns an das halten, worin wir gut sind – Menschen finden und lange wach bleiben. Das Detektivspielen überlassen wir den Typen, die Anzüge tragen müssen."

Mit Sand aufwirbelndem Schwanz wedelte sie zustimmend.

„Dann komm", sagte er, während er eine Hand um ihr Halsband legte. „Wir gehen nach Hause und waschen dich. Vielleicht kann ich noch ein Stündchen schlafen, bevor ich wieder aufstehen muss."

Anstatt am Strand entlang zurückzugehen und dem Rand der Landzunge zu folgen, nahm Cloister die Abkürzung über den schmalen Pfad zum Aussichtspunkt an der Straße. Der Sandweg wand sich den steilen Hang hinauf, wobei seine Füße auf dem trockenen Untergrund und einzelnen Muscheln rutschten. Als er das von Schlaglöchern durchbrochene Asphaltoval erreicht hatte, waren seine Turnschuhe getrocknet und drückten sich steif vom Salz gegen seine Zehen, wenn sie sich beim Laufen knickten.

Den Rest des Weges legten sie auf der Straße zurück, wobei Bourneville gehorsam auf der Seite des Straßenrandes neben ihm blieb. Zwei Autos überholten sie, beide mit lauter Musik und von Männern mit Sonnenbrillen gefahren. Zurück bei den Wohnwagen stand Khaled Hirmiz – Bauarbeiter und einer seiner Nachbarn – leise fluchend neben seinem Pick-up.

„Probleme?" Cloister hielt auf dem Weg zu seinem Wohnwagen inne.

Khaled hob den Kopf und hatte bereits den Mund geöffnet, um seinem Ärger Luft zu machen, als ihm klar wurde, wer mit ihm sprach. Er schloss den Mund und schürzte unter seinem eine Woche alten Schnurrbart die Lippen. Er war in Cloisters Gegenwart immer vorsichtig gewesen, seit er erfahren hatte, dass er Polizist war – dabei hatte Cloister ihn und seine kleine, sich vorbildlich verhaltende Familie nie auch nur ein Bonbonpapier auf die Straße werfen sehen.

„Nein", sagte Khaled jetzt. Er entfernte sich einen Schritt von Bourneville, als sie an den Reifen schnüffelte. „Nur die Kinder. Sie haben wieder alle Seile aufgeknotet. Das geht schon."

Normalerweise wäre das Gespräch damit beendet gewesen. Das freundliche Maskottchen spielte Cloister nur dann, wenn der Lieutenant ihn und Bourneville in Schulen schickte, um das aufgeschlossene, kuschlige Gesicht der Station zu sein. Doch diesmal zögerte er, als sein Blick auf das neue, am Pick-up befestigte Plastikschild fiel.

Bauunternehmen Andres und Sohn

Sein Verstand fühlte sich wie ein Auto im Leerlauf an, dessen Motor lief, bis er qualmte, ohne dass es sich von der Stelle bewegte. Er hatte direkt vor Augen, was nicht stimmte, was er lediglich erkennen musste. Es gelang ihm nur nicht, es klar zu sehen. Es war nicht Andres gewesen, sondern …

„Deputy?"

Cloister wandte sich wieder Khaled zu. „Gibt es in der Stadt einen Bauunternehmer namens Atkins?"

Khaled schüttelte mit einem Stirnrunzeln den Kopf. „Ich glaube nicht." Dann zuckte er mit den Schultern und schlug unsicher vor: „Vielleicht Utkin, der Bauträger?"

Das war es. Birdie Utkin.

Cloister klopfte ihm einmal auf die Schulter. „Danke", sagte er. „Darüber habe ich den ganzen Tag nachgedacht."

Cloister ließ einen verwirrten Khaled bei seinem Pick-up zurück, damit er sich wieder der Befestigung seiner Arbeitsgeräte auf der Pritsche widmen konnte, und joggte zu seinem Wohnwagen. An Schlaf war nicht mehr zu denken. Nachdem ihm nun endlich klar war, was ihn an diesem Fall gestört hatte, musste er herausfinden, was es bedeutete.

Wenn es etwas bedeutete. Seit Birdie Utkins Verschwinden waren zehn Jahre vergangen.

9

AUF DEM Schreibtisch stand eine halb volle Flasche Whiskey, die gleichzeitig als Briefbeschwerer für einen Stapel kopierter Führerscheine diente. Die Kopie ganz oben gehörte zum Besitzer des Retreat, Tranquil Reed. Entweder lag es an der Abwesenheit der altmodischen Brille oder an der schmierigen Tinte, doch die sanfte Aura fehlte ihm auf dem Foto. Er wirkte mürrisch und angespannt.

„Was willst du?", fragte Javi ungeduldig, als er die Bürotür hinter Cloister schloss. „Ich habe keine Zeit, mich bei diesem Fall auch noch um dich zu kümmern. Wenn er dir zu viel wird, lass jemand anderen übernehmen. Du bist bestimmt nicht der einzige Hundeführer in der Stadt."

Er stapfte zum Schreibtisch zurück und ließ sich auf den schweren Lederstuhl fallen. Wer auch immer den Whiskey getrunken hatte, Javi war es nicht gewesen. Er wirkte müde, nicht betrunken. Sein Kragen war aufgeknöpft, die Krawatte gelockert und die blütenweißen Ärmel seines Hemdes hatte er hochgekrempelt, sodass seine schlanken, aber muskulösen Unterarme zu sehen waren. Eine teure Armbanduhr – teuer im Sinne von Zahnrädern und Kristallglas, nicht Elektronik und kratzfester Oberfläche – hing schwer an einem Handgelenk. An der Innenseite seiner Unterarme zogen sich in parallelen Linien blasse Narben hinauf, doch wenn er sie nicht erwähnte, würde Cloister es ganz sicher nicht tun.

Jedenfalls erschien es ihm ziemlich unfair, dass ein Arschloch so sexy sein konnte.

„Am Eingang hat man mir gesagt, du würdest noch arbeiten", sagte Cloister. „Irgendwas Neues?"

Javi lehnte sich auf seinem Stuhl zurück. Das Leder seufzte unter seinem Gewicht, während er ungeduldig mit einer Hand in die Richtung des Schreibtisches wedelte. „Ich habe eine Waldbrandwarnung für die Hügel, Ausflüchte von Labortechnikern und eine *sehr* vorsichtig formulierte Nachricht aus San Diego, die mich über das dünne Eis informiert, auf dem sich meine Karriere befindet. Und jetzt habe ich auch noch Hundegestank im Büro."

„Ich habe sie gewaschen", antwortete Cloister. Er warf einen Blick auf Bourneville, die es sich auf dem Boden bequem gemacht hatte. „Der Geruch verfliegt bald. Hör zu, weißt du noch, wie ich gesagt habe, dass da etwas nicht stimmt?"

„Und ich habe dir gesagt, dass du die Ermittlungen den Leuten überlassen sollst, die sich damit auskennen", sagte Javi. Trotzdem zeigte er auf den anderen Stuhl im Raum. „Setz dich. Was ist los?"

Cloister setzte sich, bereute es jedoch sofort. Javi am Tisch gegenüberzusitzen gab ihm das Gefühl, bei einem Vorstellungsgespräch zu sein oder seinen Chef um eine Gehaltserhöhung zu bitten. Er spürte Verärgerung in sich aufsteigen, schmerzhaft und voller Verbitterung in der Erwartung, dass jemand etwas sagen würde. Denn das taten sie immer.

Er streckte eine Hand über die Armlehne, um mit den Fingern durch das raue Fell auf Bournevilles Schultern zu streichen.

„Vor zehn Jahren ist ein Mädchen verschwunden", sagte Cloister. „Ihr Name war Birdie Utkin. Sie war fünfzehn Jahre alt."

Javi schob seine Hemdsärmel über die Unterarme und knöpfte sie zu, ohne hinzusehen. „Anderes Geschlecht, andere Altersgruppe, großer Zeitabstand", sagte er. „Ich sehe keinen Zusammenhang."

Das „Vergiss es", war wie ein Kloß in Cloisters Kehle. Er musste die Zähne zusammenbeißen, um es nicht entwischen zu lassen, und rutschte unruhig auf seinem Stuhl herum. Auf der anderen Seite des Tisches wartete Javi mit nach hinten an den Stuhl gelehntem Kopf.

Am liebsten wäre Cloister aufgesprungen und aus dem Büro gestürzt, hätte die Tür so heftig zugeschlagen, dass er sich das Geräusch von zerbrechendem Glas vorstellen konnte. Seine Oberschenkelmuskeln waren angespannt, bereit dafür, sich in Bewegung zu setzen. Es wäre dumm und kindisch gewesen, aber befriedigend.

„Dein Part ist jetzt eigentlich", sagte Javi, „mir deine Theorie zu erklären. Ist sie aus dem Retreat verschwunden?"

Cloister erhob sich. Im Stehen redete er besser. Bourneville hob den Kopf und sah ihn mit gespitzten Ohren an, doch er bedeutete ihr mit einer Handbewegung liegen zu bleiben. Sie ließ den Kopf wieder auf ihre Pfoten fallen.

„Nein. Damals war dort nicht mehr als eine Gruppe Hippies." Er schob seine Hände in die Taschen. „Und sie wurde noch nicht von Reed angeführt. Vor ihm war da jemand anders. Ein Anarchist vom alten Schlag, wie man hört. Birdie Utkin war ein gutes Mädchen – reiche Familie, gute Noten, ein Freund, den ihr Vater mochte."

Eine Falte bildete sich zwischen Javis Augenbrauen. „Ich sehe trotzdem keinen Zusammenhang", sagte er. „Und warum weißt du so viel über diesen Fall? Das muss vor deiner Zeit gewesen sein."

„Ich habe mir einige alte Fallakten angesehen, als ich hier angefangen habe", erklärte Cloister. Ein Stapel davon befand sich neben dem Bett in seinem Wohnwagen, um die Stunden zu füllen, wenn er nicht schlafen konnte und Bourneville zu müde zum Laufen war. Entführte Kinder, verschwundene Mütter, Väter, die niemals heimkamen – man musste kein Seelenklempner sein, um seine Probleme zu erraten. „Und an diesen erinnere ich mich noch. Die interessante Sache daran ist, dass bei den Ermittlungen ein Hartley erwähnt wurde. Der Freund des Mädchens."

51

Javi wirkte skeptisch. „Ken Hartley ist vierunddreißig. Wenn die Utkins nicht überdurchschnittlich aufgeschlossen waren, hätten sie ihm vor zehn Jahren keine Beziehung mit ihrer Tochter erlaubt."

„Er war es nicht. Der Freund hieß John Hartley. Trotzdem – dass der Name in zwei Vermisstenfällen auftaucht …"

Javi schien nicht überzeugt zu sein. „So ungewöhnlich ist der Name nicht, Cloister."

Die mangelnde Begeisterung war ernüchternd. Als Cloister endlich auf die Erinnerung gestoßen war, die ihm keine Ruhe gelassen hatte, war er sicher gewesen, dass es etwas zu bedeuten hatte. Vielleicht irrte er sich. Nur sagte ihm sein Bauchgefühl etwas anderes. Es war Jahre her, dass er die Akte zu Birdie Utkin gelesen hatte. Es war kein Zufall, dass dieser Fall ihn daran erinnerte.

„Birdie wurde nie gefunden", sagte er.

„Das ist traurig", antwortete Javi. „Aber es bedeutet nicht, dass es etwas mit diesem Fall zu tun hat."

Er verstummte und sah Cloister an, als erwartete er, dass er noch etwas sagte. Vermutlich hätte es ein Argument gegeben, um Javi dazu zu bringen, sich den ungelösten Fall wenigstens einmal anzusehen. Doch Cloister fand nicht die richtigen Worte. Er wusste nur instinktiv, dass es zwischen Birdie Utkin und Drew Hartley mehr Gemeinsamkeiten gab als ihr Verschwinden.

„Na gut", sagte er heiser. Ein Fingerschnippen brachte Bourneville zum Aufstehen. Sie zeigte beim Gähnen ihre scharfen weißen Zähne und hinterließ einen Fleck aus schwarzem Fell auf dem rauen Teppich. „Tut mir leid, Ihre Zeit verschwendet zu haben, *Agent* Merlo."

Er ging auf die Tür zu.

„Warte", sagte Javi. Er klang … irritiert … oder frustriert. „Nicht so schnell, Deputy. Ich sage ja nicht, dass keine Verbindung zwischen den Fällen besteht. Aber du bist der mit der plötzlichen Eingebung. Also überzeug mich."

Es widerstrebte Cloister. Normalerweise hatten seine Eingebungen eher damit zu tun, ob er sich bei einer Verfolgungsjagd erst flussaufwärts oder flussabwärts wenden sollte, und er musste sich dafür nicht rechtfertigen. Dann hörte er das Geräusch eines Deckels, der von einer Glasflasche geschraubt wurde.

„Trink etwas", bot Javi an, als Cloister sich umdrehte. Er nahm zwei trübe Gläser aus einer Schublade und füllte sie zu zwei Dritteln. „Überzeug mich."

Es war nicht der Whiskey, der ihn vom Gehen abbrachte. Ausnahmsweise war es nicht einmal der Gedanke an das arme verschwundene Kind. Cloister blieb wegen des dunklen Blicks, den Javi ihm zuwarf, und wegen des zufriedenen Lächelns, als Cloister das Glas entgegennahm. Er blieb, weil er ein Masochist war.

„Auf Saul", sagte Javi, als er sein Glas gegen Cloisters stieß. Whiskey schwappte gegen die Seiten und das tonlose Geräusch von billigem Glas war zu hören. Als Cloister den Trinkspruch mit einem skeptischen Blick quittierte, hob Javi mit einem Schulterzucken das Glas an die Lippen. „Es ist seine Flasche."

Sie tranken.

Der Whiskey brannte wie Terpentin und besaß einen Nachgeschmack, der an eine Mischung aus Pinien-Lufterfrischer und saurem Honig erinnerte. In dem verzweifelten Versuch, nicht unhöflich zu reagieren, behielt Cloister ihn für eine Sekunde im Mund, spuckte ihn dann aber doch wieder ins Glas. Der Geschmack blieb in seinem Mund und seiner Kehle zurück wie ein Fettfilm.

„Das ist ..."

„Grauenhaft." Javi verzog das Gesicht und rieb sich mit einer Hand über den Mund. „Neuer Plan. Wir gehen an einen Ort mit *gutem* Whiskey und dann kannst du mich überzeugen."

WIE SICH herausstellte, handelte es sich bei dem „Ort mit gutem Whiskey" um den nicht weit entfernten Loft aus rotem Backstein und Glas, den Javi mietete. Eine Wand war vollständig durch ein Fenster ersetzt worden, wodurch man einen geradezu lächerlich guten Ausblick auf die aufgegebenen Fabriken und frisch renovierten Boutiquen der Umgebung hatte.

Cloister saß in einem der eleganten Ledersessel und streckte seine langen Beine aus, während er an einem Glas Whiskey nippte. Er war mild mit einer kräftigen, rauchigen Note und eindeutig besser als das Abbeizmittel, das Agent Saul Lee in seiner Schreibtischschublade aufbewahrt hatte.

Unter der verschwommenen Behaglichkeit des Whiskeys breiteten sich in Cloisters Magen nagende Schuldgefühle aus. Ein kleiner Junge war entführt worden und was tat er? Whiskey trinken und, wie er immer mehr vermutete, sich verführen lassen. Später würde ihn sein Gewissen dafür bestrafen. Im Augenblick trübte er es mit einem weiteren Schluck Whiskey. Manchmal musste man sich einfach dazu zwingen, mit den Lebenden zu leben.

„Du trinkst also den Whiskey", sagte der aus dem Schlafzimmer kommende Javi. Er warf einen Blick auf Bourneville, die zu einem flauschigen schwarzen Komma zusammengerollt auf einem ausgebreiteten Handtuch döste. „Und dein Hund fühlt sich schon wie zu Hause. Fängst du bald mit deiner Überzeugungsarbeit an?"

Der Anzug war verschwunden. Javi hatte ihn gegen eine schwarze Jogginghose und ein langärmliges Shirt ausgetauscht. Seine Füße waren nackt und sein Haar war feucht und lockte sich um seine Ohren herum ein wenig. Obwohl andere Menschen so leichter zugänglich gewirkt hätten, gelang es Javi irgendwie, auch jetzt noch einen einschüchternd ernsten Eindruck zu machen.

Und er war verdammt sexy.

Cloister verlagerte sein Gewicht auf dem Sessel, als ihn seine Hoden mit einem Ziehen daran erinnerten, wie lange er nicht mehr ... auch nur irgendetwas getan hatte. Wenn man unter Schlaflosigkeit und anderen Problemen litt, konnte man es sich in ziemlich kurzer Zeit mit ziemlich vielen Menschen verscherzen. Das langsam zunehmende Interesse verwandelte die *Vermutung* verführt zu werden in die *Hoffnung* verführt zu werden.

Wahrscheinlich würde es helfen, wenn er die Frage beantwortete, anstatt dumm dazusitzen. Er bewegte sich erneut auf dem Sessel, um den Druck des Jeansstoffes auf seinen Schwanz zu mildern.

„Ich habe einen Namen und ein Bauchgefühl", sagte Cloister. „Keine Ahnung, wie ich dir das besser verkaufen soll."

Javi lehnte sich ans Fenster, eine lange, schwarze Silhouette vor dem Nachthimmel. Er nahm einen langsamen Schluck aus seinem Whiskeyglas.

„Indem du es für mich interessant machst", antwortete er. „Du erklärst mir, wie ich etwas bekomme, das ich brauche, wenn ich tue, was du willst."

„Zum Beispiel?"

Javi betrachtete ihn über den Rand des Glases hinweg. Sein Blick ruhte erst auf Cloisters Oberschenkeln, dann auf seinen breiten Schultern. Anschließend lehnte er seinen Kopf gegen die Scheibe, um den letzten Schluck Whiskey zu trinken, und zuckte mit den Schultern. „Das musst du herausfinden."

Javi stieß sich vom Fenster ab, um sein Glas mit neuem Whiskey zu füllen. Als er die Flasche hob, neigte er sie fragend in Cloisters Richtung. Obwohl sich in seinem Glas nur noch gefärbtes Wasser befand, schüttelte er den Kopf und nippte lediglich an dem kleinen Rest.

„Es ist doch einen kurzen Blick wert", sagte er. „Besorg dir die Akte aus dem Archiv und sieh sie dir an. Was hast du zu verlieren?"

„Zeit", erinnerte ihn Javi knapp, während er sich eine großzügige Menge Whiskey eingoss.

Die Erinnerung daran, dass Drew Hartley vielleicht nicht mehr viel Zeit blieb, hatte eine ernüchternde Wirkung auf sie beide. Bald brach der vierte Tag an. Es gab noch Hoffnung, doch die Hinweise und Statistiken waren nicht ermutigend. Cloister ließ das Glas auf seinem Bein ruhen und fühlte die feuchte Kälte durch den Stoff. Er suchte nach einem Argument, das wie etwas klang, das Javi sagen würde.

Sein Stiefvater hatte ihm den Trick zum Überzeugen anderer Menschen verraten. Sie wollten einen nicht klug klingen hören. Sie wollten sich selbst hören.

„Wenn ich recht habe, verschwendest du keine Zeit mehr mit falschen Verdächtigen", sagte er. „Wenn ich unrecht habe, kann dir niemand vorwerfen, nicht alle Möglichkeiten in Betracht gezogen zu haben. Und in beiden Fällen schulde ich dir etwas."

Javi schürzte nachdenklich die Lippen und nickte. „Schon besser." Er näherte sich Cloister. „Aber dass einem jemand etwas schuldet, hilft einem nur, wenn man sich darauf verlassen kann."

Zehn Jahre, seit er sein Zuhause verlassen hatte, und die Antwort löste sich noch immer knurrend aus Cloisters Brust, als wäre er nie fort gewesen: „Wittes halten ihr Wort."

„Wirklich?" Javi stützte eine Hand auf die Sessellehne und beugte sich vor, um ihn aus nächster Nähe mit dem dunklen Interesse anzusehen, das seit dem Büro immer wieder durchgeschimmert hatte. „Und wenn es um etwas geht, das du nicht tun willst?"

„Und was ist das?", fragte Cloister. Als er einatmete, konnte er Javi schmecken – Seife, Zitrone und ein sauberer männlicher Geruch. Er leckte sich nachdenklich über die Unterlippe, woraufhin Javi den Blick senkte, um der Bewegung ohne jede Zurückhaltung zuzusehen.

„Ich glaube, das kannst du dir denken." Javi stützte auch den anderen Arm gegen die Lehne, sodass Cloister zwischen ihnen gefangen war. „In kleinen Städten reden die Leute."

„Es würde dich überraschen, was sie alles auslassen", antwortete Cloister. Anspannung schwang in seiner Stimme mit und machte sie zu einem heiseren, kehligen Knurren. Was man vielleicht missverstehen konnte.

Javi küsste ihn mit einem energischen, ungeduldigen Hieb von Mund und Zunge. Er krallte die Finger in Cloisters Haar. Seine Fingerknöchel pressten sich gegen Cloisters Kopf und er schmeckte Minze unter dem Whiskey. *Also war es wirklich eine Verführung*, dachte Cloister selbstzufrieden.

„Das hier", sagte Javi, als er sich von ihm löste. Er klang so beherrscht, dass es kühl wirkte, doch seine Finger waren noch grob in Cloisters Haar verflochten und seine Atemzüge endeten etwas heiser. „Wenn ich dich auffordern würde, so etwas zu tun? Hältst du dann immer noch dein ..."

Cloister packte eine Handvoll T-Shirt und zerrte Javi wieder in den Kuss. Seine Zähne fanden Javis Unterlippe und zogen daran. Er spürte das Prickeln eines heftigen Einatmens und die vor Überraschung angespannten Muskeln des schlanken Körpers.

Für vielleicht drei Sekunden behielt Cloister die Kontrolle über den Kuss. Dann packten die Finger in seinem Haar fester zu und Javi holte sie sich zurück, presste Cloister mit einem wilden, besitzergreifenden Kuss in den Sessel, nach dem er atemlos und steif war.

10

DAS WAR das Problem mit einer schlechten Entscheidung. Sobald man sie vor sich sah, würde man sie früher oder später auch treffen. Javi konnte es nicht einmal auf den Alkohol schieben. Er hatte gewusst, was er wollte, bevor er das erste Glas des Benzins eingegossen hatte, das Saul in seinem Schreibtisch aufhob.

Er schob Cloister gegen das Fenster, womit er es zum Erzittern brachte, und knabberte sich mit heißen, ungeduldigen Küssen an seinem Kiefer entlang und zurück zu seinem Mund. Am nächsten Morgen würde es eine Katastrophe sein, also musste er jetzt das Beste aus dem Augenblick machen. Und in seinem Kopf war bereits mehrmals die Fantasie aufgetaucht, es Cloister an der Glaswand zu besorgen.

Cloister knurrte zustimmend in den Kuss und packte den Saum von Javis Shirt, um es bis über seine Schultern hochzuschieben. Javi löste sich lange genug von Cloisters Lippen, um es sich über den Kopf ziehen zu können. Während er es noch auf den Boden warf, wurde er bereits in einen neuen Kuss gezerrt, als Cloister ihm eine kräftige Hand in den Nacken legte.

Die rauen Fingerspitzen auf der empfindlichen Haut und die kratzigen Stoppeln an seinem Kiefer sandten Hitze über Javis Rücken. Doch es war nicht, was er geplant hatte. Ihm gefiel es, wenn alles wie geplant verlief.

Er packte Cloisters Handgelenk, vergrub die Finger in den dicken Muskelsträngen und presste es an die Scheibe. Cloister bewegte seine langen Finger und ballte sie zur Faust. Javi spürte die tanzenden Sehnen unter seiner Hand. Er stellte fest, dass es sich um schöne Hände handelte – lange Finger, breite Handflächen. Seine Mutter hätte sie als Pianistenhände bezeichnet und die Narben und Kratzer bedauert. Als er sich diese Finger an seinem Schwanz vorstellte, musste er sich auf die Wange beißen. Pures *Verlangen* packte sich eine Handvoll Nervenenden und zog daran.

„Du willst ficken?", fragte er. „Dann tun wir es auf meine Art."

Sie verstanden sich nicht besonders gut, also war es wahrscheinlich nicht ungewöhnlich, dass er von Cloister bisher nie ein richtiges Lächeln gesehen hatte. Es war strahlend und jungenhaft, meißelte ein ablenkendes Grübchen in seine Wange. Die Nase und die groben Knochen konnte es nicht ganz ausgleichen – ein schöner Mann würde Cloister niemals werden. Doch mit diesem Lächeln musste er das auch nicht sein.

„Wie das?", fragte er amüsiert mit den Fingern wedelnd. „Mit abgespreiztem kleinen Finger?"

Javi verlagerte sein Gewicht, um sich besser gegen Cloisters muskulösen Körper pressen zu können. Er spürte Cloisters steifen Schwanz an seinem Oberschenkel. Bei der Berührung biss Cloister die Zähne zusammen und sog dazwischen Luft ein. „Bisher scheint es dir zu gefallen", sagte er.

„Falls du es noch nicht bemerkt hast", merkte Cloister an, während er die Schultern und Füße in eine Position brachte, die seine eingezwängte Haltung beinahe frech wirken ließ, „habe ich mit Autoritätspersonen so meine Probleme."

Er lächelte nicht mehr. Javi verspürte kurz den Drang, das zu ändern, welcher jedoch nicht gegen den Drang ankam, es Cloister stattdessen richtig zu besorgen. Unter Cloisters Kiefer zuckte sein Puls, wo sich durch den zur Seite geneigten Kopf die Haut spannte. Javi beugte sich vor und biss ihn fest genug, um ihn zusammenzucken zu lassen, fest genug, um Röte zu hinterlassen. Stoppeln streiften seine Lippen. Sie waren etwas staubig, wie es alles wurde, sobald der Wind auffrischte. Cloister stemmte sich gegen seine festhaltenden Hände. Nicht besonders kräftig.

„Du warst beim Militär und jetzt bist du Polizist", sagte Javi. „Eine ungewöhnliche Wahl, wenn du ein solcher Freigeist bist."

„Ich habe eben auch andere Probleme", antwortete Cloister. Die Muskeln unter Javis Lippen bewegten sich, als er grinste. „Ich bin ein komplizierter Mann."

Er sagte es, als wäre es ein Scherz. Doch das war es nicht. Javi mochte kein Fallanalytiker sein, aber blind war er nicht – und er hatte Cloister beobachtet. Wenn man schmutzige, detaillierte Fantasien zu jemandem haben wollte, musste man demjenigen Aufmerksamkeit schenken.

Es war wirklich schade. Wäre er etwas unkomplizierter gewesen, hätte Javi es vielleicht rechtfertigen können, es mehr als nur einmal mit ihm zu treiben.

„Tja, es ist ganz einfach", sagte Javi. Seine Stimme löste sich tief und schneidend aus seinem Mund, als er darum kämpfte, nicht die Kontrolle über sie oder seinen Schwanz zu verlieren. „Wenn du tust, was ich dir sage, ficke ich dich gleich hier am Fenster, wo dich jeder sehen kann."

Cloister schluckte schwer. Die scharfen Umrisse seines Adamsapfels bewegten sich verräterisch. Vielleicht kapitulierte er nicht direkt, doch er widersprach auch nicht mehr. Das genügte Javi. Er ließ Cloisters Handgelenke los, machte einen Schritt zurück und leckte sich über die Unterlippe.

„Zieh dich aus", sagte er.

Cloister senkte die Hände zum Bund seiner Jeans. Während er sie aufknöpfte, musterte er Javi gründlich, folgte mit dem Blick seinen Muskeln, bis er zu seinem flachen, festen Bauch gelangt war.

„Dein Körper gefällt mir", teilte ihm Cloister mit. Er ließ die offene Jeans auf seinen Hüftknochen hängen, während er sich seines T-Shirts entledigte. „Ich hatte befürchtet, diese Schultern könnten vielleicht nur einem guten Schneider zu verdanken sein."

„Es freut mich, dass ich dich beruhigen konnte", sagte Javi. „Bestimmt hat dir das schlaflose Nächte bereitet."

„Zusammen mit vielem anderen", antwortete Cloister und warf das T-Shirt auf den Boden. Die abgetragene Baumwolle hatte nicht viel verborgen, sondern sich weich an jede Wölbung und Einbuchtung seiner Muskeln geschmiegt. Außerdem hatte Javi bereits alles in Cloisters Wohnwagen gesehen. Doch das änderte nichts. Bei diesem Anblick bekam er einen trockenen Mund.

Es lag daran, wie Cloister sich *bewegte*. Die weiten Flächen aus Muskeln und vernarbter Haut wirkten in der Bewegung so elegant – lässig und geschmeidig. Wie eine Großkatze im Zoo, nur dass Javi diese Katze berühren durfte. Der Gedanke sandte eine Welle der Lust in seinen Schwanz, einen dumpfen Schmerz in seine Hoden.

Cloister schob sich die Jeans von den Hüften und löste die Füße aus der Denim-Pfütze.

Diesen Teil hatte Javi noch nicht gesehen. Er wurde nicht enttäuscht, auch wenn er für die Zukunft den Maßstab seiner Fantasien etwas anpassen musste. Cloisters Schwanz war größer, als er ihn sich vorgestellt hatte – ein schwerer Schaft, etwas dunkler als seine Haut. Die Vorhaut war sorgfältig entfernt worden und die glänzende Eichel erhob sich vor Cloisters flachem Bauch.

„Du bist dran", sagte Cloister, während er den Kopf nach hinten gegen das Fenster lehnte und sich auf die Lippe biss. Er legte eine Hand um seinen Schwanz und drückte träge zu.

Javi überbrückte mit einem Schritt den Abstand zwischen ihnen, legte Cloister seine Finger in den Nacken und zog ihn zu einem Kuss herunter. Zwischen ihnen gab es einen kleinen Größenunterschied, doch Javi überließ es allein Cloister, ihn auszugleichen, und streckte sich ihm nicht entgegen, als er ihn leidenschaftlich küsste und seine Zunge in Cloisters Mund schob. Dann packte er Cloister und drehte ihn um, damit er dem Fenster zugewandt war. Cloister fing sich mit den Händen am Glas ab, wobei sich die Muskeln in seinen Oberarmen beeindruckend wölbten.

„Licht dimmen", teilte Javi den sprachgesteuerten Deckenlampen mit, woraufhin der Raum in ein schattiges Zwielicht getaucht wurde. Deputy Witte am Fenster zu ficken war eine Fantasie. Dabei tatsächlich Zuschauer auf der Straße zu haben, wäre eher ein Albtraum gewesen. Er streichelte über Cloisters Rücken – auf der glatten Haut glänzte Schweiß –, bis er die Rundung seines Hinterteils erreichte. Selbst im dämmrigen Licht konnte er sehen, dass es so gleichmäßig gebräunt war wie der Rest seines Körpers und bedeckt von zarten Sommersprossen. Er presste seine Finger darauf, um die festen Muskeln unter der weichen Haut zu spüren. „Deine letzte Chance, es dir anders zu überlegen, Cloister."

Er sagte es nur ungern und es hätte vermutlich größeren moralischen Wert besessen, wenn er dabei nicht seine Hand zwischen Cloisters Beine geschoben hätte, um seine Hoden zu packen und zuzudrücken. Cloister stieß einen heiseren Laut aus, der zu einem Fluch wurde, während sein Atem die Scheibe beschlagen ließ.

Da ein *Fuck* kein *Nein* war, leerte Javi die Taschen seiner Jogginghose und zog sie aus. Das Kondom und das Reisetütchen Gleitgel mit Himbeerduft beseitigten auch den letzten Zweifel daran, dass er das Ganze geplant hatte. Er riss das Tütchen mit den Zähnen auf. Obwohl der intensive, unangenehm süße Fruchtgeruch etwas abstoßend war, kannte sein Körper ihn so gut, dass sich seine Hoden in einem pawlowschen Reflex zusammenzogen.

Er bedeckte seine Finger mit dem Gel und näherte sich Cloister, schob sie durch den engen Ring aus Muskeln, um es tief in ihm zu verteilen. Dabei nutzte er die Gelegenheit, seinen Zeigefinger zu krümmen und damit über Cloisters Prostata zu reiben. Cloisters Hände ballten sich zu Fäusten, bis seine gegen das Glas gepressten Fingerknöchel weiß hervortraten. Dann schluckte er mit einem feuchten Geräusch und schob sich Javis Fingern entgegen.

„Fick mich endlich", knurrte er ungeduldig. Der Befehlston seiner Stimme hätte Javi verärgern sollen. Stattdessen traf er ihn auf unerwartete Weise. Vielleicht nur, weil er wusste, dass er dem guten Deputy diese Strenge gleich aus dem Körper ficken würde.

Er legte seine Finger um die harten Vorsprünge von Cloisters Hüftknochen, damit er ihn in eine bessere Position bringen konnte. Am Ende war Cloister beinahe ganz gegen das Fenster gepresst, anstatt sich nur daran anzulehnen. Die Muskeln seiner langen Beine waren angespannt, um das Gleichgewicht zu halten, und sein Hintern und seine Schenkel glänzten durch das Himbeergel.

Javis Schwanz war so steif, dass er seinen Bauch berührte. Ein dumpfer Schmerz wanderte durch seine Hoden und Oberschenkel. Das Verlangen, Cloister an diesem Fenster zu ficken, ihn einfach zu *nehmen*, war so unkompliziert, dass es ihn beinahe misstrauisch machte. Verleugnen konnte er es jedoch nicht.

„Ich weiß überhaupt nicht, warum ich dich will", teilte er Cloister mit, während er das enge Gummi des Kondoms über seinen Schwanz rollte. Es umhüllte die dunklere Haut seines Schafts feucht und glatt, legte sich fest um die Wurzel. „Du bist nicht mein Typ."

Cloister war ebenfalls steif. Im Fenster war das Spiegelbild seines großen Schwanzes zu sehen, der stolz und unberührt zwischen seinen Schenkeln aufragte. „Tja, ich würde dich auch nicht gerade zum Abschlussball einladen", antwortete er. „Aber du bist hier, also …"

Es war genau die emotionale Bindung, die Javi sich bei so etwas wünschte: gar keine. Also ignorierte er den Funken von Verärgerung, den die Worte in ihm entfachten. Stattdessen schob er die mit Sommersprossen bedeckten Rundungen von Cloisters Hinterteil auseinander, um sich langsam in seine Enge zu schieben. Cloister dehnte sich um ihn herum, packte seinen Schaft mit kraftvollem Druck, der ihm ein Feuerwerk aus heißer Wonne durch die Nerven und über den Rücken jagte.

Das Mondlicht hob die angespannten Muskeln in Cloisters Rücken und Schultern hervor, feste Stränge unter seiner Haut. Er schob die Hüften zurück, um Javi einen Zentimeter tiefer in sich aufzunehmen. Javi beugte sich vor, packte Cloisters Schultern und legte seine Finger um die kraftvolle Wölbung aus Muskeln, um sich daran festzuhalten.

Dann zog er sich zurück, was Cloister ein Stöhnen entlockte, und schob die Hüften wieder vor. Schweiß und Himbeergleitgel schmierten sich zwischen Hinterteil und Schenkel, glatt und nass. Cloister fluchte und flehte. Zwischen schweren Atemzügen keuchte er Worte hervor.

Javi streichelte ihm mit einer Hand über die Seite und über den Bauch, wo sich die Muskeln bei jedem Stoß zusammenzogen.

„Willst du meine Hand?", fragte er, während er sich mit einem schnellen, kräftigen Stoß in Cloister versenkte. Er breitet die Finger auf dem flachen Bauch aus und sein Zeigefinger berührte Narbengewebe. Er löste sich aus Cloister und stieß wieder zu, biss zittrig die Zähne zusammen, um nicht die Kontrolle zu verlieren. Der Drang, Cloister einfach gegen das Fenster zu pressen und sich nicht mehr zurückzuhalten, pochte in seinem Kopf und in seinen Eiern. Doch erst wollte er das hier. Er spreizte die Hand weiter, tauchte seinen mit Gel bedeckten kleinen Finger in Cloisters Nabel. Es war eine vielsagende kleine Geste, die Cloister erbeben ließ. „Cloister, ich habe dir eine Frage gestellt."

„Bis zum Anschlag in mir", brummte Cloister mit heiserer, bebender Stimme. Es war albern, sich selbstzufrieden zu fühlen, weil Cloister noch … überwältigter klang als er selbst. Er tat es dennoch. „Und trotzdem bist du noch ein blöder Schwanz."

„Willst du dich etwa über meinen Schwanz beschweren?", fragte Javi, als er seine Hüften langsam, aber kraftvoll nach vorn schob, bis Cloister ein zittriges „Scheiße" ausstieß.

Er senkte den Kopf und atmete tief durch, bis er herausbrachte: „Nicht über deinen Schwanz, nur über dich."

Javi bewegte seine Hand etwas zur Seite und wanderte an Cloisters beeindruckender Erektion vorbei, um über die dünne Haut am Übergang zu seinem Schenkel zu streicheln. Sein Oberkörper war gegen Cloisters Rücken gepresst, wo sich zwischen ihnen Hitze bildete. Javi konnte ihn riechen – Salz, Hund und Schweiß über dem kräftigen Duft eines gesunden, männlichen Körpers. Die Mischung hätte unangenehm sein sollen, doch so gedämpft auf Cloisters Haut wirkte sie nur überwältigend maskulin.

Er presste einen energischen Kuss auf Cloisters Schulter, um diesen Geruch von seiner Haut zu lecken, und vergrub seinen Schwanz tiefer in diesem engen, heißen Arsch. „Du hast immer noch nicht gefragt."

„Arschloch."

„Wie gesagt: Nur, wenn du mich freundlich bittest."

„Fass mich an."

Javi schnaubte. „Bitten", sagte er, „nicht befehlen."

Der Seufzer durchlief Cloisters gesamten Körper, selbst den um Javis Schwanz gepressten Teil. Es war ein … interessantes Gefühl.

„Bitte", sagte Cloister. In seiner Stimme lag weniger Trotz, als es in dieser Situation bei Javi der Fall gewesen wäre. Er küsste Cloisters Hals, um die Hitze zu spüren, die er bereits in seiner Haut zum Vorschein gebracht hatte, und fragte sich, ob er ihn zum Betteln bringen konnte.

Möglicherweise. Allerdings nicht an diesem Abend. Seine Muskeln waren schwer wie Blei, durchsetzt mit Adrenalin und Endorphinen, und sein Orgasmus wartete bereits wie ein Knoten der Lust an seinem Kreuzbein. Er beschloss, dass ihm *bitte* reichte, und legte eine Hand um Cloisters Schwanz.

Er lag schwer und warm in seiner Hand – ganz weiche, geschmeidige Haut und pochendes Blut. Cloister schob sich in seine Hand, wobei er sich beinahe von Javis Schaft gelöst hätte. Er atmete schwer und schien nicht einmal einen abgehackten Fluch herauszubringen. Das reine Verlangen, das in Javis Hand bebte, war beinahe besser als Betteln. Beinahe.

Er schob sich wieder tief in Cloister, während er gleichzeitig die Hand über seine Erektion bewegte. Das brachte Cloister dazu, ein verständliches Wort auszustoßen – die gekeuchten Silben von Javis Namen. Der letzte Rest seiner Beherrschung entglitt ihm und er ließ es geschehen. Er bewegte seine Hand heftig über Cloisters Schwanz, ein Kontrapunkt zu den ruckartigen, energischen Stößen seiner Hüften, sodass sich beides nie ganz im gleichen Rhythmus befand.

Cloister beugte seine Arme und stieß mit den Ellbogen gegen das Glas, als er sich nun mit den Unterarmen daran abstützte. Er brachte wieder einige Flüche zustande, *fuck* und *verdammt* und manchmal auch *Javi*, unterbrochen von tiefem, heiserem Stöhnen.

In Javis Rücken baute sich Druck auf, fasste alle fehlzündenden, überreizten Nervenenden zusammen und leitete das Gefühl in seine warmen, zusammengezogenen Hoden weiter. Er presste das Gesicht an Cloisters Rücken, um die aus ihm hervorsprudelnden Worte lautlos zu halten, und bewegte seine Lippen auf der sonnengebräunten Haut, während er sich weiter in ihn rammte.

Er kam, und eine Sekunde lang war sein Höhepunkt im Körper dieses Mannes alles, was zählte. Der Rest der Welt, das FBI, seine Karriere und sogar der arme vermisste Drew Hartley rückten in den Hintergrund. Der Dreh- und Angelpunkt seines Daseins befand sich, wo sein Schwanz vergraben war. Selbst das Stöhnen und der feuchte Samen von Cloisters Orgasmus, der halb Javis Hand und halb das Fenster traf, war Nebensache.

Deshalb zog Javi es vor, sein Sexleben vom Rest seines Lebens zu trennen. Zu ablenkend.

Er presste Cloister mit dem ganzen Körper gegen das Fenster und hielt ihn dort fest, wobei er Cloisters Sperma über dessen Bauch und Oberschenkel schmierte. Sein Schwanz befand sich noch in ihm und der elektrische Schock der Reizüberflutung war auf seine Weise angenehm.

„Jeder könnte dich sehen", flüsterte er ihm heiser ins Ohr. Cloisters achtlos kurz geschnittenes blondes Haar kitzelte sein Kinn. „Richtig durchgefickt und klebrig, weil du es so genossen hast. Was würde derjenige wohl machen?"

Cloister lehnte seine Stirn gegen das Glas und bemühte sich, wieder zu Atem zu kommen. „Keine Ahnung", sagte er. „Wahrscheinlich ein Foto."

Er klang unbekümmert, was vermutlich daran lag, dass er es nicht für wahrscheinlich hielt, von einer ihm bekannten Person gesehen zu werden. Javi bezweifelte, dass er so großspurig geklungen hätte, wenn einer seiner Nachbarn vorbeigekommen wäre. Aber das konnte ihm egal sein.

Erschöpfung zerrte an ihm. Nach seinem Orgasmus fühlte er sich wie ausgewrungen und er hatte seit einigen Tagen nicht mehr gut geschlafen. Das Schlafzimmer kam ihm unmöglich weit entfernt vor. Wäre er allein gewesen, hätte er sich einfach auf die Couch fallen lassen und ein Schläfchen gemacht. Doch das war er nicht, und Cloister aus der Tür zu schieben wirkte ähnlich anstrengend wie der weite Weg zum Schlafzimmer. Er grübelte weiter.

Ein lautes Gähnen, das weder von ihm noch von Cloister stammte, versorgte seine Muskeln mit neuer Energie. Er löste sich mit einem paranoiden Prickeln im Nacken von Cloister und drehte sich um.

Anstatt von ... was auch immer er erwartet hatte ... sah er diesen verdammten Hund ausgestreckt auf seinem Ledersofa liegen, während er sie mit wenig beeindruckter Miene betrachtete – soweit man das bei einem Hund erkennen konnte.

„Hat dein Hund uns beim Ficken zugesehen?" Er entledigte sich des Kondoms und hob seine Trainingshose vom Boden auf. Der Hund ließ sein Kinn auf die Pfoten fallen.

„Tja, den Fernseher kann sie ja schlecht einschalten", antwortete Cloister unbekümmert. Damit hätte es Javi wirklich reichen sollen. Doch aus irgendeinem Grund, als Cloister ihn mit knackendem Kiefer durch ein Gähnen fragte, ob er gehen sollte ...

„Nein", sagte Javi, während er ungeduldig seine Hose anzog. Seine Stimme klang mürrisch und er war nicht sicher, was ihm lieber gewesen wäre. Mehr Begeisterung in seinem Tonfall? Oder sogar weniger? Am Ende hielt er sich an die gewohnte Zusammenstellung von Emotionen: Frustration und unterschwellige Lust. „Es ist spät. Du hast getrunken. Bleib über Nacht, bis du nüchtern bist, und geh morgen früh."

11

DREI STUNDEN Schlaf waren nicht genug. Javi wachte benommen um kurz vor fünf Uhr auf. Er lag mit dem Gesicht nach unten auf seinem Bett und schwitzte Sex in die Laken, die nach Weichspüler und nicht nach Körpern rochen. Cloister hatte sich auf der Couch ausgestreckt, wobei seine lächerlich langen Beine über den Rand geragt hatten. In diesem Augenblick war Javi erleichtert gewesen. Er bevorzugte es, allein zu schlafen, vor allem in Kalifornien. Ein Winter in Minnesota konnte etwas Kuscheln im Bett verlockend machen. Im Winter in San Diego endete es eher damit, dass man an der anderen Person klebte wie ein verschwitzter Oberschenkel an einer Kunststoffcouch.

Dennoch fühlte es sich nun seltsam und leer an, nach Sex riechend allein aufzuwachen.

Er drehte sich um, setzte sich auf und starrte mit zusammengekniffenen Augen in die Lichter vor dem Fenster. Die Jogginghose war ihm tief auf die Hüften gerutscht und er kratzte abwesend über den Streifen aus dunklen Härchen auf seinem Bauch, während er auf Geräusche lauschte. Nichts. Cloister schien noch zu schlafen.

Das war ein ... merkwürdiger Gedanke. Normalerweise hielten sich hier nur Javi und seine Putzfrau auf – und einmal im Jahr seine Familie. Der Gedanke, dass jemand anders in seinem Zuhause schlief, fühlte sich intimer an, als ihm angenehm war. Andererseits, sagte er sich mit bitterer Selbstironie, fühlte sich schon das Teilen einer Kaffeetasse intimer an, als ihm angenehm war.

Er schob sich aus dem Bett und nahm ihm Vorbeigehen sein Handy vom Nachttisch. Da es während der Nacht nicht geklingelt hatte, konnte in keinem seiner Fälle etwas Dramatisches passiert sein. Trotzdem blätterte er durch seine Nachrichten, las die wichtigen und machte sich Notizen zum weiteren Vorgehen.

Eine E-Mail von J.J. Diggs forderte ihn dazu auf, nur noch über ihn Kontakt mit den Hartleys aufzunehmen. Sie endete mit einer derart verhüllten Anspielung auf ihr einmaliges kleines Abenteuer, dass Javi nicht sicher war, ob es sich um eine Drohung oder eine Einladung handelte. Eine Nachricht von Frome informierte ihn darüber, dass Reed am nächsten Tag um vier für eine Befragung zur Verfügung stand, was das Verlegen einiger Termine erforderte. Er schickte Debi eine kurze E-Mail, damit sie sich darum kümmern konnte, sobald sie um acht anfing.

Nachdem er auf „senden" getippt hatte, betrat er das Wohnzimmer und sah sich stirnrunzelnd um. Der Raum war leer, das verschmierte Fenster war gereinigt worden und die Decke, die er Cloister vor dem Zubettgehen zugeworfen hatte, lag ordentlich gefaltet auf dem Beistelltisch. Kein Wunder, dass es so still war. Offenbar brachte Cloister den unangenehmen Morgen danach gern früh hinter sich.

„Mistkerl", brummte Javi.

Er brauchte zwanzig Minuten, um zu duschen und sich anzuziehen. Als er in seine Anzugjacke schlüpfte, musste er die Erinnerung an Cloisters Stimme verdrängen, die seinen Körper bewunderte. Die Decke und das zerknüllte Handtuch, das er unter dem Fernseher fand – bedeckt mit Hundehaaren und Sabber –, warf er in den Wäschekorb, wo sich die Putzfrau darum kümmern würde.

Auf dem Weg zum Auto rief er Frome an.

„Besorgen Sie mir bitte die Akte zum Vermisstenfall Utkin?", sagte er, als Frome sich meldete. Seiner „wach aber zu wenig Koffein"-Stimme nach zu urteilen hatte er entweder früh mit der Arbeit begonnen oder war noch dabei. Eine weniger sexy Version von Cloisters heiserem Tonfall.

„Utkin? Warum?"

„Nur so eine Ahnung."

„In Ordnung. Ich lasse sie in Ihr Büro bringen."

„Ich hole sie heute Nachmittag ab", sagte Javi.

Nach einem zustimmenden Brummen von Frome legte Javi auf. Er zögerte, bevor er das Handy einsteckte. Er musste mit Cloister reden, um sicherzustellen, dass es wegen der vergangenen Nacht keine Missverständnisse gab. Andererseits musste er sich endlich auf den Weg machen, wenn er bis zur RJD Correctional Facility fahren und später noch Zeit für die Utkin-Akte haben wollte.

Außerdem war das unangenehme Gespräch nicht gerade ein verlockender Gedanke. Also schob er das Handy in die Tasche, stieg ins Auto und ließ mit einem Knopfdruck den Motor an. Das Radio piepte leise, als es sich mit seinem Handy synchronisierte und automatisch seine Wiedergabeliste lud. Javi unterbrach es mitten im Lied, während er rückwärts aus der Parklücke fuhr, und aktivierte stattdessen die Diktierfunktion.

Bei günstigem Verkehr dauerte die Fahrt zum Staatsgefängnis zweieinhalb Stunden. Mit dem einen oder anderen Stau würde Javi genug Zeit haben, um den Großteil der bisher vernachlässigten Fallberichte aufzuzeichnen.

In Gefängnissen roch es grundsätzlich schlecht. Es war eine Mischung aus Körperflüssigkeiten, gekochtem Fett und Trübsal. Die Insassen hatten vermutlich andere Sorgen, doch Javis Nase protestierte bei jedem Besuch.

Er saß auf dem harten Metallstuhl im Verhörraum und blätterte durch Branko Nemacs Akte, die vor ihm auf dem Tisch lag. Das Foto zeigte einen lächelnden Mann mittleren Alters mit gestärktem Hemdkragen und einem gepflegten Bart, der das kaum vorhandene Kinn ersetzte. Als Anführer einer albanischen Bande in der Stadt hatte er sich für unantastbar gehalten, bis es Saul gelungen war, den freundlich wirkenden Mann mit dem Mord an einer jungen Kellnerin in Verbindung zu bringen.

Er hatte sie wegen der Vermutung getötet, sie hätte in sein Essen gespuckt.

Es gab viele Kriminelle, die einen Groll gegen Agent Saul Lee hegten, doch Nemac war der einzige mit einem Groll und den Möglichkeiten, etwas zu unternehmen. Der Anführer war er nicht mehr, denn die feindliche Übernahme hatte drei Menschen das Leben und Nemac die Hälfte eines Lungenflügels gekostet. Kontakte besaß er jedoch noch immer. Außerdem vermutete das FBI, dass er über eine erhebliche Menge Geld verfügte, die er über die Jahre abgezweigt hatte. In seinen Kreisen bedeutete Geld mehr als Loyalität.

Bald wurde Javi durch das Rasseln und Schleifen von Ketten von der Akte abgelenkt. Er schloss sie und bemühte sich um einen neutralen Gesichtsausdruck, als Nemac durch die sich öffnende Tür in den Raum schlurfte.

Der gepflegte Bart war etwas struppiger geworden und die Freundlichkeit wirkte etwas müde. Davon abgesehen schien sich nicht viel geändert zu haben. Er lächelte noch immer zu viel.

„Agent Merlo. Der hübsche Junge", sagte er. „Ich habe gehört, Sie sind in Lees Fußstapfen getreten. Wer hätte gedacht, dass er doch ein Herz besessen hat, hmm?"

Die Wachen schoben ihn auf einen Stuhl und befestigten seine Handschellen sicher am Tisch. Er ließ es sich geduldig gefallen, während er mit den Fingern über die zerkratzte Plastikfläche strich. Nachdem die Wachen ihren Teil erledigt hatten, informierten sie Javi wie üblich über die Regeln und forderten ihn auf, sie zu rufen, wenn er sie brauchte.

Javi wartete, bis sie den Raum verlassen hatten, bevor er Nemac ansah und die Augenbrauen hochzog.

„Es klingt, als hätten Sie noch ein Problem mit Agent Lee", sagte er.

„Ich?", fragte Nemac. „Er ist tot, ich nicht. Also habe ich gewonnen."

„Sie sind hier drin."

Nemac zuckte mit den Schultern. „Und er ist unter der Erde. Ich habe trotzdem gewonnen."

„Gewinnen scheint Ihnen wichtig zu sein", merkte Javi an.

Nemac warf ihm einen verächtlichen Blick zu. „Weil ich ein Gewinner bin." Er knallte seine Hände mit ihren Handschellen auf den Tisch. „Wissen Sie, wer immer sagt, dass Gewinnen nicht wichtig ist? Leute, die nicht gewinnen."

„Dass Agent Lee Sie verhaftet hat, muss dann ein ziemlich schwerer Schlag gewesen sein."

Ein humorloses Lächeln legte sich auf seine Lippen. „Spaß macht die Scheiße keinem."

„Stimmt, aber die meisten Leute geben vorher nicht so viel damit an, wie unantastbar sie sind", sagte Javi. „Was haben Sie noch gesagt, als Sie verurteilt wurden? Dass er es bereuen würde … dass Sie ihm alles wegnehmen würden …?"

Nemac streckte die Arme aus, um sich auf dem Stuhl zurückzulehnen. Die Ärmel seines Hemdes rutschten nach oben und zeigten die Kunstwerke aus schwarzer Tinte, die seine Arme zierten.

„Und wie gesagt: Er ist tot. Ich bin es nicht."

„Agent Lees Enkel ist verschwunden", sagte Javi. „Achtzehnjährige Kellnerinnen und zehnjährige Jungen – klingt nach Ihrer Kragenweite."

In Nemacs Wange zuckte ein Muskel unter der rauen, vom Alkohol geäderten Haut. „Leck mich, Merlo."

Von Cloister geknurrt waren derartige Beschimpfungen wesentlich heißer. Javi ignorierte das kurze Abschweifen seines Verstandes und konzentrierte sich stattdessen darauf, Nemac zu mustern. Mit Schuldgefühlen rechnete er bei ihm nicht. Nemac hatte seine Exfrau, die Mutter seines Sohnes, einmal nach Nevada gebracht und sie nur in Unterwäsche und mit nackten Füßen in der Wüste zurückgelassen. Zumindest vermutete man das. Später im Krankenhaus hatte ihnen die Frau versichert, dass es lediglich ein tragischer Unfall gewesen sei. Die Sorgerechtsklage gegen Nemac hatte sie zurückgenommen.

Nemacs Gesichtsausdruck war ziemlich genau das, womit Javi gerechnet hatte – eine abstoßende Art eingebildeter Selbstzufriedenheit darüber, dass jemand genau das bekam, was er seiner Meinung nach verdient hatte. Der gefühllose Hai-Blick eines Mannes, dem andere Menschen egal waren.

„Ihre Drohungen wahr zu machen würde Ihre alten Bekannten doch sicher beeindrucken", sagte Javi. „Sie davon überzeugen, dass man Sie noch ernst nehmen sollte."

Nemac wandte den Kopf, um verächtlich auf die billigen Fliesen zu spucken. „Wen soll es denn beeindrucken, einen verdammten Zehnjährigen zu töten, Merlo?" Er beugte sich mit rasselnden Handschellen vor, um sich mit den Handflächen auf den Tisch zu stützen. Sein Atem roch säuerlich. Javi warf einen Blick auf die Tür und hob einen Finger, um dem bereitstehenden Wärter zu zeigen, dass er ihm nicht zu Hilfe kommen musste. „Wenn ich das getan hätte, und ich sage nicht, dass ich das habe, würde es mich nur schwach aussehen lassen – als hätte ich mich erst nach Lees Tod getraut, etwas zu unternehmen. Oder verrückt, was nicht viel besser wäre. Mir den Jungen zu schnappen würde mir also nichts bringen. Und falls es Ihnen nicht aufgefallen ist, bin ich nicht gerade in der besten Situation, um mich nachts ins Haus irgendeiner Schlampe zu schleichen."

Nemac lehnte sich zurück und wandte den Blick ab, um an die Wand zu starren, während er seine Wangen einsaugte. Nachdem er einige Sekunden Nemacs bleiches Gesicht betrachtet hatte, winkte Javi den Wärtern zu, damit sie ihn mitnahmen.

Wenn Nemac der Schuldige war, würde er nichts zugeben und nicht verhandeln. Doch Javi glaubte nicht, dass es sich bei ihm um den Täter handelte.

Die Wärter lösten Nemacs Handschellen vom Tisch und zogen ihn auf die Füße. Er lehnte sich gegen sie, als er sein Gleichgewicht fand, und grinste Javi zu.

„Trotzdem", sagte er. „Ich hoffe, der Junge lebt noch … und ein richtig mieser Typ hat ihn. Ich hoffe, es wird ein schlimmer Tod."

ZURÜCK IN Plenty betrachtete Javi den vergilbten Aktenordner und fragte sich, ob Bridget „Birdie" Utkin einen schlimmen Tod erlebt hatte. Ihr Foto zeigte sie nach der vor zehn Jahren neuesten Mode gekleidet und das leicht altmodische Bild wirkte trotz ihres Grinsens etwas melancholisch. Es gab keine neueren Fotos des hübschen blonden Mädchens mit dem leichten Silberblick und, laut der Liste ihrer Erkennungsmerkmale, dem Schmetterlingstattoo auf der Hüfte.

„An den Fall erinnere ich mich", sagte die mollige junge Frau, die ihm die Akte gebracht hatte. Nach kurzem Nachdenken sah er vor sich, wie sie fluchend mit einer Plastiktüte kämpfte, bis der Wind sie ihr entriss. Sie hatte ihm eine neue bringen müssen. Tancredi.

Sie war mit verschränkten Armen in der Tür stehen geblieben und ein Stirnrunzeln zog ihre blassroten Augenbrauen zusammen.

„Ich wusste nicht, dass Sie zu den Polizisten gehören, die dabei geblieben sind, nachdem wir das Büro übernommen haben."

Sie schüttelte den Kopf. „Das tue ich auch nicht. Aber ich habe als Teenager eine Zeit lang in der Stadt gewohnt. Meine Mutter hat manchmal für Utkin gearbeitet. Sie war Grundstücksmaklerin. Glauben Sie, dass die Sache mit Birdie etwas mit dem Hartley-Jungen zu tun hat?"

Javi zog eine Schulter hoch, eine einigermaßen freundliche, aber unverbindliche Geste. Er hatte es sich mit einer Tasse Kaffee, die nicht viel besser schmeckte als beim letzten Mal, im Raum für Angehörige mit seinen geflickten Kunstledersesseln gemütlich gemacht. Die Archivbox aus teilweise ausgetrockneter und verblasster Pappe stand neben ihm auf dem Boden.

„Haben Sie kurz Zeit, darüber zu reden?" Er deutete auf den Sessel gegenüber.

Tancredi warf einen Blick über ihre Schulter, bevor sie nickte und eintrat. Sie schloss die Tür, setzte sich und stützte sich mit den Handballen auf ihren Knien ab. „Ich kannte sie nicht besonders gut", sagte sie. „Sie war jünger als ich … Ich habe mir nie Gedanken um sie gemacht, bis sie verschwunden ist."

„Ich habe die Akte." Javi tippte mit einem Finger gegen den auf seinem Knie ruhenden Ordner. „Über die Details des Falls weiß ich Bescheid. Sagen Sie mir, wie es damals in der Stadt war."

„*Angespannt*", sagte Tancredi, wobei ihre Lippen das Wort übertrieben stark ausformten. „Plenty sollte ein sicherer Ort sein, verstehen Sie? Viel Platz für Kinder zum Spielen, kaum Kriminalität, die freundlichen Polizisten aus der Nachbarschaft …"

Sie beendete den Satz mit einem bitteren kleinen Zug um ihre Mundwinkel. Zumindest die letzte dieser Erwartungen hatte mit Ernüchterung und einem Skandal geendet.

„Ich weiß noch, dass meine Mutter mir für den Rest des Jahres nichts mehr erlaubt hat", fuhr Tancredi fort. „Sie dachte, sie wäre entführt worden. Andere Leute waren der Meinung, Birdie wäre weggelaufen. Niemand hat je herausgefunden, was wirklich passiert ist. Ich habe auch immer gedacht, sie wäre weggelaufen. Das haben nämlich viele von diesen Kindern getan. Besonders, wenn ihre Eltern sie so sehr vor Problemen beschützen wollten."

„Was meinen Sie damit?"

„Oh, sie hat mit ein paar anderen Jugendlichen rumgehangen", sagte Tancredi. „Im Nachhinein betrachtet waren sie nur Kleinkriminelle. Sie haben in leerstehenden Häusern Drogen genommen, ein paar neuere beschädigt und sich ab und zu geprügelt. Aber damals sind sie uns wie richtige Gangster vorgekommen. Man sagte, dass Birdie mit ihnen zu tun hatte, bis ihre Eltern der Sache einen Riegel vorgeschoben haben."

„Und was war mit ihrem Freund?", erkundigte sich Javi.

Tancredi schürzte die Lippen. „Ähm, ich kannte ihn nicht. Er war ..." Sie blinzelte, als sie sich plötzlich erinnerte. „Er war ein Hartley, oder? John Hartley. Das hatte ich ganz vergessen. Aber es hat wahrscheinlich nicht viel zu sagen. Ich meine, in der Stadt gibt es viele davon."

Das stimmte. Nachdem Javi akzeptiert hatte, dass Cloisters Ahnung nun auch in seinem Kopf verankert war, hatte er es unterwegs an einer Raststätte recherchiert, wo er das WiFi eines McDonald's benutzen konnte. Viele Hartleys, doch zwischen John und Drew bestand tatsächlich eine Verbindung: Sie waren Cousins. Es hätte ausgereicht, um den Mann als Verdächtigen zu betrachten, wäre er nicht zum Studieren nach Australien gezogen, wo er sich auch heute noch aufhielt.

„Wie haben sich Birdie und ihr Freund kennengelernt?"

Tancredi schüttelte langsam den Kopf. „Das weiß ich nicht genau. Ich meine, Kelly Hartley – Ken Hartleys Tante, die Bankpräsidentin? Sie war mit den Utkins befreundet. Meine Mutter hat damals gesagt, dass sie ständig bei ihnen war. Also vielleicht dadurch."

Sie hielt mit der Zungenspitze zwischen den Zähnen inne und kräuselte die Nase.

„Was ist?"

„Mom hat noch etwas anderes gesagt. Sie war der Meinung, Mr. Utkin und Kelly hätten eine Affäre gehabt", sagte sie beinahe schuldbewusst. „Mom hat gerne getratscht."

„Bei unserer Arbeit ist Tratsch manchmal hilfreich", antwortete Javi. „Danke für die Hintergrundinformationen, Deputy."

Sie verstand den Wink und erhob sich, um zur Tür zu gehen.

„Hören Sie zu", sagte sie, als sie dort zögernd stand. „Ich weiß nicht, ob es etwas damit zu tun hat, aber Witte hat recht."

„Tatsächlich?" Gereiztheit verlieh seiner Stimme mehr Schärfe, als die hilfsbereite Frau vermutlich verdient hatte. Sie zuckte zusammen und zog die Schultern hoch, als wappnete sie sich gegen Schläge, doch sie gab nicht auf.

„Es ist unmöglich, dass er das Handy übersehen hat", fuhr sie fort. „Auch wenn Leute ihn oft unterschätzen, macht er seine Arbeit verdammt gut. Wir alle. Selbst wenn einer von uns *irgendwie* dieses iPhone mitten in unserem Suchgebiet übersehen haben sollte – wir *alle* hätten es hundertprozentig nicht."

Sie wirkte ernst und eifrig, dazu entschlossen, ihre Kollegen zu verteidigen. Wahrscheinlich kannte sie Cloister besser als er. Einmaliger Sex mit einem Mann verschaffte einem nicht gerade einen Einblick in sein tiefstes Inneres.

„Ich werde es berücksichtigen, Deputy", sagte er.

Mit einem erzwungenen Lächeln, das eher einer Grimasse ähnelte, verließ sie den Raum und schloss die Tür. Javi widmete sich wieder seiner Akte und blätterte sich durch Stapel von Berichten und Tatortfotos, als handelte es sich um Spielkarten. Dass zwei Mitglieder derselben Familie in ähnliche Vermisstenfälle verwickelt waren, musste nicht unbedingt etwas bedeuten.

Aber es war auch nicht nichts.

Das behielt er während der nächsten halben Stunde im Hinterkopf, als er die alten Ermittlungen nach irgendetwas Brauchbarem durchsuchte. Er fand nicht genug, um tatsächlich eine Verbindung zu bestätigen, doch es reichte aus, um den Verdacht zu erhalten, dass Cloisters Ahnung vielleicht nicht ganz unbegründet war. Ein Gedanke an die letzte Nacht schlich sich in seinen Kopf, um ihn daran zu erinnern, wie Cloister ihm gesagt hatte, dass er ihm in jedem Fall etwas schuldete. Der Gedanke lungerte dort herum, voller klebriger, hinterhältiger Versuchung, während er die Box hochhob und den Raum verließ. Er hatte nicht vor, ihm nachzugeben. Die Folgen ihres One-Night-Stands warteten noch auf ihn – da wollte er nicht bereits weitere schlechte Entscheidungen in seinen Kalender eintragen. Auch wenn es seine Libido nicht zu interessieren schien.

Die stumme Erschütterung seines Handys riss ihn aus dem Gedankensumpf ablenkender Lust und schlecht geschriebener Berichte. Javi streckte sich, drehte den Kopf nach rechts und links, bis seine Nackenwirbel knackten, und zog es aus der Tasche.

Ein schneller Blick auf das Display verriet ihm, dass es das Labor war. Er nahm den Anruf an und hob das Handy ans Ohr.

„Merlo", meldete er sich. „Gibt es Ergebnisse für die Flasche?"

„Ja. Ja, die gibt es", sagte die Stimme am anderen Ende mit den Überresten eines alten Stotterns zwischen den Worten. Alle Silben waren klar verständlich, doch dazwischen gab es seltsame Lücken. Persönlich war es schlimmer. Wenn man Fletcher ansah, brachte er die Worte kaum heraus. „Wer für diese Mischung verantwortlich ist, hat keinen angenehmen Trip geplant. Sie besteht aus Red Bull,

Dipt… Diisopropyltryptamin – ein Halluzinogen – und, als alter Bekannter aus der Vergangenheit, Mephedron."

„Foxy wird in Südkalifornien immer beliebter", merkte Javi nachdenklich an.

„Ich weiß", antwortete Fletcher. „Es ist mir hier dieses Jahr einige Male begegnet, aber in Plenty geht es noch hauptsächlich um Meth. Die Mischung ist jedenfalls ungewöhnlich. Außerdem ist dieses Mephedron eine alte chemische Zusammensetzung, die früher in sogenannten Badesalzen aufgetaucht ist."

Javi dachte kurz nach und trommelte mit den Fingern auf den Deckel der Box. „Wie alt?"

Im Hintergrund war das Klimpern von Schlüsseln zu hören. „Wie gesagt, eher ungewöhnlich. Für Drogen in Amerika wurde vor allem MPDV benutzt. Mephedron kam eher in Europa vor. Vielleicht zwischen 2004 und 2008?"

„Und ist es mal in Plenty aufgetaucht?"

„Möglich, aber wie ich schon sagte, Plenty war schon immer hauptsächlich eine Meth-Stadt", antwortete Fletcher. „Und nicht immer gut darin, diese Dinge aufzuzeichnen. Tut mir leid."

„Nein", sagte Javi. „Das war hilfreich. Danke."

Mehr als hilfreich. Fletchers Anruf hatte Cloisters Verdacht endlich weit genug gestärkt, um nähere Ermittlungen zu rechtfertigen. Billy Hartley wollte er damit nicht gleich von allem freisprechen – der Junge verschwieg ihnen eindeutig etwas und hatte als letzte Person seinen Bruder gesehen –, doch wenn ein Dreizehnjähriger jemandem Drogen verabreichen wollte, griff er zum Valium seiner Mutter oder vielleicht der kostenlosen Probe eines Meth-Dealers, nicht zu einer beliebten Droge der Zeit, als die verschwundene Birdie sich mit zwielichtigen Typen herumgetrieben hatte.

Mit der Box unter dem Arm begab er sich in den hinteren Teil des Gebäudes. Mel sah von ihrem Computer auf, als er die Archivbox auf ihrem Schreibtisch platzierte. Ein Blick der scharfen blauen Augen hinter ihrer Katzenaugenbrille registrierte ihn, doch ein erhobener Finger bedeutete ihm zu warten. Nach einigen mit Nachdruck gesprochenen kurzen Anweisungen zog sie sich die Kopfhörer von den Ohren und hängte sie sich um den Nacken.

„Was?"

Entweder hatte Mel so lange in der Notrufzentrale gearbeitet, dass sich das Stakkato des Polizeifunks in ihr alltägliches Sprachmuster eingeschlichen hatte, oder sie wurde einfach nicht gern gestört.

„Detective Sean Stokes", kam Javi gleich zur Sache. „Erinnern Sie sich an ihn?"

Sie zog verwundert ihre grau gesprenkelten Augenbrauen hoch. „Das tue ich. Guter Detective. Schlechter Geschmack, was Freunde anging."

Was bedeutete, dass er lediglich auf passive Weise korrupt gewesen war – zugedrückte Augen anstelle von Schmiergeld.

„Ist er noch in der Stadt?"

Mel nickte. Klappernd bewegte sie ihre Finger über die Tastatur, wobei sich die Falte zwischen ihren Augenbrauen noch vertiefte. Dann griff sie nach einem Stift und kritzelte eine Adresse diagonal auf einen Klebezettel.

„Hier." Sie reichte ihm den Zettel.

Als Javi ihn entgegennahm, hielt sie ihn noch kurz an einer Ecke fest. „Das FBI konnte er nie leiden. Es hätte ihn wahnsinnig gemacht, hier mit der Zweigstelle zusammenarbeiten zu müssen."

Nachdem sie das losgeworden war, setzte sie ihre Kopfhörer auf, um sich wieder der Arbeit zu widmen.

Javi las die Adresse und musste seine Einschätzung von Stokes etwas korrigieren: zugedrückte Augen und *hin und wieder* Schmiergeld. Allein von seinem Gehalt konnte hier kein Polizist ein Haus in Spruce Groves kaufen.

12

DER RETREAT hatte seinen Gemeinschaftsraum für die Organisation der Suche mit Stapeln von Warnwesten und eilig laminierten Karten der Umgebung auf an der Wand aufgereihten Klapptischen zur Verfügung gestellt. Menschen standen in Gruppen zusammen und umklammerten mit verschwitzten Händen Trillerpfeifen, um sich grobe Anweisungen zum richtigen Verhalten anzuhören, während am Rand Nachrichtensender filmten und – da die Hartleys in der Öffentlichkeit nur noch ihren Anwalt reden ließen – verschiedene Leute für herzzerreißende Interviews auswählten.

Cloister nahm sich eine Flasche Wasser aus einer der Kühlboxen. Es gab genug für alle. Der schlaksige Gärtner der Anlage hatte ein- oder zweimal pro Stunde frisches Eis und Wasser hereingeschleppt. Cloister wusste nicht, ob Reed es guthieß, doch Matt hatte ihn bei der Frage mit einem ungeschickten, schiefen Lächeln angesehen.

„Ich weiß, wie sich Durst anfühlt", hatte er nur gesagt und sich mit einer vom Kondenswasser nassen Hand über den Nacken gewischt.

Dann hatte sich einer der Reporter genähert, um ihm Fragen zu stellen, woraufhin er sich aus dem Staub gemacht hatte. Offenbar fühlte er sich nicht nur in Gegenwart gut aussehender FBI-Agenten unwohl.

Cloister schraubte die Flasche auf, goss das Wasser in eine Schüssel und schob sie Bourneville unter die Nase. Sie nieste hinein, drehte sich unruhig im Kreis und kletterte über die Leine, als wäre sie ein Springseil. Sie wäre lieber vor Erschöpfung zusammengebrochen, als sich während einer Suche auszuruhen, bei der sie noch keinen Erfolg gehabt hatten.

Während sie tatsächlich suchten, war das eine hilfreiche Eigenschaft, doch im Augenblick waren sie nicht einmal sicher, ob sich Drew überhaupt noch in der Nähe befand. Die meisten der Deputies waren zurückgerufen worden und überließen es den freiwilligen Helfern, die Sträucher abzusuchen und nahegelegene Farmen und Betriebe zu befragen. Cloister wollte den Jungen ebenfalls finden, doch zu Tode erschöpft waren er und sein Hund keine große Hilfe. Also legte er eine Hand um Bournevilles Halsband und zeigte ihr erneut das Wasser.

„Trink", befahl er.

Ihre Rippen hoben sich unter dem staubigen Fell, als sie seufzte. Dann senkte sie ihre Schnauze ins Wasser.

„Hier." Ein Mädchen im Teenageralter reichte Cloister eine weitere Flasche. Sie hatte sich einen Button mit einem Foto von Drew angesteckt. Das hatten die meisten der neuen Helfer getan. Cloister hatte keine Ahnung, wann und von wem das organisiert worden war. „Sie sehen fast so durstig aus wie Ihr Hund."

„Danke." Cloister nickte ihr zu. Sie lächelte, wirkte deshalb jedoch gleich etwas schuldbewusst.

Während sie sich entfernte, um Flaschen zu verteilen, trank Cloister einen Schluck, der sein Brustbein mit seiner Kälte traf wie ein Herzinfarkt. Er verzog das Gesicht, aber trank weiter. Die dumpfen Kopfschmerzen der letzten Stunde ließen nach und das Kratzen in seinem Hals verschwand ganz. Vielleicht war Bourneville nicht der einzige Dummkopf mit der Tendenz, sich zu überanstrengen.

Er hockte sich an die Wand, lehnte den Kopf zurück und ließ die Flasche zwischen den Knien baumeln. Die Haut in seinem Nacken war heiß und brannte von zu langer Zeit in der Sonne, während Schweiß und Staub den beinahe angenehmen leichten Schmerz des Morgens in das Jucken einer Scheuerstelle verwandelt hatten. Was ihn beides nicht gestört hätte, wenn da nicht zusätzlich das schwere Gefühl der Vergeblichkeit in seinem Magen gewesen wäre.

Plötzlich veränderte sich die Atmosphäre im Raum und das sanfte Murmeln emotionaler Interviews wurde durch laute, sich überschneidende Fragen ersetzt.

„… die Familie befragt …"

„… Chance, Drew Hartley lebend zu finden, nachdem …"

„… etwas zu den Theorien sagen, die Drew Hartleys Verschwinden mit neu eingetroffenen Immigranten verbinden …"

Cloister wusste, wer den Raum betreten hatte, noch bevor er Javis tiefe, ruhige Stimme die Fragen mit beschwichtigenden, jedoch wenig informativen Bemerkungen beantworten hörte. Die Stimme kroch unter seine Haut und zupfte an seinen Nerven.

Das hatte sie von Anfang an getan. Der Unterschied war, dass er an Javi jetzt nicht mehr nur als ein blöder Schwanz dachte, sondern eben auch an seinen Schwanz dachte.

Er hob den Kopf von der Wand und sah zu, wie Javi sich um die Presse kümmerte. Es war „zu früh um etwas zu wissen" und „unverantwortlich und ein Fehler, voreilige Schlüsse zu ziehen", gefolgt von einem Versprechen, sie zu informieren, sobald sich etwas ergab. Er sah sich beim Reden um und suchte den Raum ab, bis sein Blick auf Cloister fiel. Dann kniff er leicht die Augen zusammen und senkte sein Kinn zu einem brüsken kleinen Nicken.

Auch wenn es nicht die wärmste Begrüßung war, zuckte Cloisters Schwanz, als er sich an das Gefühl von Javis Hand und den heiseren Befehlston in seinem Ohr erinnerte. Er forderte ihn stumm auf, sich zu benehmen, was genauso gut funktionierte wie gewöhnlich, und stieß sich von der Wand ab. Bourneville hob den Kopf und sah ihn fragend an, während Wasser von ihrem Kinn tropfte.

„Noch nicht", sagte er ihr.

Javi befreite sich von den Journalisten, um sich Cloister zu nähern. „Ich brauche jemanden, der die hiesige Polizei bei einer Befragung repräsentieren kann."

„Da fragst du lieber Tancredi", sagte Cloister. „Sie ist schlagfertig."

„Schlagfertig brauche ich nicht. Ich brauche …" Javi hielt inne, um über das richtige Wort nachzudenken. „… zugänglich. Ich habe es schon mit Frome besprochen."

Zugänglich? Cloister wusste nicht, ob er von der Beschreibung begeistert war. Den größten Teil seines Lebens hatte die Tatsache, dass er wie ein gewaltbereiter Typ aussah, dafür gesorgt, dass er selten tatsächlich Gewalt *anwenden* musste. Er runzelte die Stirn und senkte die Augenbrauen zu seinem besten abschreckenden, finsteren Blick. Javi zeigte sich unbeeindruckt.

„Dann habe ich wohl keine Wahl", sagte Cloister.

„Es war schließlich deine Ahnung, der wir gerade nachgehen", antwortete Javi. Er warf einen Blick auf Bourneville und runzelte die Stirn. „Wir können auch dein Auto nehmen. Das riecht sowieso schon nach Hund."

Das dumpfe, schuldbewusste Gefühl, das seit dem Aufstehen von Javis Couch an ihm genagt hatte, fiel von ihm ab. Er folgte Javi und unterdrückte alle Fragen, die er gern gestellt hätte. Die Medien hatten bereits zu viele Theorien zu ihrem Fall. Sie brauchten keine weiteren.

„Du bist also nicht hetero", sagte Javi. Er hatte das Autofenster geöffnet und den Unterarm auf den Rand gelegt. Die dunkle Sonnenbrille verbarg seine Augen. Nach einem kurzen Blick in seine Richtung bezweifelte Cloister, dass es geholfen hätte, seine Augen zu sehen. Mit ihm zu schlafen hatte ihn nicht weniger undurchschaubar gemacht.

„Gut geraten", antwortete er, während er sich wieder auf die Straße konzentrierte. Vor ihnen auf der Fahrbahn pickte und zerrte eine Krähe an einem überfahrenen, von der Sonne getrockneten Tier. Was auch immer es gewesen war, hatte so lange dort gelegen und war von so vielen Reifen überfahren worden, dass man außer der bräunlichen Farbe nicht mehr viel davon erkennen konnte. Die Krähe wartete, bis sie Gefahr lief, das Schicksal ihrer Mahlzeit zu teilen, bevor sie halb hüpfend, halb flatternd zum Straßenrand floh, um sie vorbeifahren zu lassen. Bourneville brummte ihr durch die Heckscheibe mit dem unterdrückten Bellen zu, das bedeutete: „Ich muss mich benehmen, weil ich im Arbeitsauto bin, aber ich sehe dich". Cloister streckte eine Hand nach hinten, um sie kurz zu tätscheln. „Ich kann verstehen, warum sie dich beim FBI wollten."

Er musste Javi nicht ansehen, um zu wissen, dass er ihm einen bösen Blick zuwarf. Er spürte ihn auf seiner Wange.

„Außerdem habe ich nie behauptet, hetero zu sein."

„Du hast nie gesagt, dass du es nicht bist."

„Weil das komisch wäre", antwortete Cloister. Er zupfte am Saum seines T-Shirts. Er hatte sich die Ersatzkleidung aus seinem Auto angezogen, was jedoch nichts daran änderte, dass sich darunter der Staub und Schweiß eines ganzen

Vormittags befanden. Es juckte. „Hätte ich dich mitten bei der Suche nach einem vermissten Jungen zur Seite nehmen sollen, um zu sagen: ‚Ich steh übrigens auf Schwänze'? Und wenn du dachtest, ich wäre hetero, was hast du dann gestern Abend erwartet?"

Nach kurzem Schweigen schnaubte Javi. „Zu neunzig Prozent eine unschöne Szene und zu zehn Prozent ‚Ich war von Anfang an bi'", antwortete er. „Ich wusste nur, dass ich mich danach endlich nicht mehr fragen musste, was du tun würdest, wenn ich meinen Schwanz in dich stecke."

Der Verkehrsspiegel der uneinsehbaren Kurve an der Rottsdown Road fing die Sonne ein und Cloister musste die Augen zusammenkneifen, als ihn das reflektierte Licht blendete. Nachdem er abgebogen war und die Straße wieder gerade verlief, warf er einen weiteren Seitenblick auf Javi.

„Ich bin ein primitiver Typ aus einem Wohnwagen und noch dazu Polizist", sagte er. „Was wäre gewesen, wenn ich meine Pistole gezogen hätte?"

Javi schnaubte erneut.

Cloister war nicht sicher, ob er es als Beleidigung auffassen sollte oder nicht. Vielleicht hatte es damit zu tun, wie „zugänglich" er war. Innerlich lächelte er noch immer spöttisch über das Wort.

„Damit das klar ist", sagte Javi, „von mir wird es niemand erfahren. Falls du dich nicht … geoutet hast, meine ich."

„Ich habe mich geoutet, als ich vierzehn war und mein Stiefvater mich dabei erwischt hat, wie ich zu einer Zeitschrift mit einer Colin-Farrell-Fotostrecke masturbiert habe."

„Peinlich", sagte Javi. Sein Tonfall klang vorsichtig, als wäre er nicht sicher, ob er damit einen wunden Punkt ansprach. „Hat er es … schlecht aufgenommen?"

„Das Arschloch hat mich ausgelacht", antwortete Cloister. Die Erinnerung an das demütigende Gefühl machte sich auch jetzt noch etwas schmerzhaft bemerkbar, doch das war seinem Vater gegenüber nicht ganz fair. „Aber nein. Ich hatte meine Probleme mit ihm, aber dass ich schwul war, hat ihn nie interessiert."

„Du hast Glück."

Cloister stieß ein humorloses Lachen aus. „Nicht oft", sagte er. „Also hatte ich es wohl einmal verdient."

Damit schien das Gespräch beendet zu sein. Während der nächsten halben Meile wurde die Stille allein von Bournevilles Hecheln hinter ihnen erfüllt. Die Gebäude der Vorstadt verdichteten sich um sie herum. Staubige Sträucher und Eidechsen wichen künstlich grünen Rasenflächen und Schildern der Nachbarschaftswache.

„Wenn du es also nicht versteckst", sagte Javi nach einiger Zeit, als widerstrebte es ihm, die Worte auszusprechen, „wieso bist du dann heute Morgen abgehauen?"

Cloister widerstrebte es genauso sehr, das zu beantworten. Es gab viele Gründe, aus denen ein Mann nach zwei Stunden Schlaf vom Sofa aufstand und verschwand, von einem lebenslangen Problem mit Zuneigung bis hin zu einem Hund, der dringend vor die Tür musste.

„Dein Sofa ist unbequem", sprach er stattdessen die unverfänglichste Wahrheit aus. „Und gib doch zu, dass du erleichtert warst. Wäre deine Bindungsangst noch schlimmer, wäre beim Sex ein Fähnchen mit den Worten ‚ohne Verpflichtungen' aus deinem Schwanz gesprungen."

„Ich habe keine Bindungsangst", widersprach Javi.

Cloister lenkte seinen schwarzen Tacoma schwungvoll auf das Kopfsteinpflaster der Auffahrt und parkte hinter einer Reihe von Autos. Das Haus war lang, niedrig und weiß wie eine Muschelschale – eines dieser geräumigen Häuser im Plantagenstil, welche die ursprünglich vorherrschenden Modernistenklötze des Außenbezirkes verdrängten. Ein Hund gehörte zum Haus. Cloister konnte hören, wie er mit schrillem Bellen sein Missfallen über ihre Ankunft kundtat.

„Wir hatten Sex und du hast mich aufgefordert, auf dem Sofa zu schlafen", sagte Cloister, als er den Motor abstellte.

„Ich wollte keine Flöhe in meinem Bett haben", erwiderte Javi knapp und ungeduldig.

„Ernsthaft?", fragte Cloister mit hochgezogenen Augenbrauen. „Anstatt deine Bindungsangst zuzugeben, sollen dich Leute lieber für einen Snob mit einer gelegentlichen Vorliebe für etwas Raueres halten? Meine Wahl wäre es nicht, aber das musst du selbst wissen."

Er stieg aus, schnitt Javis hastigen Protest mit einer zugeknallten Autotür ab und ließ Bourneville heraus. Sie sprang auf den Boden und schüttelte sich in einer Wolke aus Staub und Fell.

„Ich meinte den Hund", sagte Javi über das Autodach hinweg. Er hatte die Sonnenbrille abgenommen und klappte sie zusammen, um sie in die Tasche zu stecken, während er mit seinen dunklen Augen ins helle Sonnenlicht blinzelte. „Er folgt dir überallhin."

„Du magst keine Hunde?", erkundigte sich Cloister.

„Ich habe nichts gegen sie", sagte Javi mit einem misstrauischen Blick in Bournevilles Richtung. Cloister war ziemlich sicher, dass er log. „Sie gehören nur nicht ins Haus. Dafür wurden Zwinger erfunden."

Cloister betrachtete ihn mit schräg gelegtem Kopf. „Du hattest als Kind *keinen* Hund, stimmt's?"

„Wir sind häufig umgezogen", sagte Javi. „Da wären Haustiere eine zusätzliche Verantwortung gewesen, die meine Eltern nicht wollten. Warum?"

„Es erklärt einiges", antwortete Cloister.

„Nein, das tut es nicht."

Da er nicht gerade amüsiert klang, beließ Cloister es dabei. Doch wenn Javi schon bei seinem Wohnwagen ein solches Gesicht machte, musste er ihm wirklich einmal das Haus seiner Kindheit zeigen. Die Arbeitshunde lebten tatsächlich in Zwingern, aber die alten wurden zu Haustieren, und seine Mutter hatte einige streitlustige Spitze gezüchtet, die wie ein Wolfsrudel Wollmäusen hinterherjagten. Cloister hatte vor seinem zehnten Lebensjahr niemals ein Kissen oder Polster ohne Hundehaare gesehen.

Seine Vernunft zügelte diesen Gedanken, denn Javi würde nicht lange genug in der Nähe sein, um sich an seinen Wohnwagen zu gewöhnen. Und selbst wenn es doch der Fall sein sollte, war eine überwältigende Stunde an einem Fenster noch lange kein Grund, einen Besuch zu Hause zu planen, um jemanden den Eltern vorzustellen. Nicht nach so vielen Jahren.

Verlieben verboten, ermahnte Cloister sich, als sie sich der glänzend blauen Haustür näherten. Nicht anhänglich werden wie ein Straßenhund, dem jemand Aufmerksamkeit schenkte. Javi Merlo war lediglich ein sexy Arschloch, von dem er sich angezogen fühlte, und nicht der nächste Exfreund, den er enttäuschen würde.

Er verliebte sich leicht. Was nicht bedeutete, dass er darin besonders gut war.

HINTER DER leuchtend blauen Tür kochte Sean Stokes ihnen Kaffee. Obwohl er schwarz und so stark war, dass der Löffel praktisch in der Tasse stehen blieb, war er nicht annähernd so bitter wie der Tonfall des Mannes, der ihn gekocht hatte.

„Also, worum geht es?", fragte er, während er seinem Kaffee einen Schluck Whiskey hinzufügte. Es war, so sagte Cloister sich, wenigstens schon nach zwölf Uhr. Im Garten bellte Seans Hund – ein hyperaktiver Spaniel – in einen verwirrten Rausch aus Bewunderung und Verachtung für Bourneville, die dalag und es tapfer ignorierte. „Weil mir die Typen vom FBI damals nichts anhängen konnten, kommt jetzt der zweite Versuch?"

Javi lächelte wie ein Hai. „Warum? Gibt es hier etwas, das wir finden könnten?"

Es war schwer zu sagen, ob Javi nur den knallharten Agenten mimte, um Cloister daneben „zugänglicher" wirken zu lassen, oder ob er lediglich er selbst war. Cloister beugte sich vor und nahm seine Tasse. Sie presste sich heiß gegen seine Handfläche.

„Haben Sie den vermissten Jungen in den Nachrichten gesehen?", fragte er.

Sean lehnte sich schniefend gegen die Arbeitsplatte. Obwohl es nach zwölf war, sah er in seinen Boxershorts und einem verwaschenen T-Shirt aus, als wäre er soeben aufgestanden. Sein Haar war ungekämmt und seine geröteten Augen deuteten auf einen Kater vom letzten Abend hin.

Der frühe Ruhestand schien ihm nicht gutzutun.

„Nachrichten, Facebook, Telegrafenmasten, in Geschäften aufgehängt." Er trank einen Schluck von seinem mit Alkohol versetzten Kaffee und verzog das Gesicht zu einem Ausdruck, der zwischen Schmerz und Neugier lag. „Nur auf Milchtüten habe ich sein Gesicht noch nicht gesehen, aber das kommt bestimmt noch. Und was hat das mit mir zu tun?"

„Birdie Utkin", sagte Cloister. In Seans Kiefer spannte sich ein Muskel an und trat hervor, als er den Namen hörte. „Sie waren der leitende Detective bei ihrem Fall."

Der Kaffee war kochend heiß, selbst mit Milch oder Whiskey. Sean leerte seine Tasse trotzdem und verzog erneut das Gesicht, bevor er sie mit einem Klappern ins Spülbecken stellte.

„Der war ich bei vielen Fällen", sagte er und richtete den Blick auf Javi. „Bevor das FBI dafür gesorgt hat, dass ich gefeuert werde."

„Die Polizei von Plenty war korrupt", antwortete Javi.

„Ich nicht."

„Und doch sieht es aus, als hätten Sie etwas zu verbergen."

Sean schnaubte. „Sie gehen jetzt besser."

„Moment", mischte sich Cloister mit erhobener Stimme ein. „Hören Sie zu, uns geht es nicht um Korruption. Wir wollen nur etwas über den Utkin-Fall wissen."

Sean wirkte mürrisch. „Ich dachte, es ginge nicht um Korruption." Er stapfte aus der Küche, wobei seine nackten Füße laut auf den Holzfußboden klatschten.

Es war nicht die Art von Bemerkung, die jemand machte, wenn er nicht reden wollte. Cloister sah Javi mit hochgezogenen Augenbrauen an. Als dieser mit den Lippen ein lautloses „Geh" formte, stellte Cloister seinen Kaffee ab und folgte Sean. Javi blieb mit der vorwurfsvoll schauenden Bourneville zurück.

Das Haus bestand aus weiß verputzten Wänden und hellen Holzfußböden. Viele Möbel gab es nicht. Sean hatte sich in den einzigen Sessel fallen lassen und sah finster dem Spaniel zu, der durch den Garten rannte, wie verrückt bellend vor der Glastür stehen blieb und dann zur nächsten Runde ansetzte.

„Ist nicht mal mein Hund", teilte er Cloister mit, ohne ihn anzusehen. „Ex hat die Möbel mitgenommen und den Hund hiergelassen."

„Nachdem Sie Ihre Stelle verloren haben?"

„Nachdem ich meinen Ehering in 'ner Hure verloren habe", antwortete er etwas schuldbewusst, bevor er mit den Schultern zuckte. „Sie wollen wahrscheinlich wissen, ob Hartley etwas mit dem ersten Vermisstenfall zu tun hatte?"

Cloister nickte. Sean sah ihn an und kratzte nachdenklich über die silbernen Stoppeln an seinem Kinn.

„Tja, der Fall ist lange abgeschlossen. Aber selbst hypothetisch könnte ich es Ihnen nicht sagen." Sean fuhr sich mit den Fingern durchs Haar, woraufhin es in andere Richtungen abstand. „Gleich am ersten Tag, als ich den Fall auf dem Tisch hatte, hat mich der Captain aufgefordert, ihn so schnell wie möglich zu schließen. Nur wieder eine Ausreißerin, hat er gesagt. Kein Grund für viel Wirbel."

„Wer hat ihn unter Druck gesetzt?"

„Kann ich nicht sicher sagen", antwortete Sean, „aber die Utkins haben überall erzählt, wir würden nicht genug tun, um ihr Kind zu finden. Ich habe noch bis zu dem Zeitpunkt, als mich das FBI von meinem Schreibtisch weggeholt hat,

Briefe von der Mutter bekommen. Wahrscheinlich schickt das arme alte Mädchen sie immer noch. Aber der Captain hatte damals einige ziemlich teure Vorlieben entwickelt, die er finanzieren wollte – und die Utkins hatten leere Taschen."

„Sie waren pleite?"

Sean wedelte mit der Hand, um auf den leeren Raum zu deuten, in dem die Kratzer auf dem Boden und die Nägel in den Wänden darauf hindeuteten, was einmal dort gewesen war. „Nicht *so* pleite", sagte er. „Ich habe eine Umkehrhypothek und zahle noch den Fernseher ab, der nicht mehr hier ist und mit dem sich jetzt jemand anders Football ansieht. Die Utkins hatten jede Menge Grundeigentum, aber eben kein Bargeld. Anders als eine gute Freundin der Familie, die außerdem eine beinahe überfürsorgliche Mutter war."

„Kelly Hartley."

Sean streckte den Zeigefinger wie eine Pistole aus und tat, als schösse er. „In Gegenwart der Utkins war sie ein lieblicher Sonnenschein, aber wenn wir allein waren, hat sie dasselbe Lied wie der Captain gesungen – nur wieder eine Ausreißerin. Was wahrscheinlich sogar gestimmt hat", sagte er. „Niemand hat sie aus diesem Fenster gezerrt. Sie ist aus eigener Kraft gegangen. Zwischen ihren Eltern gab es Probleme, sie hatte einen schlimmen Streit mit Hartley junior gehabt und ihren Freunden zufolge hatte sie wieder Kontakt zu ihrem Ex. Was sonst mit ihr passiert ist, kam erst später. Nur wollte sich niemand die Mühe machen, herauszufinden, was es war. Auch ich nicht."

Selbstverachtung bedeckte seine Worte wie Schaum ein Glas Bier. Er schien darauf zu warten, dass jemand ihn von seiner Schuld lossprach, doch Cloister würde es nicht tun. Stattdessen musste er wütende Worte unterdrücken, die sich auf seine Zunge drängten. Am liebsten hätte er Sean mitgeteilt, dass er kein Recht hatte, die Korruption des Captains zu verurteilen. Er war nicht besser gewesen, nur billiger.

Doch das hätte nicht geholfen.

„Was war Ihre Theorie?", fragte er stattdessen.

Sean stieß einen Seufzer aus und kratzte sich wieder am Kinn. „Sie hat einer ihrer Freundinnen beim Chatten geschrieben, dass ihr Ex sie zurückhaben wollte. Aber dass sie sich *natürlich* nicht auf ihn einlassen würde, weil sie einen Freund hätte." Er zuckte mit den Schultern. „Ich glaube, sie hat gelogen und wollte sich in dieser Nacht mit ihm treffen. Ob sie jemals bei ihm angekommen ist, weiß ich nicht."

Javi unterbrach sie, indem er sich an den Türrahmen lehnte. Bourneville schob sich an ihm vorbei und näherte sich Cloister, um sich an sein Bein zu schmiegen, wobei sie ihn jedoch demonstrativ nicht ansah. „Was hat der Exfreund gesagt? Haben Sie überhaupt mit ihm geredet?"

Sean bemühte sich um ein höhnisches Lächeln, dem jedoch die Kraft fehlte. Sein Groll gegen das FBI perlte von seinen Schuldgefühlen ab. Er beugte sich vor, um sich mit dem Ellbogen auf die Knie zu stützen.

„Ich habe mehrmals mit ihm gesprochen", antwortete er. „Er war obdachlos. Niedlich genug, um als cooler schlimmer Junge anstatt als Verlierer betrachtet zu werden. Hat sich lieber an Gras als an Meth gehalten. In der Nacht, in der Birdie verschwunden ist, war er allerdings im Krankenhaus, um eine Platzwunde nähen zu lassen. Einer seiner Freunde hatte ihm eins mit 'ner Flasche verpasst. Und er war ernsthaft untröstlich, als er von ihrem Verschwinden erfahren hat. Nicht ganz bei sich, aber untröstlich."

„Wie hieß er?"

Sean verzog das Gesicht und fuhr sich mit den Fingern durchs Haar, als könnte er damit die Erinnerung an die Oberfläche holen. „Es ist zehn Jahre her", sagte er.

„Sie haben Birdie Utkin im Stich gelassen", merkte Cloister an. „Daran erinnern Sie sich."

„Ich bezweifle, dass es überhaupt sein richtiger Name war", sagte Sean nach kurzem Nachdenken. „Ähmm … Hector irgendwas. Hector Andrew? Anders? Er war sechzehn oder siebzehn, etwas älter als Birdie. Ein Teenager wie jeder andere. Er hat in seinem Auto gewohnt, einem 69er Charger, der fast nur noch aus Grundierung und Rost bestand. Heute dürfte er nur noch Staub im Wind sein. Hören Sie zu, die Sache mit Birdies Fall war scheiße. Sie wurde unter den Teppich gekehrt, damit der Hartley-Junge nicht in die Fänge der Presse geriet – und um den Immobilienmarkt zu schützen. Sonst hätte noch einer der netten reichen Leute aus San Diego Angst gehabt, sich dort anzusiedeln. Trotzdem verstehe ich nicht, was das Ganze mit dem vermissten Jungen zu tun haben soll. In der Stadt gibt es viele Hartleys. Da muss doch hin und wieder auch einem von ihnen etwas Schlimmes zustoßen, oder?"

Javi stieß sich vom Türrahmen ab. „Es ist nicht mehr Ihr Fall", sagte er. „Es ist meiner. Danke für Ihre Hilfe, Mr. Stokes. Wir finden allein zur Tür."

Er ging. Cloister wandte sich ebenfalls der Tür zu, wobei er Bourneville mit dem Knie anstupste, damit sie endlich aufhörte, ihn zu ignorieren. Sie erhob sich brummend und streckte betont langsam ihre Vorderbeine.

„Moment", sagte Sean. Er schob sich aus dem Sessel hoch und klopfte mit der Hand suchend auf seinen Oberschenkel, bis ihm klar zu werden schien, dass er nur Boxershorts trug. „Verdammt. Warten Sie."

Er eilte in die Küche und kam wieder in den Flur, um Cloister etwas in die Hand zu drücken.

„Hier." Es handelte sich um eine Visitenkarte mit Eselsohren und leicht schmutzigen Rändern – vermutlich hatte sie lange in einer Brieftasche gesteckt. Auf der Vorderseite stand in schlichten schwarzen Buchstaben *Stokes – Privatdetektiv.* „Wenn Sie etwas über Birdie herausfinden, irgendetwas, können Sie mir Bescheid sagen? Ich war ein guter Polizist. Ich konnte mich nie ganz damit abfinden, sie so im Stich gelassen zu haben."

Obwohl Cloisters Brust noch mit Verärgerung angefüllt war, wusste er, wie man sich fühlte, wenn man keine Antworten hatte. Also nickte er knapp, schob die Karte in seine Gesäßtasche und folgte Javi aus der Tür.

Die Sonne war so grell, dass er die Augen zusammenkneifen musste und hinter dem Zaun schrie der Spaniel weiterhin Bourneville an. Javi stand mit dem Handy am Ohr neben dem Auto.

„… Tancredi", hörte Cloister ihn sagen, als er sich näherte. „Wo haben Birdie und ihre Freunde sich damals getroffen?"

13

Es MOCHTE sich einst um einen Charger gehandelt haben. Das würde das Labor bestätigen müssen, nachdem Ruß und Rost abgekratzt und verrottete Teile wieder zusammengesetzt worden waren. Es roch nach Schimmel und Urin, überdeckt vom besonders widerlichen Gestank gekochten Ungeziefers. Der Rücksitz war zerfetzt und die Polsterung bis auf die Federn verschwunden. Die Räder standen nackt mit abgeschabten Rändern in Vertiefungen aus geschmolzenem Asphalt.

„Seltsam, dass es niemand abgeschleppt hat", sagte Cloister, während er Rost und klebriges Öl an seiner Jeans abwischte.

„Es steht auf einem Privatgrundstück, nicht an einer öffentlichen Straße. Wenn niemand gezwungen ist, sich um so etwas zu kümmern, tut es auch niemand", erwiderte Javi. Er schob die Sonnenbrille bis auf seinen Kopf hinauf und sah sich um. „Das scheint in dieser Gegend die übliche Einstellung zu sein. Wie es aussieht, hat sich hier seit Birdies Verschwinden nichts getan."

Ein Häuserblock war von der Nachbarschaft abgeschnitten worden, mit Stacheldraht eingezäunt, um einsam zu verrotten. Verblasste Schilder verkündeten unter blauem und gelbem Graffiti, dass es sich beim Mallard Park um ein Projekt für einen attraktiveren Stadtteil handelte, das der Umgebung mit luxuriösen Wohnungen und viel Grün neues Leben einhauchen sollte. Wie der Stadtrand nur in Stadtnähe. Stattdessen befanden sich hier heute leere Gebäude, teilweise ausgebrannt und zusammenfallend wie ein feuchtes Kartenhaus, andere erst halb fertiggestellt und kantig wie ein unterbrochenes Tetrisspiel. Das einzige Grüne war ein Meer aus zerbrochenen Glasflaschen vor einer sich neigenden Wand.

„Einige der Bauunternehmer hier hatten sich zu viel vorgenommen", erklärte Cloister. „Sie dachten, es gäbe unter den Akademikern einen Markt für innerstädtisches Wohnen. Aber wenn man einen zweistündigen Weg zur Arbeit in Kauf nimmt, um nicht in einer kleinen Wohnung in San Diego wohnen zu müssen …"

„Möchte man auch nicht in einer kleinen Wohnung an einem noch uninteressanteren Ort wohnen", beendete Javi den Satz für ihn. „Wem gehört das Ganze?"

„Mittlerweile der Bank, zumindest das meiste davon", sagte Cloister. Es gehörte zu den Dingen, die man einfach wusste, ohne viel darüber nachzudenken. Erst als er es aussprach, wurde es ihm wirklich klar. „Kelly Hartleys Bank."

Javi zog die Augenbrauen hoch, wobei sich auf seiner Stirn vier v-förmige Falten bildeten. „Die Zufälle häufen sich."

„Wann werden sie zu Beweisen?", fragte Cloister.

„Ich lasse es dich wissen", antwortete Javi. Er drehte sich langsam im Kreis, um mit dem Blick die Gebäude abzusuchen. „Ich hatte gehofft, wir könnten hier mit jemandem reden. Einem Anwohner oder einem von Hectors obdachlosen Freunden."

„Zehn Jahre", sagte Cloister.

„Menschen brauchen ein Zuhause", sagte Javi. „Auch wenn es nicht direkt ein *Haus* ist, bleiben sie gern an einem vertrauten Ort. Normalerweise."

„Ab und zu schicken die Bank oder die Bauunternehmen jemanden her, um sie zu vertreiben", erklärte Cloister. „Manchmal auch die Sheriffs, wenn hier jemand Meth herstellt oder Gras anbaut. Trotzdem kann es nicht schaden, wenn wir uns mal umsehen."

Er ignorierte Javis skeptisches Brummen und ging zum Auto zurück. Bourneville, die wie ein gelangweilter Pfannkuchen auf der Rückbank lag, spitzte die Ohren, als er den Kofferraum öffnete, und sprang auf, als er über die Mulde für das Ersatzrad hinweg ihre Kleiderkiste aus dem Auto zog.

„Was hast du vor?", wollte Javi wissen.

„Hier liegt sehr viel Glas", sagte Cloister. Mit einem Pfiff forderte er Bourneville auf, zu ihm zu kommen. Sie sprang aus dem Auto und wartete wie eine pelzige Cinderella mit elegant erhobener Pfote, als er sich neben sie hockte. Er streifte ihr die dicksohlige Socke über und befestigte sie mit dem Klettverschluss am oberen Rand.

„Schühchen?", fragte Javi.

Cloister wandte den Kopf und kniff ein Auge zu, als er die schlanke Silhouette betrachtete. „Würdest du hier barfuß rumlaufen wollen?"

„Ich bin kein Hund", antwortete Javi.

„Bourneville auch nicht", sagte Cloister. „Sie ist Deputy beim Sheriff's Department und wenn sie wegen Krankheit ausfällt, kostet es mehr, als wenn du es tust."

Javi stieß ein ungläubiges Schnauben aus. Er hatte eindeutig noch nie eine Tierarztrechnung gesehen.

Nachdem Cloister Bourneville beschuht hatte, erhob er sich. Bei den ersten Malen mit diesen Hilfsmitteln hatte sie sich steif und vorwurfsvoll verhalten, als hätte er ihr Wespen an die Pfoten gebunden. Mittlerweile wusste sie, dass sie ein interessantes Abenteuer bedeuteten – die Rettung einer vermissten Person oder das Bergen einer Leiche.

Cloister ging nicht davon aus, dass man Birdie Utkin nach zehn Jahren noch retten konnte. Nur finden.

Er nahm noch den aus einem alten T-Shirt hergestellten Spielknochen aus dem Auto und schob ihn in seine Gesäßtasche, bevor er Javi den Autoschlüssel zuwarf.

„Du kannst im Auto warten, wenn du willst", sagte er.

„Jetzt bin ich schon hier", sagte Javi. „Da kann ich es auch durchziehen."

Cloister beugte sich mit einem Grinsen vor, um Bournevilles Leine zu lösen. Er spürte, wie sie vor unterdrückter Energie bebte, als sie auf sein Kommando wartete.

„Bourneville, such RJ", befahl er. „Wo ist RJ?"

Es war angenehmer als das Wort Leiche, vor allem wenn sich Familie oder die Presse in der Nähe befand, und Cloister war der Einzige, der die wahre Bedeutung kannte. Außerdem hinderte es Bourneville nicht an ihrer Arbeit – kaum hatte er es ausgesprochen, setzte sie sich in Bewegung.

Sie lief einige Meter, schnüffelte, wandte sich wieder um. Dann wurde sie vom ausgebrannten Auto angezogen und umkreiste es zweimal auf ihren großen geschützten Pfoten.

„Sie riecht den Waschbären", sagte Javi ungeduldig.

„Nein", widersprach Cloister. „Das kann sie unterscheiden."

Etwas war in diesem Auto passiert, doch nach der langen Zeit bei Wind und Wetter und dem Feuer war es nicht mehr genug, um Bournevilles Nase lange anzuziehen. Sie schnaubte und wandte sich ab, um sich stattdessen schnurstracks der abgesplitterten Tür eines Hauses zu nähern. Wie das Auto musste das Haus einmal angezündet worden sein. Das Dach war eingestürzt und die Fenster bestanden nur noch aus rauchgeschwärzten Scherben.

Unter der Tür befand sich eine so große Lücke, dass Bourneville sich hindurchzwängen konnte. Cloister folgte ihr eilig und erreichte die Tür, als ihr Schwanz darunter im Dunkeln verschwand. Die Tür war schon einmal aufgebrochen worden. Verbogenes Metall ragte aus ihrem verkohlten Holz. Cloister stieß sie auf. Hinter der Tür angesammelter Müll kratzte über den Boden, als sie sich öffnete und den Blick auf einen Raum freigab, in dem man sich eine Leiche sehr gut vorstellen konnte.

Obszönitäten waren in die Wände geritzt, in einer Ecke lagen schmutzige Matratzen und Decken, während zusammengeknüllte Alufolie die essigsaure Note von Heroin unter den Geruch von Urin und Rauch mischte. Bourneville hatte den Raum jedoch bereits verlassen und Cloister konnte nur den undeutlichen Pfotenabdrücken auf dem rußigen Boden folgen.

In der Nähe befand sich ein toter Mensch und der Geruch musste stark sein.

Cloister rannte los. Das viele nächtliche Laufen am Strand diente nicht allein dazu, seinen Körper zu ermüden, bis er traumlosen Schlaf fand. Hunde, die etwas gefunden hatten, erinnerten sich selten daran, dass ihre Führer nur langsame Menschenbeine besaßen. Er musste häufig darum kämpfen, ihr folgen zu können.

Er hastete durch die Küche, kletterte über den heruntergefallenen Balken, der die Spüle zerschmettert hatte, und durchquerte die Gasse hinter dem Haus. Eine dünne getigerte Katze, nach der Begegnung mit dem großen Hund noch mit Buckel und aufgestelltem Fell, fauchte ihn ungehalten vom eingestürzten Überrest einer Hauswand an.

Bourneville schlängelte sich durch Schutt und unfertige Gebäude, verschwand in einer Tür, nur um durch eine andere wieder herauszukommen, ging im Zickzack ein Stück zurück. Hin und wieder hielt sie inne und hob den Kopf, um zu überprüfen, wo sich Cloister befand.

„Hat sie die Spur verloren?", fragte Javi, als er Cloister eingeholt hatte. Sie schwitzten beide. Cloisters T-Shirt klebte an seiner Haut und der gestärkte Kragen von Javis Hemd war feucht und etwas schief. Javi war nicht so sehr außer Atem, wie Cloister erwartet hatte. Andererseits – und beim Gedanken daran musste Cloister selbst einmal Luft holen – erinnerte er sich an die unter dem maßgeschneiderten Anzug verborgenen festen Muskeln.

„Nein", antwortete Cloister. Er zog den Kragen seines T-Shirts hoch, um sich damit das Gesicht abzuwischen. „Sie sucht den Bereich methodisch ab."

Ein letztes Schnuppern an einer Palette mit Ziegeln und schon schoss sie wieder davon. Sie folgte in einigermaßen gerader Linie der provisorischen Straße und steuerte auf einen Rohbau zu, der nie über das Erdgeschoss hinausgekommen war. Die Wände hatte man bereits verputzt und das Dach war intakt, doch nachdem beides jahrelang den Elementen ausgesetzt gewesen war, wirkte es dünn wie Papier und rau. Die Fensterscheiben waren allerdings noch vorhanden, bedeckt mit zerfledderten Überresten ihrer Schutzfolie.

Bourneville warf sich auf den Boden, legte das Kinn auf die Pfoten und winselte. Ihre Ohren lagen flach am Kopf und sie hatte die Rute eingeklemmt. Auch wenn es sich lediglich um ihre Art handelte, ihn über einen Fund zu informieren, konnte er nie ganz das Gefühl abschütteln, dass sie sich schlecht fühlte, weil sie die Person nicht lebend gefunden hatte.

„Braves Mädchen", sagte er, während er sich auf ein Knie sinken ließ. Er lobte sie, bis sie sich entspannt und aus ihrer geduckten Haltung aufgesetzt hatte. Dann zog er den weichen Spielknochen aus der Tasche, um ihn für sie durch den Raum zu werfen. Sie folgte ihm über den Boden rutschend und prallte beinahe gegen die Wand, bevor sie ihn erwischte und sich damit auf den Boden warf, um darauf herumzukauen. Während sie damit beschäftigt war, klopfte Cloister mit den Fingerknöcheln auf den Spanplattenboden, der ein trockenes Klappern von sich gab.

Man konnte nichts riechen. Keinen Fleck entdecken.

„Hast du draußen zufällig ein Stemmeisen gesehen?", fragte er. Da Javi lediglich mit einem Schnauben antwortete, zuckte er mit den Schultern und suchte in seiner Tasche nach der eckigen Wölbung seines alten Schweizer Taschenmessers. Trotz der angeschlagenen, abgenutzten Oberfläche und der Sandkörner, die sich in den Gelenken befanden, war es für die Wittes das, was einem Familienerbstück am nächsten kam – drei Generationen, zwei verschiedene Initialen und es war mindestens zweimal auseinandergenommen worden, um es von Blut zu reinigen, bevor es rosten konnte.

Er schob einen Fingernagel in die Vertiefung, um die Messerklinge auszuklappen.

„Vielleicht ist sie es nicht", sagte Javi. Er hatte sein Handy aus der Tasche gezogen und machte mit aufleuchtendem Blitz Fotos.

„Irgendjemand ist es."

Sie hätten es melden können, damit ein CSI-Team die Stelle sorgfältig freilegte. Allerdings hatte Cloister wenig Lust auf den Spott, falls es sich doch nur um eine Tüte Schweinerippchen handelte, die ein Handwerker ins Fundament anstatt in den Abfalleimer geworfen hatte. Und wenn es Birdie Utkin war, hatte sie lange genug an diesem traurigen, trüben Ort gelegen.

Er stieß das Messer in die Spanplatte, die unter der Klinge nachgab, bis das Loch groß genug war, um seine Finger hineinzuschieben. Die Kanten bohrten sich in seine Haut, als er daran zog. Erst bog sich das Holz, dann rissen sich mit einem kreischenden Geräusch zwei Nägel los und ein Stück des Bodens brach ab.

„Scheiße", sagte Javi. „Du hattest recht."

Der Blitz leuchtete wieder auf und wurde grell vom Plastik reflektiert, welches das ausgetrocknete, runzlige Gesicht eines Mädchens bedeckte, das viel zu jung gewesen war, um an diesem Ort zu verschwinden. Sie lag auf der Seite und die dünnen Arme mit trocken-bräunlicher Haut waren um ihren Körper geschlungen. Ihr Haar lag wie ein dünner, brüchiger Heiligenschein um ihren Kopf und hatte hauptsächlich die Farbe von Staub. Doch es war wahrscheinlich blond gewesen.

„Sie ist es", sagte Cloister.

„Da können wir nicht sicher sein. Noch nicht", antwortete Javi. Er stupste Cloisters Knöchel mit dem Fuß an, als er sich ein Stück entfernte, um den Fund zu melden. „Fass nichts an. Wir brauchen die Leute von der Spurensicherung … falls es noch etwas Brauchbares zu finden gibt. Wie konnte das bloß beim ersten Mal übersehen werden? Ich dachte, die Polizei von Plenty wäre korrupt gewesen, nicht inkompetent."

Er stapfte aus dem einem staubigen Kasten ähnelnden Raum, während er Anordnungen in sein Handy bellte.

Cloister klappte das Messer zusammen und steckte es in die Tasche. Seine Hände zitterten, als sich das Adrenalin in seinem Körper ausbreitete. Er wusste bereits, dass er in dieser Nacht den Albtraum haben würde. Wenigstens bekam die Familie endlich eine Antwort.

„Es ist Zeit, nach Hause zu gehen, Birdie", sagte er.

14

DAS TOTE Mädchen sah sehr klein aus, als es auf einer Bahre aus dem Haus getragen wurde. Unter dem weißen Tuch wirkte die ausgetrocknete Leiche eher wie die eines Kindes oder Tieres. Nur noch Knochen und verwitterte Haut.

„Ich kann Ihnen nichts Genaues sagen, bevor ich die Autopsie vorgenommen habe", teilte ihm die Gerichtsmedizinerin mit, während sie mit dem Daumen über ein Glas ihrer Brille wischte, sie sich wieder auf die Nase setzte und kurz blinzelte, als sich ihr Auge an das noch immer leicht verschmierte Glas gewöhnte. „Aber ich vermute, dass das Opfer hergebracht wurde, nachdem es schon eine Weile tot war."

„Wie lange ist ‚eine Weile'?", fragte Javi.

Galloway seufzte. Sie war eine farblose Frau mit aschblondem Haar und blassblauen Augen. Selbst ihre Haut besaß einen fahlen Ton, der darauf hindeutete, wie viel Zeit sie unter künstlichem Licht verbrachte. Ihre Arbeit machte sie allerdings ausgesprochen gut.

„Ich sage nicht gern meine Meinung, bevor ich mir jemanden näher angesehen habe", antwortete sie und zog ihre bleichen Augenbrauen hoch. „Glauben Sie wirklich, ich lasse mich auf Spekulationen ein?"

„Können Sie mir wenigstens irgendetwas sagen?"

Sie schürzte die Lippen und zupfte abgelenkt an einem Stück trockener Haut. „Nur, dass die Todesursache auf den ersten Blick nicht offensichtlich ist", sagte sie. „Es sieht aus, als wäre sie vor ihrem Tod irgendwo eingesperrt gewesen. An ihren Fingerspitzen sind kleine Verletzungen zu sehen." Sie krümmte die Finger und machte eine Kratzbewegung, um ihre Erklärung zu unterstreichen. „Das *könnte* auf Gewalt hindeuten. Aber ich werde mehr wissen, wenn …"

„Sie die Autopsie vorgenommen haben", beendete Javi den Satz für sie.

Galloway wandte sich mit einem humorlosen Lächeln ab, um zu gehen, doch Javi berührte ihren Ellbogen, um noch einmal ihre Aufmerksamkeit zu gewinnen.

„Können Sie es schnell machen?", fragte er. „Den Fall vorrangig behandeln?"

„Das könnte ich", antwortete sie, während sie ihm den Arm entzog. „Aber warum sollte ich?"

Javi zögerte. Auch wenn die Verbindung zwischen den beiden Fällen immer wahrscheinlicher schien, war Javi noch immer nicht sicher, ob er sich offiziell darauf festlegen wollte. Unbegründeten Vermutungen nachzugehen, selbst wenn sie sich am Ende als richtig erwiesen, machte in der Akte eines Agenten oder vor Gericht keinen guten Eindruck. Wenn man J.J. Diggs eine Anschuldigung aufgrund von Bauchgefühl anstelle von Beweisen und korrekten Ermittlungsverfahren präsentierte, würde er sie fertigmachen.

„Es könnte mit einem anderen Fall zu tun haben", antwortete er also. „Vielleicht."

Galloway verzog das Gesicht. „Mit Laras kleinem Jungen?", fragte sie. Natürlich kannte sie die Familie. Das hätte ihm klar sein müssen. So viele Ärzte gab es in Plenty nicht und die Gerichtsmediziner waren auch für Todesfälle im Krankenhaus zuständig.

„Es steht noch nicht fest", sagte Javi. „Und ich möchte nicht, dass die Hartleys jetzt schon etwas davon erfahren."

Das brachte ihm einen vernichtenden Blick ein. „Sie ist eine Arbeitskollegin, nicht meine beste Freundin", antwortete sie trocken. „Aber ich werde mich bemühen, die Leiche möglichst schnell zu untersuchen."

Javi ließ sie gehen. Während sie beaufsichtigte, wie die Leiche in das Fahrzeug geladen wurde, presste Javi Daumen und Zeigefinger gegen seinen Nasenrücken, als könnte der Druck die komplizierte Situation irgendwie vereinfachen.

Wenn die Fälle wirklich zusammenhingen, *wie* taten sie es dann? Falls die Utkins endlich herausgefunden hatten, dass Kelly Hartley bemüht gewesen war, die Ermittlungen zu Birdie zu beenden, könnten sie Drew aus Rache entführt haben. Allerdings wäre das für einen südkalifornischen Bauunternehmer ohne jegliche Vorstrafen ein ziemlich sprunghafter Anstieg gewesen, was asoziales Verhalten anging.

Außerdem, ermahnte er sich selbst, waren sie bisher nicht einmal *sicher*, ob es sich überhaupt um Birdie Utkin handelte. Bis das der Fall war, konnte er die Frage, wie er mit der Situation umgehen sollte, auf später verschieben.

Cloister war damit beschäftigt, mit seinem Hund zu spielen, während sich zu den Schaulustigen hinter dem Drahtzaun mittlerweile Journalisten gesellt hatten. Obwohl sich die Deputies bemühten, sie auf Abstand zu halten, drängten sie sich mit einer Mischung aus Neugier und Sorge näher heran.

Er näherte sich dem Zaun und einem Ansturm von Fragen.

„Hängt das hier mit dem Hartley-Fall zusammen?", fragte eine Frau, die ihm entfernt bekannt vorkam, und strich sich eine Haarsträhne hinters Ohr. Nach kurzem Nachdenken fiel ihm ihr Name ein – Harriet Green vom lokalen Fernsehsender.

„Wurde Drew Hartleys Leiche gefunden?", fragte ein Mann direkter. Er trug eine schwarze Hipster-Brille und über seiner Schulter hing eine Laptoptasche. Zeitung oder Blog. „Gibt es einen Verdächtigen?"

„Es handelt sich um einen anderen Fall", antwortete Javi. „Im Augenblick besteht kein Anlass, ihn mit dem vermissten Jungen, Drew Hartley, in Verbindung zu bringen. Wir sind voller Hoffnung, Drew heil und gesund zu seiner Familie zurückbringen zu können."

In den ersten Stunden nach Drews Verschwinden aus dem Retreat war es noch *Zuversicht* gewesen. Je mehr Zeit verging, desto mehr musste er die Erwartungen dämpfen. Ab einem bestimmten Punkt tat man den Menschen keinen Gefallen damit, ihnen Hoffnung zu machen.

„Wer wurde gefunden? Wir haben eine Bahre gesehen", fragte Harriet und streckte ihm ihr Mikrofon entgegen.

Bevor er antworten konnte, rief ihn einer der CSI-Mitarbeiter.

„Agent Merlo. Da ist etwas, das Sie sich ansehen sollten." Über dem Kragen seines weißen Overalls war ein vor Sorge finsteres Gesicht zu sehen.

„Zurzeit habe ich keine weiteren Informationen", sagte Javi ruhig. „Wenn wir mehr herausfinden, lassen wir es Sie wissen. Danke."

Dann wandte er sich ab und ignorierte die an seinen Rücken gerichteten Fragen, als er eilig den Labortechniker einholte, der sich bereits wieder dem Haus näherte.

„Was ist los?", fragte Javi.

„Schlechte Nachrichten", antwortete der Mann. „Wir haben einen Teil des Bodens entfernt, um die Leiche bergen zu können. Sie war nicht das Einzige, was wir darunter gefunden haben."

In Javis Kopf blitzte das Bild von einem Dutzend zusammengekauerter brauner Leichen auf. Fluchend erhöhte er sein Tempo und duckte sich unter der Plastikplane hindurch, die man vor die Tür gehängt hatte. Der Bereich war von gelben Schildchen und Kameras umgeben. Es waren keine Leichen. Das wäre beinahe leichter gewesen. Wenigstens hätte das für eine klare Situation gesorgt.

Fünf Plastiktüten waren unter dem Boden gefunden worden. In jeder befand sich eine sorgfältig gefaltete Garnitur von Kleidungsstücken, bis hin zu einem ordentlich auf den Stapel gestellten Paar Schuhe.

„Verdammte Scheiße", stieß Javi zwischen angespannten Lippen hervor.

„Sehen Sie sich das an", sagte der Mann vom CSI und ging um Javi herum. Er suchte sich in seinen großen Überziehschuhen einen Weg über das Holz auf dem Boden, um eine der bereits mit einem Schild versehenen und fotografierten Tüten hochzuheben und sie in Javis Richtung zu strecken. Selbst durch das milchige Plastik konnte Javi das verwaschene Rot des T-Shirts und den Avengers-Schriftzug erkennen.

Laut Beschreibung mochte Drew Captain America am liebsten, doch von den Avengers war er ebenfalls begeistert.

„Bringen Sie die ins Labor und lassen Sie mir noch heute die Ergebnisse zukommen", sagte er brüsk. Aus Gewohnheit begann der Mann, ihm zu widersprechen, doch Javi unterbrach ihn ungeduldig. „Dieser Vermisstenfall muss jetzt einem Serientäter zugeordnet werden. Besorgen Sie mir die Ergebnisse."

Der Mann presste die Lippen zusammen – entweder vor Verärgerung oder weil er verstand, wie ernst der Fall damit wurde, aber der Grund war Javi egal – und nickte.

„Agent."

Nachdem Javi sich ein letztes Mal im Raum umgesehen hatte, um sich alles für spätere Überlegungen zu merken, verließ er das Haus. Es war Zeit, Cloister zu erzählen, dass seine Ahnung zu einer Theorie geworden war. Zwischen Drew

Hartleys und Birdie Utkins Fall schien es tatsächlich eine Verbindung zu geben. Javi dachte an die anderen kleinen Tüten mit Kleidung und presste finster die Lippen aufeinander. *Mindestens* zwischen diesen beiden Fällen.

ALS BIRDIE verschwunden war, war mit ihr auch verschwunden, was die Ehe der Utkins zusammengehalten hatte. Heather Utkin hatte sich noch im selben Jahr von ihrem Mann scheiden lassen und war in eine andere Stadt gezogen. In einen anderen Staat, um genau zu sein.

„Sie ist zurück nach Illinois gegangen", sagte Lew Utkin. Der Schock hatte das Selbstvertrauen aus seiner Stimme vertrieben und sie leise und abgelenkt gemacht. Er war ein großer Mann und, obwohl er um den Bauch herum etwas Fett angesetzt hatte, normalerweise vermutlich noch recht gut aussehend. Im Augenblick schien sein Gesicht etwas von seinen Knochen herabzuhängen, als zöge der Kummer es mit seinem Gewicht in die Tiefe. Er saß auf einem billigen Metallstuhl und drehte einen Plastikbecher mit Wasser in den Händen. „Ich habe ihre Nummer nicht, aber, ähm … ich habe die Adresse ihrer Schwester. Ich kann sie erreichen. Sind Sie *sicher*, dass es Birdie ist?"

Das fragte er bereits zum vierten Mal. Javi wusste nicht genau, welche Antwort er sich wünschte.

„Wir warten noch auf die Ergebnisse des DNA-Tests vom Labor", sagte Javi. „Das war einer der Gründe, aus denen wir Sie hergebeten haben – damit wir eine Probe für den Vergleich nehmen können."

Lew nickte bereits, bevor Javi den Satz beendet hatte. „Natürlich", sagte er. „Ich … ich tue alles, um zu helfen."

„Wir haben einige ihrer Sachen …"

„Kann ich nicht einfach *sie* sehen? Dann weiß ich, ob es meine Tochter ist. Es sind zehn Jahre, aber ich würde meine eigene Tochter erkennen."

Im Geiste legte Javi das hübsche, lächelnde Mädchen aus dem Foto über das halb mumifizierte Gesicht des toten Mädchens, dessen Lider eingefallen über leeren Augenhöhlen lagen, während die ausgetrockneten Lippen den Blick auf eine Landschaft aus hartem Zahnfleisch und zerbrochenen Zähnen freigaben. Er war nicht sicher, ob es dort etwas zu erkennen gab.

„Es sind zehn Jahre, Mr. Utkin", antwortete er. „Lassen Sie erst das Labor seine Arbeit machen."

Lew schloss die Augen. „Hat ihr jemand etwas angetan?", fragte er.

„Wir wissen noch nichts. Wären Sie bereit, sich einige Gegenstände anzusehen, die wir bei ihr gefunden haben? Vielleicht erkennen Sie etwas wieder."

Diesmal dauerte es etwas länger, bis er nickte. Es wirkte steif und seine Kiefermuskeln waren so angespannt, dass Javi sich einbildete, Zähne knirschen zu hören. Dann erhob er sich wie ein wesentlich älterer Mann von seinem Stuhl. „Bringen wir es hinter uns."

Javi führte ihn zur Asservatenkammer, wo ein Mitarbeiter eine Speichelprobe nahm. Dann brachte er ein glänzendes Metalltablett, auf dem sorgfältig die Gegenstände ausgebreitet waren, bei denen sie vermuteten, dass es sich um Birdies handelte. Ein gelbes Hemd und ein schmutziges, lappenartiges Top, das vermutlich einmal ein fließendes Musselinoberteil im Hippie-Stil gewesen war, Flip-Flops mit brüchigen Plastikriemen und ein Paar matt gewordene Silberohrringe. An einem hing noch ein blondes Haar, kraus und geknickt im hellen Licht. Der letzte Gegenstand war ein Schlüsselbund mit Schlüsseln in verschiedenen grellbunten Farben, dem eine Sammlung vergilbter Zac-Efron-Bilder als Anhänger diente.

„Lassen Sie sich Zeit", sagte Javi, während er unauffällig Lews Gesicht beobachtete.

Es verzog sich vor Kummer. Lew streckte eine Hand aus, zog sie jedoch zurück, bevor Javi ihn ermahnen musste, nichts anzufassen. Stattdessen rieb er sich damit das Gesicht und krallte die Finger in sein ordentlich frisiertes, ergrauendes Haar.

„Die, ähm … Schlüssel sind ihre", brachte er mit erstickter Stimme heraus. „Die Ohrringe sehen auch so aus. Kleine Vögel. Die hat sie immer getragen. Bei … bei den Kleidern bin ich mir nicht sicher. Sie mochte Gelb. Sie hat immer Gelb getragen. Ich … ich glaube, ich muss mich hinsetzen."

„Kein Problem", sagte Javi. Er bedankte sich mit einem Nicken beim Mitarbeiter des Labors und führte Lew in den Flur, wo nicht weit entfernt eine Bank mit einer leeren Coladose stand. Er half Lew, sie zu erreichen. Der Mann ließ sich auf die Bank fallen, beugte sich vornüber und presste sich grob die Handballen gegen die Wange.

„Vielleicht wurde sie ausgeraubt", sagte er. „Das könnte eine Erklärung sein. Jemand hat sie ausgeraubt und ihr dabei einen Schlag auf den Kopf versetzt. Das würde erklären, warum sie nicht mehr nach Hause gekommen ist."

„Mr. Utkin …"

Lew richtete sich auf und wischte sich mit einem Ärmel über den Mund. „Ich weiß", sagte er. „Ich weiß, aber ich *muss* es noch nicht wissen, oder? Noch kann ich es *nicht* wissen."

Sein Tonfall bat verzweifelt darum, ihm das zu erlauben, ihm diesen kleinen Gefallen zu tun. Javi wollte Kinder – oder erwartete Kinder –, doch der Gedanke, dass einen jemand so verletzlich machen konnte, war beängstigend.

„Nach dem DNA-Test wissen wir mehr", sagte er.

Lew nickte.

„Können Sie uns irgendetwas sagen, das Sie Detective Stokes bei den ersten Ermittlungen nicht ge…"

„Ermittlung? So wollen Sie das nennen?", fragte Lew bitter. „Meine Tochter war denen egal. Die wollten das Ganze nur abhaken. Wissen Sie, wie viel Geld ich gespendet habe, als die Kampagne für eine kreisfreie Stadt losging? Berge.

91

Nur damit ich nicht mehr jeden Tag diese Uniform sehen und mich daran erinnern musste, wie sie Birdie im Stich gelassen haben."

„Irgendetwas", wiederholte Javi geduldig. „Selbst wenn es etwas ist, das Ihnen damals unwichtig vorkam. Vielleicht etwas zu Birdies Freund? Sie war damals mit einem der Hartleys zusammen, oder?"

In Lews Gesicht spiegelte sich Reue wider. „Ich dachte, es würde ihr helfen. Er war ein guter Junge – klug, ehrgeizig und respektvoll. Dafür hat Kelly gesorgt. Birdie fand ihn langweilig – womit sie wahrscheinlich recht hatte –, aber ich habe sie dazu gedrängt. Nicht nur ich, auch ihre Mutter. Wir dachten, mit jemandem wie ihm würde sie ruhiger werden." Er zögerte und seine Augenbrauen zogen sich über seiner Nase zusammen. „Sie glauben doch nicht, dass er etwas damit zu tun hatte? Es hieß, er hätte ein Alibi. Kelly …"

„Ich möchte mir nur ein klareres Bild machen", sagte Javi. „Manchmal lassen Leute etwas aus, weil sie es nicht für wichtig halten oder weil sie befürchten, es könnte ein schlechtes Licht auf das Opfer werfen."

„Sie war fünfzehn", sagte Lew. „Sie hat nie etwas Schlimmeres getan, als zu spät nach Hause zu kommen."

„Und ihr anderer Freund?", fragte Javi. „Der, den Sie nicht mochten?"

„Hector?" Utkin schüttelte den Kopf. „Ich habe ihm nicht *getraut*. In meinem Beruf, Agent Merlo, begegnet man manchmal Leuten, die nicht besonders … nett sind. Man lernt, die Anzeichen zu erkennen. Hector Andrews hat nichts Gutes bedeutet und hätte ihr eines Tages wehgetan. Aber nicht in dieser Nacht. Jemand hat dafür gesorgt, dass er im Krankenhaus gelandet ist."

„Jemand?"

„Einer seiner zwielichtigen Freunde", sagte Lew. In seiner Stimme schwang eine Herausforderung mit und sein Gesichtsausdruck lag irgendwo zwischen Trotz und Selbstzufriedenheit. „So ist das bei solchen Freunden, Agent. Für einen Fünfziger rammen sie einem ein Messer in den Rücken."

„Ein Fünfziger? War das der übliche Preis für eine Flasche auf dem Hinterkopf?", fragte Javi ruhig.

Lew ließ sich nicht ganz zu einem Geständnis hinreißen, doch sein Mundwinkel hob sich zu einem kurzen, bitteren Lächeln. „Sagen wir einfach, dass sich mein Mitleid in Grenzen hielt."

„Wissen Sie etwas darüber, wo sich Hector heute aufhält?"

Lew verzog das Gesicht und senkte wieder den Kopf. „Ich wusste nicht einmal, wo er sich damals aufhielt. Er war obdachlos. Seine Familie hatte ihr Haus verloren und die Stadt verlassen, aber er ist geblieben. Ich habe es Birdie gesagt: Mit einem Mann, den seine eigene Familie nicht will, stimmt was nicht. Sie hat nicht auf mich gehört."

Lews Vermögen, sich etwas vorzumachen, ließ sichtbar nach. Er sackte in sich zusammen, wirkte plötzlich verloren und schloss die Augen. Seine Mundwinkel senkten sich, als er mit einem Schniefen Luft holte. Keine Tränen, doch wenn Lew wirklich eine Affäre mit Kelly Hartley hatte, würde er später nach einer Flasche Whiskey an ihrer Schulter weinen.

„Ich, ähm … ich sollte meine Frau anrufen", sagte er und wischte sich über den Mund. „Meine Exfrau. Flüge für sie buchen … und so. Brauchen Sie mich hier noch?"

„Im Moment nicht", antwortete Javi.

Lew nickte und stand langsam auf. „Und Sie melden sich, wenn …"

Javi nickte und legte ihm eine tröstende Hand auf den Arm. „Wir melden uns, sobald wir Ergebnisse haben. Passen Sie auf sich auf."

„Warum?"

15

JAVI BAT einen vorbeigehenden Deputy, Lew hinauszugeleiten – er war nicht sicher, ob er sonst gegangen wäre. Dann machte er sich auf den Weg zum Bürobereich. Vier Deputies befanden sich an ihren Schreibtischen und auf einer Bank an der Wand saßen zwei Teenager und ein Biker. Der Biker hatte die Arme vor der Brust verschränkt und seine Augen waren geschlossen. Natürlich hätte es sich um eine Fassade handeln können, aber Javi war ziemlich sicher, dass er tatsächlich gerade ein Schläfchen machte.

Der verschwundene Blondschopf, den Javi suchte, war der Deputy am Schreibtisch unter dem Fenster in der hinteren linken Ecke. Wenigstens besaß er den Anstand, etwas schuldbewusst zu wirken, als er Javi bemerkte. Hastig bemühte er sich, mit seinen großen, zerkratzten Händen die auf der Tischplatte verstreuten Unterlagen zusammenzusuchen.

„Ich habe doch gesagt, dass ich dich bei Lew Utkins Befragung dabeihaben will. Stattdessen sitzt du hier mit …" Er zupfte eine der Seiten aus Cloisters Hand und zog überrascht eine vielsagende Augenbraue hoch. „… einer Spesenanforderung für Hundefutter und Tierarztrechnungen?"

Cloister kratzte sich den Nacken. Dabei rutschte der Ärmel seines schwarzen T-Shirts hoch und entblößte die stählerne Wölbung seines Trizeps. Es war ablenkender, als ein paar Zentimeter Haut es sein sollten.

„Bon hat sich an der Pfote verletzt, als sie das Handy gefunden hat. Vorsicht ist besser als Nachsicht", antwortete er.

„Bis Frome etwas anderes sagt", erinnerte ihn Javi, „gehörst du mir."

Etwas Dunkles kroch in die Worte, zähflüssig, heiß und fordernd. Mehr als Javi gewollt hatte. Verärgert biss er sich auf die Wange. Jemand kicherte – vermutlich lauter, als *er* gewollt hatte, wenn man bedachte, wie es mit einem erstickten Geräusch abbrach. Javi war beinahe froh darüber, seine Verärgerung auf eine äußere Quelle richten zu können. Er biss so fest die Zähne zusammen, dass sein Kopf schmerzte, und atmete tief ein. Doch bevor er sich für eine Antwort entscheiden konnte, hob Cloister seinen Mittelfinger in die Richtung des Kicherns. Als Javi sich umdrehte, stellte er fest, dass es von einem stämmigen jungen Mann mit verblassenden Aknenarben gekommen war, der wie ein Highschool-Sportler aussah.

„Er weiß, dass ich schwul bin, Collins", sagte Cloister. „Also wirkst du jetzt nur wie ein Arschloch. Und das auch noch vor unseren schwarzfahrenden Gästen."

Der Biker stieß ein amüsiertes Schnauben aus, ohne die Augen zu öffnen.

Der kräftige junge Collins rutschte verlegen auf seinem Stuhl herum und beugte sich über seinen Schreibtisch, während er etwas murmelte, das vermutlich eine Entschuldigung war. Sein Hals hatte sich bis zur Kopfhaut hinauf gerötet, was bei seinem kurz gestutzten Haar leicht zu sehen war, und sein Stift kratzte emsig über ein Formular. Javi gestattete sich den gehässigen Gedanken, wie überraschend es war, dass jemand wie er überhaupt lesen konnte. Er hätte ihn noch mehr gedemütigt, als Cloister es getan hatte, doch jetzt war nicht der richtige Zeitpunkt.

„Ich gebe meine Anweisungen nicht, weil ich mich so gern reden höre", sagte er. „Also leg den Papierkram weg und komm mit. Mit Utkin bin ich fertig, aber ich kann dich noch als Laufburschen für anderes gebrauchen …"

Cloister quittierte diese Bezeichnung mit einem finsteren Blick, gehorchte aber und stand von seinem Schreibtisch auf. Offenbar hatte sich der Hund mit seinen Beinen darunter befunden. Er kam unter dem Tisch hervor und hechelte leicht. Javi verdrehte die Augen. Es war, als würde man überall von einer Anstandsdame verfolgt – auch wenn sich der Hund zugegebenermaßen als nützlich erwiesen hatte.

„Ist seine Pfote in Ordnung", fragte er, als sie zu dritt den Raum verließen.

„Ihre", korrigierte Cloister, während er wie automatisch eine Hand nach unten streckte, um Hundeohren zu kraulen. „Und sie ist in Ordnung. Sie hat sich an einem Stück Draht gestochen und ich wollte nur sicher sein, dass die Wunde sauber ist."

Draußen im Flur warf Javi einen Seitenblick auf Cloister.

„Und ich bin anscheinend wirklich der Einzige, der nicht wusste, dass du schwul bist."

Cloister zuckte mit den Schultern. „So ziemlich." Er hielt inne und streckte wieder eine Hand zu Bournevilles Kopf aus. „Ich hätte da sein sollen, um mit Utkin zu reden. Tut mir leid."

Für eine Entschuldigung war es sehr reuelos, schlicht und direkt – ein bisschen wie Cloister. Es ärgerte Javi, dass ihm beides trotzdem gefiel.

„Niemand informiert gern die Angehörigen", gab er zu. Nach kurzem Zögern fuhr er mit Utkins trostlosem „Warum" in den Ohren fort: „Ehrlich gesagt frage ich mich, ob es für ihn besser gewesen wäre, es nicht zu erfahren. Er hätte sich weiter an die zehnprozentige Wahrscheinlichkeit klammern können, dass sie fortgelaufen war und irgendwo ein neues Leben begonnen hatte. Ich weiß nicht, ob ich in dieser Situation gern die Wahrheit wüsste."

Cloister sagte nichts. Das Schweigen zog sich in die Länge, bis der Moment vorbei war und Javi beim Gedanken daran, so viel von sich preisgegeben zu haben, innerlich das Gesicht verzog. Er schluckte das Gefühl der Demütigung hinunter – es war trocken und sandig – und versuchte, das Thema zu wechseln.

„Vielleicht ist er …"

„Es sind keine zehn Prozent", unterbrach ihn Cloister. Seine Stimme war leise. „Ohne eine Leiche sind Eltern sich zu neunzig Prozent sicher, dass ihr Kind noch lebt – vielleicht ein neues Leben, aber wahrscheinlicher irgendwo verletzt und verängstigt. Es ist trotzdem Trauer, aber man hat auch Angst."

Diesmal war es Javi, der nicht wusste, was er sagen sollte. Es fühlte sich so direkt an wie die Entschuldigung und war zu ehrlich für ihn. Es war leichter, wenn Cloister einfach groß, blond und anziehend blieb, ohne irgendwelche unpraktischen Gefühle. Er fühlte sich so unwohl, dass er Cloister nicht fragte, wen er verloren hatte, sondern sich lieber wieder auf sicheres Terrain begab.

„Wenn ich beim nächsten Mal schlechte Nachrichten überbringe, werde ich das als Einleitung benutzen", sagte er, weil er die größte Sicherheit offenbar in seiner Rolle als Arschloch fand.

Bourneville schob mit einem leisen Winseln ihre Nase in Cloisters Hand und leckte ihm mit ihrer rosa Zunge über die Finger, weil sie emotional reifer war als Javi. Bald erreichten sie die Tür und Javi stieß sie vor Gereiztheit kräftiger auf als nötig. Draußen war es noch immer sehr warm, doch der Wind hatte endlich nachgelassen. Die Luft trug etwas mehr Feuchtigkeit in sich, die einem das Atmen leichter machte.

„Ich möchte, dass du zu den Hartleys fährst und mit ihnen redest. Sag ihnen, dass wir Billy nicht mehr verdächtigen. Von dir wird es besser ankommen", sagte Javi. „Nimm das Handy mit – das Labor hat es noch nicht entsperrt, also bring Billy dazu. Finde raus, warum es dort lag – was Billy uns verheimlicht und wen er schützt."

„Warum ich?"

Javi senkte seinen Blick zu dem Hund, der sich hingebungsvoll an Cloisters Bein schmiegte. „Hunde mögen dich. Ich wette, Kinder mögen dich auch."

„Er ist kein Kind. Er ist ein Teenager."

„Fast das Gleiche", sagte Javi und zuckte mit den Schultern. „Wenn es dir lieber ist, kannst du mich natürlich auch gerne ins Stadtarchiv begleiten und mit mir das Grundbuch durchsuchen. Ich möchte wissen, wer in dem Haus mit der Leiche gewohnt hat."

Er war ziemlich sicher, dass es sich um das Haus handeln würde, das Hector Andrews Familie an die Bank verloren hatte. Wenn es wirklich so war, würden es zu viele Zufälle sein, um sie wegen eines Alibis zu ignorieren.

Bei seinem Vorschlag verzog Cloister das Gesicht. Ein großer Teil der Aufzeichnungen von Plenty war nicht durchgängig digitalisiert worden. Weitreichende Korruption in öffentlichen Ämtern hatte dazu geführt, dass vieles nicht aufgezeichnet worden war, wenn es bestimmten Leuten nicht gefiel, es leicht zugänglich zu machen. Damit nicht zu offensichtlich war, was fehlte, wurden zusätzlich auch einige eher unbedeutende Dinge ausgelassen. Man musste sich also auf lange Diskussionen mit dem Bibliothekar und stundenlanges Suchen in alter Bürokratie einstellen.

„Ich übernehme den Teenager", gab sich Cloister geschlagen. Dann zögerte er, verlagerte sein Gewicht von einem Fuß auf den anderen. Er kam ihm unentschlossen vor, unsicher, was Javi zum ersten Mal sah. Cloister wirkte immer selbstbewusst, egal wann und wo.

„Hör zu, letzte Nacht …" Dann verstummte Cloister.

Es wäre die perfekte Gelegenheit gewesen, ihn freundlich, aber bestimmt abzuweisen. Javi führte keine Beziehungen. Er hatte einen genauen Plan für seine Karriere und man wurde nicht zum stellvertretenden Direktor, wenn man sich emotional angreifbar machte und von schmerzhaften Trennungen abgelenkt wurde. Das hatte er bereits versucht und es war nicht gut ausgegangen. Vorhersehbar, aber nicht gut. Ein erschreckend attraktives Lächeln, das nicht zu diesem rauen Gesicht passte, und ein paar Sommersprossen auf einem tollen Hintern waren kein guter Grund, seine Regeln zu ändern.

Andererseits … musste Sex nicht zu einer Beziehung führen. Cloister war offensichtlich nicht der anhängliche Typ. Als erwachsener Mann mit einem beachtlichen Gehalt wohnte er freiwillig in einer Behausung, die man einfach wegfahren konnte. Das sprach für hohe Fluchtgefahr.

„Die letzte Nacht war …" Ein halb ausgesprochener Satz und Javi war noch nicht sicher, wohin er führte.

Doch bevor er sich entscheiden konnte, kam Tancredi aus der Tür hinter ihnen gestürzt und stieß gegen Cloisters Rücken. Cloister brachte der Aufprall kaum zum Schwanken, doch Bourneville zuckte zusammen. Plötzlich lagen ihre Ohren flach an, wodurch ihr schmaler Kopf wie der einer Schlange wirkte, und ein Knurren entblößte eine Reihe sehr scharfer Zähne.

Javis Inneres schien sich instinktiv zusammenzuziehen, von seinem Magen bis in seine Brust hinauf. Seine Fantasie ging mit ihm durch und befand sich eine Minute in der Zukunft, wo Tancredis Gesicht bereits gehäutet und zerfetzt war und er nicht wusste, ob ein Krankenwagen überhaupt noch helfen konnte.

Cloister schnitt mit einem Ruck an Bournevilles Leine das Knurren ab. „*Aus*", wies er sie streng zurecht. „Lass es, Bourneville."

Auf das Kommando hin entspannte sich der Hund sichtbar und die in seinem schlanken, kraftvollen Körper bebende Gewalt verpuffte. Bourneville hob die Ohren und winselte, als wollte sie sich bei Cloister entschuldigen.

Ein Kribbeln machte sich in Javis Schritt bemerkbar. Der Kontrast zwischen Cloisters strengem Befehlston *hier* und der bereitwilligen Unterwerfung seines Körpers *dort* zog einen Strang aus Lust durch seinen Körper. Selbst die dunkle, honigsüße Vorstellung seiner eigenen Unterwerfung ging ihm durch den Kopf – raue Hände und noch rauere Befehle, während sich Javis Körper einfach … hingab.

Das kurze Bild war unerwartet wirksam – ein Schwall von Hitze zwischen seinen Beinen. Auch wenn es nichts war, was er jemals tun würde, behielt er die Fantasie für später im Hinterkopf.

„Was soll das, Tancredi?", fragte Cloister. Er klang gereizt, doch für Javis Geschmack bei weitem nicht ängstlich genug. „Willst du im Krankenhaus landen, wo man dir die Finger wieder annähen muss?"

Tancredi machte mit leicht blassem Gesicht einen vorsichtigen Schritt nach hinten. „Ähm … nein … tut mir leid. Aber gerade kam ein Anruf, den ich gleich weitergeben wollte."

„Ein Anruf?", fragte Javi.

Sie sah ihn an. In ihrem Gesicht kämpften Bedauern und Interesse um die Vorherrschaft. „Von den Hartleys. Sie haben alles für die Abreise vom Retreat vorbereitet, als plötzlich Billy Hartley verschwunden ist. Sie haben ihn stundenlang gesucht, ohne ihn zu finden."

JAVI STÜTZTE sich mit der Hand am Armaturenbrett ab, als Cloister auf dem holprigen Feldweg das Gaspedal durchtrat. Das Auto schleuderte so eng um eine Kurve, dass er spürte, wie die Reifen kurz den Boden verließen, während schmutziger Sand geräuschvoll gegen den Lack prasselte.

„Bist du sicher, dass sie da hinten richtig fest ist?", fragte Javi laut genug, um über das Heulen der Sirene hinweg gehört zu werden. Er wandte den Kopf, um in das für ihn sichtbare Stück des Rückspiegels zu schauen. Obwohl Bournevilles Geschirr stabiler wirkte als sein Sicherheitsgurt, wurde er einfach nicht die Vorstellung von Tancredis ruiniertem Gesicht los.

Gleichzeitig schwirrte ihm auch noch der andere Gedanke durch den Kopf. Eine beunruhigende, klebrige Fantasie mit narbenbedeckten Körpern und verschiedenen Varianten der Unterwürfigkeit. Mit einem vernarbten Gesicht, das wie ein schlecht zusammengesetztes Puzzle aussah, hätte er in der Schwulenszene allerdings nicht mehr viel abbekommen. Bei seiner Persönlichkeit konnte er es sich nicht leisten, nicht mehr hübsch zu sein. Andererseits schien es in seinem Liebesleben ohnehin schon so schlecht zu laufen, dass er darüber nachdachte, sich auf regelmäßigen Sex mit jemandem einzulassen, nur weil er in der Nähe wohnte.

„Keine Sorge", beruhigte ihn Cloister ungeduldig. Er löste den Blick für einen flüchtigen Seitenblick auf Javi von der Straße. „Bourneville hätte Tancredi nicht angegriffen."

„Das sah für mich anders aus."

„Hätte sie es ernst gemeint, hätte ich sie nicht so leicht davon abbringen können", antwortete Cloister. „Tancredi hat uns erschreckt, da hat Bon ihre Abwehrhaltung eingenommen."

„Also bestand keine Gefahr?"

„Natürlich bestand die", sagte Cloister direkt wie immer. „Aber bei Bon wahrscheinlich weniger als bei einem schlecht erzogenen Labrador deiner Nachbarn. Das Sheriff's Department hat viel Geld investiert, um sie dazu auszubilden, nur dann anzugreifen, wenn ich es erlaube. Aber ein Hund ist sie trotzdem und Hunde können beißen."

„Gott", murmelte Javi. Er missbrauchte den Namen des Herrn nur selten – der Atheismus eines Erwachsenen kam nicht gegen eine Kindheit an, bei der einem

Seife im Mund angedroht worden war –, doch hier fand er ihn angebracht. „Bei dir klingt Haustierhaltung wie ein Wagnis."

„Bon ist kein Haustier." Cloister zuckte mit den Schultern und schwieg kurz, als er das Auto um eine weitere Kurve lenkte. „Sie ist ein guter Hund und hat außerhalb der Arbeit noch nie jemanden gebissen. Trotzdem wäre es unverantwortlich von mir zu behaupten, es könnte nicht passieren. Als würde ich sagen, nur weil ich noch nie jemanden erschossen habe, wäre es sicher, meine Pistole im Haus herumliegen zu lassen."

Javi schnaubte. „Ich bleibe jedenfalls lieber bei meiner Pistole. Sie ist berechenbarer und ich muss nicht mit ihr spazieren gehen."

Diesmal war die Presse mit ihren verschiedenen Sendern zugeordneten Vans und alten Autos vor ihnen eingetroffen, doch der Retreat hatte daraufhin seine Tore geschlossen, weshalb die Reporter auf der Straße warten mussten. Reed hatte Matt zum Tor geschickt, um es zu bewachen. Er stand mit hochgezogenen Schultern da und hatte sich seine Mütze tief ins Gesicht geschoben, während er sich bemühte, die Reporter zu ignorieren.

Cloister parkte hinter einem staubigen Van von FOX news. Ein danebenstehender Mann, der gerade Batterien in Mikrofone schob, warf ihnen finstere Blicke zu. „He!", protestierte er und deutete auf den praktisch nicht existierenden Abstand zwischen den Stoßstangen. Er wirkte stämmig, was vermutlich an seiner schweren, mit vielen Taschen besetzten Weste lag. „Wie soll ich jetzt an meine Ausrüstung kommen?"

Javi zeigte ihm durch die Windschutzscheibe seinen Ausweis. Durch das mit Staub und Schlamm bedeckte Glas konnte der Mann ganz sicher nicht den FBI-Schriftzug erkennen, doch er sah die goldene Marke in der dicken schwarzen Brieftasche und damit einen guten Grund, sich um seine eigenen Angelegenheiten zu kümmern. Mit noch immer finsterem Blick hob er resigniert die Hände und wandte sich ab. Javi hörte beim Öffnen der Autotür noch ein gemurmeltes „Arschlöcher".

Während Cloister Bourneville aus dem Auto holte, trafen zwei Streifenwagen ein. Javi winkte einen der Deputies zu sich.

„Übernehmen Sie das Tor." Er deutete auf die Gruppe von Menschen auf der Straße. „Ich glaube nicht, dass das Land erfahren muss, was der Abschlussballkönig von Plenty über diesen Fall denkt."

Die Frau nickte knapp. „Ich kümmere mich darum, Agent Merlo."

Während sie das tat, schoben sich Cloister und Javi durch die Pressegasse. Javi wehrte Fragen mit dem brüsken Hinweis ab, dass sie soeben erst eingetroffen seien und noch nichts wüssten.

Matt hatte bereits das Vorhängeschloss entfernt und das Tor geöffnet, als sie sich näherten, und wartete, bis sie hindurchgeschlüpft waren, bevor er es wieder schloss.

„Mr. Reed hat eins der Geländeautos für Sie geschickt", sagte er und zeigte auf einen kleinen roten Buggy am Wegesrand, zögerte aber, da Javi Cloister bei sich hatte und das kleine Auto nur zwei Sitze besaß. „Fahren Sie doch selbst hoch. Es ist nicht schwer …"

„Ich gehe zu Fuß." Cloister warf dem Buggy einen verächtlichen Blick zu. „Es sollte nicht allzu lange dauern."

Als er auf dem holprigen Untergrund durchgeschüttelt wurde, während eine Feder im Sitz sehr genaue Bekanntschaft mit seinem Hinterteil machte, beschloss Javi, dass Cloister sich vermutlich richtig entschieden hatte.

„Haben die Medien Probleme gemacht?", erkundigte er sich.

Matt zuckte mit den Schultern und Mundwinkeln, während er eine Hand vom Lenkrad nahm, um über die Schramme an seinem Hals zu kratzen. „Mir nicht. Meine Meinung interessiert sie nicht besonders", murmelte er. „Hier oben sind ein paar Sachen passiert. So viele sind noch nie aufgetaucht."

„Kinder gehen Leuten zu Herzen", antwortete Javi.

Matt schnaubte. „Die sollten mal die hier kennenlernen", brummte er. „Verwöhnte Gören. Wissen nich, wie gut sie es haben."

„Drew auch?", fragte Javi etwas misstrauisch. Das Department hatte alle Mitarbeiter des Retreat überprüft. Es hatte keine Auffälligkeiten gegeben und alle hatten ein recht gutes Alibi.

Matt hielt vor dem Hauptbüro an und stellte den Motor aus, bevor er Javi einen verlegenen Blick zuwarf.

„Nein, er war nur ein Junge. Die Kleinen sind in Ordnung", sagte er. „Das Problem sind die älteren Kinder, wie Billy. Er hat immer seine Eltern belogen, andere Kinder geärgert und war im Weg. Manche kommen an und tun, als wären wir ihre Diener, die alles für sie machen müssen."

Javi stieg noch nicht aus. „Also hatten die Mitarbeiter hier Schwierigkeiten mit Billy?"

„Vorher nicht." Matt zog den Schlüssel aus dem Zündschloss und drehte ihn unruhig zwischen den Händen, legte die Finger um den Metallring. „Aber dieses Jahr ist er mit 'ner schlechten Einstellung angekommen. Hab ihn im Wald beim Rauchen erwischt und ihn vor einem Feuer gewarnt. Er hat geantwortet, ich soll mich um meinen eigenen Kram kümmern."

„Teenager", sagte Javi milde. „Das legt sich irgendwann."

„Wenn man ihnen den richtigen Weg zeigt", antwortete Matt. „Sagen Sie Bescheid, wenn ich Sie zurückfahren soll, Agent Merlo."

Es war nicht leicht, einigermaßen elegant aus dem Buggy zu steigen. Anschließend klopfte er sich sorgfältig den Staub von der Hose, während er sich eine gedankliche Notiz dazu machte, sich vorsichtshalber noch einmal Matts Überprüfung genauer anzusehen. Allerdings handelte es sich vermutlich nur um Burn-out nach langer Zeit auf der Anlage. Hätte Javi jeden Tag mit Kindern arbeiten müssen, hätte er ähnlich verbittert geklungen.

Javi bedankte sich bei Matt und als er sich umdrehte, joggte bereits Reed auf ihn zu.

Endlich. Tranquil hatte sich seit Drews Verschwinden rargemacht. Der ehemalige Hippie hatte bei ihrem Anruf zwar die üblichen mitfühlenden Plattitüden von sich gegeben, es ihnen jedoch ausgesprochen schwer gemacht, ihn zu befragen. Javi hatte vermutet, dass er fürchtete, verklagt zu werden. Nachdem sie mittlerweile zwei vermisste Kinder und eine Leiche hatten, fragte er sich zynisch, ob Reed sich vor etwas anderem gefürchtet hatte.

„Special Agent Merlo", begrüßte ihn Reed, als er ihn erreicht hatte und sich das grau werdende Haar aus dem Gesicht strich. Anstelle seines zugänglich wirkenden Hippiekostüms aus Leinen mit Falten trug er Jeans und ein schlichtes weißes Hemd. Seine Maske aus Freundlichkeit hatte Risse bekommen. Seine Lippen waren zu einer schmalen Linie zusammengepresst und seine Augen wirkten hart wie Stein. „So kann es nicht weitergehen. Mein Betrieb wird am Funktionieren gehindert und die Presse deutet an, das Ganze wäre meine Schuld …"

„Ist es das?", fragte Javi.

Reed hielt inne und musterte Javi, um abzuschätzen, wie ernst er es meinte.

„Selbstverständlich nicht", antwortete er dann. „Ich habe mich immer bemüht, diesen Ort für meine Gäste so sicher wie möglich zu machen. Das ist Teil unseres Ethos. Seit ich mein Heim für andere geöffnet …"

„Dann sollte Ihr Ruf wiederhergestellt sein, sobald wir die vermissten Kinder finden", unterbrach ihn Javi. Obwohl er eigentlich nicht in der Stimmung dafür war, fügte er mit Rücksicht auf einen reibungslosen Verlauf der weiteren Ermittlungen noch etwas Honig hinzu: „Das FBI wird sicher deutlich machen, wie dankbar wir für Ihre Hilfe sind."

Leistung und Gegenleistung waren etwas, das Reed verstand. Er strich sich das Hemd glatt und setzte sein Geschäftsgesicht auf.

„Natürlich", antwortete er. „Sie haben recht. Tut mir leid. Es ist nur ein solcher Schock, dass hier so etwas passiert. Die Hartleys sind in meinem Büro, Agent Merlo, wenn Sie mir folgen wollen?"

Javi zögerte und sah sich zur Straße um. Ihm wäre es lieber gewesen, Cloister beim Gespräch mit den Hartleys die Führung übernehmen zu lassen, um ihrem Groll seine Aufrichtigkeit entgegenzusetzen. Doch von ihm war nichts zu sehen.

Offenbar war es keine Lüge gewesen, als er von seinem Problem mit Autoritätspersonen gesprochen hatte. Darum würde Javi sich kümmern müssen. Er schluckte die trockene Mischung aus Frustration und Lust hinunter und nickte Reed zu.

„Natürlich."

16

AUSNAHMSWEISE WAR es nicht Bourneville, die den verschwundenen Jungen fand – auch wenn er es ihr zuschreiben würde.

Er hockte sich hin und neigte den Kopf, um unter die Hütte zu sehen. Die kräftigen Pfähle im steinigen Hang, welche die Veranda stützten, sorgten für einen schattigen, kellerartigen Hohlraum. Einige Steine waren abgerutscht und hatten eine Mulde aus feinem Sand hinterlassen. Es roch nach Bier und Teenagerschweiß und war der perfekte Ort für zwei Jungen, sich ein von den Eltern unentdecktes Versteck einzurichten. Und so ziemlich der letzte Ort, an dem Eltern, die von der Entführung ihres Sohnes durch einen Verbrecher ausgingen – oder davon überzeugt waren, ihr Sohn *wäre* ein Verbrecher –, nach einem vermissten Kind suchen würden.

Billy Hartley saß so weit hinten wie möglich in dem Hohlraum und hatte seine Füße gegen einen der Pfähle gestützt.

„Ich komme nicht raus", sagte er, als er Cloister sah. Seine Stimme war heiser vor Trotz. „Sie können mich nicht zwingen. *Niemand* kann mich zwingen."

Da hatte er unrecht. Dennoch versuchte Cloister es erst auf diplomatischem Weg, auch wenn der strategische Einsatz von Gewalt leichter gewesen wäre.

„Wir wissen, dass du deinem Bruder nichts angetan hast", sagte er. „Wenn du rauskommst ..."

Billys Lippen verzogen sich zu einem höhnischen Lächeln. „Sagen Sie das nicht *mir*", antwortete er. „Sagen Sie es denen, die es hören sollten."

„Deinen Eltern?"

Der höhnische Blick ließ nicht nach, doch Billy kauerte sich noch weiter zusammen, schob die Hände in die Taschen seines Kapuzenpullovers.

„Sie wollen mich zu einem speziellen Therapeuten schicken", sagte er. „Sie glauben, dass ich Drew etwas getan habe und dass man mich *in Ordnung bringen* muss, bevor ich anfange, tote Kinder in unserem Garten zu vergraben. Dabei sind *sie* es, die einfach abreisen wollen. Sie wollen ihn einfach zurücklassen und nach Hause fahren."

Billys Stimme schwankte und bebte mit einer Mischung aus Adrenalin und Angst. Er sah nicht gerade aus wie Cloister in diesem Alter – selbst wenn man Billy etwas in die Länge gezogen und ihm einige Kilo an Verbitterungsmuskeln hinzugefügt hätte –, doch der Schmerz und der Widerwille besaßen eine scharfe und unwillkommene Vertrautheit.

Die Sonne brannte auf Cloisters Nacken herunter und brachte die gereizte Haut, wo er sein Nackenhaar gestutzt hatte, zum Brennen. Seine Oberschenkel schmerzten allmählich.

„Was hast du davon, dich hier zu verstecken?", fragte er.

Billy hob den Kopf. Seine dunklen Augen waren gerötet und geschwollen. Er wischte sich mit dem Ärmel über das Gesicht und warf Cloister einen bösen Blick zu, als könnte er ihn so daran hindern, seine Tränen zu bemerken.

„Sie haben gesagt, Sie würden ihn zurückbringen", sagte er.

„Ich habe gesagt, ich würde alles versuchen", antwortete Cloister. „Ich habe noch nicht aufgegeben. Und du?"

„Ich bin nicht derjenige, der wegfahren will."

„Komm raus, Junge", versuchte es Cloister. „Deine Eltern machen sich schreckliche Sorgen."

Bei einem kleineren Kind hätte es funktioniert. Diese sahen Cloister an und sahen jemand Vertrauenswürdigen. Was Billy sah, wusste Cloister nicht genau, doch es brachte ihm einen weiteren bösen Blick und ein geknurrtes „Sie können mich mal" ein. So viel dazu, dass Kinder und Teenager fast das Gleiche waren.

Cloister stand auf, wischte sich den Sand von den Händen und hob den Kopf. Von der schmalen Veranda aus beobachtete ihn Bourneville mit gespitzten Ohren und interessiertem Blick. Ihr Schwanz bewegte sich über das Holz und wirbelte eine kleine Staubwolke auf. Das buschige Fell an den Enden ihrer Ohren bebte.

Er schnippte mit den Fingern – der Zusammenprall schwieliger Haut hallte laut durch die stille Luft – und zeigte unter die Hütte. „Bourneville, bring."

Eilig näherte sie sich dem Rand der Veranda, schob ihren schmalen Körper zwischen den Stäben hindurch und sprang hinunter. Langes schwarzes Fell wehte im Wind und für einen Augenblick wirkte sie elegant. Dann landete sie unsanft, wobei ihre Krallen Furchen in den Boden gruben, und warf sich in den dunklen, engen Hohlraum.

Billy begann zu fluchen, bevor der Hund ihn erreicht hatte. Lehmstücke flogen, als er vor ihr zurückwich, was allerdings nur funktionierte, bis sein Rücken die Wand traf. Dann packte sie sein Hosenbein, umklammerte mit den Zähnen den dicken Saum seiner Jeans und zog. Billy stieß weiter Flüche aus und griff nach den Pfählen, krallte sich mit weißen Fingerknöcheln fest. Doch für Bourneville war das Ganze nur ein Tauzieh-Spiel. Sie senkte den Kopf und ihre Schultermuskeln spannten sich unter dem dichten Fell.

Es war ein kurzer Kampf. Billys Finger rutschten ab, er stieß einen überraschten Schrei aus, als er sich vermutlich einige Splitter holte, und schon hatte sie ihn stolz vor Cloisters Füße gezerrt. Vor Frustration und vermutlich auch Kummer schluchzend holte Billy mit dem Fuß aus und zielte auf Bournevilles Kopf.

„Tritt nicht meinen Hund", warnte Cloister und fing ihn mit einer Hand ab. Die Gummisohle klatschte gegen seine Handfläche. Ein knapper Pfiff zwischen seinen Zähnen stoppte Bourneville. Sie ließ das Hosenbein los und zog sich hinter Cloister zurück. „Es wird ihr nicht gefallen. Mir auch nicht."

Er ließ Billys Fuß los, während er Bourneville mit dem Knie anstupste. „Braves Mädchen", lobte er und vergrub seine Finger anerkennend in ihrem Nackenfell.

Billy schaute finster zu ihm hoch. Tränen der Frustration und Wut rannen zu seinen Ohren hinab, bahnten sich einen Weg durch den Staub in seinem Gesicht. Er wischte sie an seiner Schulter ab und kämpfte sich auf die Knie.

„Wenn mein Großvater noch hier wäre, hätte er Billy schon gefunden", sagte er mit beinahe versagender Stimme. „Er hätte keine Zeit damit verschwendet, mich zu beschuldigen."

Cloister streckte seine Hand aus und wartete. Nach kurzem Zögern packte Billy sie, damit Cloister ihn auf die Füße ziehen konnte. Er stolperte, fand sein Gleichgewicht und ließ los. Die Fingerknöchel seiner zu Fäusten geballten Hände bildeten knochige Hügel.

„Warum können Sie mich nicht einfach in Ruhe lassen?", fragte er voller Verbitterung. „Was wollen Sie von mir?"

Er war wütend. Das war offensichtlich. Doch unter der Verärgerung befanden sich auch Schuldgefühle. Javi hatte sie bemerkt und als Grund vermutet, dass Billy etwas getan hatte. Das hatte Cloister anfangs ebenfalls gedacht. Mittlerweile vermutete er jedoch, dass sie daher rührten, was Billy *nicht* getan hatte – oder *glaubte*, nicht getan zu haben.

„Wissen, was du uns verschweigst."

Der Trotz in Billys Augen flackerte und er wandte sich ab. Seine Schultern, zu knochig und breit, während er auf den nächsten Wachstumsschub wartete, zogen sich unter dem Kapuzenpullover hoch. „Hab keine Ahnung, wovon Sie reden", sagte er.

„Doch, du weißt es", antwortete Cloister. Er schob die Hände in seine Gesäßtaschen. Der Jeansstoff streifte rau seine Finger. Ein Atemzug zerrte an seiner Brust und drückte sich gegen seine Rippen. „Ich wusste es."

Das brachte Billy dazu, den Kopf zu heben und Cloister misstrauisch zu mustern. „Was?"

Cloister sah sich um, kniff die Augen gegen das helle Sonnenlicht zusammen. Dann nickte er in Richtung des ansteigenden Pfads, auf dem er sich befunden hatte. „Komm mit", sagte er und drehte sich um.

Bourneville folgte wie immer in seinem Schatten. Nach einigen Sekunden tat es auch Billy – was vermutlich nicht so sehr daran lag, dass er unbedingt Cloisters Geschichte hören wollte, wie daran, dass es keine guten Alternativen gab. Aber das machte nichts. Der Mangel an Fragen gab Cloister die nötige Zeit, sich seine Worte zurechtzulegen. Am Ende war es überhaupt nicht schwer. Die Geschichte war nicht besonders kompliziert. Nicht einmal besonders ungewöhnlich. Es war nur seine.

„Als ich noch jünger war als du, ist mein Bruder verschwunden."

„Jüngerer Bruder?"

„Älterer", antwortete Cloister. „Nicht viel, aber er hat es mich nie vergessen lassen."

„Was ist passiert?"

„Ich weiß es nicht", sagte Cloister. „Und werde es wahrscheinlich nie wissen."

Nach einer Sekunde brummte Billy. Nicht direkt eine Entschuldigung, aber wenigstens die Einsicht, dass seine Familie nicht die Einzige war, die Schlimmes durchmachte. Was Cloister kein bisschen an sich selbst erinnerte. Er war ein mürrischer kleiner Kerl gewesen.

Sie erreichten den Abhang hinter den Hütten, wo in der lockeren Erde buschige kleine Bäume und Gestrüpp wuchsen. Er war steiler, als er aussah. Cloister war bei einer anderen Gelegenheit ein ganzes Stück hinuntergerutscht und hatte es nur mit Mühe vermeiden können, dabei auf seinem Hinterteil zu landen. Jetzt vergrub er seine Schuhspitzen tief im weichen Boden, um zumindest kurz Halt in der schnell nachgebenden Erde zu finden, und kämpfte sich ziemlich unelegant hinauf.

Bourneville schoss an ihm vorbei, schleuderte mit den Hinterbeinen Erde durch die Luft und zeigte ihm ihre pelzige Rückseite, als sie hinaufkrabbelte. Oben angekommen warf sie sich auf den Boden und schob ihren Kopf über den Rand, um ihm mit gespitzten Ohren und ihrem Hundelächeln zuzusehen. Manche Hundeführer warnten davor, Hunden zu menschliche Gedankengänge und Gefühle zuzuschreiben, aber das war Cloister im Augenblick egal. Er wusste, wann er ausgelacht wurde.

Er streckte Bourneville seinen Mittelfinger entgegen – danach fühlte er sich besser, auch wenn sie es nicht verstand – und packte einen tief hängenden Ast, um sich über ein besonders weiches Stück Erde zu ziehen.

„Meine Mutter hat das allerdings nie geglaubt." Er sah sich zu Billy um. „Sie dachte, ich wüsste etwas, ich hätte etwas gesehen, ich hätte gelogen."

„Warum?"

Cloister ließ den Ast los und wischte gedankenverloren etwas Harz an seinem Oberschenkel ab. „Ich bin nicht sicher. Vielleicht hatte sie dabei das Gefühl, etwas tun zu können? Als wäre dort eine Antwort gewesen, die sie nur aus mir herausholen musste." Er zuckte mit den Schultern und zögerte. Über diesen Teil zu reden war schwerer als erwartet. Die Geschichte vom Verschwinden war so häufig erzählt worden – von Cloister und in Cloisters Beisein –, dass sie kaum noch wehtat. Da war nur noch die Erinnerung an den Zeitpunkt. Wie ein Loch, wo sich einst ein Zahn befunden hatte.

Über seine Mutter redete er dagegen nicht. Nicht ernsthaft. Nicht oft. Als Junge hatte er sich vorgenommen, erwachsen zu werden, auszuziehen und es hinter sich zu lassen. Gelungen waren ihm nur die ersten beiden Vorhaben. Der Hass seiner Mutter würde ihn vermutlich noch bis zu dem Tag verfolgen, an dem man ihn unter die Erde brachte. Doch auch wenn er ihr nie hatte helfen können, konnte er vielleicht Lara Hartley helfen.

„Hätte ich gelogen, hätte sie die Situation noch etwas unter Kontrolle", fuhr er fort. „Sie muss mich nur zum Reden bringen, dann könnte man ihn finden. Wenn ich die Wahrheit gesagt habe, was kann sie dann tun? Meine Lüge ist alles, was sie hat."

Als Cloister Bourneville erreichte, stand sie auf und leckte seine Hand. Er ließ es zu, während er sich umdrehte, um mit der anderen Hand Billys Pullover zu packen und ihm bei den letzten Metern zu helfen. Dann stellte er ihn wieder auf die Füße und legte ihm eine Hand auf die Schulter, spürte die Knochen und drahtigen Muskeln unter seinen Fingern. Billy sah auf seiner rauen Unterlippe kauend zu ihm auf. Seine Augen flehten ihn verzweifelt an, nicht zu sagen, was er sagen würde.

„Du weißt etwas und du musst uns sagen, was es ist", teilte Cloister ihm mit. „Bei mir gab es nichts, womit ich meiner Mutter helfen konnte. Du kannst es und musst es."

Billy sank in sich zusammen. Plötzlich wirkte er wesentlich älter als dreizehn. Erwachsene Angst gab seinen Gesichtszügen einen erwachsenen Anstrich. Er schniefte und wischte sich mit dem Handrücken über die Nase.

„Sie wird mich hassen", sagte er.

„Sie wird wütend sein", sagte Cloister und drückte noch einmal sanft seine Schulter. „Vielleicht sogar ziemlich lange. Aber hassen wird sie dich nicht."

Ein Seufzer, ein weiteres Schniefen und dann nickte er. „Okay", sagte er so leise, dass er kaum zu hören war. „Okay, aber ich weiß nicht, ob es überhaupt hilft."

Cloister log nicht oft. Hunde und Hinterbliebene hatten wenig Verständnis für eine freundliche Notlüge oder große Mühe oder Optimismus. Sie sahen nur, dass man ihnen etwas versprochen und es ihnen nicht gegeben hatte.

„Das wird es", sagte er jetzt trotzdem und hoffte, dass es stimmte.

Der Suchtrupp, eine kleinere Version des anderen, der noch nach Drew suchte, wollte sich gerade auf den Weg machen, als Cloister Billy auf die Anlage brachte. Als Lara ihren Sohn sah, leuchtete in ihrem Gesicht Erleichterung auf, die sich von den Augen bis zu ihren Mundwinkeln erstreckte. Es dauerte drei große Schritte, bis sie sich daran erinnerte, dass sie ihn vielleicht für einen Mörder hielt. Ihr Gesicht wurde kühl und verschlossen, während sich ihre Arme nach kurzem Zittern wieder an ihre Seiten senkten.

„Wo war er?", fragte sie und schluckte schwer. Es war nicht zu übersehen, dass sie als Antwort halb mit etwas Furchtbarem, Belastendem rechnete.

„Er hat nur die Zeit vergessen", sagte Cloister, während er Billy sanft einen Schritt nach vorn schob. „Aber es geht ihm gut."

Ein halbherziges Murmeln der Erleichterung breitete sich unter den zum Suchen versammelten Personen aus. Die Tatsache, dass Billy ein Verdächtiger war – oder *gewesen* war – schien kein Geheimnis zu sein. Eine Frau näherte sich Lara und legte ihr einen Arm um die Schultern. „Du musst so erleichtert sein", sagte sie, wobei sie allerdings nicht wesentlich überzeugender klang als Lara mit ihrer verzögerten Zustimmung.

„Natürlich", antwortete sie.

Drei Männer schoben sich durch die Menge. Ken ignorierte seinen Sohn, um stattdessen direkt auf seine Frau zuzugehen und sie in die Arme zu schließen, doch sie stieß ungeduldig ihre Hände gegen seine Brust, um ihn auf Abstand zu halten. Als sie damit keinen Erfolg hatte, zischte sie ihm etwas so Wütendes zu, dass die sie tröstende Frau neben ihr den Mund und die Augen aufriss – schockiert, entzückt und schuldbewusst zugleich. Es sorgte dafür, dass Ken zurückwich. Er ließ seine leeren Hände neben sich herunterbaumeln, als wüsste er nicht, was er sonst damit tun sollte.

Die anderen zwei Männer kamen direkt auf Cloister zu. Er wappnete sich für eine Strafpredigt.

„Wo zum Teufel warst du?", zischte Javi mit zusammengebissenen Zähnen. Verärgerung zeichnete rote Streifen auf seine Wangenknochen. Doch der zweite Mann schob sich an Javi vorbei, ignorierte dessen gereiztes Knurren und fragte mit schneidender Stimme: „Viel wichtiger: Was zum Teufel machen Sie mit meinem Klienten?"

Da erinnerte sich Cloister an seinen Namen und seinen Beruf – es handelte sich um den von Lara zu Billys Befragung bestellten Anwalt. Diggs. Er war dunkelhaarig und hübsch mit teuer wirkendem Haarschnitt und einem Anzug, der es aussehen ließ, als kauften er und Javi im selben Geschäft. Obwohl es dumm war, eifersüchtig zu sein, konnte Cloister das Gefühl nicht verhindern. Es versenkte seine Zähne weit hinten in seiner Zunge und er musste sich daran erinnern, dass er keinerlei Anspruch auf Javi hatte und außerdem kein Grund zu der Vermutung bestand, dass der Anwalt diesen besaß. Cloister lockerte seine Schultern und bemühte sich, die Anspannung aus seinen Muskeln zu vertreiben.

„Nun, Sie hatten ihn verlegt", sagte er trocken. Sein etwas schneidender Tonfall ging hoffentlich als die für einen Polizisten nicht unübliche leichte Abneigung für einen Verteidiger durch. „Vielleicht sollten Sie besser aufpassen."

Diggs machte einen weiteren Schritt auf ihn zu und richtete sich mit erhobenem Kinn und funkelnden dunklen Augen zu seiner vollen Größe auf. Dass er beinahe fünfzehn Zentimeter kleiner war als Cloister, schien ihn nicht zu stören.

„Ich habe Sie darüber informiert, dass sämtlicher Kontakt zu meinen Klienten über mich stattzufinden hat", sagte er. „Falls Sie das ignoriert und meinen *minderjährigen* Klienten verhört haben, werde ich dafür sorgen, dass vor Gericht kein Wort davon zugelassen wird."

Um seine Worte zu unterstreichen, hob er einen Finger und stieß ihn gegen Cloisters Brust. Vielleicht hatte Javi ihn von Cloisters „Zugänglichkeit" überzeugt. Doch Bourneville nahm neben seinem Knie die durch seinen Körper strömende Anspannung wahr und gab ein Knurren von sich, ein tiefes, bedrohliches Geräusch in ihrer Brust.

Man musste dem Mann lassen, dass er klug genug war, um sich sofort ein Stück von Cloister zu entfernen. Cloister senkte eine Hand zu Bournevilles Kopf, um ihr zu zeigen, dass für ihn keine Gefahr bestand.

„Fassen Sie mich nicht an", sagte er schlicht.

„Dann versuchen Sie nicht, sich hinter meinem Rücken an meine Klienten heranzuschleichen", erwiderte Diggs gereizt. „Billys Eltern und ich haben unsere Meinung dazu deutlich gemacht und erwarten …"

„Wir haben nur geredet, mehr nicht", unterbrach ihn Billy. Seine Stimme war heiser, entweder durch Nervosität oder Pubertät, als er sich an seine Eltern wandte. „Ich möchte mit ihnen reden. Okay?"

Es begann als Aussage, endete jedoch als Frage. Offenbar hoffte er verzweifelt, dass sie ihm die Entscheidung abnehmen würden.

„Vielleicht ist das eine gute Idee, solange …", begann Ken. Sein Versuch, überzeugend zu klingen, geriet ins Wanken und brach zusammen, als seine Frau ihm ins Wort fiel.

„Und wenn wir das nicht wollen?", fragte Lara. Sie warf einen kurzen Blick auf Billy und ihr Kiefer zeichnete sich scharf unter ihrer vom Stress matten Haut ab. Ihre Stimme war sehr zaghaft, als sie leise hinzufügte: „Wenn wir es nicht erfahren wollen?"

Diesmal ließ sie zu, dass Ken sie in die Arme schloss – auch wenn es für Cloister nicht wie Zuneigung aussah, sondern eher danach, als hätte sie einfach nicht mehr die Energie, sich dagegen zu wehren. Familien zerbrachen an weniger als einem verschwundenen Kind. Aber vielleicht irrte er sich auch.

Funktionierende Beziehungen zwischen Menschen waren nicht sein Fachgebiet.

„Sie müssen es erfahren", sagte er. „Früher oder später müssen Sie es erfahren. Vertrauen Sie mir."

Sie hatte ihm bereits einmal vertraut, woraufhin er ihr mitgeteilt hatte, dass ihr Sohn entführt worden war. Cloister war nicht sicher, ob sie in der Lage sein würde, es ein zweites Mal zu tun. Doch nach kurzem Zögern sah er sie an der Schulter ihres Mannes nicken.

„Also gut", sagte sie. Sie löste sich etwas sanfter als vorher von Ken und streckte Billy ihre Hand entgegen. Nachdem er sie einen Augenblick angestarrt hatte, als rechnete er mit einem Schlag, ging er zögerlich auf sie zu und reichte ihr seine. Sie schloss die Finger so fest um die seinen, dass sie weiße Vertiefungen auf seinem Handrücken hinterließ, und senkte ihr Kinn zu einem brüsken Nicken. „Wenn du willst, kannst du mit ihnen reden, Billy. Egal was passiert, ich liebe dich."

Cloisters Mutter hatte das ebenfalls gesagt. Er wollte wirklich dafür sorgen, dass es für Billy nicht zu einer Lüge wurde.

17

ZUM ERSTEN und vermutlich einzigen Mal, seit Cloister Reed kannte, zeigte sich der habgierige Exhippie kooperativ. Als sie ihn fragten, überließ er ihnen bereitwillig sein Büro. Wahrscheinlich hätte er der Befragung gern beigewohnt, doch Javi schloss kühl, aber höflich vor seiner Nase die Tür.

Wie die Leinenkleidung spiegelte auch das Büro Reeds öffentliche Rolle des alternden Hippies wider. Der Stoff des alten Sofas war an den Armlehnen und der Vorderseite der Polster abgeschabt und beim Schreibtisch handelte es sich um einen umfunktionierten Küchentisch, in dessen hölzerne Platte Dinge geritzt worden waren. Der hochmoderne Safe und die glänzende Oberfläche des auf dem Aktenschrank ladenden MacBook Pro waren das Einzige, was nicht hineinpasste.

Das und die Leute.

Billy saß an einem Ende der abgenutzten Couch und zupfte nervös an der Polsterung, während seine Eltern unruhig neben ihm standen und Diggs mit leiser Eindringlichkeit auf die drei einredete.

„Wie hast du Billy davon überzeugt, mit uns zu reden?", fragte Javi Cloister, während er ihn am Ellbogen in eine Ecke zog.

„Ich habe ihn gefragt."

Javi stieß einen zischenden Seufzer aus. „Hast du ihn irgendwie bedroht oder eingeschüchtert?", fragte er. „Er ist kein Verdächtiger mehr, aber mit J.J. im Raum müssen wir uns unbedingt an die …"

Zwei Stunden vorher oder nachher hätte Cloister die Bemerkung vermutlich an sich abprallen lassen. Er wusste, wie er aussah. Zu Hause gab es viele Männer, die so aussahen. Zwischen fünfzehn und fünfundsiebzig wirkten die Männer der Witte-Familie, als führten sie nichts Gutes im Schilde – und Cloister war nicht weit vom Stamm dieses einschüchternden Apfelbaums gefallen. Doch da sich Cloister im Augenblick noch durch alte Wahrheiten aufgewühlt fühlte, war es der falsche Zeitpunkt für diese Kritik von Javis Seite.

„Du wolltest doch, dass ich mit dem Jungen rede", knurrte er und spürte die Worte rau in seiner Kehle. „Das habe ich getan, also beschwer dich nicht."

Javis Augen verengten sich, doch letztendlich unterdrückte er eine Antwort. Er wandte Cloister den Rücken zu und richtete seinen Blick auf Diggs.

„Nun?", fragt er. „Irgendwelche Einwände gegen ein Gespräch mit Ihrem Klienten?"

„Viele", sagte er mit einem kleinen Grinsen. Das kurze Aufblitzen von geteilter trockener Belustigung zwischen ihm und Javi brachte Cloister dazu, die Zähne aufeinanderzupressen. Diggs beachtete ihn nicht einmal, als er fortfuhr:

„Aber unter der Voraussetzung, dass er nicht mehr als Verdächtiger betrachtet wird und dass er und seine Familie darauf bestehen, muss ich es wohl erlauben. Wenn mir die Richtung des Gesprächs nicht gefällt, könnte sich das allerdings ändern."

Javi schnappte sich Reeds Schreibtischstuhl, setzte sich hin und beugte sich vor. Sein Hemd spannte sich straff über den Schultern, als er die Ellbogen auf seine Knie stützte und die Finger verschränkte. Billy, der vornübergebeugt dicht neben der Armlehne des Sofas saß, verspannte sich merklich. Lara streckte eine Hand zu ihm aus und legte sie nach kurzem Zögern auf seinen Arm.

„Also rede", sagte Javi.

Bei der ruhigen Aufforderung blinzelte Billy, der sich für ein Verhör gewappnet hatte. Er leckte sich über die trockenen Lippen und sah Cloister an, als hoffte er auf Unterstützung. Cloister wusste nicht, ob er selbst ihm im Augenblick noch viel geben konnte, doch er stupste Bourneville mit dem Knie an. Sie stand auf, tappte zu Billy hinüber und legte ihm ihren Kopf aufs Knie. Er vergrub seine Finger im dichten Fell ihres Nackens und ihre Wärme schien ihm Mut zu machen.

„Ich wollte mich mit einem Mädchen treffen", begann er.

„Allison", warf Lara ein. „Das hast du uns gesagt …"

Röte kroch Billys Hals hinauf und hob die Pickel und Hautunreinheiten der beginnenden Pubertät hervor. Sein Adamsapfel hüpfte unter seiner Haut, als er mühsam schluckte.

„Nein, ich habe sie online kennengelernt", sagte er. „Wir wollten … Sie hat gesagt, sie wollte … ihr wisst schon."

Er verstummte verlegen, noch immer rot bis zu den Ohren. Trotz ihrer offensichtlichen erschöpften Angst rief die vertraute Furcht vor Gefahren aus dem Internet bei Lara eine deutliche Reaktion hervor. Sie versetzte Billy einen Klaps gegen die Schulter.

„Du wolltest dich mit einer Person treffen, die du online kennengelernt hast? Was habe ich dir dazu gesagt? Du hast keine Ahnung, wer oder was wirklich dahintersteckt. Was jemand online sagt, muss noch lange nicht stimmen. Es könnte jeder sein. Es könnte ein …" Plötzlich verstummte sie und presste eine Hand gegen ihre bebenden Lippen. Ihr schockierter Blick suchte Javis, während ihre Stimme schrill und verängstigt wurde. Ken legte ihr eine Hand auf die Schulter, was sie jedoch ignorierte. „Glaubst du, das ist passiert? Glaubst du, diese *Person*, mit der Billy geredet hat, dieser Perverse, hat Drew entführt?"

„Wir wissen es noch nicht, Lara", antwortete Javi mit beschwichtigend erhobener Hand. „Lassen wir Billy doch ausreden. Wer war dieses Mädchen? Und wie lange hattest du schon Kontakt zu ihr?"

„Bri", sagte Billy. Trotz allem legte sich ein verträumter, schwärmerischer Ausdruck auf sein Gesicht, als er den Namen aussprach. „Wir waren beide große Fans von Geocaching – Sie wissen schon, diese GPS-Schnitzeljagd. Sie hat immer wieder gewonnen und irgendwie haben wir angefangen, uns online zu unterhalten.

Wir … Sie hat nichts mit der Sache hier zu tun. Ich … Mom hatte recht. Es war meine Schuld."

Von Lara war ein lautes Einatmen zu hören. Als Javi ihr einen warnenden Blick zuwarf, biss sie sich auf die Lippe, zog sie zwischen die Zähne und unterdrückte ihre Worte. Die Finger ihrer zur Faust geballten Hand gruben sich durch den Stoff der Hose in ihr Bein.

„Wieso?", fragte Javi geduldig.

Billy senkte den Blick und starrte konzentriert auf die Hand, mit der er Bourneville streichelte. Sie hechelte, nicht ganz entspannt, aber einigermaßen gelassen.

„Ich wollte mich an dem Abend mit Bri treffen", sagte er, ohne den Blick zu heben. „Ich weiß, dass ich mit Allison ausgehe, aber … Bri ist hübsch und klug und ich wollte sie einfach persönlich kennenlernen. Sie hat versprochen, zu der Party zu kommen und sich da mit mir zu treffen. Drew wollte mitkommen. Er wollte *immer* mitkommen. Ich habe es ihm verboten. Ich habe ihm gesagt, dass es nicht ging, dass er ein dummer kleiner Junge war …"

Tränen traten ihm in die Augen und seine Nase lief. „Ich *wusste* es nicht", sagte er verzweifelt. Die Tränen tropften auf Bournevilles Kopf, wo sie nasse Kommas in ihrem Fell hinterließen und ihre Ohren zum Zucken brachten. „Wie hätte ich es wissen können? Er hätte in der Hütte bleiben sollen. Da wäre ihm nichts passiert."

„Und hast du dich mit Bri getroffen?", fragte Cloister. Nach Billys gemurmeltem Geständnis klang seine heisere Stimme rau und streng.

Billy wischte sich über die Augen und schüttelte den Kopf. „Sie ist nicht aufgetaucht. Vielleicht haben sie ihre Eltern daran gehindert. Sie wollte sich rausschleichen." Als er sich im Kreis der finsteren Gesichter umsah, schien er zu begreifen, was die anderen dachten. „Nein. Nein, ihr versteht das alle nicht. Es war nicht ihre Schuld. Es war *meine* …"

Diggs legte ihm eine Hand auf die Schulter und drückte warnend zu. „Ich glaube, das reicht jetzt. Mein Klient …"

Billy ignorierte ihn und seine Stimme überschlug sich, als er hastig fortfuhr: „Hätte ich mich nicht mit Drew gestritten, wäre ich mit ihm zur Hütte gegangen, dann wäre alles in Ordnung gewesen. Es war *meine* Schuld. Bri ist kein Perverser oder so was. Ich kenne sie."

Seine Stimme war heiser mit der überzeugten Entrüstung eines jungen Mannes. Cloister erinnerte sich noch an die Zeit, als er ähnlich überzeugt von allem gewesen war. Manchmal hatte er recht gehabt – allerdings niemals dann, wenn er es gewollt hatte. Javi und Diggs tauschten Blicke, woraufhin sich Diggs widerstrebend einen Schritt von Billy entfernte.

„Du hast sicher recht", antwortete Javi geduldig. Sein Tonfall sorgte dafür, dass Billy abwehrend die Schultern hochzog und ihm einen finsteren Blick zuwarf. „Aber wir müssen es trotzdem überprüfen. Das verstehst du doch, oder?"

Lara legte ihm eine Hand aufs Knie. „Natürlich tut er das", sagte sie mit Nachdruck. „Er wird alles sagen, was weiterhelfen kann. Wenn diese … Person … Drew hat, wird sie ihn doch … unversehrt lassen, oder?"

Am Leben wollte sie damit sagen, ohne es auszusprechen. Die armselige Hoffnung am tiefsten Punkt, dass der Entführer des eigenen Kindes wenigstens seine kranken Gründe hatte, es nicht zu töten. Egal was sonst passiert war. Doch mit der noch frischen Erinnerung an Birdies eingefallenes Gesicht und die zerbrechlichen Knochen ihrer dünnen Handgelenke war Cloister nicht sicher, ob vielleicht selbst diese Hoffnung vergebens war.

„Da bin ich sicher, Lara", antwortete Javi. „Die Suche geht weiter."

Sie starrte ihn einen Moment lang an, bevor sie sichtbar beschloss, ihm zu glauben. Sie nickte und stupste Billys Schulter an. „Also sag es ihnen", forderte sie ihn auf. „Sag ihnen alles, was dir diese Person erzählt hat."

„Bri", verbesserte er sie hartnäckig. „Ihr Name ist Bri. Sie ist kein perverser alter Typ. Das hätte ich bemerkt. Ich bin nicht dumm. Wir sind Freunde."

„Weißt du, wo wir sie finden können?", fragte Javi.

Billy öffnete den Mund, schloss ihn wieder. Seine Finger vergruben sich tiefer in Bournevilles Nackenfell, formten es zu nervösen kleinen Haarklumpen. „Sie … Ihr Vater hat noch kein Haus gekauft", sagte er schließlich. „Sie hatten eins gefunden, aber dann kam der Kauf nicht zustande. Also wohnen sie im Moment in Hotels und bei Freunden und so."

„Was ist ihr Vater von Beruf?", erkundigte sich Javi interessiert, beinahe beiläufig.

„Bauunternehmer", sagte Billy, ohne zu zögern. Offenbar war er froh über eine Frage, die er so leicht beantworten konnte. „Deshalb fanden wir es schon fast lustig, dass die Suche nach einem Haus so lange dauert, verstehen Sie?"

Javi nickte lediglich. „Hast du ihre Kontaktdaten?"

„Auf meinem Handy", antwortete Billy. „Wir haben hauptsächlich über Skype und Facebook geredet."

Hinter dem Sofa runzelte Ken die Stirn. „Das kann nicht sein", widersprach er. „Wir haben Zugang zu seinen Konten. Wir überprüfen jede Woche, ob damit alles in Ordnung ist."

Lara holte tief Luft. „Sei nicht so dumm. Er hat ein neues angelegt, stimmt's? Eins, von dem wir nichts wussten." Sie sah Billy an und wartete auf eine Antwort. Anstatt ihr diese zu geben, beugte er sich weiter vor und senkte schuldbewusst den Blick. Als sie sah, dass sie nicht mehr bekommen würde, wandte sie sich wieder an Javi. „Er wird euch den Code für sein Handy und seine geheimen Passwörter geben. Jedes einzelne."

Billy brauchte zwei Seiten, um alles niederzuschreiben. Die letzte Reihe aus Worten und Zahlen in der Mitte der Rückseite unterstrich er.

„Sie werden schon sehen", sagte er trotzig. „Bri ist echt. Sie hat mir sogar Bilder geschickt."

Die Worte waren beinahe schmerzhaft für Cloister. Sein Mitleid für Billy nahm noch zu. Selbst der kurze, von Hitze erfüllte Blick zwischen Diggs und Javi – der Blick, den man einander zuwarf, wenn man Nacktfotos ausgetauscht hatte – störte ihn in diesem Moment kaum.

Eine Stunde später, in Javis Büro, wurde das Handydisplay auf dem gewölbten Bildschirm wiedergegeben, der eine bessere Auflösung besaß als Cloisters Fernseher. Wie sich herausstellte, hatte Billy mit *geschickt* gemeint, dass die Fotos in den privaten Instagram-Account eines Freundes hochgeladen worden waren.

Jetzt grinste ihnen von Javis Computerbildschirm aus ein blondes Mädchen zu, schaute nachdenklich in die Ferne, schielte albern oder streckte über den Rand eines Starbucks-Bechers hinweg die Zunge heraus. In jedem Foto waren glänzende, zarte Ohrringe zu sehen und ihre Haut zeigte Sommersprossen, die der Tod abgekratzt hatte.

Offenbar waren die Achtzigerjahre auch vor zehn Jahren wieder in Mode gewesen.

„Warum benutzt jemand ihr Gesicht?", fragte Cloister und stützte einen Arm auf die Rückenlehne von Javis Sessel. Der scharfe, an Ingwer erinnernde Duft von Javis Haut stieg ihm in die Nase, mischte sich mit dem Hauch von Zitrone aus seinem dunklen, dichten Haar. Er bemühte sich, zu ignorieren, wie er auf seiner Zunge kitzelte und seinen Mund trocken werden ließ. „Hätte Billy die jemals seinem Vater gezeigt, wäre es möglich gewesen, dass Ken sie erkannt hätte. Auch wenn er älter war als sie, war sie die verschwundene Freundin seines Cousins. Das vergisst man nicht so leicht."

Javi schnaubte. „Derjenige wusste, dass Billy das nicht tun würde. Wenn er seine Eltern bei seinen Aktivitäten im Internet hintergeht, verrät er sich doch nicht einfach, indem er seinem Vater das Bild des Mädchens zeigt, das er mag."

Sein Finger drückte auf die Maustaste und ein neues Foto tauchte auf dem Bildschirm auf. Laut Bildunterschrift handelte es sich um „ein Grundstück, das mein Vater kaufen will!". Es zeigte eine vertraute Mischung aus halb fertiggestellten und verfallenen Gebäuden.

Wenn man es genau nahm, befand sich Birdie auch auf diesem Foto. Cloister hatte bald das Haus gefunden, in dem ihre traurige kleine Leiche versteckt gewesen war.

In Anbetracht dieses makabren Spotts schwiegen beide Männer einen Augenblick.

Dann schloss Javi die Dateien. „Wenn man alles andere berücksichtigt", sagte er, „war das Risiko vielleicht beabsichtigt. Bis wir mehr über die anderen Gegenstände im Haus erfahren, können wir nicht sicher sein, aber es sieht doch alles danach aus, als wären die Hartleys nicht zufällig ausgewählt worden."

Der kalte Schatten alter Furcht kroch aus dem Keller in Cloisters Kopf. Er konnte die Hitze dieses lange vergangenen Rennens spüren, den unter seinen

Armen kribbelnden Schweiß. Es war nicht so, dass er sich nicht an seine Kindheit erinnerte. Einer seiner Therapeuten hatte ihm einst versichert, dass die Erinnerungen dort waren, aber dass er sie nicht freigab. Nur die Albträume und die Furcht.

„Warum hat er Drew entführt?", fragte Cloister. Seine Stimme war so heiser, dass Javi ihn verwundert ansah. Nach einem Räuspern fuhr er fort: „Es war nicht Drew, dessen Vertrauen unser Täter gewinnen wollte, sondern Billy. Zu ihm hatte er Kontakt und er ist im selben Alter wie das erste Opfer. Warum hat er sich umentschieden?"

Javi öffnete eine weitere von Billys Handy übertragene Datei und vergrößerte das Fenster. Es handelte sich um die am Abend von Drews Verschwinden geschriebenen Nachrichten.

> *Bri: Keine Lust auf die Party. Will dich nur sehen. Geht das?*
> *Billy: Sicher? Ich habe mich seit Tagen nicht gewaschen.*
> *Bri: Egal. Bist du alleine?*
> *Billy: Ich habe keine Freunde.*
> *Bri: Du hast mich. Komm zur Straße.*
> *Billy: K!*

Kurz war es beinahe komisch und die Bemerkung zu Billys Körperhygiene entlockte Cloister fast ein Lachen. Dann legte sich die Tragik der Situation über die Worte und ihm war nicht länger nach Lachen zumute.

„Drew wollte also seinen Bruder blamieren", stellte er fest. „Deshalb hat er ihm das Handy weggenommen."

„Während Billy am ursprünglichen Treffpunkt auf seine Bri gewartet hat, ist Drew in die Falle geraten. Und als er auftauchte, musste der Täter sich an die neue Situation anpassen", sagte Javi. Er hatte unruhige Hände, die über die Tastatur strichen und einen Kugelschreiber auf die Tischplatte tippten. Es lenkte Cloister etwas ab. Sein Blick wanderte immer wieder zu Javis Händen, als wären die langen Finger – gerade und ohne jede Narbe – mit etwas Erotischerem beschäftigt als nervösen Bewegungen. „Drew wollte er nicht, aber er konnte es auch nicht einfach ein zweites Mal versuchen, denn dann hätte Drew seinem Bruder verraten, dass seine Freundin ein Mann war. Das wäre … schlecht gewesen."

Cloister konnte sich die Szene vorstellen. Panik machte Menschen dumm und ein Serienmörder reagierte vielleicht nicht besonders gut auf Druck. Aber Panik dauerte oft nur kurz an, eine Flut von Adrenalin, die einen zum schnellen Handeln drängte. Und sie hatten nur einen Blutfleck gefunden, keine Leiche.

„Vielleicht ist es gut für Drew", sagte er. „Wenn dieser Typ Billy aus einem bestimmten Grund wollte, dann hat er vielleicht nicht das Bedürfnis, Drew wehzutun."

Javis plötzlich stille Hände waren seltsam irritierend. Er wandte sich in seinem Sessel um und sah mit geschürzten Lippen und nachdenklich zusammengekniffenen Augen zu Cloister auf. Hinter dem Schutzschild aus kurzen, dichten Wimpern konnte man praktisch seinen Verstand arbeiten sehen.

„Vielleicht." Javi ließ das Wort langsam über seine Zunge gleiten. „Und wenn du recht hast und das Handy wirklich nicht während der ersten Suche übersehen wurde …"

„Das habe ich. Das wurde es nicht", warf Cloister ein.

„Das akzeptiere ich", sagte Javi. „Aber es bedeutet, dass unser Entführer es dort platziert hat. Das hätte er nicht tun müssen und er macht das Ganze nicht zum ersten Mal. Es heißt also, dass er den Verdacht auf Billy lenken wollte, woraus man schließen könnte, dass er seinen ursprünglichen Plan noch nicht aufgegeben hat. Vielleicht ist er noch nicht mit Billy fertig."

Es klang logisch, auch wenn es sich nur um Spekulation handelte. Jetzt war es Cloister, der nachdenklich dreinschaute, während er die Zähne aufeinanderpresste, bis sie schmerzten. Er wollte Drew zurückbringen. Er musste ihn zurückbringen, wenn er in nächster Zeit schlafen wollte. Doch er sah auch noch Billys angespanntes Gesicht, aus dem die Angst den jungen Mann vertrieben und nur das Kind zurückgelassen hatte. Dort sah er sich selbst.

Das war es schließlich, was ihn zu seiner Entscheidung brachte. Mit sich selbst hatte er nie viel Mitleid gehabt.

„Wir werden ihn als Köder benutzen", sagte er.

Ein langsames, kaltes Lächeln kroch über Javis Gesicht, legte sich mit scharfen Kanten auf seinen hübschen Mund. „Ja", sagte er. „Das werden wir. Glaubst du, es funktioniert?"

„Vielleicht", antwortete Cloister. „Wird seine Familie es erlauben?"

Javi zögerte nicht. „Das wird sie", sagte er. „Sie sind im Moment nicht unbedingt gut auf ihn zu sprechen, stimmt's? Außerdem muss er sich nicht tatsächlich in Gefahr begeben. Wir werden da sein."

Der sorglose Ton gefiel Cloister nicht. Javi schien nur die Lösung für ihr Problem zu sehen, nicht den Jungen, dem bereits zu viel vorgeworfen worden war. Aber war Cloister wirklich besser? Obwohl er auch den Jungen sah, war er trotzdem bereit, es zu tun.

„Und da du schon Billys Vertrauen gewonnen hast", fügte Javi hinzu. „Wird es noch leichter sein, sie alle davon zu überzeugen."

Ach ja. Javi war ein Arschloch. Cloister musste wirklich aufhören, das zu vergessen. Vielleicht würde es ihm dann auch gelingen, sich keine Sorgen mehr wegen Diggs und seiner teuren Anzüge zu machen.

18

DOCTOR GALLOWAY roch nach Karbolseife und Lavendelhandcreme. Sie schob sich die Brille bis auf den Kopf, wo sich das helle Haar in den auffälligen pinkfarbenen Bügeln verfing, und rieb sich die Augen. Das kleine Büro war nicht sehr hell, denn abgesehen vom wenigen Tageslicht, das durch ein schmales Fenster weit oben in der Wand hereindrang, war die einzige Lichtquelle der Computerbildschirm, welcher ihre blasse Haut noch bleicher wirken ließ.

„Sehr viel kann ich Ihnen nicht sagen", warnte sie. „Das arme Mädchen ist schon lange tot."

Javi nickte. Pathologie wurde häufig so linear wie Mathematik dargestellt, doch nachdem man erst einmal widersprüchliche Autopsieberichte enträtseln musste, wusste man, dass zu den Formeln auch Fingerspitzengefühl gehörte. Fehler konnten passieren, Vermutungen beeinflussten Entscheidungen und man arbeitete mit unterschiedlich viel Erfahrung. Zum Beispiel war es bereits nach einigen Tagen im Wasser manchmal schwer zu sagen, ob bei einer Leiche eine Stichwunde oder eine durch ein Tier verursachte Verletzung vorlag. Eine zehn Jahre alte Leiche machte alles noch komplizierter.

„Was haben Sie für mich?", fragte er.

Sie lehnte sich auf ihrem Stuhl zurück, der unter dem Gewicht quietschte, und nahm ihre Kaffeetasse von einem Anatomiebuch.

„Ich habe an Bridget Utkins Körper keine Hinweise auf schwere Verletzungen gefunden", sagte Galloway. Sie hob die Tasse an die Lippen, um einen Schluck Kaffee zu trinken, und verzog das Gesicht, als er ihre Geschmacksknospen erreichte. „Kalt", erklärte sie, während sie die Tasse wieder auf dem bereits vorhandenen Kaffeering platzierte. „Sie hatte oberflächliche Verletzungen an den Handgelenken, die auf Fesseln oder Ähnliches hinweisen. Ich habe Spurenmaterial an das Labor geschickt. Die Verfärbung des Hinterhauptbeins deutet ebenfalls auf eine oberflächliche Verletzung hin, vermutlich ein Schlag auf den Kopf, als sie noch lebte. Beides hat aber wahrscheinlich nichts mit der eigentlichen Todesursache zu tun."

„Was war diese dann?"

Galloway presste die Lippen zu einer schmalen, blassen Linie zusammen. Erst hielt Javi es für Unsicherheit oder Widerstreben, sich mit einer Aussage festzulegen, doch dann wirkte es eher wie … Abneigung gegen das, was sie ihm mitteilen wollte.

„Ich kann zu diesem Zeitpunkt keine verbindliche Aussage zur Todesursache machen", warnte sie, um sich abzusichern. „Aber basierend auf der Autolyse der

Organe, der Verfärbung der unteren Extremitäten und der Strähnen ihrer eigenen Haare, die ich unter Utkins Fingernägeln gefunden habe, vermute ich eine Kombination aus Dehydrierung und Hyperthermie. Theoretisch könnten die an das Labor geschickten Gewebeproben das noch widerlegen, aber … ich kenne die Anzeichen."

Das stimmte. Im letzten Jahr waren in Plenty drei Kleinkinder an Hyperthermie gestorben. Javi war bei einem der Fälle eingeschaltet worden, da es viele Hinweise darauf gegeben hatte, dass es kein Unfall gewesen war. Ein tragischer Tod.

„Wie lange hat es etwa gedauert?", fragte Javi. „Birdie Utkin war ein Teenager, also sollte ihr Körper in der Lage gewesen sein, seine Temperatur zu regulieren."

Galloway nickte und verzog erneut das Gesicht, als sie einen weiteren Schluck ihres Kaffees trank. „Es hängt davon ab, wo sie festgehalten wurde. Es könnte einige Stunden oder einige Tage gedauert haben."

Bei Babys waren es immer Autos. Auch wenn Javi sich nicht gern nach seinem Bauchgefühl richtete, kam ihm das ausgebrannte Auto mit den zerfledderten, ledrigen Überresten eines Waschbären in den Sinn. Wenn es sich bei dem Täter um Birdies Freund Hector handelte, hatte er in seinem Auto gelebt. Es wäre der einzige Ort gewesen, den er kontrollieren konnte.

„Und wenn sie sich in einem Kofferraum befunden hätte?"

Galloway machte wieder das unglückliche Gesicht, während sie von ihrem Schreibtisch aufstand und sich daran vorbeischob, um die Kaffeemaschine auf dem Aktenschrank zu erreichen. Sie füllte ihre Tasse mit den letzten Resten, die am Boden der fleckigen Glaskanne siedeten.

„Weniger als eine Stunde", antwortete sie. „Das wäre wie in einem Schmortopf gewesen."

Es war die Alltäglichkeit dieses Bildes, die es für Javi so makaber machte. Mit einem flauen Gefühl dachte er an den geschmorten Tilapia zurück, den er in der Vorwoche zubereitet hatte, an die gewellten Ränder des weichen, schlaffen Fisches. Er hinderte seine Fantasie daran, sich weiter mit diesem Gedanken zu beschäftigen – es war bereits mehr als genug –, und schluckte den in seiner Kehle aufsteigenden säuerlich-scharfen Geschmack hinunter.

„Wäre es nach so langer Zeit noch möglich, Rückstände von Drogen in ihrem Körper zu finden?", fragte er.

Galloway zog ihre bleichen Augenbrauen hoch und runzelte die Stirn. Es schien sie daran zu erinnern, dass sich die Brille noch auf ihrem Kopf befand, denn sie schob sie wieder an ihren Platz. Ihre Finger hinterließen Abdrücke auf dem Glas.

„Wenn sie eine Substanz kurz vor ihrem Tod aufgenommen hat, wurde sie vielleicht nicht mehr abgebaut", antwortete sie. „In diesem Fall könnten bei einigen Chemikalien noch Spuren vorhanden sein. Warum? Wonach genau sollte ich suchen?"

„Psychopharmaka", sagte Javi. Es war möglich, dass der Täter immer dieselbe Mischung benutzte, doch wenn er außerdem Drogendealer war, nahm er vielleicht das, was sich zum richtigen Zeitpunkt anbot. „Mephedron."

Galloway warf ihm einen verwunderten Blick zu. Da er jedoch nichts mehr hinzufügte, nickte sie schließlich und schob sich wieder an ihren Schreibtisch. Mit einer Hand trank sie ihren Kaffee, während sie mit der anderen auf der Tastatur tippte.

„Ich kann mich darum kümmern", sagte sie. „Ich habe bereits Gewebeproben an das Labor geschickt, also muss ich nur einige Tests hinzufügen. Sonst noch etwas?"

Javi schüttelte den Kopf. Er war bereits aufgestanden, um zu gehen, als ihm doch noch etwas in den Sinn kam. Es war möglich, dass der Verlust eines Hauses und die Obdachlosigkeit, nachdem man von seiner Familie zurückgelassen wurde, für eine empfindliche Person zu einem Auslöser werden konnten. Eine durch Wut verzerrte Sicht der Dinge ließ gesellschaftlich bedingte Hemmungen in den Hintergrund rücken.

Andererseits erschien es Javi in diesem Fall nicht wie der Hauptgrund. Die Drogen in der von Cloister gefundenen Flasche dienten nicht nur dazu Drew – oder Billy, das eigentliche Opfer – zu betäuben. Sie hatten einen anderen Sinn.

„Könnten Sie sich die Aufzeichnungen von vor etwa zehn bis zwölf Jahren ansehen?", bat er. „Ich suche nach einem Todesfall, der mit Autos, Drogen und einem männlichen Teenager als Überlebender oder Angehöriger zu tun hat."

Galloway schnaubte. „Wenn das alles ist", sagte sie. „Sie haben Glück, dass es hier heute nicht viel zu tun gibt."

„Wirklich nicht?"

Sie lachte. Für eine Frau, die meistens aussah, als bräuchte sie dringend einige Vitamine, war es ein sehr lautes, brüllendes Lachen.

„Doch", antwortete sie. „Aber ich werde sehen, was sich machen lässt."

Javi nickte dankbar. „Schicken Sie alles an mein Büro, wenn sich etwas ergibt", sagte er. „Ich weiß es zu schätzen, Doctor Galloway."

„In zwei Wochen habe ich Geburtstag. Ich mag Amazon-Gutscheine und Kaffee."

Er lächelte schief. „Warten wir ab, was Sie für mich finden. Kaffee ist nur etwas für Gewinner."

Das brachte ihm ein weiteres lautes Lachen und eine wie zu einem Toast erhobene Tasse ein. Er verabschiedete sich und überließ sie ihrem Kaffee.

„UND?", FRAGTE Javi, ohne sich lange mit Begrüßungen aufzuhalten. Er verringerte die Lautstärke des Radios, als die Bluetoothverbindung zustande kam.

Er stand auf der Straße nach Plenty, und zwar in einem Meer aus müden Fahrern, die von der Arbeit in San Diego zurückkehrten. Wenn sich die Autoschlangen überhaupt bewegten, dann nur im Schritttempo. Javi war bereits gereizt gewesen, als er ins Auto gestiegen war – Reed hatte mit „unvermeidbaren geschäftlichen Verpflichtungen" als Vorwand seinen Termin bei der Polizeistation verschoben –, was der Geruch von Benzin und heißem Asphalt nicht besser machte.

„Sie haben einer Kontaktaufnahme über das Internet zugestimmt", sagte Cloister. In seiner Stimme schwang Heiserkeit mit, eine Rauheit, die sich unter seinem gelassenen Tonfall verbarg. Wenn er erregt war, wurde sie stärker. Mit Javis Hand an seinem Schwanz war seine Stimme so tief und heiser gewesen. „Ein echtes Treffen ist ihnen zu gefährlich."

„Damit können wir leben", antwortete Javi.

Auch ohne sein Gesicht zu sehen, spürte Javi, wie unwohl er sich bei der ganzen Sache fühlte. Wahrscheinlich war es gut, dass er zur Hundestaffel gehörte und nicht zur Mordkommission. Er war zu weichherzig.

Sein Gehirn erinnerte ihn daran, dass nicht alles an Cloister weich war. Seine Finger zuckten am Lenkrad, als in seinen Fingerspitzen die Erinnerung an hartes Fleisch unter seidiger Haut kribbelte. Javi verzog das Gesicht. Es wäre wesentlich leichter gewesen, sich an den Vorsatz zu halten, es mit Cloister bei etwas Einmaligem zu belassen, wenn sein Schwanz und seine Libido ihn nicht so sabotiert hätten. Und wenn es nicht so viel angenehmer wäre, an den nackten, knurrenden Cloister zu denken als an Birdie Utkin, die in einem Auto bei lebendigem Leib gekocht wurde.

Da sich damit wieder Galloways Schmortopf-Vergleich in seinen Kopf drängte, ließ die ablenkende Wirkung von Cloisters Whiskey-und-Sex-Stimme nach. Zumindest etwas. Javi fuhr an und erhöhte das Tempo, als sich die Autos vor ihm etwas schneller bewegten.

„Laut Galloway ist Birdie an Hyperthermie gestorben", teilte er Cloister mit. „Vermutlich eingesperrt in einem Auto. Ich lasse überprüfen, ob Birdie die gleichen Drogen verabreicht wurden, die wir in der Flasche gefunden haben."

In seinem Ohr erklang ein Schnauben. „Wir?"

Javi ignorierte es. „Ich werde einen der Computerexperten zu den Hartleys schicken, damit alle Vorbereitungen getroffen werden können, um Billys Kommunikation zu überwachen. Wir werden ihn nicht in Gefahr bringen."

„Tja, man plant selten mit Absicht ein, dass alles den Bach runtergeht", erwiderte Cloister. „Meistens tut es das trotzdem."

„Das ist … kein sehr hilfreicher Beitrag."

Die Sonne traf die geneigte Scheibe des Sportwagens vor ihm, womit sie ihn selbst durch die Sonnenbrille blendete. Der Fahrer schwankte auf der Spur hin und her, während er vergeblich versuchte, eine Lücke zum Überholen zu finden.

„Ich möchte nur nicht, dass die Familie zwei Kinder verliert", sagte Cloister. Plötzlich klang er müde, als hätte sich eine ganze Ladung versäumten Schlafes auf seine Schultern gelegt. „Zwei Tage in einem Kofferraum bei der Hitze …"

119

Sie wussten beide, was er damit sagen wollte. Irgendwann kam der Punkt, an dem Hoffnung eher Wunschdenken als Optimismus war.

„Das ändert nichts an deiner Aufgabe", antwortete Javi. „Wir finden den Täter."

„Das ist deine Aufgabe. Meine ist es, Drew nach Hause zu bringen."

„Ich möchte dir ja nicht deine Illusionen rauben", sagte Javi trocken, „aber du bist immer noch Polizist. Verbrecher zu verhaften gehört zu deinem Beruf."

Der Idiot mit dem Sportwagen streifte bei seinem neuesten Spurwechselversuch beinahe einen mitgenommenen Pick-up. Javi zuckte zusammen, während der Fahrer des Pick-ups das Fenster herunterkurbelte, um dem Sportpenner den Mittelfinger zu zeigen. Im hinteren Teil des Fahrzeugs richtete sich ein großer weißer Hund auf, der mit der Fahrbewegung schwankte, während er wütend bellte. Dabei tropfte in nassen, weißen Fäden Speichel in das Fell auf seiner Brust.

Wenigstens benahm sich Cloisters Hund besser als dieser.

„Bist du noch bei den Hartleys?", fragte Javi. In fünf Meilen kam die nächste Ausfahrt. Über kleinere Straßen konnte er es in vierzig Minuten bis zu ihnen schaffen.

„Ja", antwortete Cloister. „Aber ich fahre jetzt zurück zur Station. Oder brauchst du mich noch für irgendetwas?"

„Bisher nicht." Javi legte mehr Bissigkeit in die Stichelei, als Cloister verdient hatte. Er fühlte sich durch den Stich der Enttäuschung aus dem Gleichgewicht gebracht, den er verspürt hatte, als ihm klar geworden war, dass er Cloister nicht sehen würde. Es war nicht direkt ein niederschmetterndes Gefühl – schließlich war er erst vor wenigen Stunden in der Nähe des Mannes gewesen –, doch es traf ihn mit so viel Schärfe, dass er unmöglich abstreiten konnte, wie gern er Cloister gesehen hätte. „Wieso? Mehr Tierarztrechnungen?"

„So ähnlich", antwortete Cloister. „Es gibt noch ein paar Sachen, die ich mir ansehen möchte."

„Was?"

„Sachen."

Er klang halsstarrig – wie der dumme, nicht besonders eloquente Hinterwäldler, für den Javi ihn anfangs gehalten hatte. Nachdem er ihn jetzt besser kannte, tja, war Cloister immer noch ein Hinterwäldler und nicht besonders eloquent – was im Augenblick allerdings genau Javis Typ zu sein schien –, aber er war nicht dumm. Nicht redegewandt, aber nicht dumm.

„Du hast wieder so eine Idee."

Nach kurzem Schweigen murmelte er widerstrebend: „Kann sein."

„Okay", sagte Javi. Er wollte mehr wissen, wollte die Kontrolle über die Ermittlungen behalten, doch wenn man Cloister in dieser Stimmung drängte, endete es mit Beleidigungen und Disziplinarverfahren.

Oder, um das nicht zu vergessen, Sex. Manchmal endete es mit Sex.

Er holte tief Luft – schmeckte Staub und Abgase – und bemühte sich zu beurteilen, wo seine berufliche Verantwortung in Bezug auf den Fall endete und wo der persönliche Drang begann, sein Umfeld zu kontrollieren.

„Ich werde zu den Hartleys fahren, die Trackingsoftware installieren und ihnen erklären, worauf sich die Kommunikation beschränken soll", sagte er schließlich. „Wenn ich damit fertig bin, darfst du mich darüber aufklären, worum es bei deiner Idee geht. Verstanden?"

„Ich bin kein Agent", knurrte Cloister. „Ich bin dir keine Rechenschaft schuldig."

„Nicht?", fragte Javi. „Dabei hast du letzte Nacht noch so schön meine Anweisungen befolgt."

Heiße Flammen leckten am Rand seiner Stimme, süß und zischend an Javis Lippen. Aber das änderte nichts. Es handelte sich um Flirten, egal wie die Worte klangen. Der aus dem Handy am anderen Ende dringenden Stille gelang es irgendwie, erstickt zu klingen. Javi vermutete, dass Cloister noch zwischen wütend und verlegen schwankte.

Bevor er sich entscheiden konnte, fuhr Javi fort: „Wir sehen uns in etwa zwei Stunden, Cloister. Dann erwarte ich eine Antwort."

Er tippte gegen den Ohrhörer, um das Gespräch zu beenden. Vor ihm war es dem Sportwagen endlich gelungen, die Spur zu wechseln, woraufhin er nun versuchte, wieder auf die andere zu kommen. Javi lehnte sich in seinem weichen Ledersitz zurück und dachte müßig darüber nach, wie ein errötender Cloister aussah. Es war ein angenehmer Zeitvertreib, bis er endlich von der Hauptstraße auf schmaleren, rissigen Asphalt abbiegen konnte.

19

„WANN HAST du das letzte Mal geschlafen?" Tancredi stützte sich auf Cloisters Schreibtisch. Unter den hochgekrempelten Ärmeln waren die alten Narben auf ihren Unterarmen zu sehen. Er hatte sie nie darauf angesprochen und sie redete nicht darüber, doch sie mussten schon lange dort sein und sie schien damit abgeschlossen zu haben.

Cloister lehnte sich mit einem Seufzer auf seinem Stuhl zurück. Er knarzte und schwankte etwas, als sich die Rollen über das Linoleum bewegten.

„Ein paar Stunden letzte Nacht." Es war nicht direkt die Wahrheit – auch nicht direkt eine Lüge, sondern eher eine Übertreibung –, aber bei einer solchen Frage erwartete ohnehin niemand eine ehrliche Antwort.

Tancredi rümpfte die Nase. „Du musst lernen, besser zu lügen."

„Ich muss Drew Hartley finden."

Bei der Erwähnung des Jungen verschwand der neckende Gesichtsausdruck und wurde durch düsteres Bedauern ersetzt. Sie stieß sich vom Tisch ab und verschränkte die Arme vor der Brust.

„Erinner mich nicht daran", sagte sie mit unglücklich geschürzten Lippen. „Ein Serienmörder in Plenty. Genau das, was wir zwischen den Drogendealern und gewalttätigen Ehemännern noch brauchen. Hat Merlo es dir gesagt?"

Sein verständnisloser Blick war Antwort genug.

„Ich kannte Birdie." Tancredi zögerte und hob einen Mundwinkel zu einem sie selbst verspottenden Lächeln. „Das klingt, als wären wir beste Freundinnen gewesen. Ich habe sie manchmal in der Stadt gesehen. Und später ihr Gesicht in der Zeitung und auf Plakaten. Ich dachte, sie wäre weggelaufen. Ich hätte nie vermutet, dass sie tot ist. Gott. Und wie viele andere Leute hat der Typ umgebracht? *Kinder*."

Cloister betrachtete seinen Computerbildschirm. Ein Dutzend Vermisstenfälle waren in überlappenden Fenstern geöffnet. Ein Dutzend Namen und ein Dutzend Resultate, die angaben, wer gefunden wurde. Alle mit dem Vermerk, dass keine weiteren Ermittlungen nötig seien.

Das Labor ließ zurzeit die gefundenen Kleidungsstücke analysieren und unaufgeklärte Fälle nach passenden Vermissten durchsuchen. Nur galt der Fall nicht länger als unaufgeklärt, wenn eine Person gefunden worden war.

„Vielleicht hat er nicht alle umgebracht", sagte er langsam.

„Er hat Birdie getötet."

„Ich weiß. Aber sie war die einzige Leiche dort."

Tancredi wirkte skeptisch, ließ sich aber darauf ein. „Was macht er dann?"

„Ich weiß es nicht", gab Cloister zu.

„Du weißt ja, dass ich dem FBI beitrete", sagte Tancredi. „Na ja, zumindest möchte ich das. Jedenfalls habe ich viele Fachbücher über abnorme Psychologie gelesen und so läuft das bei solchen Leuten nicht. Sie ziehen sich nicht nach dem ersten Mord zurück. Sie lassen sich davon mitreißen."

Sie hatte recht. Die Bücher hatte Cloister zwar nicht gelesen, doch er wusste, wie Gewalt funktionierte. Selbst für normale Menschen – wenn man irgendjemanden so nennen konnte – wurde sie mit jedem Mal leichter. Der junge Mann, der sich nach seiner ersten Prügelei übergeben musste, würde vielleicht keine zweite wagen, aber wenn er es doch tat, hätte die Übelkeit vermutlich nachgelassen. Irgendwann würde ihn selbst das merkwürdige knackende Nachgeben einer gebrochenen Nase unter seinen Fäusten kaum noch stören.

Nur hatte er noch immer diese *Ahnung*. Nichts Konkretes, nichts, was er jemandem erklären konnte. Es war, als wollte man jemandem eine Handvoll Froschlaich reichen. In den weichen kleinen Eiern steckte etwas, doch der umhüllende Schleim seines Instinkts machte es für andere schwer greifbar.

Es war leichter, sich selbst darum zu kümmern und andere ihre eigenen Schlüsse ziehen zu lassen. So waren alle zufrieden – zumindest einigermaßen.

„Ja, wahrscheinlich hast du recht", sagte er.

Tancredi neigte den Kopf und musterte ihn misstrauisch. „Ja", sagte sie langsam. „Du musst wirklich lernen, besser zu lügen. Sag Bescheid, wenn du Hilfe brauchst."

Sie entfernte sich, während sie ihr Haar zu einem Zopf zusammenfasste. Cloister wandte sich wieder seinem Computer zu.

Der festgehaltene Wortlaut der bei der Polizei eingegangenen Anrufe war nicht sehr hilfreich. Es sah aus, als hätte jeder Anrufer dasselbe Drehbuch bekommen, aus dem er ablas – obwohl Namen und Orte verschieden waren, kamen bei allen die gleichen Punkte vor. Jemand war verschwunden, es sah der Person nicht ähnlich, sie würde es dem Anrufer und/oder ihrer Mutter niemals antun und es musste etwas passiert sein.

Obwohl es nichts zu bedeuten hatte – sie reagierten nur auf die gleiche Weise auf die gleiche Angst –, war es für Cloister dadurch schwer, die Fälle herauszufiltern, die möglicherweise mit dem aktuellen zusammenhingen. Die wenigen kleinen Unterschiede gingen dabei unter.

Als er fertig war, hatte er Rückenschmerzen und sein Kopf fühlte sich an, als befände er sich in einem Nussknacker, doch vor ihm lag eine Liste mit fünf Namen, die vielleicht etwas mit dem Hartley-Fall zu tun hatten. Drei Jungen und ein Mädchen, alle zwischen dreizehn und fünfzehn Jahre alt, alle um dieselbe Jahreszeit verschwunden, alle mit einem neuen Freund oder einer neuen Freundin, die jedoch unauffindbar waren. Abgesehen von einem Jungen, dessen Vater als Feuerwehrmann arbeitete, waren die Eltern im Bank- oder Bauwesen tätig.

Jetzt musste er sich nur noch einen aussuchen und hoffen, dass es der Fall war, der seine Theorie bestätigen konnte, bevor er Javi eine Handvoll Froschlaich ohne Beweise reichen musste.

VOR SECHS Jahren hatte die Haushälterin der Szerdos die Polizei angerufen, weil der vierzehnjährige Sohn der Familie nicht nach Hause gekommen war. Seine Mutter war für den Anruf zu aufgebracht gewesen. Dem Polizeibericht zufolge hatte es sich bei Leo Szerdo um die Art von Musterknaben gehandelt, als den Cloister sich Javi in seiner Jugend vorstellte. Er war einigermaßen sportlich gewesen, hatte gute Noten gehabt und bei so vielen zusätzlichen Aktivitäten mitgewirkt, dass bei der Liste jedem College-Anwerber das Wasser im Mund zusammengelaufen wäre. Seine Mutter hatte ihn für einen Engel gehalten, sein Vater war der Meinung gewesen, dass er ganz nach ihm kam, und die Haushälterin hatte ihn als verwöhnten Bengel betrachtet.

Irgendwann zwischen dem Tag, als man ihn gefunden hatte, und der Gegenwart war der Glanz verloren gegangen. Er war wegen Drogenbesitzes und gelegentlicher Ruhestörung vorbestraft. Bei der für ihn gespeicherten Adresse war nur die Mutter zu erreichen, die behauptete, keinen Kontakt mehr zu ihm zu haben. Letztendlich teilte sie ihm widerstrebend mit, wo er ihn finden konnte.

Der Zwanzigjährige saß halb liegend auf dem Bett des Hotelzimmers, das sicher von seinen Eltern bezahlt wurde. Er hatte einen mit vielen Tätowierungen bedeckten Arm auf einem Kissen abgelegt und sein Haar war fettig. Ein Herpesbläschen an seiner Lippe platzte auf und blutete, als er sprach.

„Es ist lange her", sagte er. „Ich war ein dummer Junge. Ich bin von zu Hause weggelaufen und war so dankbar, als meine Eltern mich gefunden haben. Ist es das, was Sie hören woll'n?"

Er reihte die Worte in einem Singsang aneinander, der deutlich machte, dass es ihn nicht mehr interessierte, wie glaubwürdig sie klangen.

„Stimmt es denn?", fragte Cloister. Er saß auf einem Stuhl, den er sich vom Computertisch herübergezogen hatte. Leo schien nicht oft Freunde einzuladen. Auf dem Boden neben ihm lag Bourneville, die er an einer kurzen Leine hielt. Sie war unruhig und brummte hin und wieder in ihre Pfoten. Die Spitze ihrer Rute tippte gereizt auf den Boden.

Leo rollte mit den Augen. „Wen interessiert das?", sagte er. „Es ist doch, was von mir erwartet wird. Ein guter Junge, der zu einem schlimmen geworden ist? Dummer, undankbarer Junge, der die von seinen Eltern gebrachten Opfer nicht zu schätzen weiß? Was kümmert Sie das überhaupt? Es ist Jahre her."

„Es hängt mit einem anderen Fall zusammen …"

„Der Hartley-Junge", sagte Leo. „Stimmt's?"

124

Auf Cloisters Blinzeln hin schnaubte er und beugte sich vor, um eine Schachtel Zigaretten vom Tisch zu nehmen. Auf seine Finger waren grobe schwarze Buchstaben tätowiert worden und sie zitterten, als er eine Zigarette herausschüttelte.

„Mir wäre es lieber, wenn Sie nicht rauchen würden, Mr. Szerdo", sagte Cloister.

„Ach ja? Tja, es ist mein verdammtes Zuhause, also kann ich machen, was ich will", antwortete er barsch. Er hob die Hüften, um eine Hand in die Tasche seiner Jeans schieben und ein Feuerzeug herausholen zu können. Mit dem Daumen drehte er das Reibrad und erzeugte einen Funken, doch er tat es zu schnell und heftig, um die Flamme zum Brennen zu bringen. Kurz gab er auf und nahm die Zigarette aus dem Mund, um damit auf Cloister zu deuten. „Das mit dem Jungen ist schade, okay? Aber ich habe nichts damit zu tun. Ich weiß nicht, was meine Eltern Ihnen erzählt haben, aber außer mir selbst tue ich niemandem weh. Okay? Ich bin kein Perverser oder so."

Er versuchte erneut, die Zigarette anzuzünden. Diesmal gelang es ihm und das Papier glühte, als die Flamme es berührte. Brandgeruch erfüllte die Luft, vermischt mit einer bitteren Nikotinnote. Der Geruch war Cloister unangenehm. Er hatte ihn nie gemocht.

„Sie stehen nicht unter Verdacht, Mr. Szerdo."

„Klar", antwortete Leo verärgert. Er beugte sich abrupt vor und Rauch kroch aus seinem Mund. „Warum sollten Sie sonst hier sein?"

„Kannten Sie Birdie Utkin?"

In Leos Gesicht befand sich nicht viel Farbe. Es besaß diese schmierige Blässe einer Person, die schon länger nicht mehr auf sich achtete. Doch was noch dort gewesen war, wich nun ebenfalls daraus und hob Narben und Pickel auf der rauen Haut hervor. Er leckte sich über die trockenen Lippen.

„Wie …? Woher wissen Sie …?" Er verstummte und biss die Zähne zusammen. Seine Wangenmuskeln traten wie Seile hervor, als er abrupt aufstand und mit zwischen Daumen und Zeigefinger geklemmter Zigarette auf die Tür zeigte. „Hauen Sie ab. Außer Sie wollen mich verhaften. Verschwinden Sie hier oder ich rufe einen Anwalt."

Cloister konnte das Nikotin in seiner Kehle schmecken – ein muffiger, klebriger Geruch, den er den ganzen Tag nicht loswerden würde. Er hätte versuchen können, Leo zu beruhigen, ihm zu erklären, warum er hier war und dass er helfen wollte. Stattdessen ließ er Bournevilles Leine durch seine Finger gleiten. Sie sprang auf und wartete auf sein Zeichen.

„Such", flüsterte er mit einem Fingerschnippen.

Bourneville bellte einmal und begann, mit der Nase voran das Zimmer abzusuchen. Sie ging um das Bett herum, schnupperte interessiert an der zerknüllten, verschwitzten Bettdecke und verharrte kurz unter dem Fenster. Ihre etwas steifen, wohlüberlegten Schritte trugen sie schneller durch den Raum, als man erwartet hätte und sie wirkte wie ein Mörder auf der Suche nach seinem Opfer.

„He, Moment. Was soll das?", protestierte Leo. Er machte einen Schritt in Bournevilles Richtung. Sie ignorierte ihn. Cloister stand auf und streckte einen Arm aus, um ihn zu stoppen. Trotz des besorgten Zuckens seiner Augenwinkel blieb er stehen. Er schniefte und bemühte sich selbstbewusst zu wirken, straffte seine Schultern. „Das dürfen Sie nicht. Sie haben keinen Durchsuchungsbefehl."

„Ich brauche keinen", antwortete Cloister. „Eine Reaktion von einem Hund der Hundestaffel gilt als hinreichender Verdacht für eine Suche, Mr. Szerdo. Wieso? Gibt es etwas, das ich nicht finden soll?"

Leo kaute nervös auf seiner Unterlippe und sah zu, als Bourneville kurz die Vorhänge anbellte, nur um sich dann von ihnen abzuwenden und sich dem Badezimmer zu widmen. Sie bellte erneut, diesmal eindringlicher. Cloister vermutete, dass es der Toilette galt. Drogendealer kannten sich meist besser aus, doch erstaunlich viele ihrer Kunden betrachteten den Spülkasten als gutes Versteck für ihren Vorrat.

„Mr. Szerdo", sagte Cloister und betrachtete Leos gerötete Augen, die den Blick nervös erwiderten. „Sollte ich mir Ihr Badezimmer vielleicht genauer ansehen?"

Leos Mund verzog sich zu einem bitteren Lächeln und er verschränkte die Arme. „Machen Sie, was Sie wollen. Meine Mutter besorgt mir einen Anwalt und morgen bin ich wieder draußen."

„Wenn Sie es so wollen", sagte Cloister. Er legte eine Hand auf Leos Schulter, um ihn auf das Sofa zu schieben. „Bleiben Sie da. Wenn Sie versuchen zu flüchten, wird der Hund Sie erwischen."

Er betrat das Badezimmer. Bourneville hatte sich mit den Vorderpfoten auf die Toilette gestellt, starrte sehr interessiert den Spülkasten an und stieß alle zwei Sekunden ein Bellen aus. Cloister zog sie am Halsband von der Toilette, holte ein Spielzeug aus der Tasche und lobte sie überschwänglich. Sie wirkte ausgesprochen zufrieden mit ihrer Arbeit, als sie ihm mit den Schneidezähnen vorsichtig das Spielzeug aus der Hand nahm.

Während sie darauf herumkaute, streifte Cloister seine Handschuhe über und öffnete den Spülkasten, dessen Inneres nach abgestandenem Wasser und altem Bleichmittel roch. An die Rückseite war ein in zwei Teile unterteiltes Paket mit weißem Pulver geklebt worden. Cloister löste es, kehrte ins Zimmer zurück und ließ es zwischen den Fingerspitzen baumeln.

„Mr. Szerdo", sagte er, „Sie sind festgenommen."

20

DER ANWALT wartete bereits, als sie die Polizeistation erreichten. Mittlerweile wusste Leos Mutter vermutlich, womit sie bei ihrem Sohn rechnen musste. Andererseits war es wenigstens nicht Diggs. Während er sich mit seinem Klienten besprach, durfte Cloister mit seinem Chef reden. Und dem Mann, der sich für diesen zu halten schien.

Nur Bourneville fehlte, da sie im Hundegehege mit ihrem Abendessen beschäftigt war.

„Erklären Sie mir doch Deputy Witte", sagte Javi durch zusammengebissene Zähne, während er Fromes Bürotür hinter sich schloss, „wieso Sie es für eine gute Idee gehalten haben, unsere aktuellen Ermittlungen zu unterbrechen, um den Sohn eines Stadtrats zu verhaften."

Frome saß mit vor Verärgerung geröteten Schläfen an seinem Schreibtisch und tippte gereizt mit einem Kugelschreiber auf die Tischplatte. „Ich hätte es nicht besser formulieren können, Agent Merlo", sagte er. „Witte. Was haben Sie sich dabei gedacht?"

Javi schnaubte. „Das wäre für ihn etwas Neues."

Er stapfte zum Fenster und schloss mit einem Ruck die Jalousie, wobei die hölzernen Lamellen laut klapperten.

„Ich habe sie nicht unterbrochen", sagte Cloister. „Ich ... bin einem Hinweis nachgegangen."

Javi drehte sich mit finsterem Blick zu ihm um. „Ich dachte, Sie sind für Hunde zuständig und nicht für den Rest. Halten Sie sich an das, wovon Sie Ahnung haben."

Na schön. Cloister setzte sein bestes selbstgefälliges Grinsen auf. „Okay, Agent: Sie können mich mal."

Frome knallte seine Hand auf den Tisch. „Witte. Das reicht jetzt." Er wandte sich zur Seite, um in die Zurechtweisung auch Javi einzuschließen. „Das gilt auch für Sie, Agent. Wir sind Ihnen für Ihre Unterstützung dankbar, aber in Bezug auf meine Deputies haben Sie keine Autorität."

Die Muskeln um Javis Mund verzogen seine Lippen zu einem verbitterten Strich. „Soviel ich sehe, Lieutenant Frome, haben Sie die auch nicht."

Die Röte breitete sich von Fromes Schläfen nach unten aus und seine Nasenlöcher weiteten sich, als er tief einatmete. Der Raum schien mit Testosteron und Anspannung ausgefüllt zu sein – er kam ihm zu klein und immer kleiner vor. Es erinnerte Cloister an sein Zuhause. Das war nie gut.

„Meine Mutter hat einmal ihr Auto angezündet", sagte er.

Javi und Frome warfen ihm frustrierte, ungläubige Blicke zu, als redete er wirr. „Was soll das, Witte?", fragte Frome mit einem Kopfschütteln.

Verdammter Froschlaich. Cloister setzte sich aufrechter hin, hinderte seinen Rücken an der mürrisch vornübergebeugten Haltung, die er bevorzugt hätte. Er straffte die Schultern und zwang sich trotz des alten Rats seiner Mutter, dass Schweigen Gold sei, zum Reden.

„Es war nicht ihre Schuld. Sie wollte die Zigarette aus dem Fenster werfen, aber sie ist auf dem Rücksitz gelandet", erklärte er. „Dad war es egal. Er hat ihr einfach ein neues Auto gekauft."

Javi schnaubte leise und verschränkte die Arme, wodurch sich sein Hemd straff über seine Schultern spannte. „Eine rührende Geschichte von Hinterwäldlerliebe", sagte er.

Frome warf ihm einen kühlen Blick zu. „Treiben Sie es nicht zu weit, Agent", sagte er. Dann, nur um ihn zu ärgern, nickte er Cloister zu. „Reden Sie weiter. Und kommen Sie bald zur Sache."

„Sie war die Einzige, die es immer wieder angesprochen hat. Als fünf Jahre später jemand ein Brandloch auf dem Rücksitz erwähnte, war sie gleich ganz aufgebracht, als hätte sie jemand wegen des Chevy beschuldigt. So ähnlich stelle ich es mir bei ‚Bri' mit Birdie vor. Ihr Tod war keine Absicht und deshalb ist er immer der Erste, der auf sie aufmerksam macht. Der Name, das Foto, alles daran. Deshalb haben wir keine weiteren Leichen. Er möchte sie nicht töten."

Frome lehnte sich mit zweifelndem Gesichtsausdruck auf seinem Stuhl zurück. „Eigentlich sind Serienmörder nicht …"

„Eigentlich nicht", stimmte Javi zu. „Aber in diesem Fall hat Witte vielleicht gerade seine einzige gute Idee des Jahres gehabt. Ich weiß nicht, ob es unseren Täter, ‚Bri', besonders interessiert, ob seine Opfer überleben oder sterben, aber man muss niemandem psychedelische Drogen verabreichen, wenn man denjenigen nur umbringen möchte. Da gibt es leichtere Wege."

„Und es sieht aus, als wäre Hector an diesem Abend in der Notaufnahme gewesen", fuhr Cloister fort. „Uns wurde doch gesagt, Birdie könnte langsam in diesem Auto gestorben sein. Dann hätte er es verpasst. Das würde so jemand nicht wollen."

Frome hustete leicht – ein nervöses Geräusch in seiner Kehle – und griff nach einem Wasserglas. „Aber das sind nur Vermutungen. Sie können nicht wissen, was im Kopf des Täters …"

Er wurde von auf Glas klopfenden Fingerknöcheln unterbrochen. Er warf der Tür einen gereizten Blick zu, doch während der Ermittlungen zu einem entführten Kind konnte er es nicht einfach ignorieren, um seine Standpauke zu beenden. Ungeduldig schnaubend warf er seinen Kugelschreiber auf den Tisch.

„Was ist?", bellte er.

Die Tür öffnete sich und Tancredi schob ihren Kopf herein.

„Sir?", begann sie. „Deputy Witte hat mir vor einer Weile von seiner Theorie erzählt und … ich habe sie für falsch gehalten."

„Das ist sehr hilfreich", erwiderte Javi trocken.

Tancredi errötete. „Ich meine, das habe ich zu dem Zeitpunkt gedacht, Sir. Aber *ich* lag falsch."

Sie streckte das Blatt Papier in ihrer Hand in den Raum, sodass sie es diplomatisch etwa in die Mitte zwischen Javi und Frome hielt. Javi war derjenige, der sich ihr näherte und es entgegennahm, um es sich anzusehen. „Während Witte bei Leo war, habe ich mir die bei der Leiche gefundenen Kleidertüten angesehen. Dem alten Bericht zufolge hat Leo bei seinem Verschwinden Jeans, einen Schulpullover und eine Halskette mit Erkennungsmarke getragen, auf der sein Geburtsdatum stand." Tancredi beugte sich vor und tippte mit dem Fingernagel gegen eine Stelle auf dem Blatt. „Paket drei. Witte hatte recht."

„Gut gemacht", antwortete Javi.

Ein erleichtertes kleines Lächeln legte sich auf Tancredis Lippen und sie atmete abrupt aus. „Danke, Sir." Als sich ihr Blick auf Cloister richtete, geriet das Lächeln etwas ins Wanken und wurde schuldbewusster. Sie räusperte sich und sah sich im Zimmer um. „Aber eine Sache verstehe ich nicht. Warum ist Szerdo in seiner Akte nur als vermisste Person geführt? Selbst nachdem er entkommen ist?"

Cloister zuckte mit den Schultern. „Das müssen wir ihn fragen."

Er wartete. Letztendlich seufzte Frome und gab auf. Nachdem er einen weiteren Schluck Wasser getrunken und sich über den Mund gewischt hatte, sagte er: „Schön, wir reden mit Leo. Aber das wird Agent Merlo übernehmen. Witte, Sie halten sich von ihm fern. Sie haben sich bei ihm schon unbeliebt genug gemacht."

Das war Cloister recht. Er zuckte erneut mit den Schultern, erhob sich und verließ mit einem langgezogenen „Sir" das Zimmer. Hinter ihm knallte die Tür von selbst zu, was ihm nicht dieselbe Befriedigung verschaffte, als wenn er es getan hätte. Er hatte die Hälfte des Flurs hinter sich gebracht, als sie sich mit einem Quietschen wieder öffnete.

„Witte, Moment", sagte Tancredi. Sie joggte einige Schritte, um ihn einzuholen, und verzog unglücklich das Gesicht. „Hör zu, Agent Merlo hat mich gebeten, ihn zu der Befragung zu begleiten. Tut mir leid."

„Warum?"

„Na ja, es war dein Instinkt, deine Idee", antwortete sie. Sie hakte etwas verlegen die Finger in ihre Taschen. „Ich wollte mich nicht … mit fremden Federn schmücken."

Das war eine Lüge. Er erkannte es am nervösen Zucken ihrer Finger und der leichten Röte unter ihren Sommersprossen. Aber das machte nichts. Es hinterließ einen bitteren Nachgeschmack in Cloisters Mund, aber es machte nichts. Tancredi war ehrgeizig und er war es nicht. Sie brauchte das hier und er tat es nicht.

„Mach dir deshalb keine Sorgen", sagte er. „Gute Arbeit."

Sie nickte und wippte nachdenklich auf den Zehenballen. „Danke. Eine Empfehlung von Agent Merlo kann nicht schaden, oder?"

Cloister zuckte mit den Schultern. „Keinen blassen Schimmer", sagte er. „Er ist ein ziemliches Arschloch. Vielleicht mögen ihn die Leute beim FBI genauso wenig wie die Leute hier."

Sie kicherte und warf einen schuldbewussten Blick über ihre Schulter, um sicherzugehen, dass Javi es nicht gehört hatte. Nachdem Cloister ihr viel Glück gewünscht hatte, machte er sich auf den Weg zu seinem Schreibtisch. Dort kümmerte er sich schnell um den Bericht und archivierte ihn, schob einige Unterlagen in das abschließbare Schubfach und vertrieb sich mit anderen Kleinigkeiten die Zeit, während er darauf wartete, dass jemand aus dem Verhörraum kam. Als das auch nach einer halben Stunde noch nicht geschehen war – nur das leise Murmeln von Stimmen war durch die dicke Tür zu hören –, gab er auf und ging in den Umkleideraum.

In seinen Armbeugen und Kniekehlen klebte Staub, während Schweiß ihm den Hintern aufscheuerte. Cloister zog sich aus, drehte den Kopf hin und her, bis sein Nacken knackte, und blinzelte die daraus resultierenden Tränen aus den Augen. Dann überlegte er, ob er duschen oder nur eine saubere Jeans anziehen und nach Hause fahren sollte.

Letztendlich siegte die Verlockung des kalten Wassers. Er nahm eines der rauen, gebleichten Handtücher vom Regal und tappte in den Duschraum. Ein Vorteil daran, Nachfolger der korrupten örtlichen Polizei zu sein, war die gute Ausstattung. Er hängte das Handtuch an einen Haken, stellte das kalte Wasser an und ließ es sich auf die Schultern prasseln.

Die eisigen Nadeln auf seinen verspannten Schultern brachten ihn zum Zusammenzucken, obwohl er sie erwartete. Er spürte, wie seine Körpertemperatur sank. Es war kalt und die Erschütterung rüttelte die mürrische Missgunst aus seinem Kopf – oder schob sie wenigstens weiter hinunter.

Cloister senkte den Kopf, um das Wasser auf sein Haar und seinen Nacken prasseln zu lassen, während er sich mit den Armen an der Wand abstützte. Die Muskeln in seinen Armen und Schultern spannten sich dabei wieder, doch diesmal auf angenehmere Weise. Mit einem Seufzer blies er Wassertropfen von seinen Lippen. Er fühlte sich besser.

Er schloss die Augen und wartete darauf, dass auch das Geratter in seinem Kopf betäubt würde.

Es funktionierte so gut, dass die warme Hand auf seinem Rücken ihn aus einer leichten, nicht ganz mit Schlaf vergleichbaren Benommenheit riss. Er stieß einen Fluch aus. Die angenehme Kälte war plötzlich eisig und er stellte hastig das Wasser ab, dessen letzte Tropfen noch um einige Grad kälter wurden. Nachdem er sich mit dem Arm das Gesicht abgewischt hatte, drehte er sich um.

Obwohl er eigentlich nicht erwartet hatte, Javi zu sehen, war er auf einer anderen Ebene nicht überrascht. Cloister fuhr sich mit den Fingern durch das nasse, an seinem Kopf klebende Haar.

„Was?"

„Ich wollte dich bitten, in den Verhörraum zu kommen", antwortete Javi. „Aber wenn du schon unter der Dusche einschläfst, ist es vielleicht Zeit, nach Hause zu fahren."

Cloister rieb sich das Gesicht, wischte die Müdigkeit fort. „Es geht mir gut", sagte er. „Aber sollte ich mich nicht fernhalten?"

Während er Cloisters Gesicht betrachtete, wirkte Javi für einen Augenblick, als würde er Cloisters Beteuerung über seinen Zustand nicht akzeptieren. Dann nahm er jedoch das Handtuch vom Haken und schob es gegen Cloisters Brust.

„Er ist nicht kooperativ", sagte er und lehnte sich an die Tür. Nachdem er seinen Blick einmal über Cloisters nassen Körper hatte wandern lassen, richtete er ihn wieder auf sein Gesicht. „Selbst wenn er nicht gut auf dich zu sprechen ist, bekommst du vielleicht wenigstens irgendetwas anderes aus ihm heraus als freche Bemerkungen."

Cloister rieb sich mit dem Handtuch die Arme ab. Es war so stark gebleicht worden, dass es kaum noch Wasser aufnahm, sondern es eher von der Haut schabte.

„Ich verstehe das nicht", gab er zu. „Wenn ich recht habe, was hat er dann zu verbergen?"

Einer von Javis Mundwinkeln hob sich, während er mit den Schultern zuckte. „Manchmal ist es leichter, ein Arschloch zu sein, als zuzugeben, dass man einen Fehler gemacht hat."

Cloister trocknete sein Gesicht und die Haut zwischen seinen Beinen. „Ist das eine Entschuldigung?"

Javi zog die Augenbrauen hoch. „Wofür?"

„Arsch."

Javi ließ den Blick wieder ein Stück an Cloisters Körper hinunterwandern und legte den Kopf schräg. „Und was für einer."

Cloister knüllte das Handtuch zusammen und zielte auf Javis gestärktes weißes Hemd. Javi konnte es noch auffangen, bevor der nasse Stoff seine Krawatte traf. Cloister musste gegen den in seiner Brust kribbelnden Drang ankämpfen, das Ganze zu einem Streit eskalieren zu lassen. Er wusste, wie Javi war. Im Augenblick kam er damit zurecht. Und wenn es in einer Katastrophe enden sollte, würde es vielleicht ausnahmsweise nicht einmal Cloisters Schuld sein.

„Hast du mit der Haushälterin geredet?", fragte er und ging um Javi herum. Trotz seiner Gereiztheit und der vom Wasser zurückgebliebenen Kälte brachte Javis Nähe seinen Schwanz auf interessante Ideen.

„Haushälterin?"

„Seine Eltern behandeln ihn – oder haben ihn behandelt –, als würde er Champagner pinkeln", sagte Cloister. Er öffnete seinen Spind, um ihn nach etwas

Sauberem zu durchwühlen. Letztendlich musste er sich mit einer einigermaßen sauberen schwarzen Cargohose und einem T-Shirt zufriedengeben. „Bei ihrer Befragung damals hat sie ihn als verwöhnten Bengel dargestellt, aber sich trotzdem große Sorgen um ihn gemacht. Ich kann mir gut vorstellen, dass er mehr Zeit mit ihr als mit seinen Eltern verbracht hat."

Javi zuckte mit den Schultern. „Versuchen können wir es, wenn du uns auch nicht helfen kannst, ihn zum Reden zu bringen", antwortete er. „Schuhe würden übrigens ganz gut zum Rest passen."

Er hatte es nicht vergessen. Cloister schob seine feuchten Füße in das raue Leder und hockte sich hin, um die Zunge zu richten und die Schnürsenkel zu trocknen.

„Tja, ich werde es versuchen", sagte er.

Als die erwartete bissige Bemerkung ausblieb, hob er den Kopf und sah den abwesenden Ausdruck auf Javis Gesicht. Er hatte bereits den Mund zu einem „Was ist?" geöffnet, als er den Blick etwas senkte und feststellte, dass sich sein Kopf auf einer Höhe mit Javis Gürtel befand. Als kniete er vor ihm. Tja, es war gut zu wissen, dass nicht nur er von seinem Schwanz abgelenkt wurde. Er hob wieder den Kopf und gab sich keine Mühe, sein Grinsen zu verbergen.

„Kein Wort, Witte", knurrte Javi und leckte sich die Lippen. Ganz automatisch faltete er sorgfältig das Handtuch, das Cloister ihm zugeworfen hatte, und legte es auf einen Stuhl. „Und jetzt komm, bevor sein Anwalt mit ihm rausmarschiert."

21

EIN VERSAGER aus guter Familie zu sein hatte seine Vorteile. Leo Szerdo hatte die typische Akne eines Süchtigen, doch seine Zähne befanden sich in gutem Zustand und auf seiner Haut waren keine wunden Stellen zu sehen. Noch nicht. Leider war einer der Vorteile ein guter Anwalt, wenn auch nicht ganz so namhaft wie J.J. Wahrscheinlich war das der Unterschied zwischen einer guten Familie und dem Geld der Hartleys.

Javi setzte sich und schaltete das Aufnahmegerät wieder ein.

„Special Agent Merlo, Fortführung der Befragung um …" Er warf einen Blick auf Cloister, der seinen schlanken Körper auf einen Stuhl senkte. „Deputy Witte ist hinzugekommen."

Leo verschränkte die Arme und schürzte die Lippen. „Die andere war hübscher", sagte er herablassend.

„Das sind die meisten Leute", antwortete Cloister milde.

Der Anwalt legte eine gepflegte Hand auf Leos Arm. „Überlassen Sie das Reden lieber mir, Mr. Szerdo."

Leo zuckte mit seinen knochigen Schultern und lehnte sich auf dem Stuhl zurück. Während er so wartete, zupfte er gelangweilt Nagelhaut von seinen Fingern. Nachdem der Anwalt kurz abgewartet hatte, ob er der Aufforderung zum Schweigen wirklich nachkommen würde, wandte er sich an Javi.

„Mein Klient wurde wegen des Besitzes von Rauschmitteln festgenommen", sagte er. „Ich würde es vorziehen, wenn sich die Fragen auf den Grund seiner Verhaftung konzentrieren würden, anstatt auf einige Tage vor sechs Jahren, an denen er als vermisst galt."

„Eine Woche, die er als vermisst galt", verbesserte ihn Cloister.

Der Anwalt machte mit einer wegwerfenden Handbewegung klar, wie wenig ihn das interessierte. Leo zupfte hektischer an seinen Nägeln.

„Mr. Park", mischte sich Javi ein. „Ihr Klient verfügt über Informationen, die für laufende Ermittlungen von Bedeutung sein könnten. Seine Kooperation würde ihm in der augenblicklichen Situation helfen."

„Seine augenblickliche Situation, wie Sie es nennen, ist bald vorbei", antwortete Park brüsk. „Lange kommen Sie damit nicht durch. Sie hatten keinen Durchsuchungsbefehl."

Cloister beugte sich auf seinem Stuhl nach vorn, um sich mit den Ellbogen auf den Tisch zu stützen. Er ignorierte den Anwalt und sprach stattdessen Leo an.

„Ein kleiner Junge wurde *entführt*", sagte er mit heiserer, frustriert klingender Stimme. „Sein Bruder gibt sich selbst die Schuld, seine Mutter ist am Boden zerstört und dieser kleine Junge muss schreckliche Angst haben. Wie können Sie ihm da *nicht* helfen wollen?"

Es war so gemein, weil es das eben nicht war. Die leichte Verärgerung, die zwischen der rauen Ehrlichkeit von Cloisters Stimme durchklang, wirkte lediglich verwirrt. Als verstünde er nicht, wie man jemanden so im Stich lassen konnte. Selbst bei Javi löste sie leichte Schuldgefühle für jeden egoistischen, karriereorientierten Gedanken aus, den er seit Drew Hartleys Entführung gehabt hatte.

Tancredi hatte sich beim Fragenstellen kompetent gezeigt. Etwas steif – sie hatte eindeutig mehr aus Büchern als durch persönliche Erfahrung gelernt –, doch mit soliden Methoden. Sie hatte sich als gute Polizistin erwiesen. Bei Cloister war es, als würde man mit voller Wucht von knapp zwei Metern aus charakterstarkem Hinterwäldler getroffen wie von einer Faust.

Park klopfte mit den Fingerknöcheln auf den Tisch. „Ich denke, das reicht jetzt", sagte er mit Nachdruck. „Mein Klient trägt keine Verantwortung für …"

„Mir hat keiner geholfen", murmelte Leo, fast ohne die Lippen zu bewegen.

„Jemand hätte Ihnen helfen *sollen*", sagte Cloister.

Leo zögerte. Kurz drohte die Fassade des schmierigen, hochnäsigen schlimmen Jungen zu bröckeln und etwas Schmerzendes, Verängstigtes freizugeben. Dann setzte er die Maske wieder auf und zuckte gereizt mit den Schultern.

„Selbst wenn ich helfen wollte, und es hat wie gesagt nichts mit mir zu tun, könnte ich es nicht", sagte er. „Also überlegen Sie sich endlich, was Sie mir vorwerfen, damit ich mich wieder um mein eigenes Leben kümmern kann, okay?"

Sein Tonfall war gleichgültig, doch er hatte mittlerweile begonnen, an seinen Fingernägeln zu knabbern. Blut quoll aus der verletzten Nagelhaut. Javi sah Park an und zog die Augenbrauen hoch.

Es war genug. Park beugte sich zu Leo hinüber und flüsterte ihm eindringlich etwas ins Ohr. Javi bemühte sich, die Worte von seinen Lippen abzulesen. *Zeigen Sie guten Willen. Wenn Sie etwas wissen.*

„Er ist *zehn*", unterbrach Cloister ungeduldig.

Javi verzog das Gesicht, widerstand jedoch dem Drang, ihm unter dem Tisch einen Tritt zu versetzen. Er hatte bereits den Mund geöffnet, um die Wogen zu glätten, als er sah, dass Leo zusammenzuckte. Dann blinzelte er und schluckte schwer.

„Zehn?", fragte er.

„Haben Sie es nicht in den Nachrichten gesehen?", fragte Javi.

Ein bitteres Lächeln legte sich auf Leos Lippen. „Ich sehe sie mir nicht immer an. Ich wusste nur, dass ein Kind vermisst wird. Ich wusste nicht …" Er hielt inne und bewegte seinen Unterkiefer von rechts nach links, als müsste er ihn erst lockern, bevor er fortfahren konnte. „Selbst wenn ich helfen wollte, glaube ich nicht, dass ich es kann. Es war …"

Er verstummte erneut und blinzelte.

„Jede Kleinigkeit hilft", sagte Javi. „Alles, was Sie uns sagen können."

Leo holte tief Luft und wischte sich über die Nase. „Und dann drücken Sie bei den Drogen ein Auge zu?"

„Darüber können wir reden", sagte Javi.

„Es war sie", sagte er an Cloister gewandt. „Birdie. Niemand glaubt mir, aber sie war es."

Den Namen des toten Mädchens in der Bauruine hatten sie noch nicht veröffentlicht. Javi dachte nach und der Fall bewegte sich in seinem Kopf wie die Teile eines Puzzles.

„Sie kannten Birdie?"

„Wir waren nicht befreundet. Ich habe ein paarmal mit ihr geredet", sagte Leo. Er biss sich auf die Lippe und kaute auf der rauen Haut herum. „Alle dachten, ich hätte es mir nur ausgedacht, dass ich verrückt wäre oder ein Arschloch oder so. Mom war der Meinung, ich würde es mir einbilden. Aber sie war es. Deshalb habe ich mich mit ihr getroffen. Sie hat mir E-Mails geschrieben, hat gesagt, sie wäre weggelaufen – wir wussten alle, dass sie das getan hatte –, aber dass sie sich Sorgen um ihre Mutter machte. Ich wollte sie überreden, nach Hause zu kommen, aber ich war nur ein Junge. Was wusste ich schon. Sie hat mir von den schlimmen Sachen erzählt, die ihr Vater getan hat – Leute bestehlen und zusammenschlagen. Und dass er nachts in ihr Zimmer gekommen ist und so."

Die Worte sprudelten zittrig aus Leo hervor, eins nach dem anderen, ohne Pausen zum Luftholen. Er strahlte einen etwas zerbrechlichen Trotz aus, als rechnete er damit, dass sie ihm nicht glauben würden. Die Geschichte passte nicht zu den anderen Versionen der Familiendynamik der Utkins. Die Akten stellten Utkin als etwas strengen, jedoch liebenden Vater dar und Javi hatte in seiner Trauer über das tote Mädchen keine Unaufrichtigkeit gespürt. Das musste natürlich nichts bedeuten, aber dass Birdie tot gewesen war, als sie Leo diese Geschichte erzählt hatte, ließ sie doch fraglich erscheinen.

„Ihr seid Freunde geworden?"

„Wir haben uns über AIM unterhalten. Sie hat mir manchmal Nachrichten geschrieben, aber …" Leo hielt inne und zuckte mit den Schultern. „… sie hatte Angst, jemand könnte sie finden. Ihr Vater könnte sie finden."

Er verstummte und presste einen Finger zwischen seine Augenbrauen, um in kleinen Kreisen über die Haut zu reiben. Der Anwalt berührte seinen Arm und murmelte ihm etwas ins Ohr. Leo schüttelte ihn ab, nickte aber.

„Ich erinnere mich daran", fuhr er fort. „Auch wenn es mir niemand geglaubt hat, bin ich mir bei diesem Teil ganz sicher."

„Wir glauben Ihnen", antwortete Javi. „Sie haben also mit Birdie geredet. Hat sie Sie jemals gebeten, sich mit ihr zu treffen?"

Leo schüttelte den Kopf. „Nein. Das war meine Idee. Sie brauchte Geld und ich … Ich dachte, sie würde vielleicht … sie war hübsch und würde vielleicht …" Plötzlich wirkte er wie ein verlegener Teenager. „Also habe ich gesagt, ich könnte ihr welches besorgen. Dad hat immer etwas für Notfälle im Safe. Die Kombination war mein Geburtsdatum. Damals. Also habe ich mir welches genommen und mich mit ihr verabredet."

„Und Sie haben sie getroffen?", fragte Cloister.

Der Hauch von Ungläubigkeit in seiner Stimme sorgte dafür, dass Leo mit einem verärgerten Schniefen aufsah und mit Nachdruck bestätigte: „Ja! Das habe ich!" Unter dem Tisch stieß Javi Cloisters Knie mit seinem an – ein stummes Signal zu schweigen.

„Wo haben Sie sich mit ihr getroffen?"

„Weiß nicht mehr", antwortete Leo.

„Sie wissen es", sagte Javi. „Denken Sie nach."

Leo stieß einen zischenden, frustrierten Seufzer aus. „*Nein*. Meine Erinnerung ist im Arsch, okay? Es war irgendeine Garage oder so. Mom hatte mich vor dem Kino abgesetzt und ich bin von da aus gelaufen. Es war dunkel. Birdie hat auf mich gewartet. Sie hatte einen Milchshake für mich. Sie …"

„Sah sie anders aus?", fragte Javi.

„Ja. Sie sah schlimm aus. Keine Zähne, voller Wunden und …" Leo schluckte und senkte den Blick zu seinen Händen mit ihren Narben und abgekauten Nägeln. „Sie sah aus wie ich. Hätte ich nicht gewusst, dass sie es war, hätte ich sie nicht erkannt. Wollte nicht mehr mit ihr schlafen. Wollte nicht mal den Milchshake annehmen. Darüber hatte ich vorher nie nachgedacht, wissen Sie – dass man ein beschissenes Leben haben kann und es einem trotzdem noch viel besser geht als anderen."

„Aber Sie sind sicher, dass es Birdie war?", fragte Cloister.

„Ja!" Leo wirkte empört. „Verdammt, wie oft muss ich das noch sagen? Ich dachte, Sie *glauben* mir."

Javi legte Cloister eine Hand auf den Oberschenkel und drückte zu. Die festen Muskeln spannten sich unter seinen Fingern an und er merkte sich das angenehme Gefühl von Hitze unter rauem Jeansstoff für später.

„Das tun wir", antwortete er.

„Sagen Sie das ihm." Leo stach einen Zeigefinger in die Luft, um auf Cloister zu zeigen. „Er hat *keine Ahnung*, wie mein Leben ist. Keine Ahnung, was Sie hier von mir verlangen. Und dann sitzt er da und verspottet mich?"

„Ich verstehe es nur nicht", sagte Cloister, ohne die Finger zu beachten, die sich in sein Bein gruben. „Sie haben gesagt, Sie hätten sie an diesem Abend kaum erkannt. Woher *wussten* Sie dann, dass sie es war?"

„Sie war … Sie hat gesagt …" Leo stolperte über seine Worte wie ein Motor, der auch nach mehreren Versuchen nicht anspringen wollte. Trotz der Jahre und schlechten Erfahrungen, die ihn von Billy abgrenzten, war in diesem Moment eine schmerzhafte Ähnlichkeit zwischen ihnen zu sehen. „Es war ihr AIM. Ihr Profil hatte ein Selfie. Es war … Sie hat gesagt, dass sie es ist. Warum hätte sie lügen sollen?"

Javi war in dem Moment nicht daran interessiert, diese Frage zu beantworten. Stattdessen wich er ihr aus und lenkte das Gespräch wieder in die gewünschte Richtung.

„Was ist passiert, nachdem Sie ihr das Geld gegeben haben?"

Leo schloss die Augen. Sie lagen tief in den Höhlen und ließen ihn älter wirken, als er war. „Es war echt komisch. Sie hat mich dazu überredet, den Milchshake zu nehmen. Ich wollte ihn nicht. Am Strohhalm war Lippenstift. Es war eklig. *Sie* war eklig. Aber sie hat angefangen, sich aufzuregen, also habe ich einen Schluck getrunken. Dann hat sie gesagt, dass sie mich zum Kino zurückfährt."

„Sie hatte ein Auto?", fragte Cloister.

„Ja. Nein. Ein Typ war bei ihr. Ich weiß, dass ich nicht zu ihm ins Auto hätte steigen sollen, aber der Wind war so stark und ich wollte bei dem Sturm nicht zurücklaufen. Danach erinnere ich mich nicht mehr an viel. Ich glaube, ich musste kotzen. Das hat der Typ gesagt. Danach … nichts mehr. Nichts, was einen Sinn ergibt."

„Ist sie ins Auto gestiegen?", fragte Javi.

„Ja", antwortete Leo. Dann öffnete er die Augen einen Spalt. „Oder … doch nicht? Ich glaube nicht. Ich habe sie nicht mehr gesehen."

„Das macht nichts. Erzählen Sie weiter", sagte Javi. „Was ist dann passiert?"

Leo beugte sich vornüber, hatte jeden Muskel angespannt, als er angestrengt versuchte, sich zu erinnern. „Ich weiß es nicht mehr. Wirklich nicht. Es war nur …" Er stieß sich so kräftig den Handballen gegen die Schläfe, dass sie es alle hören konnten. „… laut. Es war heiß und laut – so laut, dass ich nicht denken konnte. Jemand hat geredet, aber es war, als würde ich von Gott angeschrien. Ich wusste, dass es wichtig war, wirklich wichtig, aber ich konnte die Wörter nicht verstehen. Ich war über eine Woche total daneben. Dann hat mich ein Lastwagenfahrer an einer Raststätte gefunden, wo ich um Wasser gebettelt habe. Obwohl direkt vor meiner Nase ein Trinkbrunnen stand, habe ich alle Leute um Wasser angefleht."

Er lachte ein humorloses Lachen, hob die Hände neben sein Gesicht und ließ die Finger durch die Luft flattern.

„So fühlt es sich an, wenn ihr auf Drogen seid, Kinder", sagte er spöttisch, während er halbherzig ein belehrendes Gesicht aufsetzte. Dann schien ihn sämtliche Energie zu verlassen. Er sank auf seinem Stuhl zusammen und stützte den Kopf auf eine Hand. „Ich hatte wohl Glück. Der Typ hat die Polizei angerufen und die meine Mutter. Sie dachten, ich hätte Drogen genommen und einen Horrortrip gehabt."

„Wie ging es Ihnen körperlich?", fragte Javi.

„Okay. Ich war dehydriert, noch ziemlich high und hatte einen schlimmen Sonnenbrand. Aber ich war noch am Leben und hatte keine Geschlechtskrankheiten, weswegen meine Mutter erst alle verrückt gemacht hat. Eigentlich war ich also topfit." Er schniefte und atmete mit einem trockenen kleinen Lachen aus. „Mann, ein paar Jahre später wäre das für mich ein ziemlich normales Wochenende gewesen. Also kann es wohl nicht so schlimm gewesen sein."

Es passte. Die Teile waren verbogen und schmutzig, aber sie passten zusammen. Javi schob Leo über die Tischplatte einen Notizblock zu.

„Schreiben Sie alles auf, was Ihnen noch einfällt. Uhrzeiten, Leute, Orte, *alles*", sagte er. Leo wischte sich mit einer Hand durchs Gesicht. Er wirkte eingeschüchtert. „Sie waren uns bereits eine große Hilfe, Mr. Szerdo, und das wissen wir zu schätzen. Nur noch ein paar Minuten. Vielleicht fällt Ihnen noch etwas ein. Jede Kleinigkeit kann helfen."

Leo saugte seine Unterlippe zwischen die Zähne und kaute auf der trockenen Haut. „Es gibt nichts", sagte er, nahm aber den Block. Der Anwalt reichte ihm einen Kugelschreiber.

„Sie haben übrigens nichts Falsches getan", sagte Cloister, als er sich erhob. Er blieb mit den Fingerspitzen auf der Tischplatte stehen, als Leo zu ihm aufsah.

„Was?", fragte Leo unsicher. Der Kugelschreiber erstarrte mitten im Wort auf dem Papier.

Cloister zuckte mit den Schultern und richtete sich auf. „Ich bin nur nicht sicher, warum Sie sich immer noch selbst bestrafen."

Der Kugelschreiber hatte sich noch nicht wieder in Bewegung gesetzt, als Javi Cloister aus dem Raum folgte. Er wartete, bis sich die Tür hinter ihnen geschlossen hatte.

„Du hattest recht", sagte er. „Es ist kein Serienmörder. Birdies Tod war eine unbeabsichtigte Folge. Vermutlich ein Unfall."

Cloister warf ihm einen vorsichtigen Blick zu. Seine hellen Augen verrieten Javi nicht viel. „Tja, wenigstens habe ich mir meine einzige gute Idee für die zweite Hälfte des Jahres aufgehoben", antwortete er gedehnt.

Ach ja. Das. In dem Moment hatte ihm die Stichelei, so kindisch sie auch war, ein Gefühl der Befriedigung verschafft – ein aus Gewohnheit gegen ein vertrautes Ziel gerichteter Angriff. Dabei war ihm entfallen, dass es nicht gerade angemessen war, so mit der Person zu reden, mit der man geschlafen hatte. Nicht, wenn man es wieder tun wollte.

Natürlich *sollte* er es eigentlich nicht wieder tun, aber er wollte auch nicht, dass es ganz vom Tisch war.

„Na ja, wenn du ein guter Junge warst, bekommst du vielleicht noch eine vom Weihnachtsmann", sagte er. Es hatte entwaffnend klingen sollen, wie versöhnliches Flirten. Doch selbst für Javis Ohren klang es eher herablassend. Im Geiste zuckte er mit den Schultern. Was sollte er sonst tun? Sich entschuldigen? Ausgeschlossen. Er überging seine ungeschickte Bemerkung, indem er schnell wieder auf den Fall umschwenkte, ohne Cloister antworten zu lassen, während er zügig durch den Flur ging. Cloister schien nicht allzu gekränkt zu sein – er ging weiter neben Javi her. „Tancredi sagt, du hast eine Liste der anderen möglichen Opfer. Schick sie ihr, damit wir uns darum kümmern können, die tatsächlichen Opfer zu finden."

„Ich kann …"

„Du kannst nach Hause gehen und etwas schlafen", sagte Javi. Ein Seitenblick zeigte ihm einen verbissenen Gesichtsausdruck. Es ärgerte Javi etwas, dass er bereits wusste, wie er Cloister trotzdem dazu bringen konnte – und dass es nichts mit Verführung zu tun hatte. „Wie viele Stunden sollte eine Schicht für einen Hund dauern?"

Cloisters schuldbewusstes Stirnrunzeln betrachtete er als Kapitulation.

„Aber ich weiß nicht, ob es uns wirklich geholfen hat, Leo zu finden", sagte Cloister. Er rieb sich über ein Auge und presste den Handballen in die Augenhöhle, während er die Finger in seinen Haaren verkrallte. „Viel Brauchbares konnte er uns nicht sagen."

Javi presste die Lippen aufeinander. Ein besserer Mensch hätte vermutlich nicht die Versuchung verspürt, Cloister das glauben zu lassen. Doch er war kein besserer Mensch und Leo zu finden war ein vorbildliches Stück Detektivarbeit gewesen, aus dem Cloister jedoch niemals Kapital schlagen würde. Nach einem kurzen inneren Kampf siegte am Ende dennoch sein Gewissen.

„Das stimmt nicht ganz", sagte er. „Wir wissen jetzt, dass unser Täter keine Morde plant. Wir wissen, wo er zugeschlagen hat und dass er vor sechs Jahren mit einer Süchtigen zusammengearbeitet hat, die eine Portion von dem bekam, was er dem armen Leo verabreicht hat. Was bedeutet, dass sie wahrscheinlich im Krankenhaus gelandet ist."

22

ODER IM Knast. Das wäre Javis zweite Vermutung gewesen. Tancredi brachte ihm die Akte, doch sie wusste nichts Näheres über sie. Also versuchte Javi es mit einem Anruf bei dem anderen ehemaligen Polizisten in der Stadt.

„Alice Murney?", fragte Sean. Die Worte klangen etwas undeutlich. Er hatte schon ein paar Biere intus. „Da werde ich ja ganz nostalgisch. Aber warum interessiert sich ein hohes Tier wie Sie, Special Agent, für einen traurigen kleinen Junkie wie Alice?"

Javi trank etwas von seinem Energydrink. Die Flüssigkeit war noch kalt vom Automaten und schmeckte nach künstlichem Blaubeeraroma mit dem bitteren, faden Nachgeschmack von Taurin. Er benutzte Fromes Büro, da der Lieutenant für einige Stunden nach Hause gefahren war. Bisher hatte er eine Pressemitteilung zur Suche nach Drew genehmigt, die ihre anhaltende Zuversicht in Bezug auf sein Wohlergehen hervorhob, eine E-Mail von Doctor Galloway erhalten – sie wartete noch auf die Ergebnisse zu möglichen Chemikalien in Birdies Körper – und eine Nachricht für Luna McBride hinterlassen, dringend von ihrer Universität in Philly zurückzurufen. Sie war eines der vermissten und wiedergefundenen Kinder. Der andere Junge, der Sohn des Feuerwehrmanns, hatte vor eineinhalb Jahren Selbstmord begangen. Javi war müde und seine Toleranz für schlechten Kaffee hatte sich bereits vor zwei Stunden endgültig verflüchtigt. So blieb ihm nur der Tauringeschmack.

„Vor sechs Jahren hat sie sich für Birdie Utkin ausgegeben", antwortete Javi.

Kurz herrschte Schweigen. Als Sean wieder sprach, klang seine Stimme fast normal. Aufmerksam. „Sie war nicht ihr Entführer, Merlo. Alice hätte für den nächsten Schuss ihre eigene Mutter erstochen, aber nach dem Rausch hätte sie sich gestellt. Meistens war sie auf dem Revier, weil sie selbst hingekommen ist. Sie war ein nettes Mädchen mit einer üblen Sucht."

Javi nahm seine Anzugjacke von Fromes Stuhl und schlüpfte hinein. „Wir vermuten, dass sie für unseren Täter gearbeitet hat", erklärte er. „Wissen Sie, wo ich sie finden könnte?"

„Jetzt?", fragte Sean. „Wahrscheinlich unter der Erde. Wie gesagt, es war wirklich übel. Aber wenn sie noch leben sollte, weiß ihre Mutter vielleicht etwas. Ich bin nicht sicher, wo Betsy heute wohnt, aber wenn Sie möchten, kann ich es herausfinden."

„Das möchte ich", sagte Javi. „Erinnern Sie sich noch daran, wie Alice vor sechs Jahren festgenommen wurde? Man hat sie in der Nähe des Mercado wegen Ruhestörung verhaftet."

„Ich war damals *Detective*", sagte Sean.

„Wenn Sie es sagen …" Javi ignorierte das von Sean in den Hörer geschnaubte „Arschloch". „Jedenfalls hätte sie sich damals im Rausch befunden, hätte halluziniert und sich Geräusche eingebildet."

Diesmal dauerte das Schweigen länger an. Im Hintergrund war das Footballspiel im Fernsehen zu hören und jemand fragte, ob Sean die Reste haben wolle.

„Ja", sagte er nachdenklich. „Das hatte ich fast vergessen. Sie hat alle beschimpft und ihnen vorgeworfen, hinter ihrem Rücken über sie zu reden und ihr ihr Kind weggenommen zu haben. So ging das die ganze Nacht. Am Ende musste sie ins Krankenhaus gebracht werden. Und ein Kind hatte sie überhaupt nicht – zumindest keins, das in ihrer Krankengeschichte zu finden war."

Javi schaltete den Lautsprecher aus und hob das Handy ans Ohr. „Wenn Sie die Kontaktdaten ihrer Mutter finden, lassen Sie es mich wissen."

„Sicher", antwortete Sean gedehnt. „Und machen Sie sich keine Gedanken darum, mir etwas zu schulden. Die Aussicht darauf, noch einmal Ihre entzückende Gesellschaft genießen zu dürfen, ist Belohnung genug. Aber wenn Sie sich gerade besonders großzügig fühlen, können Sie Ihren heißen Freund mit einer Flasche gutem Whiskey vorbeischicken. Den Hund kann er zu Hause lassen."

Mit einem schmutzigen Lachen legte Sean auf, bevor Javi es tun konnte. Javi verzog den Mund zu einem spöttischen Lächeln und schob das Handy in die Tasche.

„So kann man sich in einem Menschen irren", murmelte er. „Den Hund würde er nie zu Hause lassen."

Es WAR spät und Javi fühlte sich trotz des noch unter seiner Haut kribbelnden Red Bull müde. Eigentlich hätte er sich also auf dem Weg nach Hause befinden sollen, wo übriggebliebener Quinoa-Salat und sein Bett auf ihn warteten, anstatt eine Stunde durch die Stadt zu fahren, um den nächtlichen Parkplatz der „Filling Station" zu finden.

Dennoch war er jetzt hier.

Der hellblau-weiße Imbisswagen war vor der Gas Station geparkt, einem edlen Nachtklub, der sich jedoch dicht genug am schlechteren Teil der Stadt befand, um ihm eine Art skandalöses Prestige zu verleihen. Das leuchtende Schild mit der Aufschrift *General Gasoline* war das einzige Überbleibsel des ursprünglichen Gebäudes, prangte jedoch stolz über dem Eingang.

Javi stellte sich in die Schlange – etwa zwei Drittel kichernde Klubbesucher in unterschiedlichen Rauschzuständen und ein Drittel Leute, die nach Mitternacht unbedingt noch Tacos mit gerösteter Ziege wollten. Der lächelnde Teenager hinter der Theke verteilte routiniert Styroporschachteln und Papiertüten. Einige warf er nach kurzem Ausruf der Bestellung in die Menge, wenn sich der Kunde zu weit von der Theke entfernt hatte.

Es war ein kontrolliertes Chaos. Javi kämpfte gegen den Drang an, daraus kontrollierte Ordnung zu machen. Man hätte lediglich zwei Reihen gebraucht, eine zum Bestellen und die andere zum Annehmen der Bestellung. Ordentlich, effizient und der Gehweg wäre nicht versperrt worden. Javi wich einem taumelnden Paar aus, das in angeheitertem Zustand nach einem Taxi zu suchen schien.

Das winzige Fernsehgerät am Ende der Theke zeigte kleine Männer, die in bunten Trikots einem noch kleineren Ball über das Spielfeld folgten.

„¡Eeeh puto!", rief ein Mann weit vorn in der Schlange, als der Torwart den Ball hielt, und steckte die Finger in den Mund, um einen feuchten Pfiff auszustoßen.

Die Beleidigung wurmte Javi. Er war nicht der Einzige: In der Menge erhob sich ein missbilligendes Murmeln.

„Halt die Klappe, Mann."

„Echt jetzt?"

„Einen gibt es immer."

Der Teenager hinter der Theke hörte seufzend auf, die Tamales mit Westernsoße zu beträufeln, um mit der Fernbedienung den Kanal zu wechseln. Mit einem Knistern verschwanden die Fußballspieler und wurden durch das vertraute, ernste Gesicht einer Nachrichtensprecherin ersetzt.

„… nach dem vermissten Jungen geht weiter", sagte sie, während sie mit ihren Augenbrauen und Mundwinkeln einen betroffenen Gesichtsausdruck andeutete. Ein nicht ganz aktuelles Foto von Drew Hartley erschien, während sich darunter die Notfallnummer über den Bildschirm bewegte. „Drew Hartley ist nun seit über …"

Der Teenager schaltete zu einem anderen Nachrichtensender um. Diesmal waren Aufnahmen der – laut dem Lauftext am Bildschirmrand – Wiedervereinigungstour der aus San Francisco stammenden Band Crossroad Gin zu sehen, obwohl die Mitglieder nicht alt genug wirkten, um bereits den Teil ihrer Karriere mit der Wiedervereinigung erreicht zu haben. Vielleicht ging alles schneller, wenn man so hübsch war.

Das banale Geplapper seines Verstandes konnte ihn jedoch nicht von Drew ablenken, dessen Fall ihm keine Ruhe ließ. Als Saul Javis Karriere gerettet hatte, indem er ihn nach Plenty einlud, hatte er vermutlich nicht damit gerechnet, dass Javi es ihm danken würde, indem er bei der Suche nach seinem Enkel versagte. Dass er nach so vielen Jahren Birdie Utkins Leiche gefunden hatte, wäre vermutlich ein schwacher Trost gewesen.

Hätte es sich lediglich um Schuldgefühle gehandelt, wäre es vielleicht nicht so schlimm gewesen. Doch er durfte sich keinen Illusionen darüber hingeben, wie es seine beruflichen Chancen beeinflusste. Bisher bedeutete es vielleicht noch nicht das Ende seiner Karriere, doch es sah nicht gut aus. Sein erster großer Fall im Fokus der Öffentlichkeit. Seine erste Ermittlung als leitender Agent. Und obwohl er ziemlich sicher war, den Täter letztendlich fassen zu können, war das unwichtig, wenn sie am Ende nur eine Leiche finden würden, anstatt einen kleinen Jungen zu seiner Familie zurückzubringen.

Die junge Frau vor ihm nahm ihren Taco entgegen, riss die Tüte auf und biss hinein. Soße von ihren Fingern leckend schob sie sich an Javi vorbei. Der Junge hinter der Theke lächelte Javi zu, beinahe beleidigend munter für diese Uhrzeit.

„Hi", sagte er, als er Javi erkannte. „Da sind Sie ja wieder. Was darf es diesmal sein, Sir?"

Er war jung genug – und er selbst war gerade alt genug –, dass Javi bei der Anrede innerlich zusammenzuckte. Er ignorierte das Gefühl und betrachtete stattdessen die mit weißer und blauer Kreide auf die Tafel hinter dem jungen Mann gekritzelten Angebote des Tages.

„Vier Tacos de tripa und vier Tacos de buche."

„Sie scheinen Hunger zu haben", sagte der Teenager. „Das ist schön zu sehen. Nur eine Minute."

Er schob Javis Geld in seine Schürze und gab die Bestellung an den älteren Mann weiter, der das Fleisch schnitt. Es dauerte länger als eine Minute, allerdings nur wenig, bis Javi eine schwere, feuchte Papiertüte mit seiner Bestellung zugeschoben wurde.

Javi legte beim Tragen eine Hand darunter und spürte die Hitze auf seiner Handfläche. Der süßliche Geruch von mit Oregano und Kümmel gewürztem Fleisch stieg ihm in die Nase. Wie die schmierigen Tupperdosen, die seine Großmutter von Treffen mit ihren Freunden mitbrachte, um sie mit ihm zu teilen, während sie sich leicht angeheitert darüber beklagte, dass seine Mutter eine schlechte Köchin sei – obwohl man eigentlich nicht mit Steinen werfen sollte, wenn man im Glashaus saß.

Es war Essen, das ihn tröstete – als Appetit getarnte Nostalgie – und er hatte viel mehr gekauft, als er allein bewältigen konnte. Auf dem Weg zum Auto gab er vor, seine Möglichkeiten abzuwägen: Er hätte es einfrieren können, es mit einem Obdachlosen teilen oder es wie das vom Vortag einfach in seiner Wohnung verderben lassen können. Dabei wusste er bereits, was er tun würde.

Er war müde, frustriert und so angespannt, dass seine Haut über seine Nerven zu kratzen schien. Sex war ein guter Weg, sich von der Anspannung zu befreien. Essen war ein guter Weg, sich für seine bissige Bemerkung zu entschuldigen, ohne lange Reue zeigen zu müssen. Also warum nicht?

CLOISTER AUFZUWECKEN bereitete ihm allerdings leichte Schuldgefühle. Schließlich war Javi es gewesen, der ihn nach Hause geschickt hatte, um sich auszuruhen. Und jetzt stand er hier und hämmerte an die Tür der Blechbüchse, bis Cloister aufstand und die Tür öffnete. Vielleicht hätte er sich schlechter gefühlt, wenn sein Schwanz nicht gerade so viel Aufmerksamkeit verlangt hätte.

Cloister stützte sich mit einer Hand am Türrahmen ab und wischte sich mit der anderen ein Gähnen vom Mund. Sein Haar war zerzaust und er trug verwaschene Boxershorts, die er versehentlich verkehrt herum angezogen hatte. Schweiß bedeckte seine Haut, glänzte auf seinen Muskeln und dem asymmetrischen Narbengewebe über seinen Rippen. Die Tattoos wirkten im dämmrigen Licht sehr dunkel.

„Ist etwas passiert?", fragte er. Obwohl seine Stimme heiser vom Schlafen klang, wirkte er nicht benommen oder als müsste er erst richtig aufwachen. Nur müde. „Hat der Entführer Billy geantwortet?"

„Noch nicht", sagte Javi. Er hielt die Tüte mit den Tacos hoch. Auch wenn sie nicht mehr so heiß waren wie zu Beginn, rochen sie noch gut. „Ich dachte, du hättest vielleicht Hunger."

Cloister rieb sich mit Daumen und Zeigefinger die Augen. „Wie spät ist es?"

Javi hob den Blick zum dunklen, sternbedeckten Himmel, bevor er ihn wieder auf Cloister richtete. „Bald Morgen?"

Cloister ließ ihn mit einem Schnauben eintreten. Der Wohnwagen wurde nur vom durch die Fenster fallenden Mondlicht erhellt. Die zerknüllte Decke – und der schwarze Hund, der sich langsam in dem nun verfügbaren Platz ausbreitete – deutete darauf hin, dass Cloister auf dem Sofa geschlafen hatte. Es roch leicht nach nassem Hund und stark nach verschwitztem Mann. Kein Geruch, den Javi dauerhaft um sich haben wollte, was jedoch nichts daran änderte, dass er ein Ziehen durch Javis Unterleib sandte.

„Hast du überhaupt ein Bett?", fragte er.

Cloister schaltete das Licht ein, woraufhin Bourneville winselte und ihre Nase unter die Decke schob.

„Du isst doch sowieso nicht im Bett, Javi", sagte er und streckte die Hand aus, um das Essen entgegenzunehmen.

Das stimmte. Es war ekelhaft. Javi reichte ihm die Tüte und sah zu, wie Cloister die Tacos herausnahm, auswickelte und auf Papptellern platzierte. Natürlich hatte er Pappteller. Javi wusste nicht, warum er etwas anderes erwartet hatte.

Obwohl sich seine Hoden schmerzhaft schwer anfühlten und Lust in seinem Hinterkopf kribbelte, war es seltsam angenehm, nur dazustehen und Cloister zuzusehen. Er bewegte sich auf effiziente Weise und ohne die geringste Befangenheit.

„Der Feuerwehrmann, dessen Sohn vermisst wurde", sagte Javi. „Er hat sich letztes Jahr aus dem Dienst zurückgezogen, um sein eigenes Bauunternehmen zu eröffnen."

Cloister schob Javi mit hochgezogenen Augenbrauen einen Teller mit Tacos und ein Glas Cola zu. „Verdammt. Anscheinend werden die besser bezahlt als wir Deputies. Vielleicht habe ich mir den falschen Beruf ausgesucht."

Javi hungerte im Augenblick einzig nach goldener Haut und dem salzig-süßen Geschmack von Sex. Sein Magen dagegen knurrte, bis er einen Taco nahm. Der erste Bissen erinnerte ihn daran, dass er seit einem hastig verzehrten Sandwich zur Mittagszeit nichts mehr gegessen hatte.

„Die Arbeit läuft gut", sagte er. Er nahm eine der Servietten, die in der Tüte gewesen waren, faltete sie und tupfte sich sorgfältig die Mundwinkel ab. „Er erledigt viel für Utkin."

„Immer wieder landen wir bei den Utkins", stellte Cloister fest.

Hinter Javi war ein dumpfes Geräusch zu hören. Er sah sich um. Bournevilles dunkler Umriss war vom behelfsmäßigen Bett verschwunden. Er senkte den Blick und schaute in mitleiderregende braune Augen über einer herabhängenden rosa Zunge. Bourneville wedelte langsam, ohne ihren Blick von ihm abzuwenden.

„Dein Hund will irgendwas", sagte er nicht besonders begeistert und rutschte auf seinem Hocker ein Stück zur Seite.

„Okay, du hattest keinen Hund. Aber haben deine Eltern dir auch nicht erlaubt, *Filme* mit Hunden zu sehen?", fragte Cloister. Er sagte es, als wäre es ein großer Makel, doch Javi war nicht davon überzeugt, dass er bei den großen Werken aus Hundesicht viel verpasst hatte. „Sie möchte deinen Taco, aber sie bekommt ihn nicht."

„Wäre er schlecht für sie?"

„Ich lebe in einer Blechkiste", antwortete Cloister. „Dem Hund scharfes Essen zu geben wäre schlecht für uns alle."

Er nahm einen Taco und hielt eine Hand darunter, als er ihn an den Mund hob. Es war merkwürdig, wie sehr es Javi ablenkte, ihm beim Essen zuzusehen. Oder vielleicht auch nicht: Cloister hatte einen hübschen Mund. Als er seine Aufmerksamkeit wieder seinem Teller zuwandte, stellte er fest, dass er einen zweiten Taco gegessen hatte, ohne es zu merken. Er wischte sich die Krümel von den Fingern und sah Cloister an.

„Tja, ich habe dich zum Essen eingeladen", sagte er, während er Cloister langsam von oben bis unten musterte. „Dafür musst du mich jetzt ranlassen."

Cloister beugte sich über die schmale Küchentheke, um Javi eine Hand in den Nacken zu legen, damit er ihn für einen Kuss zu sich ziehen konnte. Ja, entschied Javi. Cloister hatte eindeutig einen hübschen Mund. Er nahm die Unterlippe des hübschen Mundes zwischen die Zähne und biss fest genug zu, um Cloister ein Zischen zu entlocken, bevor er die Stelle mit seiner Zungenspitze streichelte.

Cloister hob den Kopf und fuhr mit seiner eigenen Zungenspitze über die gerötete Unterlippe.

„Heißt das, wir sind jetzt ein Paar?", fragte er mit ernster Neugier.

Panik breitete sich in Javis Magen aus. Sie ließ erst nach, als Cloister das Grinsen nicht länger zurückhalten konnte und seine Wangen eine Andeutung dieser lächerlichen Grübchen zeigten. Javi schüttelte den Kopf.

„Sei still", sagte er. „Und diesmal darf der Hund nicht zusehen."

Das Grinsen wurde breiter und die Grübchen wachten endgültig auf, als Cloister lachte. Lachen war eigentlich nicht Teil von Javis Sexleben. Für ihn mussten solche Verabredungen gut geplant, leidenschaftlich und für beide Seiten befriedigend sein – nicht lustig. Daher überraschte es ihn, wie steif ihn der heiser-knurrende Klang von Cloisters mühelosem Humor machte.

Da er Überraschungen nicht mochte, zog er Cloister über die Theke, um ihn mit einem heftigen, rauen Kuss zum Schweigen zu bringen. Eine Sekunde lang schmeckte seine Zunge noch das kribbelnde Lachen an Cloisters gehobenen Mundwinkeln und in seinen kurzen Atemzügen, bis es unter der hungrigen Schärfe der Lust verschwand.

Schon besser.

23

AN DER Rückseite der Schlafzimmertür befand sich ein Haken. Normalerweise hing dort seine Ausgehuniform, frisch gebügelt und leicht bedrohlich in der Plastikhülle der Reinigung. Jetzt lag sie zerknittert auf dem Boden und an den Haken klammerten sich Cloisters Hände.

„Rühr dich nicht." Javi hatte die Anordnung mit einem Kuss in seinen Mund geflüstert und Cloisters Hände um den Haken gelegt. Cloister hatte sich nicht gerührt. Nun quälte es ihn, versetzte ihm wie die Nadeln in einem neu gekauften Hemd jedes Mal einen Stich, wenn er drohte, sich in der Flut der Gefühle zu verlieren, die seine Knie weich werden ließ. Ein heißer Mund, eine eifrige Zunge, das kühle Gefühl nasser Spucke, die auf seinem steifen Schwanz trocknete. Es plagte ihn so, dass er sich niemals völlig dem feuchten Druck an seinem Schwanz und den seine Hoden massierenden Fingern hingeben konnte, doch nicht so sehr, dass er die Hände von ihrem Platz bewegte.

Cloister biss die Zähne zusammen, lehnte den Kopf nach hinten und presste ihn fest gegen die Tür. Er atmete schwer und sein Körper war lang und schlank am Holz ausgestreckt. Die Muskeln in seinen Oberschenkeln spannten sich mit aller Kraft unter seiner Haut, als er sich bemühte, ruhig stehen zu bleiben.

„Fuck", stöhnte er. Als Javi seine Zunge gegen die Unterseite des Schafts presste, schob er die Hüften vor und seine Schulterblätter bohrten sich in die Tür. Seine Eier fühlten sich wie Steine an, hart und schmerzhaft zwischen seinen Schenkeln. Er hätte einfach den Haken loslassen können.

Er tat es nicht.

Javi ließ Cloisters Schwanz aus seinem Mund gleiten. Er ragte vor Cloisters Bauch auf, glänzte mit Javis Speichel und Lusttropfen. Javi hob den Kopf und ließ seinen Blick über Cloisters Rippen und Schultern bis zu seinen erhobenen Armen wandern.

„Hast du dein Problem mit Autoritätspersonen überwunden?", fragte er.

„Nein", antwortete Cloister heiser. „Nicht ganz."

„Aber du hältst doch schön still", stellte Javi fest. Dann stand er auf. Sein Hemd hing locker über den Schultern und sein Schwanz presste sich gegen seine Hose – eine Hose, die vermutlich zu teuer war, um damit auf einem alten Teppich zu knien. Eindeutig zu teuer, um sich mit ihr gegen Cloister zu pressen und den hellgrauen Stoff mit Schweiß und Sperma zu beschmieren. Javi schob eine Hand über Cloisters Hüfte und legte sie auf die Rundung seines Hinterteils. Er presste die Finger fest in Haut und Muskeln. Seine Lippen streiften Cloisters Wange, als er sagte: „*Guter* Junge."

Ähm, nein. Cloister ließ den Haken los.

„Du bist ein Arschloch und ein blöder Schwanz." Er packte Javis Schultern. „Wusstest du das?"

Javi zuckte mit den Schultern. „Ich glaube, das hast du erwähnt. Ein oder zwei Mal", antwortete er. Die Finger an Cloisters Hintern drückten fester zu, als Javi grinsend hinzufügte: „Und trotzdem willst du es mit mir treiben."

Das konnte er nur schwer abstreiten. Also küsste er ihn stattdessen, legte die Finger fest um Javis Schultern, als er seine Lippen stürmisch auf Javis presste. Javis Keuchen saugte ihm die Luft aus der Lunge und der steife Schwanz drückte sich gegen seine Hüfte.

In einem Wohnwagen war der Platz begrenzt, was Cloister jedoch nicht störte. Selbst nach fünf Jahren passte sein Leben in Plenty noch immer in einige Taschen, wenn es nötig wäre. Und manchmal war es sogar praktisch. Ein Schritt vorwärts – ein halber Schritt rückwärts für Javi – und sie stießen gegen das Ende des Bettes. Dann musste er nur noch kräftig schieben. Javi landete auf der Matratze und vergrub die Finger in den sauberen weißen Laken. Cloister folgte ihm, schob sich über Javis ausgestreckten Körper und stützte sich rechts und links von ihm mit den Armen ab.

„Besteht die Chance, dass wir es einfach ohne Reden treiben könnten?", fragte er.

Ein messerscharfes Lächeln legte sich auf Javis Lippen. „Das kann ich mir bei uns schwer vorstellen", sagte er. „Oder siehst du das anders?"

In der Frage und in Javis Körper war eine gewisse Anspannung zu spüren. Nicht direkt Unzufriedenheit, sondern eher Gereiztheit. Dieselbe unterdrückte Gereiztheit, die er hinter zusammengebissenen Zähnen zurückhielt, wenn bei der Arbeit jemand – und mittlerweile hatte Cloister es schon zweimal gewagt – etwas tat, dem Javi nicht vorher zugestimmt hatte.

Cloisters Schwanz war so schmerzhaft steif, dass er spüren konnte, wie das Blut hineinströmte. Er wollte ficken oder gefickt werden. Beides war ihm recht, solange es heftig, heiß und klebrig genug wurde, um seinen Verstand zu ermüden und abzuschalten. Um die Schuldgefühle verursachende Liste von Menschen auszublenden, die er nicht hatte finden können. Er wusste alle Namen – die Liste begann mit seinem Bruder und endete mit Julie-Anne Judson, die in den Bergen verschwunden war –, denn die tränenerstickte Stimme seiner Mutter sagte sie mit ihrem breiten Dialekt des Mittleren Westens in seinem Kopf auf. Doch manchmal musste er sich für eine Weile von ihnen befreien.

Einer der Vorteile an Sex mit einem Mann, der mitten in der Nacht mit billigem Essen und einem Steifen aufkreuzte, war die Tatsache, dass er keine Gefühle erwartete. Nur dass er die leider trotzdem hatte. Cloister Witte – verdammter Romantiker und der ewige verdammte Fußabtreter.

„Dann los", sagte er, während er den Kopf senkte, um einen durch Stoppeln rauen Kuss gegen Javis Hals zu pressen. Er schmeckte Salz und die trockene Schärfe seines Rasierwassers. „Spuck's aus."

Javi schob die Finger in Cloisters Haar und zog seinen Kopf hoch, bis er ihm in die Augen sehen konnte.

„Hast du einen Schlag auf den Kopf bekommen?", fragte er und hob ein Bein, um seinen Oberschenkel gegen Cloisters Schwanz zu pressen. „Du bist noch nicht gekommen und ich schlucke übrigens, anstatt zu spucken, du Idiot."

Die Vorstellung – gerötete Lippen, Schweiß und Javis Zunge, die einen letzten salzigen Tropfen Sperma von Cloisters schlaffem, feuchtem Schwanz leckte – sandte Lust durch Cloisters Knie, seine Schultern und jeden Zentimeter dazwischen. Er schluckte schwer und konnte kaum atmen.

„Sag mir, was ich tun soll", brachte Cloister mit krächzend heiserer Stimme heraus. Er lehnte sich zurück und ignorierte seine schmerzenden Hoden, als er sich auf Javis Oberschenkel setzte. „Kommandier mich herum, Special Agent. Du weißt, dass du es willst."

Javi warf ihm aus dunklen Augen unter schweren Lidern einen nachdenklichen Blick zu. Dann streckte er sich, wobei sich seine Bauch- und Brustmuskeln elegant unter seiner blassgoldenen Haut bewegten, und verschränkte die Hände hinter dem Kopf.

„Da du sowieso nicht reden willst", sagte er mit rauer, angestrengt klingender Stimme, „kannst du deinen Mund für etwas Besseres benutzen. Blas mir einen, Deputy."

Obwohl es seine Idee gewesen war, musste Cloister kurz gegen das Bedürfnis ankämpfen, Javi zu sagen, dass er ihn mal konnte. Javis Grinsen zeigte ihm, dass man es ihm ansah. Doch Cloister widerstand dem Drang und öffnete stattdessen Javis Gürtel. Das Leder unter seinen Fingern war weich, das Metall der Schnalle kalt. Kurz huschte ihm der Gedanke durch den Kopf, dass Javi den Gürtel vielleicht gern benutzt hätte. Die Vorstellung, nur vage und vorsichtig, war lächerlich. Er war über einen Meter fünfundachtzig groß und als sein Onkel einmal versucht hatte, ihm mit dem Leder Manieren beizubringen, hatte er dafür Cloisters Faust ins Gesicht bekommen. Trotzdem war die Vorstellung irgendwie sexy.

Allerdings nicht so sexy wie das hier. Cloister öffnete Javis Hose, bis er seinen Schwanz befreit hatte, und zog sie hinunter. Dann beugte er sich vor, um seinen Mund auf Javis festen Bauch zu pressen. Die Muskeln zogen sich unter seinen Lippen zusammen und dann noch einmal heftiger, als er mit den Zähnen über die vorstehenden Muskeln fuhr. Er schob sich etwas zur Seite. Die Matratze gab unter seinem Gewicht nach, als er über Javis Schenkel streichelte. Seine Fingerspitzen wanderten über weiche Haut unter feinem Haar, bis sie Javis samtige Hoden streiften. Bei der Berührung atmete Javi geräuschvoll ein und sein Schwanz zuckte ungeduldig. Cloister bewegte die Finger weiter nach hinten, über das feste

Stück hinter Javis Hoden. Sein rauer Finger an der nervenreichen Stelle brachte Javi dazu, Flüche auszustoßen und sich auf dem Bett zu winden.

„Mund", stieß er zwischen zusammengebissenen Zähnen hervor. „Nicht Hände."

„Verstanden", sagte Cloister. Er grinste, als Javi kurz den Kopf hob, um ihm einen bösen Blick zuzuwerfen. „Was? Ich beherzige nur deinen Rat."

Es dauerte eine Sekunde – Javi starrte ihn an, als sähe er ihn zum ersten Mal. Dann schnaubte er. „Halt den Mund und blas mir einen."

Wieder ignorierte er den Anflug von Trotz und kam der Aufforderung nach. Mit den Händen schob er Javis Schenkel auseinander, um einen feuchten, leckenden Kuss auf die Wurzel seines Schafts zu pressen. In jedem Atemzug schwang der Geruch von Sex und Javi mit, während er ihn auf seiner Zunge schmeckte. Er spürte das unter der Haut pochende Blut, als er die Zunge nach oben wandern ließ, bis er seine Lippen um die Eichel legen konnte.

Sie war bereits feucht und klebrig. Cloister leckte daran, ließ seine Zunge über den Eichelrand rollen, berührte die Spitze. Javi stieß einen Laut aus, der nicht ganz ein Schimpfwort war, jedoch dieselbe kehlige Nachdrücklichkeit besaß.

Cloister senkte den Kopf, rieb seine Lippen über den Schaft und die Zunge über die Wurzel. Javis Schwanz presste sich gegen seinen Gaumen, groß und warm, und er atmete um ihn herum. Als er schluckte, brachte die Bewegung seiner Kehle und Zunge Javi dazu, seinen Namen zu stöhnen. Er schob die Finger in Cloisters Haar, bis sich seine Fingerknöchel gegen Cloisters Kopf pressten, und zog ihn nach oben. Der dunkle Schaft glitt mit einem feuchten Geräusch aus Cloisters Mund, als er den Kopf hob, um Javi anzusehen.

Das gestärkte weiße Hemd war zerknittert und verschwitzt, klebte an Javis Schultern und Rippen. Trotz seiner kontrollierten, reservierten Miene hatte Lust sein Gesicht von den Wangenknochen bis zu den Schläfen rot gefärbt.

„Ich hatte recht." Javi zog Cloisters Kopf noch einen Zentimeter weiter nach hinten. Seine Augen wirkten dunkel, als er Cloisters angespannten Kiefer und Hals betrachtete. Hinter ihm konnte Cloister durch das lange, niedrige Fenster an der Rückseite des Wohnwagens den Sternenhimmel erkennen. „Du siehst gut aus, wenn mein Schwanz in deinem Mund steckt. Aber ich glaube, ich weiß, wie du noch besser aussiehst."

Er drehte Cloister auf den Rücken und ließ ihn dort liegen, während er vom Bett aufstand. Cloister legte eine Hand um seinen Schwanz und bewegte sie langsam auf und ab, als er zusah, wie Javi seine Hose auszog. Nachdem er ein Kondom aus der Gesäßtasche genommen hatte, faltete er sie sorgfältig und legte sie auf den schmalen Nachttisch.

„Du warst also bei den Pfadfindern?", fragte Cloister.

„Wenn man beim Planen versagt, versagt der Plan", antwortete Javi, während er die Latexhülle überstreifte und sie mit Gleitgel bedeckte. Er legte eine Hand fest um seinen Schaft und verstrich es darauf. „Vielleicht solltest du mal versuchen, besser vorbereitet zu sein."

Cloister streckte sich, berührte mit den Fingerspitzen das Fenster und schob seine nackten Füße über den Rand des Bettes hinaus. „Mein Date hat immer ein Kondom in der Tasche", antwortete er. „Bin ich damit nicht gut genug für die Pfadfinder?"

Javi erstarrte kurz. Vielleicht war er wirklich Pfadfinder gewesen und fühlte sich gekränkt, weil Cloister sie in diesem Zusammenhang erwähnte. Oder er war empört über Cloisters mangelnde Voraussicht – obwohl sich eine Schachtel Kondome im Badezimmer befand. Was es auch war, er ließ sich nicht lange davon ablenken.

Stattdessen näherte er sich Cloister, legte die Hände um seine Knöchel – wobei er sie einmal sanft mit dem Daumen streichelte – und zog ihn an den Rand der Matratze. Cloister wand sich, als mit Gel bedeckte Finger in ihn eindrangen, biss sich auf die Lippe und holte tief Luft. Er genoss das Gefühl, während er sich zugleich nach mehr sehnte.

„Jetzt hast du nichts mehr zu sagen?", neckte Javi.

Cloister schluckte. Seine trockene Kehle fühlte sich an, als hätte sie ebenfalls etwas Gleitgel gebrauchen können. „Du kannst mich mal", brachte er heiser heraus.

Javi lächelte. „Wenn du so nett darum bittest." Er entfernte seine Finger und Cloister fühlte sich plötzlich leer. „Heb die Beine."

Cloister gehorchte und zog die Knie an den Bauch. Er spürte, wie sich dabei die Muskeln in seinen Oberschenkeln und seinem Hintern anspannten. Er fühlte sich verletzlicher – entblößter – als beim letzten Mal am Fenster. Javi liebkoste die gespannten Muskeln. Seine Fingerspitzen sandten Vorfreude durch Cloisters Nerven, als er sich seinem Ziel näherte und mit den Daumen Cloisters Hinterbacken für seinen Schwanz teilte. Als der harte Schaft ihn berührte, sog Cloister Luft ein und seine Bauchmuskeln spannten sich. Bald spürte er Druck und ein dumpfes, schweres Brennen, als Javis Erektion ihn dehnte.

Es war ein gutes Gefühl. Die Hitze kroch über sein Perineum aufwärts bis zu seinen Eiern. Ein heißes Gewicht schien sich in seinem Unterleib auszubreiten. Er hob die Hüften und schob sich Javis Stößen entgegen, bis er Javis Oberschenkel und seine schwingenden Hoden spürte.

Javi schob seine Hände zu Cloisters Knien hinauf, wobei seine Finger das alte, albtraumsichere Narbengewebe an einem Bein streiften. Er senkte den Blick zu der Stelle, wo ihre Körper verbunden waren.

„Sieh sich das einer an", sagte er. „Ich wusste doch, dass du so noch besser aussehen würdest."

Javi lehnte sich mit seinem Gewicht gegen Cloisters Beine, womit es ihm erstaunlicherweise gelang, sich noch einen Zentimeter tiefer in ihn zu schieben. Mit der Andeutung eines Grinsens auf diesem schmalen, selbstgefälligen FBI-Mund sah er zu, wie Cloister hilflos keuchte und sich auf dem Bett wand.

„Verdammt noch mal", murmelte Cloister, während er den Kopf gegen die Matratze presste. Hitze pochte in seinem Körper – eine nicht nachlassende, schmerzhafte Lust, die kurz davor stand, mehr zu werden. „Javi. Bitte, einfach, Gott, bitte?"

Sein Flehen entfachte eine Flamme in Javis Augen, die heiß in seinen Pupillen aufflackerte. Er begann, sich zu bewegen. Cloister würgte etwas hervor, das halb Fluch und halb Gotteslästerung war, bevor er noch Javis Namen untermischte. Er ballte die Hände zu Fäusten, mit denen er das Laken umklammerte, und schob sich den Stößen entgegen.

Javi beugte sich vor und stützte sich mit einem Knie an der Matratze ab, während er eine Hand zu Cloisters Hüfte senkte. Mit um Cloisters Hüftknochen gelegtem Daumen packte er fest zu, als seine Stöße heftiger wurden. Jedes Mal schob er sich tief in Cloister, was scharfe schwarze Blitze an seiner Wirbelsäule hinaufsandte, wenn er dabei seine Prostata traf.

Er schüttelte mit einer Hand das Laken ab und legte sie um seinen Schwanz. Die weiche Haut bildete Falten und schob sich unter seinen Fingern zusammen, als er fest zufasste und mit geschlossenen Augen die Hand bewegte, während er sich vorstellte, es wäre Javis.

„Mach die Augen auf." Javis Stimme war so heiser, dass sie beinahe atemlos klang. „Sieh mich an, wenn du kommst."

Cloister öffnete die Augen, schloss seine Finger fester um den Schaft und bewegte sie im Rhythmus von Javis Stößen auf und ab, bis seine Haut brannte. Er betrachtete die unter Javis verschwitzter Haut tanzenden Muskeln, als sie sich spannten und entspannten, und sah zu, wie er auf seiner Unterlippe kaute, als er darum kämpfte, nicht die Kontrolle zu verlieren. Dann löste sich Cloisters Orgasmus aus ihm, ergoss sich in einer beinahe schmerzhaften Welle weiß über seine Finger und seine Haut. Danach lag er verschwitzt und schlaff mit spermaverschmiertem Bauch auf dem Bett und wartete auf den Neustart seines Gehirns.

Javi löste sich aus Cloister und entfernte sich einen Schritt vom Bett. Mit geschlossenen Augen brachte er sich mit zwei schnellen Bewegungen seiner Hand zum Höhepunkt und kam in das Kondom. Seine Brust hob und senkte sich mit rauen Atemzügen, als er sich sichtbar bemühte, sich wieder unter Kontrolle zu bringen, bevor er die Augen öffnete.

Cloister fuhr sich mit den Fingern durch das an seinem Kopf klebende verschwitzte Haar. Er fragte sich, an wen Javi dachte, als er kam. Dann verzog er das Gesicht und versuchte, den Gedanken zu vergessen.

„Du fickst, als würdest du dafür eine Note bekommen", sagte er stattdessen.

Javi streifte das Kondom ab. „Du fickst, als wolltest du dafür eine Drei bekommen", antwortete er.

„Ich habe schon immer mehr erreicht, als man von mir erwartet", sagte Cloister. Dann gähnte er so heftig, dass ihm Tränen in die Augen traten und sein Kiefer knackte. Er überlegte, ob er einige Stunden schlafen sollte, auch wenn er dann bis zum Morgen warten musste, um die Nacht von seinem Körper zu duschen. Der Schlaf gewann. „Die Dusche ist da drüben. Weck mich, wenn du gehen willst."

„Ich soll deinen Schlaf stören?", fragte Javi. „Nach deinem rücksichtsvollen Verschwinden letzte Nacht? Daran denke ich nicht im Traum."

„Das musst du selbst wissen", sagte Cloister. „Ich meine, Bon Bon hat noch nie jemandem die Eier abgebissen. Sie *könnte* es, aber hat es bisher noch nicht getan."

Die Matratze neben ihm senkte sich und das Bett neigte sich leicht in Richtung Wand. Cloister öffnete die Augen, als Javi eine Hand an sein Kinn legte und ihm mit dem Daumen über die Unterlippe strich.

„Oder ich könnte einfach bleiben", sagte Javi.

Cloister wusste nicht, wie sein Gesicht aussah, doch es brachte Javi zum Grinsen. Cloister räusperte sich. „Wenn du willst."

Javi beugte sich vor, streifte einen Kuss über Cloisters Mund und nahm seine Unterlippe zwischen die Zähne. Eine Zunge schob sich zwischen Cloisters Lippen, kostete seinen Mund.

„Ich denke darüber nach", sagte er, als er sich aufrichtete und Cloister durchs Haar strubbelte. „Schlaf ein bisschen, Witte."

24

Cloister widersetzte sich seinem Trend, indem er tatsächlich schlief.

Zumindest einige Stunden. Als er aufwachte, hörte er draußen den heulenden Wind und im Wohnwagen den eindringlichen ab Werk voreingestellten Klingelton von Javis Diensthandy. Seine Seite war noch verschwitzt und warm und der Ozeanduft von Javis Rasierwasser haftete an seiner Haut, doch Javi telefonierte bereits.

Obwohl seine Stimme etwas heiser war, sprach er klar und deutlich – deutlicher als das Brummen, das Cloister um diese Uhrzeit zustande gebracht hätte, selbst wenn er wach gewesen wäre.

„Special Agent Merlo", sagte er brüsk. „Was ist?"

Cloister streckte sich und kratzte sich den Bauch. Seine Blase meldete sich. Er wälzte sich aus dem Bett und ließ Javi im Schlafzimmer zurück, um zu pinkeln und sich mit einer kurzen kalten Dusche aufzuwecken.

Er verließ das Badezimmer und rieb sich mit einem Handtuch das Haar trocken, als sein Blick auf Bon Bon fiel, die ihm aus ihrer Hundebox einen vorwurfsvollen Blick zuwarf. Er schlang sich das Handtuch um die Hüften, klopfte auf seinen Oberschenkel und stieß einen Pfiff aus. Sie sprang auf, schob mit der Nase die Gittertür auf und kam heraus.

Mit eingeklemmter Rute schlich sie sich an ihn heran, schmiegte sich an sein Bein und seufzte vielsagend. Meistens schlief sie auf dem Boden neben seinen Beinen, wo sie ihn berühren konnte, wann sie wollte. Auch wenn sie wusste, dass sie in ihrer Box oder ihrem Gehege brav warten musste, hieß das noch lange nicht, dass es ihr gefiel.

Cloister hockte sich neben sie, um ihr seine gesamte Aufmerksamkeit zu schenken. Nachdem er sie unter dem Kinn gekrault hatte, warf er sie spielerisch um und streichelte ihr den Bauch. Sie trat mit allen vier Pfoten nach seiner Hand wie eine Katze und brummte zufrieden, während ihr die Zunge wie ein nasses Band aus dem Maul hing.

Als Javi aus dem Schlafzimmer kam, sprang sie hastig auf und spitzte misstrauisch die Ohren.

„Zieh dich an." Javi warf Cloister den größten Teil einer Uniform zu. Javi war bereits angezogen, sah nach der letzten Nacht allerdings wesentlich weniger elegant aus als sonst. Es gelang Cloister, die kugelsichere Weste aufzufangen und an seine Brust zu pressen, doch die Hose rutschte ihm aus der Hand und landete auf dem Boden. „Unser Freund ‚Bri' hat sich über Skype bei dem Hartley-Jungen gemeldet. Ich möchte dort sein, um das Gespräch zu überwachen."

„Warum möchte ich dort sein?"

„Weil du manchmal gute Ideen hast", antwortete Javi. „Außerdem mag dich der Junge und seine Eltern haben mir noch nicht verziehen. Also zieh dich an."

Cloister legte den Armvoll Kleidung auf dem Tisch ab und löste das Handtuch, um die Hose über seine feuchten Beine zu ziehen und nach einem T-Shirt zu greifen. Er war erst halb hineingeschlüpft, als er spürte, wie Javi seine Rippen berührte und mit warmen Fingern über seine Narben strich. Es war ein seltsames Gefühl. Die nicht mehr ganz richtig ausgerichteten Nerven unter der unebenen Haut nahmen Reize manchmal falsch wahr und sorgten für ein Gefühl von Geisterfingern neben Javis. Es war nicht schlimm, nur seltsam.

Cloister zog das T-Shirt über die Narben.

„Motorradunfall", sagte er. Er hatte die Tätowierungen drei Tage gehabt, bevor sie teilweise von seiner Haut gekratzt worden waren. Das zurückgebliebene Rorschach-Chaos war vertrauter, als es das Originalmuster je hatte werden können. „Ich war vierzehn. Ich weiß immer noch nicht genau, was meinen Stiefvater wütender gemacht hat – die Tattoos oder das schrottreife Motorrad."

Kurz verspürte er wegen der Lüge den Anflug eines schlechten Gewissens. Doch er musste Javi keine noch größere Angriffsfläche bieten, und eigentlich war es keine Lüge. Fast alles, was er gesagt hatte, stimmte. Er hatte nur den kleinen Sprengsatz ausgelassen, den jemand am Tank befestigt hatte. Es gab viele Leute, die seinen Stiefvater nicht mochten, wenn auch nicht so viele wie bei seinem richtigen Vater.

Seine Familie war echt daneben.

DIE FAHRT zu den Hartleys am Stadtrand dauerte fünfzehn Minuten. Sie wohnten in einem großen cremeweißen Haus neben anderen großen cremeweißen Häusern. In der Einfahrt standen zwei Sportwagen. Der staubige, schabende Wind konnte nicht gut für den Lack sein, aber Cloister vermutete, dass sie im Augenblick an anderes dachten.

Er parkte hinter dem kirschroten Porsche und drehte sich um, damit er Bournevilles Leine lösen konnte. Sie krabbelte zwischen den Sitzen durch, sprang heraus und schüttelte den Kopf, als der Wind ihr Sand in die Ohren blies. Cloister tätschelte sie beschwichtigend und sah sich blinzelnd in der tiefstehenden Morgensonne um.

Javi hatte auf der Straße geparkt. Als er ausstieg, stellte Cloister fest, dass es ihm zwischen dem Wohnwagen und hier irgendwie gelungen war, ein frisches Hemd anzuziehen und sich eine unzerknitterte Krawatte umzubinden. Er strich Letztere über Ersterem glatt und presste sie an seine Brust, als der Wind an ihr zerrte.

„Du kannst es ruhig zugeben", sagte Cloister, als Javi ihn mit gegen den Wind zusammengekniffenen Augen erreichte. „Du warst wirklich bei den Pfadfindern, oder?"

Es war kein guter Witz, aber auch kein allzu schlechter. Nicht schlecht genug, um zu erklären, warum Javi das Gesicht zu einer schmalmündigen Grimasse verzog.

„Cloister." Javi berührte seinen Arm. „Hör zu, ich möchte nicht, dass du das falsch verstehst. Wir sind nicht zusammen. Das weißt du, oder?"

Oh. Okay.

„Das habe ich nicht gedacht", antwortete Cloister.

„Es ist einfach so, dass ich das nicht tue", erklärte Javi. „Ich verabrede mich nicht mit ernsthaften Absichten und ich will keine Beziehung. Ich wollte nur nicht, dass es Missverständnisse gibt."

„Die gibt es nicht." Cloister klopfte ihm grinsend auf die Schulter. „Wenn ich unbedingt mit jemandem essen gehen wollte, der mich nicht besonders mag, würde ich einfach zu Thanksgiving meine Familie besuchen. Wir verstehen uns schon: Es ist Spaß. Es ist Sex."

Javi musterte ihn mit dunklen Augen, suchte sein Gesicht nach einer Lüge ab. Als er keine fand, entspannten sich seine Lippen und verzogen sich zu einem Lächeln. „Und es spricht nichts dagegen, dass wir den Spaß ab und zu wiederholen", sagte er. „Solange wir uns einig sind."

Cloister zuckte mit den Schultern. „Vielleicht, wenn ich kein besseres Angebot bekomme."

Er ließ Javi vorausgehen und folgte ihm zur Tür, während er eine Hand in Bon Bons Nackenfell vergrub. Es war seltsam, wie gut er über Dinge lügen konnte, die ihn verletzten. Vielleicht war es ein weiteres Überbleibsel aus seiner Kindheit – es machte seine Mutter immer traurig, wenn ihr klar wurde, dass sie sich unfreundlich verhalten hatte.

Es war ja nicht einmal so, dass er es falsch verstanden hatte. Er war nur …

Ein Idiot gewesen, unterbrach er den Gedankengang. Er war ein Idiot gewesen, was ihm nicht zum ersten Mal passierte. Er würde damit fertigwerden. Da draußen gab es einen kleinen Jungen, für den er etwas tun musste, das er *gut* konnte – ihn finden.

Lara öffnete die Tür, bevor Javi geklopft hatte. Falls sie erleichtert darüber gewesen war, dass es sich bei ihrem ältesten Sohn nicht um einen Mörder handelte, war das Gefühl über Nacht von dem Wissen überdeckt worden, dass sich ihr jüngerer Sohn in der Gewalt eines Serientäters befand. Ihr Gesicht wirkte abgehärmt, ihre Haut hatte einen Graustich und ihr Haar war grob zurückgebunden. Mit ihren blutunterlaufenen Augen schaute sie suchend an Cloister vorbei zur Straße.

„Die Presse war die ganze Nacht hier", erklärte sie. „Die Leute sagen immer noch, dass Billy etwas getan hat. Es wird überall im Internet verbreitet."

„Die Leute haben Angst", sagte Cloister. „Sie haben lieber jemanden, den sie beschuldigen können, als sich eingestehen zu müssen, dass es jeder Mensch auf der Straße sein könnte."

Es war ein schwacher Trost. Im Augenblick konnte sie vermutlich ohnehin nichts trösten. Sie schniefte und wischte sich über die Nase.

„Ich hasse das alles", sagte sie. An ihren Fingern befanden sich kleine Wunden. Sie zupfte mit derselben nervösen Angewohnheit an ihren Nägeln herum wie Billy. „Ich will diese Schlampe … dieses Arschloch … Gott, ich weiß es nicht mal … Ich will nicht, dass so jemand mit meinem Sohn redet."

Javi machte einen Schritt auf sie zu, um ihr eine Hand auf den Arm zu legen. „Es muss sein, Lara." Er führte sie sanft ins Haus. „So können wir Drew finden und diesen Mann einsperren. Dann kann er nie wieder jemandem wehtun."

Der Teppich auf dem Boden – ocker-blau, teuer und handgewebt wirkend – schob sich unter ihren nackten Füßen zusammen, als sie rückwärtsging. Sie legte eine Hand auf Javis, schloss ihre Finger fest um seine.

„Nein", sagte sie. „Du hast nicht das Recht, mich anzufassen. Wir sind keine Freunde. Du hast Zeit damit verschwendet, Billy zu beschuldigen, anstatt nach diesem … diesem Perversen zu suchen. Ohne dich hätte niemand vermutet, er könnte etwas damit zu tun haben. Ohne dich hätte er nicht denken müssen, dass wir ihn für einen Mörder hielten … ihr ihn für einen Mörder hieltet. Also sind wir keine Freunde. Finde meinen Sohn und dann will ich dich nie wieder in diesem Haus haben."

Sie löste seine Finger von ihrem Arm und stieß sie von sich, bevor sie sich die Hand an ihrem Oberschenkel abwischte.

„Das ist nicht fair, Lara", protestierte Javi. „Ich …"

Sie verzog den Mund zu einem höhnischen Ausdruck. „Dass mein Sohn verschwunden ist, ist nicht fair. Also erwarte nicht, dass ich Mitleid mit dir habe. Mach einfach deine Arbeit." Sie richtete ihren Blick über Javis Schulter auf Cloister. „Oder lass ihn deine Arbeit machen. Das ist mir egal."

Dann stapfte sie mit auf den glänzenden Holzboden klatschenden Füßen davon. Javi sah ihr mit zusammengebissenen Zähnen nach, musste sichtlich sein eigenes aufbrausendes Temperament im Zaum halten.

„Familien werden immer wütend", sagte Cloister in die unangenehme Stille. „Meistens auf uns. Das …"

„Ich brauche niemanden, der mir das Händchen hält, Deputy", unterbrach ihn Javi eisig. „Wegen Doctor Hartleys Wut auf mich habe ich überhaupt erst jemanden mitgenommen, schon vergessen?"

Was nicht bedeutete, dass es ihn nicht verletzt hatte, sie so reden zu hören. Das wusste Cloister aus eigener Erfahrung. Allerdings wusste er auch, dass Mitgefühl es manchmal schlimmer machte. Also zuckte er mit den Schultern und wechselte das Thema.

„Wo ist die Ausrüstung?", fragte er.

„In der Küche", antwortete Javi. Die Kälte war aus seiner Stimme verflogen, sodass sie lediglich brüsk und trocken klang. „Ich wollte nicht riskieren, dass Billy heimlich Kontakt aufnimmt. Er glaubt auch jetzt noch, dass es sich um ein Missverständnis handelt. Er glaubt noch, dass Liebe existiert."

Cloister verzog das Gesicht. In diesem Moment war er nicht sicher, für wen er am meisten Mitleid empfand.

Ein riesiger gewachster Tisch aus heller Eiche beherrschte die Küche der Hartleys. Die Art von Tisch, die deutlich machte, wie wichtig dem Besitzer gemeinsames Essen und Zeit mit der Familie waren. Doch das glatte Holz, kaum abgenutzt und ohne Kratzer, deutete darauf hin, dass sie trotz guter Absichten selten Zeit dazu fanden.

Am Tisch war ein Gewirr aus Kabeln zu sehen, ein frustrierter Computertechniker des Sheriff's Department und Billy, der vornübergebeugt auf einem Küchenstuhl saß, als versuchte er, in seinem T-Shirt zu verschwinden.

„Ich weiß es nicht", murmelte er als Antwort auf etwas, das ihn der Techniker gefragt haben musste. „Vielleicht. Ich verstehe nicht, warum das sein muss. Bri hat nichts getan. Sie ist nicht, wie alle glauben."

Lara erschauderte sichtbar, als Billy „Bri" so überzeugt in Schutz nahm. Sie presste ihren Handballen so fest gegen ihre Stirn, dass die Haut weiß wurde, und wandte sich ab. Beim Kaffeekochen konnte sie ihre Hände beschäftigen, auch wenn die Bewegungen etwas ungeschickt wirkten, als sie Wasser in die Kanne füllte.

„Wo ist Ken?", erkundigte sich Javi.

Sie warf ihm einen finsteren Blick zu, schien jedoch nicht genug Energie zu haben, um ihn lange beizubehalten. Sie senkte die Schultern und starrte die Kaffeedose an. „Er musste kurz weg", antwortete sie. Ihre Worte waren leise, aber deutlich. „Er ist bald zurück. Möchten Sie einen Kaffee, Deputy Witte? Oh, und möchte der Hund etwas trinken?"

„Darüber würde sie sich freuen", sagte Cloister. „Und ich auch. Danke, Doctor Hartley."

Javi bot sie nichts an, doch Cloister hatte seine Lektion gelernt: Diesmal ignorierte er es. Während Lara auf der Suche nach einem Wasserbehälter für Bourneville Schränke öffnete und schloss, näherte sich Cloister dem Tisch und legte Billy eine Hand auf die Schulter.

„Wie kommst du zurecht?", fragte er.

Billy zuckte mit den Schultern – nicht, dass Cloister eine ausführlichere Antwort erwartet hatte. Es war vermutlich schon mehr, als man in diesem Alter von Cloister bekommen hätte. Er hatte viel gebrummt und mürrisch auf den Boden gestarrt.

„Wir müssen unseren Verdächtigen dazu bringen, sich bei Skype einzuloggen", sagte der Techniker. „Dann kann ich über das VoIP-Datagramm mithilfe von Ortungssoftware den Aufenthaltsort feststellen. Außerdem kann ich den Internetanbieter herausfinden und wir können uns die Erlaubnis holen, uns die bisherige Onlineaktivität anzusehen. Aber erst muss sich derjenige einloggen und uns kontaktieren."

„Es gefällt mir nicht, sie anzulügen", sagte Billy mit auf seine Knie gerichtetem Blick. „Keiner kennt sie. Sie irren sich alle."

„Billy …"

„Sagen Sie es ihm", unterbrach Lara. Sie ließ geräuschvoll eine Pyrex-Schüssel ins Spülbecken fallen, woraufhin alle zusammenzuckten. „Sagen Sie ihm die Wahrheit über diese Person, diese ‚Bri'. Ich will nicht, dass er mit dieser Person redet, ohne die Wahrheit zu kennen. Ohne sie zu glauben."

„Ich kenne sie, Mom", protestierte Billy. „Ich habe Fotos von ihr gesehen und von ihrer Familie und …"

Cloister sah Javi an, der lediglich langsam und unsicher mit den Schultern zuckte. Offenbar musste Cloister es selbst entscheiden. Er hatte die Wahrheit immer für besser als eine Lüge gehalten, so tröstend sie auch war. Die Wahrheit half einem wenigstens, mit einer Sache abzuschließen.

„Das Mädchen auf deinen Fotos? Das ist Birdie Utkin", erklärte Cloister. „Ihr Vater arbeitet im Baugewerbe und sie war mit deinem Onkel John zusammen."

Billy verzog angeekelt das Gesicht. „Der ist schon dreißig oder so."

„Fünfundzwanzig", korrigierte ihn Lara. Sie drehte mit einer kräftigen Bewegung den Griff des Wasserhahns, woraufhin das Wasser laut in die Schüssel spritzte. „Er ist fünfundzwanzig, wie Birdie Utkin es jetzt auch wäre. Nicht vierzehn wie deine Freundin."

„Nein. Sie ist … Das glaube ich nicht."

Javi näherte sich und streckte Billy sein Handy entgegen. „Das ist Birdie Utkin", sagte er. „Mit ihrem Vater. Es ist eins der Fotos, die er der Polizei gegeben hat, als sie verschwunden ist."

Billy schüttelte den Kopf. „Nein", sagte er. „Sie sehen sich nur ähnlich. Jeder hat doch irgendwo auf der Welt einen Doppelgänger."

Er sah sich zu Cloister um, als wollte er ihn um Beistand bitten – ihn bitten, ihm nicht auch noch das wegzunehmen. Leider war es früher oder später unvermeidbar.

„Die Person macht das nicht zum ersten Mal", erklärte Cloister. „Sie hat Birdies Identität schon vorher benutzt, um das Vertrauen anderer Leute zu gewinnen und sie dazu zu bringen, ihre Anweisungen zu befolgen."

Billy atmete zittrig aus, beinahe ein Schluchzen. Er schniefte energisch und zog seine Lippen zwischen die Zähne. „Ist sie … Hat sie sie umgebracht?"

Die Wahrheit war wichtig, aber vielleicht musste Billy in diesem Moment nicht jedes kleine Detail erfahren. Er war verängstigt genug.

„Das ist nicht das Ziel dieser Person", antwortete er. „Aber das Mädchen, das sie dir vorspielt, ist nicht echt. Sie ist nicht Bri, sie ist nicht Birdie, sie ist nicht deine Freundin."

Billy schniefte erneut, wischte sich mit dem Ärmel über die Nase und betrachtete noch einmal das Foto. Sein Blick landete auf den Pixeln, die Birdies Gesicht bildeten, und wich ihnen wieder aus.

„Sie könnten sich das alles ausgedacht haben", sagte er. Seine Stimme löste sich angespannt und kratzig aus seiner Kehle. „Woher soll ich wissen, ob das ein echtes Foto ist?"

Lara beugte sich frustriert vornüber, stützte die Ellbogen auf die Spüle und hielt sich eine Hand vor den Mund. Sie hatte Angst um ihren Sohn, aber Cloister nicht. Er hörte, dass der Trotz in seiner Stimme nachgelassen hatte. Er versuchte jetzt nur noch, sich selbst zu überzeugen – und es funktionierte nicht.

„Das wäre möglich", antwortete er. „Aber wieso sollten wir das tun, wenn sie unschuldig wäre?"

„Keine Ahnung", murmelte Billy.

„Ich auch nicht", sagte Cloister. Er tippte mit einem Finger auf Billys Knie, damit dieser ihn ansah. „Wenn wir uns irren, darfst du mich mit Bri mal eine Nacht im Dienst begleiten. Aber ich glaube nicht, dass wir uns irren."

Der scharfe Umriss von Billys Adamsapfel zuckte in seiner Kehle, als er schwer schluckte. Nach einem knappen Nicken senkte er den Kopf und der Techniker schob ihm die Tastatur zu. Billy begann mit langsamen Fingern zu tippen, als wären sie noch immer nicht froh darüber, seine Freundin zu verraten.

25

Bevor sie hinausging, um einen Anruf von „Großmutter" entgegenzunehmen – Kens Mutter; ihre eigene war vor Jahren gestorben –, stellte Lara eine Schüssel Wasser neben die Hintertür. Der Hund schob gleich die Schnauze hinein und durch das trübe Glas war beim Trinken die rosa Zunge zu sehen.

Auf dem Bildschirm des Technikers wurde in schlichtem Schwarz auf Weiß Billys Skype-Nachricht angezeigt.

Wo wars du an dem Abend? Hab Handy verloren. Kann jetzt erst zuhause an den PC. Melde dich. Du glaubst nich was passiert is.

Die freie Interpretation der englischen Sprache war für Javi beinahe schmerzhaft, aber sie passte zu den anderen Nachrichten des Accounts. Die meisten waren mit dem Handy geschrieben worden, wobei Billy sich gern kurzfasste.

Ob sie den Täter damit überzeugt hatten, musste sich noch herausstellen. Bisher hatte „Bri" nicht wieder geantwortet.

„Manchmal antwortet sie – diese Person – längere Zeit nicht", erklärte Billy. „Ihr Vater ist nicht begeistert davon, wenn sie so viel Zeit im Internet verbringt. Das hat sie zumindest gesagt."

„Wahrscheinlich muss er arbeiten", sagte Cloister leise. Er hatte sich mit einer Tasse Kaffee in den Händen an die Arbeitsplatte gelehnt und seine langen Beine überkreuzt. „Wir wissen, dass er ein Auto hat. Am wahrscheinlichsten ist, dass er hier irgendwo auf einer Farm arbeitet und dabei keine Zeit hat, seine E-Mails zu lesen."

Javi musste eine spöttische Bemerkung unterdrücken. Die letzte Nacht verunsicherte ihn noch immer. Was hatte er sich nur dabei gedacht? Den Hundepolizisten nicht beim Schlafen stören zu wollen war kein guter Grund, die Nacht in seinem Bett zu verbringen. Er hätte es Cloister nicht vorwerfen können, wenn er daraufhin der Meinung gewesen wäre, dass es ... etwas ... bedeutete. Und da es das nicht tat, hätte es ihrer beruflichen Zusammenarbeit schaden können.

Glücklicherweise, auch wenn es seinen Stolz ankratzte, schien Cloister ebenfalls nichts Festes zu wollen.

Vermutlich, sagte sich Javi mit einem Stich bitterer Selbsterkenntnis, weil er ein unfreundlicher Mistkerl war. Gut im Bett – das musste man ihm zugestehen –, aber außerhalb davon hatte er kein Talent für diese Beziehungssache. Das war kein Problem. Seine Arbeit interessierte es nicht, ob er sich auf emotionaler Ebene auf jemanden einlassen konnte, und Cloister interessierte es ebenso wenig. Also konnte er sich beidem ohne schlechtes Gewissen widmen.

„Habt ihr schon mal telefoniert?", fragte er Billy.

„Ein paar Mal." Billy rümpfte die Nase. „Aber es war immer eine schlechte Verbindung und hat geknistert, sodass ich kaum etwas verstehen konnte. Sie hat gesagt, dass es an dem Hotel lag, in dem sie wohnen – alte Gebäude, schlechtes Netz. Draußen in der Pampa."

Das merkte sich Javi. Es war nicht der hilfreichste Hinweis, aber Lügner hielten sich oft so viel wie möglich an die Wahrheit. Dann konnte man sich leichter daran erinnern, und bei Details, die kein geplanter Teil der Lüge waren, hatte man sie direkt vor Augen.

„Ich kann nicht glauben, dass ich so dumm war", sagte Billy. Verärgerung zuckte an seinen Mundwinkeln, als er sich ungeduldig mit dem Arm über das Gesicht wischte, an der Haut seiner Wangen zog. „Vielleicht haben sie uns deshalb ausgesucht – weil ich dumm genug bin, um darauf hereinzufallen. Nur habe ich selbst das vermasselt und stattdessen wurde Drew entführt."

„Er hat auch andere Leute getäuscht", sagte Javi. „Er weiß, was er tut."

„Ich hätte trotzdem … Ich hätte nicht lügen sollen. Ich hätte nicht mit ihr reden sollen", brachte Billy frustriert heraus. „Das ist alles meine Schuld. Ich wünschte, ich hätte mein Handy nicht verloren. Ich wünschte, ich wäre statt Drew entführt worden."

„Das hätte niemandem geholfen", antwortete Javi.

Billy warf ihm einen vernichtenden Blick zu. „Es hätte Drew geholfen."

Es war schwer, ein vernünftiges Gegenargument zu finden. Die Entführung des falschen Bruders war für die Ermittlungen gut gewesen, denn ohne die Verwechslung wäre die Polizei vielleicht lange von einem weiteren fortgelaufenen Teenager ausgegangen. Doch für Drew, wo auch immer er sich befand, war das ein schwacher Trost.

Cloister stellte seine Tasse hin und stieß sich von der Arbeitsplatte ab. „Aber das hier hilft niemandem", sagte er. „Du wurdest nicht entführt, sondern Drew. Uns hilft jetzt nur, den Täter zu finden."

Billy wirkte nicht überzeugt.

Plötzlich gab der Computer ein Geräusch von sich und der Techniker richtete sich auf. Plastik klapperte, als er mit steifen Fingern auf die Tastatur hämmerte.

„Er hat sich eingeloggt", sagte er und kräuselte die Nase, um seine Brille hinaufzuschieben. „Lassen Sie mich …"

Dann hielt er inne und seine Finger erstarrten in seltsamer Position über der Tastatur, als vom Computer ein Trillern zu hören war.

„Er versucht, eine Verbindung herzustellen."

Javi packte ihn bei der Schulter, zog ihn vom Stuhl und winkte Billy heran. Nach kurzem Zögern näherte sich Billy langsam und setzte sich so vorsichtig auf den Stuhl, als erwartete er einen Elektroschock. Er streckte die Hand aus, warf jedoch erst einen fragenden Blick in Javis Richtung, bevor er sie auf die Maus legte.

„Bring ihn dazu, sich mit dir zu treffen", sagte Javi hastig, während er das Headset anschloss und es Billy reichte. Er setzte ebenfalls Kopfhörer auf, wobei er eine Seite hinter das Ohr schob. „Wenn er bemerkt, dass du dich ungewöhnlich verhältst, schieb es auf deinen Bruder. Wir haben das alles besprochen. Du weißt, was du sagen musst. Wenn du unsicher bist, achte auf mich. Schalte nicht das Bild ein."

Während Cloister die Küche verließ, um Lara Bescheid zu sagen, holte Billy tief Luft und nahm den Anruf an.

„B... Bri, bist du das?", brachte er mit erstickter Stimme heraus. „Hast du die Nachrichten gesehen?"

Wenn man wusste, dass es sich um die Stimme eines Mannes handelte, war es offensichtlich. Man hörte, wie die Stimmbänder um einen helleren Klang kämpften, während hin und wieder die rauchige Andeutung einer tieferen Tonlage durchkam. Wenn man es nicht wusste, hätte man ihn für ein schüchternes junges Mädchen halten können, das seine Stimme senkte, um nicht von den Eltern gehört zu werden.

„Ja", antwortete er. „Kaum zu glauben. Geht es dir gut?"

„Nein", sagte Billy. Er musste nicht auf ein Zeichen von Javi warten. Die Antwort war offensichtlich. „Nein, es geht mir nicht gut. Wir haben Drew noch nicht gefunden."

„Ich dachte, du wärst sauer."

„Nein", sagte Billy. „Warum sollte ich sauer sein?"

„Weil ich nicht zu unserer Verabredung gekommen bin. Mein Dad hat mich erwischt, als ich mich rausschleichen wollte. Jetzt hab ich Hausarrest."

„Das ... das ist blöd. Das ist nicht fair. Ich will dich sehen."

„Wirklich?"

„Ja. Du fehlst mir."

In seiner Stimme schwang etwas Schmerzhaftes mit, das aufrichtig klang. Trotz allem sehnte er sich noch nach der Person, für die er den Anrufer gehalten hatte. Javi unterdrückte einen Anflug von Mitgefühl. Der Anrufer antwortete nicht.

„Bri?"

Javi warf einen Blick auf den Techniker, der die Tastatur zu sich gezogen hatte und darauf tippte. Er unterbrach seine Arbeit kurz für eine „Daumen hoch"-Geste in Javis Richtung, bevor er sich wieder der Tastatur zuwandte. Gleichzeitig öffnete sich langsam die Hintertür, als Cloister leise Lara in den Raum führte. Sie umklammerte mit der Hand seinen Ärmel und zerknitterte den schwarzen Stoff zwischen ihren Fingern, als sie ihnen zusah.

„Glaubst du, ich bin dumm?"

„W... was?", stammelte Billy und warf Javi einen ängstlichen Blick zu. Javi bedeutete ihm mit erhobener Hand, weiterzureden. „Natürlich nicht. Du bist die klügste Person, die ich kenne."

Die Stimme senkte sich ein ganzes Stück. „Ich bin nicht dumm. Nur weil ich nicht auf einer verdammten schicken Schule war, bin ich nicht dumm."

Billy wich mit über den Boden kratzenden Stuhlbeinen zurück. Das Kabel des Headsets spannte sich, bis der Stecker aus der Buchse rutschte. Plötzlich schallte die wütende Stimme aus den Computerlautsprechern, drang rau in die Wohnlichkeit von Küchenschränken und kitschigen Teedosen ein.

„… verwöhnter Bengel. Glaubst du, du kannst mir was vormachen? Mich mit meinem eigenen Trick täuschen? Ich bin klug. Klüger als du."

Lara ließ Cloisters Arm los, stürzte durch die Küche und umklammerte mit den Händen den Computermonitor. Ihre Fingerknöchel pressten sich gegen ihre gespannte Haut.

„Wo ist er?", schrie sie mit heiserer Stimme. „Wo ist mein Sohn? Was hast du mit meinem Sohn gemacht, du Schwein?"

Cloister packte ihr Handgelenk und zog sie an sich, um sie festzuhalten. Er verzog das Gesicht, als sie mit ihrer nackten Ferse auf seinen Fuß stampfte. Das Chaos hatte den Hund aufgeschreckt, der einmal bellte und sich dann auf einem kleinen, unruhigen Bogen hin und her bewegte.

„Tut mir leid." Es war, als hätte jemand die Wut des Verdächtigen mit einem Knopfdruck ausgeschaltet. Die Stimme war plötzlich sanft, beinahe kleinlaut. „Sie scheinen eine nette Lady zu sein, aber Sie verstehen nicht, was sie getan haben."

„Meine Söhne haben nichts getan", schrie Lara. Sie wehrte sich gegen Cloister, der versuchte, sie zu beruhigen. „Drew ist noch ein Baby."

„Ihre Söhne dürfen Babys sein", sagte der Mann. „Verwöhnte, dumme, gierige Babys. Ich zeige es ihnen."

„Was zeigen Sie ihnen, Hector?", versuchte Javi es mit dem Namen.

Stille. Er warf einen Blick auf den Techniker, der noch immer hektisch tippte, während ihm fast die Brille von der Nasenspitze rutschte.

„Hector", wiederholte Javi – jetzt war er sicher, dass es sich um Birdies ehemaligen Freund handelte. „Wir möchten nur Drew wiederhaben. Wenn Sie ihn uns geben, haben Sie nichts zu befürchten. Solange Sie ihm nichts angetan haben."

Ein trockenes Knistern kam aus den Lautsprechern, als Hector sich räusperte. „Ich tue keinem etwas an. Ich zeige es ihnen nur."

„Was ist mit Birdie?", fragte Javi. „Was ist mit ihr passiert?"

Das Räuspern wurde zu einem trockenen Husten und Javi hörte Hector im Hintergrund spucken. „Ich habe ihr nichts getan. Ich habe sie geliebt, aber als ich es ihr zeigen wollte, hat sie es nicht gesehen. Sie war weiter verwöhnt. Verdorben. Das hat sie selbst entschieden."

„Ich glaube nicht, dass sie eine Wahl hatte."

„Ich mache jetzt Schluss", sagte Hector abrupt. „Ich behalte den Jungen. Ich sorge dafür, dass er nicht mehr verwöhnt ist."

Er legte auf.

Ein dumpfes, atemloses Stöhnen brach aus Lara hervor, als hätte ihr jemand eine Faust in den Magen gerammt. Sie sank in Cloisters Armen zusammen und er half ihr zu einem Stuhl. Der Hund unterbrach seine nervöse Suche nach der Bedrohung, die er in der Atmosphäre spürte, aber nicht finden konnte, um zu ihr zu gehen und nach ihr zu sehen.

„Tut mir leid", sagte Billy hastig. Er sah Lara mit schuldbewusstem, verängstigtem Blick an. „Ich hab's versucht. Tut mir leid."

Dann sprang er auf und stürzte aus dem Raum. Durch das stille Haus hallten schnelle Schritte auf der Treppe und das Geräusch einer zuschlagenden Tür. Lara hob den Kopf. Ihre Nasenlöcher weiteten sich, als sie einatmete.

„Es ist nicht seine Schuld", sagte sie, als versuchte sie, sich mit dem Gedanken anzufreunden. Als sie hörte, wie es klang, verzog sie das Gesicht und versuchte es erneut. „Es ist nicht seine Schuld."

Cloister legte ihr sanft eine Hand auf den Ellbogen. „Sie sollten nach ihm sehen."

Sie verzog die Lippen zum Hauch eines reuevollen Lächelns. „Ich weiß. Können Sie mir vorher bitte eine Flasche Wasser holen?"

Javi überließ es Cloister, sich um Lara zu kümmern, und wandte sich stattdessen dem Techniker zu. Der Mann tippte noch eifrig.

„Haben Sie seinen Aufenthaltsort?"

Der Mann hob den Kopf. „Ich habe die IP-Adresse und die grobe Umgebung", sagte er. „Geben Sie mir zwei Stunden, dann habe ich auch den Anbieter und die Adresse."

„Wie grob?"

Der Mann zuckte mit den Schultern und kratzte sich durch sein kurzes Haar am Kopf. „Er ist in Plenty, im Norden der Stadt." Er hob in einer etwas hilflosen Geste die Hand. „Alles andere kann ich erst sagen, wenn ich fertig bin."

Obwohl es frustrierend war, nickte Javi knapp. „So schnell Sie können."

Der Techniker warf einen mitleidigen Blick auf Lara. „Natürlich."

Er machte sich wieder an die Arbeit und Javi wandte sich an Lara.

„Ich lasse einen von unseren Leuten hier", sagte er. Sie hielt die Wasserflasche in der Hand, als hätte sie diese vergessen, während sie abgelenkt einen Fingernagel unter das Plastiketikett schob. „Aber ich möchte nicht, dass Billy noch einmal Kontakt mit dem Verdächtigen aufnimmt. Es ist zu riskant. Jemand sollte also dafür sorgen …"

„Wen hat er umgebracht?" Lara sah Javi an. Ihre Augenbrauen zogen sich über ihrer Nase zusammen. „Wie viele hat er umgebracht?"

„Er hat nicht …"

„Ich arbeite in der Notaufnahme. Drogenabhängige, Kinderschänder, Opfer. Sie denken alle, sie können die Wahrheit verbergen, indem sie einen irreführen. ‚Es war meine Schuld', wenn sie eigentlich meinen: ‚Er war wieder wütend und hat mich geschlagen'. Das braucht man bei mir also nicht zu versuchen. Wen hat er umgebracht?"

Javi warf einen Seitenblick auf Cloister. „Lara, es wird nicht leichter, wenn …"

„Leicht ist es sowieso nicht", unterbrach sie ihn. „Ich will die Wahrheit hören."

Trotz ihrer blutunterlaufenen, geröteten Augen sah sie ihn mit unbeirrbarem Blick an. In diesem Moment war sie ihrem Vater schmerzhaft ähnlich. Saul hatte nie viel von Lügen gehalten – zumindest nicht von denen anderer Leute.

„Es liegt nicht in seiner Absicht, dass jemand stirbt", sagte Javi. „Aber es kam trotzdem vor."

„Bei wem? Birdie?"

„Das darf ich nicht sagen. Wir müssen erst andere Leute informieren, bei denen wir es bisher nicht getan haben, weil wir den Täter nicht so erschrecken wollen, dass er flüchtet."

Kurz dachte er, das wäre zu viel für sie gewesen. In diesem Moment wirkte sie zerbrechlich, als könnte dieser letzte Schlag sie zerschmettern. Stattdessen zog sie jedoch am Halsausschnitt ihres T-Shirts, um sich mit dem Stoff über die Augen zu wischen, und stand auf, um Billy zu folgen.

„Zehn Jahre", sagte sie, als sie an der Tür stehen blieb und sich noch einmal zu ihnen umsah. „Ich möchte nicht zehn Jahre darauf warten, dass Drew nach Hause kommt."

Das wollte Javi auch nicht. Doch Hector wusste jetzt, dass sie ihn suchten. Wenn er untertauchte, würde es die Ermittlungen möglicherweise zum Erliegen bringen, bis er wieder zuschlug. Obwohl er Wiederholungstäter war, lag zwischen den Taten eine so lange Refraktärzeit, dass es durchaus ein Jahr oder länger dauern konnte, bis sie wieder von ihm hörten.

Er unterdrückte die Frustration, bevor sie zu Wut werden konnte. Die Chance, dem Verdächtigen eine Falle zu stellen, war zu verlockend gewesen, um ihr zu widerstehen. Doch selbst wenn es funktioniert hätte, wäre der Fall damit nicht abgeschlossen gewesen. Man hätte es nicht vertreten können, einen vermutlich unter Wahnideen leidenden Täter ein weiteres Kind entführen zu lassen, selbst wenn sie Billy dafür verkabelt hätten. Und Drew wäre weiterhin verschwunden gewesen. Vermutlich wäre es dadurch sogar noch schwerer geworden, ihn zu finden. Ein Drogendealer oder Ähnliches brachte grundsätzlich eine gesunde Portion Selbstinteresse mit. Bei einem Entführer, der verwöhnten Kindern „etwas zeigen" wollte, konnte man sich darauf nicht verlassen.

Aber sie hatten andere Hinweise, denen sie nachgehen konnten. Sie würden Hector finden.

Der Techniker stimmte zu, im Haus zu bleiben, bis der angeforderte Beamte zur Betreuung der Familie geschickt wurde – und Javi würde Frome über seine offizielle Unzufriedenheit informieren, weil es so lange dauerte. Doch jetzt musste er sich wieder um den Fall kümmern.

166

Vor dem Haus hatte der Tag auch für den Rest der Straße begonnen. Menschen auf dem Weg zur Arbeit blieben etwas länger bei ihren Autos stehen und nutzten die Gelegenheit, unauffällige Blicke auf das Haus der Hartleys werfen zu können. Die wenigen nichtberufstätigen Eltern der Straße hatten sich in Pyjamas und Yogakleidung zum Tratschen in der Zufahrt versammelt.

„Bei den Glades im Norden von Plenty ist ein Obdachlosencamp", sagte Cloister, während er die Tür seines Autos öffnete, um den Hund hineinspringen zu lassen. „Da leben viele Gelegenheits- und Saisonarbeiter."

Javis Handy vibrierte an seiner Hüfte.

„Ich schicke ein paar Leute in Uniform hin, um es zu durchsuchen", sagte er, als er es aus der Tasche zog. „Aber selbst wenn Hector dort sein sollte, wird Drew es nicht sein."

Die Nachricht war von Sean. „Habe B. gefunden. Nüchtere sie grad aus."

„Fahr zur Station zurück", wies Javi Cloister an, ohne von seinem Handy aufzusehen, als er eine Antwort tippte. „Sieh nach, ob jemand Luna oder den Vater des toten Jungen erreichen konnte, den ehemaligen Feuerwehrmann."

Er wartete auf eine trockene Bemerkung oder zumindest die Frage, was er in der Zeit vorhatte. Stattdessen brummte Cloister zustimmend und stieg ins Auto. „Das mache ich. Wenn ich etwas rausfinde, melde ich mich."

Das „Special Agent Merlo" drückte sich am Ende des Satzes herum, nicht ausgesprochen, aber demonstrativ vorhanden. Es war professionell. Sogar angenehm. Javi war leicht entsetzt, als ihm klar wurde, dass ihm das erwartete „Leck mich" in diesem gedehnten Tonfall lieber gewesen wäre.

„Cloister", sagte er und legte eine Hand um den Rand der Autotür, bevor er sie schließen konnte. „Ich …"

„Was?"

Eine gute Frage. Nur wusste Javi keine Antwort. Das war es doch, was er brauchte – höfliche Distanz und gelegentlicher Sex. Das lag ihm und dafür reichte seine Zeit. Alles andere wäre kompliziert gewesen, was er sich nicht erlauben konnte. Er wollte nur haben, was er brauchte, ohne zu verlieren, was er wollte.

Das war nicht fair. Es hätte ihn wahrscheinlich nicht gestoppt, wenn er einen Weg gefunden hätte, es zu bewerkstelligen.

„Pass auf, dass mit dem Feuerwehrmann nicht übervorsichtig umgegangen wird", sagte er letztendlich nur. „Er trauert zwar, aber er hat bei der Sache kein reines Gewissen. Ihr müsst ihn nicht mit Samthandschuhen anfassen."

Cloister nickte. „Ich gebe es weiter." Dann verzog er den Mund zu einem leichten Lächeln. „Und auch wenn du es mir nicht glauben willst, bin ich sowieso eher der mürrische Typ mit dem finsteren Blick als der Tröster."

26

DIE SCHWARZEN Buchstaben auf dem satinierten Glas bildeten die Worte *Stokes Inc. Detektivbüro*. Es war wie die Pointe eines Witzes über die ehemalige Polizei von Plenty. Wie nennt man einen korrupten Bullen im Ruhestand? Erfolgreicher Privatdetektiv.

Javi öffnete die Tür und betrat den schweren Nebel aus ausgeschwitztem Ethanol und Raumspray mit Lavendelduft. Der chemische Geruch war vor so kurzer Zeit versprüht worden, dass er noch in der Luft hing.

„Tut mir leid", sagte der Mann an der Rezeption, während er die Dose Raumspray in die Schublade eines Aktenschranks warf und sie mit dem Fuß schloss. „Wir nehmen keine Gelegenheitsklienten. Nur weiterempfohlene."

Javi holte seine Brieftasche hervor, um ihm seinen Ausweis und die Marke zu zeigen.

„Meine Empfehlung", sagte er.

Der Mann zog eine perfekt zurechtgezupfte Augenbraue hoch und stützte sich mit einer Hand auf, als er sich vorbeugte, um den Ausweis zu betrachten. Nach einer Sekunde nickte er.

„Natürlich, Special Agent Merlo", sagte er mit einem perfekten, leeren Lächeln. „Wenn Sie kurz warten könnten, lasse ich Mr. Stokes wissen, dass Sie hier sind."

Er drehte sich um und ging den Flur entlang. Javi nahm auf einem der niedrigen schwarzen Lederstühle Platz und trommelte mit den Fingern gegen die Armlehne, während er sich umsah. Im Gegensatz zu Seans leergeräumtem Vorstadthaus sah sein Büro wie das Werk eines Designers aus. Schwarzes Holz und Leder balancierten vorsichtig zwischen Modernismus und der Detektiv-Ästhetik, die man aus Filmen kannte. An der Wand eingerahmt waren Seans Qualifikationen zu sehen – vom Diplom mit goldenem Siegel der Polizeischule bis hin zu einem ausgeschnittenen Zeitungsartikel, der die Polizei von Plenty für die Verhaftung eines mehrfachen Vergewaltigers lobte.

Das weckte Javis Interesse. Er stand auf und ging hinüber, um zu versuchen, durch das Glas den Artikel zu lesen. Er erinnerte sich an die Geschichte – eine der letzten positiven, die in der Zeitung über das Polizeipräsidium von Plenty aufgetaucht waren. Javi wusste noch, dass selbst Saul, der mit seiner Ermittlung das Präsidium auseinandergenommen hatte, von den am Fall beteiligten Detectives beeindruckt gewesen war.

Den Namen Sean Stokes entdeckte Javi beim flüchtigen Überfliegen des Artikels allerdings nicht.

Plötzlich waren hinter ihm erhobene Stimmen zu hören.

„… blödes Arschloch!"

Javi drehte sich um. Eine der Türen flog auf – mit so viel Schwung, dass die Klinke eine Delle im Putz hinterließ – und der Mann von der Rezeption kam herausgestampft. Wortlos ging er an Javi vorbei, riss seinen Mantel vom Garderobenständer und schob aggressiv die Arme in die Ärmel.

„Wissen Sie was?", fragte er schließlich an Javi gewandt. „Ich hoffe, Sie sind hier, um den Scheißkerl zu verhaften."

Dann stürmte er aus dem Büro und schlug die Tür hinter sich zu. Javi richtete den Blick wieder auf die Wand, denn durch die Erschütterung hing der Zeitungsartikel nun schief. Er legte einen Finger an die Ecke und schob ihn wieder in die richtige Position, bevor er sich der noch halb offenen Tür näherte. Mit der Fußspitze öffnete er sie ganz.

„Sean?"

„Special Agent Merlo", begrüßte ihn Sean. Er saß mit zwischen den Knien baumelnden Händen auf der Kante seines Schreibtisches. Zumindest trug er diesmal richtige Kleidung, auch wenn die nicht zugeknöpften Manschetten und die lose um seinen Hals hängende, mitgenommen wirkende Krawatte es wirken ließen, als bereute er es. „Das Theater tut mir leid. Gute Mitarbeiter sind heutzutage schwer zu finden."

„Der Ex?", fragte Javi.

„Ha, nein", antwortete Sean und rieb sich mit dem Daumen über den glatt rasierten Kiefer, an dem wie ein Schmutzfleck unter der Haut ein Bluterguss zu sehen war. „Mein Ex hätte mich umgehauen. Das hier war … gar nichts. Er kommt wieder. Aber Sie sind nicht wegen meiner Angestellten hier, sondern wegen Betsy Murney."

Er deutete mit dem Kinn auf die andere Seite des Zimmers, wo auf dem schwarzen Ledersofa eine wie Angelina Jolie in der Rolle einer Säuferin aussehende Frau lag. Betsy war auf eine Weise schön, die billiges Make-up, alte Kleider und der Gestank eines rauen Lebens nicht ganz verbergen konnten, auch wenn Javi gewettet hätte, dass sie es sich manchmal wünschte. Allerdings schnarchte sie auch wie ein alter Mann mit Asthma und hielt eine Flasche billigen Whiskey in den Armen wie ein Kuscheltier.

„Ich dachte, Sie hätten sie ausgenüchtert", sagte Javi.

„Das habe ich", sagte Sean und richtete sich auf. Er zog an seiner Krawatte, damit sich der Knoten endgültig löste. „Leider musste ich sie kurz allein lassen, und wie sich herausstellt, kann sie verdammt gut Schlösser knacken."

„War nicht die Tochter die Süchtige?"

„Tja, die Flasche fällt nicht weit vom Stamm", antwortete Sean. Er rutschte vom Tisch und steckte seine Hände in die Taschen. „Fragen Sie meinen Bruder. Soll ich Kaffee aufsetzen?"

„Das ist nur ein Gerücht", sagte Javi. Er hockte sich neben das Sofa, um vorsichtig die Flasche aus Betsys Griff zu lösen. „In Wirklichkeit macht er einen nicht nüchtern."

Außerdem konnte man mit ihr unter Alkoholeinfluss vielleicht sogar besser reden als nüchtern, wenn sie schon lange genug Trinkerin war. Er hielt die Flasche mit ausgestrecktem Arm hinter sich und wartete, bis Sean ihm seine gluckernde Last aus der Hand nahm.

„Ms. Murney", sagte er dann. Er nahm ihre Hand und tätschelte sie sanft. Ihre Handfläche fühlte sich rau an, trocken und rissig durch Arbeit und das Wetter. „Betsy, ich muss kurz mit Ihnen reden."

Sie bewegte sich, ging plötzlich von ohnmachtsähnlichem Schlaf zu verwirrt, aber wach über und presste sich mit dem Rücken gegen die Polster. Der Blick ihrer geröteten dunklen Augen fand Javi, bevor sie über seine Schulter hinweg Sean musterte.

„Als letztes Mal ein Typ im schicken Anzug mit mir reden wollte", sagte sie leicht lallend, „durfte ich mir danach drei Wochen lang im kirchenunterstützten Entzug anhören, dass Jesus Abstinenzler liebt."

„Ich bin FBI-Agent", erklärte Javi. „Wir suchen Ihre Tochter."

In ihrem Gesicht spiegelte sich sichtlich Ablehnung wider. Sie machte ihren Mund zu einer messerscharfen Linie. „Ich habe keine Ahnung, wovon Sie reden."

„Sie steckt nicht in Schwierigkeiten, Betsy", versicherte ihr Sean. Vielleicht war es eine Lüge. „Wir – die Polizei muss sie nur etwas fragen."

Betsy senkte das Kinn und schaute zu Boden, rieb seufzend mit dem Daumen über einen Fleck auf ihrem Oberteil. „Da kann ich nicht helfen. Hab sie seit Jahren nich gesehen."

Javi ließ die Stille lange genug andauern, um sie unangenehm zu machen. „Ich bezweifle, dass Sie sich Ihr Leben so gewünscht haben, Ms. Murney", sagte er. Unter dem Schutz gesenkter noch dichter Wimpern betrachtete sie ihn misstrauisch. „Ich gehe davon aus, dass es sich um das Ergebnis einiger sehr schwerer Entscheidungen handelt und ich möchte es Ihnen nicht noch schwerer machen. Aber das werde ich."

Sie verzog das Gesicht. „Das macht jeder."

„Ein Kind wird vermisst", sagte Javi. „Wenn Sie uns die Ermittlungen erschweren …"

Betsy hob ruckartig den Kopf. „Alice hatte damit nichts zu tun", sagte sie. „Sie ist gar nicht in Plenty."

Sean schnaubte. „Ich dachte, Sie hätten sie seit Jahren nicht gesehen."

Javi drehte sich um und musterte ihn kühl. Er brauchte keine Hilfe von einem Privatdetektiv mit verdächtig schönem Büro und verdächtig teurem Haus. „Mr. Stokes, ich komme zurecht."

Sie tauschten nicht unbedingt freundliche Blicke, bis Sean mit den Schultern zuckte und abwehrend die Hände hob. „Sorry. Ich wollte Ihnen nicht auf die Füße treten, Special Agent Merlo."

„Trotzdem war es eine gute Frage", sagte Javi an Betsy gewandt. „Wann haben Sie Alice das letzte Mal gesehen?"

„Vor drei oder vier Jahren", antwortete Betsy. „Sie ist mit dieser Frau abgehauen, die sie kennengelernt hat, so eine Weltverbesserin mit einem Haufen verrückter Ideen. Am Ende … hat die hochnäsige Ziege wohl geholfen. Alice hat nichts mehr genommen. Alice hat einen Job gefunden. Alice will nix mehr mit mir zu tun haben. Kann ich ihr nicht vorwerfen. Manchmal schickt sie Briefe. Ohne Absender."

Javi legte neugierig den Kopf schief. „Nehmen Sie es mir nicht übel, Ms. Murney, aber ich dachte, Sie wären obdachlos."

„Ich schlafe oben in Groves in meinem Auto", antwortete sie. „Aber Tranq hilft mir. Er bewahrt Sachen für mich auf und nimmt Briefe an. Alice schickt sie zu ihm."

„Tranq?"

Offenbar wurde es Sean zu langweilig, sich nicht einzumischen. „Tranquil Reed … vom Retreat", sagte er. „Betsy hat früher für ihn geputzt, stimmt's, Betsy?"

Sie warf ihm einen bösen Blick zu. „Nicht viel Arbeit hier damals", sagte sie. „Der Mann hat mir einen Platz zum Wohnen gegeben, etwas Geld unter der Hand …"

„Sie haben für ihn Gras geerntet und getrocknet", warf Sean ein. „Er hat Ihnen nicht aus reiner Nächstenliebe geholfen."

Javi hob eine Hand, um Sean zu unterbrechen. „Hat Alice dort auch gearbeitet?"

Betsy nickte unsicher. Sie strich sich mit beiden Händen das Haar aus dem Gesicht, um es zu einem Knoten am Hinterkopf zusammenzufassen. Dabei spannte sich die Haut an ihren Schläfen, wodurch darunter blaue Adern zu sehen waren, und ihre Hände zitterten. „Das haben viele von uns", sagte sie. „Die Hippies waren nette Leute. Haben nicht zu viele Fragen gestellt, haben allen Essen gegeben. Morgens sollten wir meditieren, aber viele von uns haben einfach geschlafen. Nachdem sie weg waren, hat Tranq mehr Ordnung reingebracht. Er hat mir erlaubt zu bleiben, solange ich nicht getrunken habe, und das ging. Eine Zeit lang. Es war Alice, die es nicht geschafft hat. Also wurden wir rausgeschmissen und ich hatte keinen Grund mehr, nüchtern zu bleiben. Dann ist sie gegangen und ich habe weiter getrunken. Wie gesagt, sie hat geheiratet und ihr Leben geändert und kommt nie mehr zurück. Ganz sicher nicht, um irgendein Kind zu entführen."

Sie verlagerte ihr Gewicht auf dem knarrenden Leder der Couch und kratzte sich abgelenkt an der Hand. Ihr Blick wanderte immer wieder über Javis Schulter zu der Flasche, auf die Sean noch aufpasste. Javi legte eine Hand auf ihr Knie.

„Betsy, erinnern Sie sich aus Ihrer Zeit im Retreat an einen Jungen namens Hector? Hector Andrews? Er müsste ungefähr so alt gewesen sein wie Ihre Tochter."

Sie presste nachdenklich die Lippen aufeinander und stieß sich eine Hand gegen die Schläfe, als könnte sie so die Erinnerung wachrütteln. Es schien nicht zu funktionieren. Sie schüttelte zögerlich den Kopf.

„Da waren so viele Leute", sagte sie. „Mein Gedächtnis ist nicht mehr das, was es mal war."

„Er müsste mit Ihrer Tochter befreundet gewesen sein. Oder Zeit mit ihr verbracht haben."

Ein Hauch von mütterlichem Stolz und Beschämung streifte ihr Gesicht. „Mein Mädchen war hübsch, Agent Merlo. Viele Jungs wollten Zeit mit ihr verbringen. Und Männer. Vielleicht hätte ich mehr von ihnen davon abhalten sollen." Ihr Blick schweifte wieder ab und sie leckte sich die Lippen. „Kann ich etwas trinken? Mein Mund ist trocken wie der Wind da draußen."

„Noch einen Moment", sagte Javi. Er schob sich ein wenig zur Seite, bis sie die Flasche nicht mehr sehen konnte. Die Ermittlungen wurden immer ernster. Er brauchte nur noch einige Antworten von Betsy. „Vor ungefähr sechs Jahren war Alice noch in der Stadt, oder?"

Betsy nickte langsam und runzelte nachdenklich die Stirn. „Ja", sagte sie zögernd. „Ich weiß noch, dass sie da mal auf einem schlimmen Trip war. Hat ewig gedauert, bis sie danach wieder Alice war. Stimmen. Sie hat gesagt, sie konnte mich denken hören. Hat gesagt, ich würde sie hassen."

„Warum?"

„Weil sie süchtig war?", Betsy zuckte müde mit den Schultern. „Weil sie wusste, dass wir zusammen untergingen? Weil ich keine gute Mutter war?"

„Nicht warum Sie es denken", sagte Javi. „Warum hat *Alice* gedacht, Sie würden sie hassen?"

Das Stirnrunzeln wurde stärker. Betsy kaute auf ihrer Unterlippe, bis die trockene Haut aufplatzte. „Ich weiß es nicht. Es war alles durcheinander – Sinn und Unsinn gemischt. Sie hat gesagt, wir wüssten, was sie getan hat, dass es alle wüssten, aber dann hat sie mir nicht verraten, was sie meinte. Was es auch war, wahrscheinlich hat sie es für den nächsten Schuss getan. Wir Süchtigen würden alles tun, um unsere Sucht zu befriedigen. Kann ich jetzt was trinken? Ich habe Durst."

Javi hätte gern mehr Fragen gestellt. Das war meistens so. Doch die Quelle war eindeutig versiegt. In Betsys Kopf mochten sich weitere Informationen befinden, aber sie wusste nicht, welche davon er hören wollte.

Er richtete sich auf, wobei er sich Staub und Teppichfusseln vom Knie wischte. „Geben Sie ihr etwas zu trinken, Stokes", sagte er.

„Ich habe Wasser im Kühlschrank", erwiderte Sean. „Mit oder ohne Kohlensäure. Vielleicht sogar welches mit Zitronengeschmack."

Betsy stieß ein bellendes Lachen aus. „Was soll das, Sean? Glaubst du wirklich, du kannst mich noch retten? Ganz egal, wie oft mich jemand aufmöbelt, unterstützt, ausnüchtert. Ich lande immer wieder hier unten. Also versuch ich es gar nicht mehr. Dann tu ich den Leuten, die helfen wollen, wenigstens nicht weh." Sie streckte die Hand aus und vollführte eine grapschende Geste. „Gib mir die Flasche."

Er gab sie ihr.

Sie ließen sie auf dem Sofa zurück, wo sie sich mit dem Rest des mittelmäßigen Whiskeys wieder in den Schlaf trank, und gingen durch den Flur zum Eingang. Das Telefon klingelte, doch niemand war da, um das Gespräch anzunehmen. Sean hob kurz den Hörer und legte ihn wieder auf.

„Haben Sie bekommen, was Sie wollten?", fragte er.

„Ja."

Sean fuhr sich mit den Fingern durch das dunkle Haar. An den Wurzeln zeigte sich unter dem dunklen Braun Silber, als er sich nachdenklich den Kopf kratzte. „Das hier. Birdie. In den Nachrichten wurde von einer unidentifizierten Leiche auf einem Baugrundstück berichtet. Was geht in Plenty vor, Agent?"

„Ich weiß Ihre Hilfe bei Ms. Murney zu schätzen, Stokes", antwortete Javi, „aber Sie arbeiten nicht mehr für die Polizei."

„Das hier ist immer noch meine Stadt."

Javi sah den eingerahmten Zeitungsartikel an. „Warum hängt an Ihrer Wand ein Artikel, der Sie nicht mal erwähnt?"

„Weil damals nicht nur Schweine für das Präsidium gearbeitet haben", sagte Sean und zuckte mit den Schultern. „Weil unbeliebte Polizisten nicht von ihren Vorgesetzten erwähnt werden. Weil es an der Wand gut aussieht und die meisten Leute sowieso nur die Überschrift lesen. Suchen Sie sich einen Grund aus."

Für Javi war Plenty ein Boxenstopp auf dem Weg zu einer besseren Karriere. Er stellte sich seine Zukunft als eine stetig ansteigende Linie vor, die in Washington, DC gipfelte. Dagegen schien Sean die Stadt trotz der Korruption seiner Vorgesetzten, die sich am Ende auf alle ausgewirkt hatte, tatsächlich wichtig zu sein.

„Wir haben Birdie gefunden", gab er also zu. „Sie ist vor zehn Jahren gestorben."

Sean schluckte schwer. „Verdammt. Armes kleines Vögelchen. Also ist …"

„Die Ermittlungen laufen noch", unterbrach ihn Javi. „Und ich wäre dankbar, wenn Sie die Sache mit Birdie für sich behalten könnten, bis wir bereit sind, die Presse darüber zu informieren."

Sean steckte seine Hände in die Taschen, senkte den Kopf und nickte. „Ihr zuliebe. Ihrer Familie zuliebe."

Javis Blick wanderte den Flur entlang zu der geschlossenen Bürotür. Er war nicht sicher, ob er Schuldgefühle, Dankbarkeit oder einfach Trauer darüber empfinden sollte, dass Betsy den Punkt erreicht hatte, an dem sie aufgab, ohne es überhaupt noch zu versuchen. Irgendetwas fühlte er jedoch und es brachte ihn dazu, zu fragen: „Kommt sie klar?"

„Nein", antwortete Sean. „Damit ist es schon lange vorbei. Aber sie kann sich hier ausschlafen und dann gebe ich ihr Geld fürs Frühstück und tue, als wüsste ich nicht, dass sie es für Alkohol ausgibt."

Wahrscheinlich, dachte Javi, zählte das für Betsy als schöner Tag und es war nicht seine Aufgabe, ihr Leben in Ordnung zu bringen. Oder sich um sie zu sorgen.

„Ich weiß Ihre Hilfe zu schätzen, Stokes", wiederholte er noch einmal.

„Gewöhnen Sie sich nicht daran", antwortete Sean. Er straffte die Schultern und grinste. „Großer FBI-Fan werde ich nie sein."

„Ich glaube, damit kann ich leben. Halten Sie sich in Ihrer neuen Karriere an die richtige Seite des Gesetzes, Stokes."

Seans Grinsen wurde zu einem halbherzigen abfälligen Lächeln. „Geholfen hat mir das nie."

NACH DER Abreise der Hartleys mit ihrem eines Verbrechens verdächtigten Sohn hatte sich die Anzahl der Journalisten so weit verringert, dass Javi problemlos das Tor passieren konnte.

„Es sind zu viele Zufälle", sagte er laut genug für das Headset. „Drew ist hier verschwunden und das Mädchen, das Bri gespielt hat, hat eine Zeit lang hier gewohnt."

Cloister brummte zustimmend. „Du solltest nicht alleine hinfahren. Wenn Reed etwas damit zu tun hat, selbst wenn es nur am Rande ist, könnte er unerwartet reagieren. Wenn du wartest, bin ich in einer Viertelstunde da."

„Ich habe es nicht nötig, dass du auf mich aufpasst", antwortete Javi. „Die Hälfte aller Deputies in Plenty ist hier oben, um bei der Suche zu helfen."

Kurz herrschte Schweigen. Obwohl Cloister nichts sagte, konnte Javi das Echo ihres letzten Gesprächs in der Leitung hören. Er verzog das Gesicht, doch Cloister ließ ihm keine Zeit für ungeschicktes Herausreden.

„Frome hat einen Wagen geschickt, um Scanlon abzuholen, den Feuerwehrmann", sagte er. „Er müsste bald hier sein. Ich sage dir Bescheid, falls wir etwas Brauchbares erfahren."

Dann legte er ohne lange Abschiedsworte auf, doch das war nicht ungewöhnlich.

„… Waldbrandgefahr bleibt hoch", meldete sich das Radio wieder, nachdem der Anruf beendet war. Diese Warnung brauchte Javi eigentlich nicht. Man konnte es leicht erkennen. Der Wüstenwind war wie Schleifpapier und die Luft roch wie eine Schachtel Streichhölzer. Ein einziger Funke hätte gereicht, um Hector erneut zum Mörder zu machen, falls Drew sich noch hier oben befand.

Wenn er nicht bereits auf anderem Wege dazu geworden war.

Javi stellte sein Auto neben den anderen auf dem kleinen Parkplatz ab. Kein Mensch war zu sehen, als er sich dem Büro näherte. Aus den leeren Parkplätzen und offenen Türen schloss er, dass etwa die Hälfte der Gäste abgereist war –

entweder war ihr Urlaub beendet oder sie hatten ihn aus Angst vor Waldbränden oder Entführern vorzeitig abgebrochen –, während der Rest zusammen mit den Angestellten und freiwilligen Helfern die Suche nach Drew fortsetzte. Er konnte sie in der Ferne hören – ihre „Drew"-Rufe wurden vom Wind verzerrt und gedämpft. Der Raum, den sie als ihr Hauptquartier benutzt hatten, war mit einem Vorhängeschloss verschlossen. Sie mussten es näher an die Straße verlegt haben.

Auch das Büro war verschlossen. Die Tür ließ sich nicht öffnen und staubige Jalousien versperrten den Blick durch die vorderen Fenster. Ein primitiver Instinkt brachte Javi dazu, die Hände an das Glas zu legen und zu versuchen, durch die Lamellen zu spähen. Unter seiner Haut spürte er sandigen Schmutz, den seine Hände auf der Scheibe verschmierten.

Plötzlich hörte er hinter sich Holz unter den Schritten eines Menschen knarren. Javi verlagerte das Gewicht wieder auf den ganzen Fuß und senkte eine Hand. Nicht direkt zu seiner Waffe, aber in ihre Nähe.

„Suchen Sie irgendwen, Sir?", fragte eine heisere, tiefe Stimme höflich. „Alle sind draußen und suchen den kleinen Jungen."

Als Javi sich umdrehte, sah er den Gärtner, mit dem er sich bereits unterhalten hatte. Matthew. Der Mann wischte sich die Hände an einem schmutzigen Tuch ab und sah ihn mit wegen des Windes zusammengekniffenen Augen an.

„Reed", antwortete er. „Ich muss mit ihm reden. Hilft er bei der Suche?"

Matthew kratzte nervös über eine Kruste an seinem Hals. „Nein", sagte er. „Er ist zur Bank gefahren."

Das passte eher zu ihm. So viel Zeit als Hippie verbringen zu müssen konnte für Tranquil Reed nicht leicht sein.

„Was ist mit unseren Leuten?"

Matthew zog sich seine Kappe etwas tiefer in die Stirn, um seine Augen vor dem Staub zu schützen. Ihr Schatten senkte sich weiter über sein Gesicht, bis zur Nase und den Stoppeln auf seiner Oberlippe. „Die suchen da draußen. Ich kann Ihnen das Büro aufschließen", fügte er hinzu. „Wenn Sie lieber drinnen warten wollen und nicht im Wind."

Javi nickte zustimmend und trat zur Seite, um ihn zur Tür zu lassen.

„Wissen Sie schon mehr?", fragte Matthew, während er sich vorbeugte, um mit klimperndem Schlüssel das Schloss zu öffnen. „Was den Entführer des Jungen angeht?"

„Wir sind zuversichtlich, ihn bald in Gewahrsam nehmen zu können", sagte Javi. „Und Drew wird wieder bei seiner Familie sein."

„Sie geben sich viel Mühe", antwortete Matthew. Er stieß die Tür auf und trat ein, um den Türstopper an seinen Platz zu schieben. „Wenn Sie sich so viel Mühe geben, müssen Sie ihn einfach finden."

„Wir versuchen es." Javi schob sich aus dem Wind in das Bürogebäude, strich seine Krawatte glatt und klopfte sich Staub von den Ärmeln.

„Ich kann Mr. Reed anrufen", bot Matthew an. „Ihm sagen, dass Sie hier sind."

Er zog ein altes, abgenutztes Handy aus der Tasche, dessen Display von einer abgesplitterten Ecke ausgehend mit Spinnweben ähnelnden Rissen durchzogen war. Eine Entschuldigung murmelnd schlurfte er hinaus, um den Anruf zu tätigen. Javi beobachtete durch das Fenster, wie er mit auf beinahe aggressive Weise unterwürfiger Körperhaltung telefonierte, wobei er auf der Veranda auf und ab ging und sich nervös den Hinterkopf kratzte. Dabei war unter seinem Haar eine Narbe zu sehen – ein Streifen unebener Oberfläche, die Kerzenwachs ähnelte.

Eine Minute später kam er zurück. Sein Gesicht war unter der Bräune und dem Schmutz vor Verlegenheit und Verärgerung gerötet, während seine leise Stimme noch immer klang, als fühlte er sich unwohl.

„Mr. Reed sagt, er kommt gleich zurück. Ich soll dafür sorgen, dass Sie es sich bequem machen. Wollen Sie Kaffee oder Tee?"

Während er die Frage stellte, wischte er sich die Hände an seiner schmutzigen Jeans ab. Javi musste sich sehr zurückhalten, um nicht das Gesicht zu verziehen, als er den Kopf schüttelte.

„Wasser reicht mir", sagte er mit einem Blick auf die Kühlbox in der Ecke.

„Ich hole Ihnen ein Glas", sagte Matthew und hob mit einem kleinen Grinsen den Kopf. „Mr. Reed glaubt nicht an Plastikbecher."

Dann durchquerte er das Zimmer, wobei er mit seinen schmutzigen Schuhen der sauberen Matte auswich, und verschwand in einem Raum, bei dem es sich vermutlich um eine kleine Küche handelte. Glas klirrte, Wasser rauschte und schon kam Matthew mit sauberen Händen und einem Glas kaltem, sprudelndem Wasser auf ihn zu.

„Er wird nicht lange brauchen", sagte er, während er das Glas vor Javi abstellte. „Sie werden sehen." Dann ging er durch die offen gehaltene Tür hinaus, da er sich vermutlich wieder um seine Arbeit kümmern musste.

Javi musste daran zurückdenken, wie sich der Mann am Kopf gekratzt hatte. Es erinnerte ihn an seinen Vater, als dieser fünfzig geworden war. Er war eine Woche lang verreist und mit gebräunter Haut, einem neuen Haaransatz und einer Narbe am Hinterkopf zurückgekehrt – wesentlich unauffälliger als Matthews, aber sein Vater hatte dafür auch einen sehr guten Schönheitschirurgen bezahlt. Besser als ein Chirurg im Krankenhaus von Plenty, der die von einer Flasche abgelöste Kopfhaut eines Teenagers befestigte.

Als sich die Puzzleteile in Javis Kopf zusammenfügten, hatte er wegen seiner trockenen, staubigen Kehle bereits die Hälfte des Wassers getrunken. Fluchend sprang er auf und stützte sich mit einer Hand auf die Stuhllehne, während er sich vorbeugte und sich einen Finger in den Rachen schob.

Galle und Wasser spritzten auf seine Schuhe. In seiner Nase brannte der säuerlich-wässrige Geruch von Erbrochenem.

„Ich glaube nicht, dass das hilft", sagte Matthew – oder Hector.

Javi wollte sich aufrichten, stürzte jedoch beinahe. Sein Kopf fühlte sich schwer an und als wäre er mit Watte gefüllt. Seine Nerven schienen lange zu brauchen, um Informationen weiterzugeben. Alles kam ihm langsam vor. Plötzlich kam ihm der Boden entgegen und es dauerte mehrere Sekunden, bis er das Holz unter seinen Knien wahrnahm.

„Was hast du mir gegeben?", fragte er. Zumindest versuchte er es. Die Worte klangen seltsam.

„Ich glaube, das wissen Sie", antwortete Matthew. Wenn er nicht vorgab, jemand anders zu sein, sprach er in einer heiseren Tenorstimmlage. Er näherte sich – seine Schritte auf dem Holzboden kamen Javi schmerzhaft laut vor – und hockte sich neben ihn. „Allerdings eine höhere Dosis und etwas GHB. Ich möchte nicht, dass jemand verletzt wird."

Scheiße.

Javi versuchte, auf die Füße zu kommen, doch Matthew hielt ihn unter den Armen fest. Aus der Nähe roch sein Atem säuerlich und ohne Sonnenbrille konnte er sehen, dass seine Pupillen erweitert waren.

„Sie wollten doch wissen, wo Drew ist", sagte Matthew.

27

Nach dem zweiten Klingeln meldete sich jemand, auch wenn das durch die Leitung dringende Geräusch eher einem Grunzen als einer Begrüßung ähnelte. Cloister lehnte mit dem Handy am Ohr an der Bürotür der Polizeistation, wobei er den Haupteingang im Auge behielt.

„Bo, du hast doch gesagt, du schuldest mir noch was?", fragte er die Grunzerin.

„Das weißt du doch. Warte kurz", antwortete sie.

Stoff raschelte und im Hintergrund war eine missmutige Frauenstimme zu hören. Nach einigen Sekunden und dem Geräusch einer sich schließenden Tür meldete sich Bo wieder.

„Womit kann ich dienen? Bitte sag mir, dass du rüber nach Mexiko willst, um Typen aufzureißen, und einen Helfer brauchst."

Cloister schnaubte amüsiert. Das letzte Mal mit Bo auf der anderen Seite der Grenze war kein Erlebnis gewesen, das er wiederholen wollte. Ein Bus mit Studenten war falsch abgebogen und hatte sich auf einer kleinen Nebenstraße überschlagen. Die nicht verletzten oder eingeklemmten Insassen hatten beschlossen, zu Fuß zur Hauptstraße zurückzugehen, wobei sie allerdings die falsche Richtung eingeschlagen hatten. Er, Bo und ein Mitglied der Grenzpolizei waren damit beauftragt worden, die Verirrten zu finden. Und die jungen Leute hatten es überraschend weit in die vollkommen falsche Richtung geschafft.

„Nein. Hast du mal mit einem Feuerwehrmann namens Ben Scanlon zusammengearbeitet?"

„Gearbeitet nicht. Aber ich kenne ihn. Er geht noch mit uns trinken. Warum?"

„Er könnte etwas wissen, das uns bei der Suche nach einem vermissten Kind hilft."

„Der kleine Hartley." Es war keine Frage.

Cloister hörte ein Klicken und einen tiefen Atemzug. „Ist eine gesunde Lunge bei deinem Beruf nicht wichtig?"

„Nicht, seit ich an den Schreibtisch verbannt wurde." Das Ausatmen war langgezogen und bedächtig, gab ihr Zeit zum Nachdenken. „Ist er ein Verdächtiger? Wenn ich dir etwas sage, kann ich es nämlich nicht unbedingt im Zeugenstand belegen."

„Er ist kein Verdächtiger. Wir haben seine Personalakte angefordert, aber bis die eintrifft, muss ich einfach wissen, ob er ein anständiger Kerl ist oder …"

„Wie gesagt, er trinkt noch mit uns", antwortete Bo. „Scanlon ist einer vom alten Schlag – hart, aber fair und so. Er hat da draußen noch Freunde. Die Jungs, die er früher ausgebildet hat, geben ihm immer einen aus. Er macht keinen Hehl daraus, dass er von Frauen bei der Feuerwehr nicht begeistert ist, aber ich halte Abstand und er hält sich in meiner Gegenwart damit zurück."

„Weißt du, warum er aufgehört hat?"

Anstatt zu antworten, nahm Bo zum Nachdenken einen weiteren Zug von ihrer Zigarette. Während Cloister wartete, öffnete sich die Eingangstür und ein drahtiger, glatzköpfiger Mann mit ziemlich viel Bart trat ein. Er sagte etwas zu Andy am Eingang, der auf die Bank deutete. Während der Mann sich setzte, wandte sich Andy zu Cloister um und nickte.

Das war er also.

Cloister stieß sich von der Tür ab und presste das Handy kurz gegen die Schulter, während er den Kopf ins Büro steckte und Tancredi zuwinkte. „Es ist so weit."

Sie sprang eifrig auf und schob die Unterlagen, die sie gelesen hatte, in einen Aktenordner. Als Cloister das Handy wieder ans Ohr hob, hörte er noch den Rest von Bos Verärgerung, weil ihr klar geworden war, dass sie gerade mit sich selbst redete.

„Sorry", sagte Cloister. „Wenn man vom Teufel spricht. Was hast du gesagt?"

„Er ist abgesprungen, bevor man ihn gestoßen hat", erklärte sie. „Er hat niemals etwas getan, das jemanden in Gefahr gebracht hätte, aber er hat manchmal ein Auge zugedrückt. Ein paar Leuten einen Gefallen getan. Du weißt, wie so was läuft."

„Okay. Danke, Bo."

Sie brummte noch einmal ins Telefon, bevor sie auflegte. Cloister wandte sich Tancredi zu, die einen Kugelschreiber aus ihrem Haar zog. Sie sah ihn erwartungsvoll an.

„Sieht aus, als hätte er sich schmieren lassen." Cloister richtete sich auf. „Nicht bei ernsten Angelegenheiten, aber …"

„Genug, um zu erklären, warum er mit den anderen Familien auf Hectors Liste gelandet ist", beendete Tancredi den Satz. „Vielleicht hat er sogar Geld von einem Hartley angenommen. Okay, damit kann ich arbeiten. Und du willst ganz sicher nicht dabei sein?"

Er schüttelte den Kopf. „Ich versuche noch einmal, die anderen möglichen Opfer zu erreichen."

Tancredi nickte und näherte sich Scanlon, um ihn zu begrüßen, und führte ihn, nachdem sie ihm die Hand geschüttelt hatte, in den Verhörraum. Cloister versuchte es erst bei Luna McBride, hörte jedoch nur ein Besetztzeichen. Schon wieder. Er hinterließ dieselbe Nachricht wie beim letzten Mal, auch wenn es vermutlich nicht helfen würde. Leo hatte die letzten fünf Jahre damit verbracht, innerlich immer wieder seine Entführung zu durchleben. Aus Lunas vorstrafenfreiem Leben mit hervorragenden Leistungen ließ sich dagegen eher schließen, dass sie alles tat, um sie zu ignorieren.

Doch er selbst sollte in der Hinsicht nicht mit Steinen werfen.

Die Abwesenheit von Bournevilles schwerem, warmem Körper neben seinen Füßen war ungewohnt, als er sich durch die Liste arbeitete. Normalerweise waren ihre Atemzüge ein ständiges Hintergrundgeräusch. Allerdings hielt er sich selten so lange im Büro auf, und wenn er es tat, war sie im Freilaufgehege mit ihrem Lieblingsspielzeug und Futter glücklicher, bis sie sich wieder an die Arbeit machen konnten.

Es war nicht das Einzige, was ihn unruhig machte. Nur konnte er seine Unruhe wegen Javis Abwesenheit weniger gut rechtfertigen.

Fünf Anrufe. Zwei von ihnen blieben unbeantwortet. Bei einem meldete sich die Mutter des jungen Mannes und versprach, die Nachricht weiterzugeben, denn er war ausgezogen. Bei einem anderen gestand eine junge Frau verlegen, dass sie lediglich mit ihrer besten Freundin nach Vegas ausgerissen war, nur um am Ende ihre Mutter anzurufen, damit sie die Mädchen von einer Tankstelle abholte, weil sie Angst bekommen hatten.

„Wir hatten Glück", sagte ihre Mutter, als sie wieder ans Telefon kam. „Sie scheinen jemanden zu suchen, der es nicht hatte."

Cloister legte auf, damit sie ihre Tochter in Ruhe daran erinnern konnte, wie viel Glück sie gehabt hatte, und legte ihre Akte auf den Stapel überprüfter Fälle. Als er sie gerade losließ, klingelte sein Handy. Er zuckte zusammen, sodass die Akte vom Schreibtisch rutschte und Papier auf dem Boden verteilte.

„Mist." Er nahm den Anruf an und klemmte sich das Handy zwischen Ohr und Schulter. „Deputy Witte."

„Deputy", sagte Andy. „Hier ist eine Doctor Galloway. Sie wollte mit Special Agent Merlo reden, aber da er nicht hier ist …"

„Ich komme sofort." Er legte auf, sammelte die letzten Blätter ein und stopfte sie in den Ordner, bevor er sich auf den Weg zum Eingang machte. Galloway wartete mit einer schräg über die Schulter gehängten Laptoptasche und einem Captain-America-Trolley auf dem Boden neben ihren Füßen.

„Doctor?"

Sie drehte sich um und streckte den Arm aus, um ihm energisch die Hand zu schütteln.

„Eigentlich wollte ich Special Agent Merlo sprechen", sagte sie. „Offenbar ist er nicht in der Nähe?"

„Im Moment nicht", antwortete Cloister. „Auch wenn er bald zurück sein sollte. Kann ich helfen?"

„Wahrscheinlich", sagte Galloway mit einem schiefen Lächeln. „Ehrlich gesagt hätte ich ihm auch einfach eine E-Mail schicken können. Vielleicht wollte ich einfach ein bisschen angeben. Er hat mich nämlich gebeten, einen Fall zu finden, der bestimmte Voraussetzungen erfüllt – und ich glaube, das habe ich."

„Wirklich?"

Sie zog die Laptoptasche nach vorn, um sie öffnen zu können, und nahm zwei zusammengeheftete Seiten heraus.

„Einen ‚Hector' mit entsprechender Vorgeschichte konnte ich nicht finden. Aber dieser Fall kommt den Eckdaten nahe. Ein kleines Mädchen ist in einem Auto an Hyperthermie gestorben, nachdem ihre Mutter wegen unerlaubten Betretens eines Grundstücks verhaftet wurde und den Tag im Gefängnis verbringen musste. Einige Tage später hat sie sich mit einer Überdosis getötet, doch sie hat einen Sohn zurückgelassen." Sie reichte ihm die Blätter. „Morgen bin ich nicht da, aber wenn Agent Merlo mich erreichen möchte, kann das Leichenschauhaus den Anruf weiterleiten."

Cloister betrachtete die Seiten. Die aufgelisteten Details raubten dem traurigen Vorfall einen Teil seiner Tragik, aber nicht alles davon. Er überflog Namen, Altersangaben und Todesursachen, bis ihm der Ort ins Auge fiel.

„Mallard Park?", fragte er.

Galloway zog den Griff des Trolleys heraus und schob die Laptoptasche wieder weiter nach hinten. „Ja", antwortete sie. „Ich glaube, es war noch, bevor das Projekt aufgegeben wurde."

Sie kippte den Trolley auf seine Rollen. „Sagen Sie Special Agent Merlo, dass er mir etwas schuldet."

„Das werde ich. Aber können Sie mir noch sagen, wer sie gefunden hat?"

Galloway schürzte die Lippen und zuckte mit den Schultern. „Ich glaube, es gab einen Notruf, also Rettungssanitäter, Feuerwehr … Wieso?"

„Weil wir vielleicht jemanden haben, der sich noch daran erinnert", erklärte er, woraufhin sie lediglich die Augenbrauen hochzog. „Danke, Doctor. Gute Reise."

Sie schniefte. „Mein Großvater ist gestorben."

„Das tut mir leid."

Ihre blassen Augen wurden hart wie Stein. „Um ihn muss es niemandem leidtun. Er war ein bösartiger Mensch", antwortete sie. „Es wird nur anstrengend sein, sich um seinen Nachlass zu kümmern. Die letzte Gelegenheit, seinen Liebsten das Leben schwer zu machen. Viel Glück mit dem Fall, Deputy. Ich hoffe, Sie haben keine neue Arbeit für mich, wenn ich zurückkomme."

Er nickte. „Ich bemühe mich."

Galloway wandte sich ab und verließ mit über die Fliesen klapperndem Koffer das Gebäude.

„MEIN SOHN wird nicht vermisst", sagte Ben Scanlon gerade, als Cloister sich in den Raum schob. Er beugte sich vor und unterstrich seine Worte, indem er einen Finger auf die Tischplatte stieß. „Mein Sohn ist tot. Also verstehe ich nicht, was das alles mit mir zu tun haben soll."

Anstatt ihm zu antworten, wandte Tancredi sich Cloister zu. „Deputy Witte, kann ich Ihnen helfen?" Trotz ihrer ruhigen, freundlichen Stimme übersah er nicht die gereizte Anspannung um ihre Augen herum.

„Hettie Spence." Cloister legte den Bericht auf den Tisch. „Sie ist vor fünfzehn Jahren im Mallard Park an Hyperthermie gestorben."

Tancredis Augenbrauen schossen in die Höhe und sie senkte den Blick, um zu lesen. Dabei fuhr sie mit dem Finger über die gedruckten Worte und hielt an denselben Stellen inne, die auch Cloister aufgefallen waren. Auf der anderen Seite des Tisches lehnte Scanlon sich zurück und verschränkte die Arme.

„Was hat das mit mir zu tun?", wiederholte er seine Frage.

Tancredi hob den Kopf. „An Ihrer Stelle hätte ich eher gefragt: ‚Was hat das mit meinem Sohn zu tun?'." Sie legte eine Hand auf die Seite und drehte sie um, damit Scanlon sie sich ansehen konnte. „Damals haben Sie als Feuerwehrmann gearbeitet, nicht wahr, Mr. Scanlon? Erinnern Sie sich an diesen Einsatz?"

Aus seinen braunen Augen warf er ihr einen mürrischen Blick unter gesenkten Lidern zu. Die Sehnen in seinem Hals waren unter der faltigen, wettergegerbten Haut straff gespannt. Er bewegte den Kiefer von rechts nach links, bis er knackte.

„Es ist eine große Stadt", sagte er langsam und deutlich. Sein Tonfall war neutral. „Ich erinnere mich nicht an jeden Einsatz."

„Das habe ich nicht gefragt." Tancredi tippte auf den Bericht. „Erinnern Sie sich an diesen? Erinnern Sie sich an Hettie Spence?"

Er zuckte mit den Schultern und wandte den Blick ab. Unter seinem Auge zuckte ein Muskel, der es ihm bei einem Pokerspiel ziemlich schwer gemacht hätte. „Ich war zwanzig Jahre bei der Feuerwehr. Ich …"

Tancredi schlug mit der Handfläche auf den Tisch und Scanlon zuckte zusammen. Trotz der aggressiven Geste war ihre Stimme ruhig, als sie fragte: „Wie oft haben Sie in diesen zwanzig Jahren ein gekochtes Baby aus einem Auto befreit, Mr. Scanlon? Ich habe selbst ein Kind. Ich würde mich daran erinnern. Diese Art von Einsatz würde ich nicht vergessen."

Er räusperte sich. „Und wenn ich es tue? Was dann? Über manche Fälle denke ich nicht gern nach. Ich weiß immer noch nicht, wie das jetzt mit mir zusammenhängt." Mit einem bösen Blick in Tancredis Richtung fügte er hinzu: „Oder meinem Sohn."

Cloister setzte sich auf einen freien Stuhl. Für „zugänglich" war er zu verärgert, ganz egal, was Javi dachte, aber „auf aggressive Weise gleichgültig" war für ihn ganz leicht.

„Mr. Scanlon, gestern haben wir im Mallard Park Birdie Utkins Leiche gefunden", sagte er. Scanlon erbleichte unter seiner rötlichen Sonnenbräune. „Wenn wir recht haben, und das haben wir, dann wird Mr. Utkin uns alles sagen, was wir ihn fragen. Glauben Sie mir, wenn er die Überreste seiner Tochter sieht, wird er uns genau erzählen, was Sie getan haben. Dann wird es vielleicht schon zu spät sein, um Drew Hartley zu retten. Wir werden ihn nur noch finden. Dann werden Ihre alten Feuerwehrkumpel Ihnen keinen mehr ausgeben, oder? Also beantworten Sie die verdammte Frage."

Scanlon richtete sich entrüstet auf. „So können Sie nicht mit mir reden. Ich bin nicht in Haft. Ich kann gehen, wann immer ich will."

„Das können Sie", bestätigte Tancredi. „Aber wie Deputy Witte schon sagte – wenn mich zum Beispiel mein Cousin im Stadtrat fragt, warum wir Drew Hartley nicht rechtzeitig gefunden haben ... wollen Sie dann wirklich, dass ich Ihren Namen nenne? Vor allem, wenn wir sowieso herausfinden, was Sie getan haben?" Sie tippte mit Nachdruck auf das Blatt Papier und wiederholte ihre Frage. „Erinnern Sie sich an Hettie Spence?"

Plötzlich tat er es.

28

SCANLON LEERTE mit großen Schlucken einen der Spitzbecher aus dem Wasserspender. Anschließend drückte er ihn zusammen und faltete ihn wieder auseinander.

„Es war ein Unfall." Er betrachtete seine Hände, als täten sie etwas Interessanteres, als Pappstücke aus dem Becher zu reißen. „Nur deshalb habe ich es getan. Mich dazu überreden lassen. Es war ein Unfall."

„Ein kleines Mädchen ist gestorben", merkte Cloister an. „Einem sechsjährigen Jungen wurden bleibende Schäden zugefügt."

Scanlon hob ruckartig den Kopf. „Niemand wollte, dass das passiert. Niemand hat damit gerechnet", sagte er. „Ich war nicht daran beteiligt, okay? Ich habe nichts getan. Ich habe nur in meinem Bericht … das Auto bewegt."

„Warum?"

Scanlon wischte sich mit dem Handrücken über die Nase und senkte den Blick, biss sich auf die Unterlippe.

„Die ganze Geschichte kenne ich nicht", sagte er schließlich. „Das musste ich auch nicht, um meinen Teil zu erledigen."

Tancredi beugte sich vor, bis er ihr ins Gesicht sehen musste. „Sagen Sie uns einfach, was Sie wissen."

„Plenty war damals anders", sagte er. „Der Ort war dabei, unterzugehen. Die Farmen wurden aufgegeben und die einzige Beschäftigung mit Zukunft schien Drogenhändler zu sein. Wer es sich leisten konnte, ist gegangen. Noch ein paar Jahre mehr und die Stadt wäre ausgetrocknet und weggeweht worden. Aber dann kamen plötzlich wieder Leute her und die Immobilienpreise sind angestiegen. Wenn es dann also mal zu langsam ging, wenn jemand nicht verkaufen wollte … wurde es manchmal etwas unschön."

„Ist es das, was den Spence' passiert ist?"

Scanlon zuckte mit den Schultern. „Hören Sie, das ist kein Insiderwissen oder so. Jeder in der Stadt hat zugesehen. Die Bank hat bei dem ganzen Häuserblock praktisch über Nacht die Zwangsvollstreckung eingeleitet und die Häuser ohne Hypothek wurden für abbruchreif erklärt. Ehe man sichs versah, kamen die Zäune und Utkin hatte die Baugenehmigung der Stadt für Mallard Park. Vielleicht ging bei der Enteignung nicht alles mit rechten Dingen zu. Vielleicht verloren einige Leute ihr Haus, ohne es verdient zu haben. Aber niemand wollte Fragen stellen, weil Utkin damit über hundert Leuten Arbeit gegeben hat." Er hörte auf, den Becher zu zerreißen, und fegte mit der Hand die Schnipsel zusammen. „Aber ja, die

Spence' waren eine der Familien, die ihr Haus verloren haben. Das war ungefähr vier Monate davor."

Er tippte so kräftig mit dem Finger auf das Papier, dass es über den Tisch zu Tancredi rutschte, und wartete eine Sekunde, als rechnete er damit, dass sie etwas sagen würden. Als sie beide schwiegen, räusperte er sich und fuhr fort.

„Jedenfalls hat die Mutter ein ziemliches Theater gemacht, um sich gegen die Bank zu wehren. Sie hat Briefe geschrieben, ist mit dem Baby und dem kleinen Jungen bei Sitzungen des Stadtrats aufgetaucht, um Fragen zu stellen, und hat die Arbeiter an der neuen Baustelle beschimpft. Irgendwann hatten die genug davon, und als sie eines Abends wieder dort war, haben sie sie verhaften lassen. Es war ein Wochenende, also dachten sie, damit hätten sie eine Weile Ruhe vor ihr." Er hielt inne und schluckte. Die Ausrede, dass niemand daran schuld war, wirkte immer weniger überzeugend. „Keiner wusste, dass sie in ihrem Auto schlief, verstehen Sie? Sie und die Kinder. Es stand auf dem Parkplatz und … die Türen hatten eine Kindersicherung, damit sie nicht aussteigen und weglaufen konnten."

„Und sie hat es niemandem gesagt?", fragte Tancredi. „Hat der Polizei nicht gesagt, sie soll ihre Kinder da rausholen?"

Scanlon schüttelte den Kopf. „Am Anfang nicht", sagte er. „Wahrscheinlich hat sie erst gedacht, sie wäre in ein paar Stunden wieder draußen, und wollte nicht riskieren, dass man ihr die Kinder wegnimmt. Ich vermute, als ihr endlich klar wurde, dass es länger dauern würde … hat ihr niemand mehr zugehört."

Oder ihr nicht mehr geglaubt. Wenn man Leute über Nacht einsperrte, brachten sie oft die verrücktesten Gründe vor, aus denen sie *unbedingt* freigelassen werden mussten. Cloister hatte viele davon ignoriert. Wäre er an der Verhaftung beteiligt gewesen, hätte er nicht schwören können, dass er die Kinder nicht als ähnlich erfunden abgetan hätte wie das Vorstellungsgespräch des Betrunkenen in Hollywood. „Wie lange?", fragte er.

„Samstagnacht und den ganzen Sonntag", antwortete Scanlon. „Als Montag der Bauführer kam, hat er neben dem Auto geparkt und den Jungen gesehen. Er hat es gemeldet."

„Dann haben Sie gelogen."

„Ja", sagte Scanlon. „Hören Sie, es war nicht Utkins Schuld. Wer schließt seine Kinder in Kalifornien im Auto ein? Mitten in der Hochsaison der Santa-Ana-Winde. Sie wussten es nicht. Es ist doch nicht so, als hätten sie das Mädchen absichtlich sterben lassen. Es ist eben passiert, also … haben sie mich darum gebeten, das Auto in meinem Bericht auf die Straße zu versetzen, sodass das Bauprojekt nicht dafür verantwortlich gemacht wurde, als die Presse davon Wind bekommen hat. Ich meine, es ist nicht mit Absicht passiert, es wurde kein Verbrechen begangen. Ich habe ihnen nur einen Gefallen getan. Das hat niemandem geschadet."

Tancredi sprang auf und ihr Stuhl rutschte gegen die Wand, als sie den Bericht packte und mit den zerknitterten Blättern vor Scanlons Gesicht durch die Luft wedelte. Er wich zurück.

„Niemandem geschadet?" Ihre Stimme bebte am Rand eines Schreis. „Ein kleines Mädchen ist gestorben. Ihre Mutter hat Selbstmord begangen, weil man ihr die Schuld gab, weil sie sich selbst die Schuld gab. Und was ist aus dem Jungen geworden?"

Scanlon wirkte gekränkt. „Ich habe ihn aus diesem Auto geholt", antwortete er ähnlich laut. „Ich habe ihn ins Krankenhaus gebracht. Wäre ich nicht gewesen, wäre er ebenfalls gestorben."

„Wären Sie nicht gewesen? Wären …"

Cloister legte ihr eine Hand auf den Arm, um sie zu unterbrechen. „Kann ich kurz mit Ihnen reden, Deputy?", fragte er sie.

Sie entzog ihm gereizt den Arm, nickte aber.

„Wenn Sie uns eine Minute entschuldigen könnten, Mr. Scanlon", sagte sie.

Er zuckte mit den Schultern, fuhr sich mit der Hand über den Nacken. Auf seiner hohen Stirn waren Schweißtropfen zu sehen, von denen sich einige in seinem schütter werdenden Haar verfangen hatten. „Ich verstehe immer noch nicht, was das mit meinem Sohn zu tun hat", sagte er.

Keiner von ihnen klärte ihn auf, bevor sie den Raum verließen, obwohl Cloister versucht war, es zu tun. Doch er schloss die Tür. Tancredi stampfte mit zu Fäusten geballten Händen und gesenktem Kopf den Flur hinab. Nach sechs Schritten drehte sie sich um und stapfte zurück.

„Tritt einfach einen Stuhl", riet ihr Cloister.

Sie schnaubte. „So etwas machst du?"

Er grinste. „Ich boxe lieber gegen Wände oder sag Leuten vom FBI, dass sie mich am Arsch lecken können", antwortete er. „Aber du hast Ehrgeiz und ungebrochene Finger, also solltest du dich auf Stühle beschränken."

Trotz eines finsteren Blicks in Cloisters Richtung drehte sie sich um und trat mit Schwung gegen einen der an der Wand aufgereihten Plastikstühle. Er flog durch die Luft und landete auf den anderen, deren Metallbeine sich ineinander verhakten und über den Boden kratzten. Tancredi stieß einen entrüsteten Seufzer aus.

„So ein Arschloch", sagte sie. „So ein verdammtes Arschloch." Mit einem Schniefen wandte sie sich von Cloister ab. „Verdammt", murmelte sie mit einem weiteren Schniefen. „Wenn du das jemandem erzählst …"

Er reichte ihr ein Taschentuch. Einige Polizisten weinten, andere übergaben sich und er quälte seine Fäuste – die besorgniserregenden Leute waren die, die bei einem solchen Fall *nichts* fühlten. „Warum kommt mir der Name Spence bekannt vor?", fragte er.

Tancredi rieb sich über die Augen, als wollte sie diese für etwas bestrafen, und putzte sich die Nase. „Fuck", murmelte sie, als sie das Taschentuch faltete, um eine noch unbenutzte Stelle zu finden. „Von vor diesem Gespräch?"

186

„Ja", sagte er. „Ich erinnere mich nicht an den Zusammenhang, aber er kam vor."

Sie schnaubte noch einmal unelegant in das Taschentuch und runzelte die Stirn. „Du hast viele alte Akten gelesen", sagte sie. „Vielleicht war es dabei? Wenn dieser Junge hier unser ‚Hector' ist, hat er sich vielleicht einem der anderen Opfer angenähert?"

Vielleicht. Doch obwohl er kein Gegenargument hatte, kam ihm der Kontext falsch vor. „Das glaube ich nicht. Es war etwas anderes. Etwas …"

Plötzlich wurde Tancredi blass und ihr Mund öffnete sich leicht. „Scheiße."

„Was?"

Sie warf das Taschentuch in den Papierkorb und joggte ins Büro bis zu ihrem Schreibtisch. Cloister folgte ihr hastig. „Er hatte ein Alibi", sagte sie über ihre Schulter. „Es ist bei seiner Überprüfung aufgetaucht, aber er hatte ein Alibi, also habe ich nicht darüber nachgedacht."

„Wovon redest du?", wollte Cloister wissen.

Tancredi durchwühlte die Unterlagen auf ihrem Tisch und warf Stapel davon auf den Stuhl, während sie nach etwas Bestimmtem suchte.

„Davon", sagte sie schließlich und hielt Cloister eine Akte hin. „Er hat seinen Namen schon vor Jahren offiziell in Tranquil Reed geändert, aber bei seiner Geburt war er ein Spence. Er ist der Vater unseres Mörders. Das ist die Verbindung zum Retreat."

Furcht legte sich in Cloisters Magen wie ein Stein. Es war albern. Dass Javi sich nicht mehr gemeldet hatte, seit er zum Retreat gefahren war, hatte nichts zu bedeuten. Er kam allein zurecht. Der Furcht war das allerdings egal. Sie setzte sich hartnäckig in seinem Magen fest.

„Ich rufe Agent Merlo an", sagte Cloister. „Sag du Frome Bescheid."

Tancredi joggte aus dem Büro, während Cloister sein Handy aus der Tasche zog. Er erreichte nur Javis Mailbox.

Auch das hatte nichts zu bedeuten. Wovon sich jedoch weder Cloister noch sein Bauchgefühl überzeugen ließen.

TRANQUIL REED war nicht begeistert darüber gewesen, wieder eine große Anzahl Polizisten im Retreat auftauchen zu sehen. Noch weniger begeistert war er vom Grund ihres Auftauchens. Der gewohnte leinenumhüllte Charme des ehemaligen Hippies hatte sich ein wenig aufgelöst, als er nervös über seinen Schreibtisch gebeugt dasaß. Es war das erste Mal, dass Cloister Reed schwitzen sah und es verschaffte ihm eine gewisse schadenfrohe Genugtuung.

„Sie liegen falsch."

„Das tun wir nicht", antwortete Tancredi. Sie legte die Fotos der Opfer nacheinander in einer Reihe auf den Tisch, als teilte sie Karten aus. „Der Neffe der Bankpräsidentin, an die Ihre Exfrau das Haus verloren hat. Die Tochter des Bauträgers, der das Mallard-Park-Projekt durchgesetzt hat. Der Sohn des Stadtrats, der es genehmigt hat. Die Tochter des Bauunternehmers. Der Sohn des Feuerwehrmanns, der Ihre Tochter gefunden hat. Er hat sie alle entführt."

„Und jetzt wird ein FBI-Agent vermisst", fügte Cloister hinzu. Er brachte die Worte kaum über die Lippen, als wäre es nicht wahr, wenn er es nicht aussprach. „Special Agent Merlo ist heute hergekommen, weil er mit Ihnen reden wollte. Jetzt ist er verschwunden. Das war Ihr Sohn."

„Dazu wäre er nicht in der Lage", widersprach Tranquil und stand frustriert auf. Er vergrub die knochigen Finger in seinem Haar, als müsste er die Worte aus seinem Kopf schütteln. „Nach dem Vorfall hat er unter PTBS, neurologischen Defiziten und anderen Problemen gelitten. Die einfachsten Dinge fallen ihm schwer. Deshalb arbeitet er hier – weil man ihn woanders nicht lange behalten würde."

Cloister knallte die Bürotür zu. Reed zuckte zusammen und sank wieder auf seinen Stuhl.

„Erzählen Sie das dem Anwalt, den Sie für Ihren Sohn brauchen werden", sagte er. „Den interessiert das vielleicht. Uns nicht. Im Moment steckt Ihr Sohn in Schwierigkeiten. Wenn Drew Hartley oder Special Agent Merlo etwas zustößt, werden die noch wesentlich größer. Also wo ist er?"

Tranquil öffnete den Mund, nur um ihn wieder zu schließen. Plötzlich wirkte er ziemlich alt. „Ich weiß es nicht", antwortete er. Cloister stieß einen frustrierten, ungläubigen Laut aus. „Wirklich nicht. Ich sage die Wahrheit. Meine Ehe ist daran zerbrochen, dass ich hergekommen bin, dass ich zu dem hier geworden bin. Das war schon problematisch genug. Aber nach dem, was mit seiner Mutter und Schwester passiert ist – meiner Frau und Tochter … Das hat er mir nie verziehen. Wir reden nicht miteinander. Er erzählt mir nichts von seinem Leben. Ich gebe ihm Arbeit, wenn er nüchtern ist, und lasse ihn hier schlafen, wenn er möchte. Manchmal sehe ich ihn wochenlang nicht. Ich weiß nicht, was er macht und wohin er geht."

Er verstummte und betrachtete das vor ihm ausgebreitete Blatt aus Opfern. In seinem Gesicht zeichnete sich Trauer ab und mit ihr das Ende seines Leugnens. „Warum tut er das? Diese Kinder haben Hettie und Jill nichts getan. Sie sind nur Kinder."

Cloister sah sich die Fotos an. Angehörige hatten sie ausgewählt, sodass sie die vermissten Teenager von ihrer besten Seite zeigten. Leuchtende Farben hatten strahlende Haut und Unschuld festgehalten. Cloister war in einer ziemlich miesen Stadt aufgewachsen und erinnerte sich noch daran, mit wie viel Missgunst er die Kinder betrachtet hatte, die keinen Bruder verloren hatten, deren Väter keine nichtsnutzigen Arschlöcher gewesen waren, deren Mütter sie nicht voller Enttäuschung angesehen hatten. Das Schlimmste, was er deshalb jemals getan hatte, war ein aus Frustration angefangener Streit mit einem Footballspieler. Dennoch verstand er das Gefühl.

„Sie sind nur Kinder", bestätigte Cloister. „Sie haben die Chance, einfach Kinder zu sein, weil sie niemals in einem Auto eingesperrt den Tod ihrer Schwester miterleben mussten. Das findet er vermutlich nicht fair."

Tranquil wirkte, als hätte Cloister ihm einen Schlag versetzt.

„Können Sie uns irgendetwas sagen?", fragte Tancredi, während sie die Fotos wieder zu einem Stapel zusammenschob und mit der Kante auf den Tisch klopfte.

Er schien antworten zu wollen, denn er sah auf und öffnete mit verzweifeltem Blick den Mund. Dann zuckte er lediglich mit den Schultern und schüttelte den Kopf.

„Ich kenne ihn nicht." Er wischte sich mit einer Hand durchs Gesicht. Die Haut dehnte sich unter seinen Fingern, als hätte auch sie ihre ganze Kraft verloren. „Ich glaube, das tue ich schon lange nicht mehr."

Tancredi sah Cloister an und hob leicht hilflos die Schultern. Von Tranquil schienen sie zu diesem Zeitpunkt nichts Hilfreiches erfahren zu können. Falls er etwas wusste, war er durch die Enthüllungen und die Vorwürfe gegen seinen Sohn zu verstört, um sich daran zu erinnern.

„Hat er Freunde?", versuchte es Cloister noch einmal ohne große Hoffnung. „Jemanden, mit dem er redet?"

Tranquil schüttelte den Kopf. Er beugte sich vor, stützte seine Ellbogen auf die Knie und vergrub das Gesicht in den Händen. Sie hatten nicht genug Zeit, um darauf zu warten, dass er sich fasste. Cloister öffnete die Tür und ging zurück in den Eingangsbereich. Leute von der Spurensicherung suchten geschäftig nach Hinweisen und nahmen Proben des Erbrochenen auf dem Boden.

„Witte", sagte Frome. Mehr nicht.

Cloister verließ mit angespannten Schritten das Gebäude und näherte sich seinem Auto, während der Wind einen Schwall heiße, staubige Luft in seine Nase schob. Er öffnete die Tür und ließ Bourneville heraus, die ihre Ohren an den Kopf legte und den Schwanz einklemmte, als der Wind sie traf. Er schob ihr Fell in die falsche Richtung, sodass sich Wirbel bildeten.

„Witte." Tancredi war ihm gefolgt. Sie hielt sich eine schützende Hand vor die Augen und sagte: „Es wurden Hubschrauber aus LA angefordert – mit Infrarot. Wir finden sie." Kurz hielt sie inne, bevor sie hinzufügte: „Ihn."

Cloister befestigte die Leine an Bournevilles Geschirr und zupfte einmal sanft an einem an den Kopf gelegten Ohr. Er wusste nicht, wofür Tancredi die Sache zwischen ihm und Javi hielt – wahrscheinlich irgendetwas zwischen heimlicher Hochzeit und unerwiderter Schwärmerei –, aber es war vermutlich besser als die Wahrheit.

„Tancredi."

„Du siehst ihn an, wie ich in meiner Schwangerschaft Sushi angesehen habe", merkte sie an. „Unverkennbar."

189

Cloister ignorierte die Bemerkung. „Hector – Matthew – weiß, dass wir ihm auf den Fersen sind." Er schob mit dem Fuß die Autotür zu und schnippte mit den Fingern. Bourneville folgte ihm gehorsam, als er sich Javis Auto näherte. Dass kein Versuch unternommen worden war, das Auto zu verstecken, war kein gutes Zeichen. Die Türen hatte die Polizei bereits aufgebrochen.

„Hast du denn überhaupt irgendetwas mit Merlos Geruch, dem sie folgen kann?", fragte Tancredi.

„Gleich habe ich das." Cloister forderte Bourneville auf, sich hinzusetzen, und öffnete die Tür. Normalerweise hätte man ein ausgezogenes Hemd auf dem Beifahrersitz oder im Fußraum hinter dem Fahrersitz gefunden. Javi hatte es jedoch gefaltet, in eine Tüte geschoben und ins Handschuhfach gelegt. Das half ihnen jetzt. Sein Geruch haftete dadurch noch stärker daran. „Wenn ich sie nicht finde, werden es die Hubschrauber tun."

Obwohl selbst Tancredis Sommersprossen von seinem Vorhaben nicht begeistert zu sein schienen, widersprach sie nicht. Cloister hockte sich auf den Boden und rief mit einem Fingerschnippen Bourneville zu sich. Kurz vergrub er sein Gesicht in ihrem rauen, verschwitzten Fell. Sie roch nach Staub mit der etwas strengeren Note von Hundeschweiß und ihre Flanke bewegte sich unter seiner Wange, als sie hechelte. Ausnahmsweise tröstete es ihn kaum.

Es war seine Schuld. Genau wie beim letzten Mal. Die Schuldgefühle waren ein erdrückender Schmutzfleck in seinem Hinterkopf, der sämtliche Rechtfertigungen überdeckte. Seinem Gewissen war es egal, dass Javi Abstand von Cloister hielt – keine Beziehung mit ihm und keine Unterstützung von ihm wollte. Es wusste dennoch, dass er Javi im Stich gelassen und verloren hatte. Genau wie beim letzten Mal.

„Braves Mädchen, Bourneville", sagte er, als er den Kopf hob. Er öffnete den am Ende umgeschlagenen Plastikbeutel, der sich heiß und weich anfühlte, und hielt ihn Bourneville hin. Sie schob eifrig die Nase in den Baumwollstoff im Innern, nieste und suchte nach einer Stelle mit viel Schweiß und Hautschuppen. Als sie diese fand, hob sich ihre Rute und begann, eifrig im Wind zu wedeln. „Suuch. Finde Javi."

Nach einem kurzen Bellen senkte sie die Nase zum Boden. Sie lehnte sich in das Geschirr, während sie der Spur von einem Grasbüschel zum nächsten folgte, vom Auto bis zum Büro.

Ihre Krallen klickten laut auf dem Holzboden, als sie den Raum absuchte. Cloister fasste die Leine kürzer und wickelte sich das ganze Stück ums Handgelenk wie eine Stulpe, um sie von den durch die Spurensicherung abgegrenzten Bereichen fernzuhalten.

„Witte", sagte Frome wieder, diesmal mit so viel Nachdruck, dass Cloister ihn nicht ignorieren konnte, ohne es offensichtlich zu machen.

„Sir?" Er bereitete sich darauf vor, ihn davon überzeugen zu müssen, dass Bourneville ihnen einen Vorsprung verschaffen konnte – dass ein kleiner Vorteil besser war als nichts.

„Nehmen Sie Tancredi mit. Ich will nicht, dass mir noch ein Deputy abhandenkommt."

Ein Teil der in Cloisters Schultern verwobenen Spannung löste sich. Er nickte Frome zu und konzentrierte sich wieder auf Bourneville. Sie stand mit den Vorderbeinen auf dem Sofa – staubige Pfotenabdrücke bedeckten den hellen Stoff –, während sie ihre Nase unter die Polster schob. Als Nächstes gönnte sie der Pfütze aus Erbrochenem ein interessiertes Schnüffeln, doch Cloister hielt sie zurück, bevor sie die gelben Schildchen umstoßen konnte.

„Pfui", schimpfte er. „Komm weiter, Bourneville. Suuch."

Bei seinem Tadel stieß sie ein Brummen aus, schüttelte mit flatternden Ohren den Kopf und machte sich wieder an die Arbeit. Die Spur führte sie aus dem Büro und die Verandastufen hinab. Dann zerrte sie Cloister in den schmalen Gang zwischen einem Lagerschuppen und der Waschküche, der bei diesem Wetter einem Windkanal glich, als heulende Böen hindurchfegten. Am Ende bog sie rechts ab, hinter die große Halle, in der die Buggys standen, bevor sie auf einen schmalen Fußpfad abschwenkte.

Jetzt war sie sich der Richtung sicher. Die Zunge hing ihr flatternd aus dem Maul, als sie geradewegs einen kleinen Hügel hinunterlief und sich einer struppigen Gruppe von Bäumen näherte, die sich im Wind bogen. Als sie sie erreichten, sah Cloister etwas Grünes zwischen den Ästen flattern. Es handelte sich um eine Plane mit Stricken.

„Was ist das?", fragte Tancredi, als sie rutschend neben ihm zum Stehen kam. Ihr Haar war staubig und verknotet und sie musste sich einige Blätter – frisch vom Baum gerissen – aus dem Gesicht wischen. „Oder was war es?"

Cloister bückte sich, um eine Ecke der Plane hochzuheben. Auf der Erde darunter befanden sich breite Reifenspuren und unregelmäßige Ölflecken. Der Plane haftete der unangenehm süße Geruch von Benzin an.

„Matthew hatte hier einen Buggy versteckt", sagte er.

Tancredi blies frustriert die Backen auf und seufzte. „Damit könnte er jetzt schon dreißig, vierzig Meilen zurückgelegt haben."

„Vielleicht mehr", sagte Cloister. „Ich glaube nicht, dass er gerade viel über vorsichtiges Fahren nachdenkt."

Cloister ballte die Faust um den Rand der Plane, als sich ein Gefühl der Bestürzung in ihm ausbreitete. Der Spur von Personen zu folgen, die sich nicht zu Fuß fortbewegten, war beinahe …

Plötzlich bellte Bourneville und warf sich gegen ihr Geschirr, ging am Ende der zwei Meter aus geflochtenem Nylon auf und ab. Es war nichts zu sehen. Cloister näherte sich eilig und sie nutzte das Nachgeben der Leine, schoss noch ein Stück vorwärts. Dann erstarrte sie, senkte die Nase und prustete auf ein Stück Boden.

„Was ist da?", fragte Cloister, als er sie erreichte. „Braves Mädchen. Was hast du gefunden?"

Als er sich vorbeugte, sah er die ungleichmäßig getrocknete Blutlache auf dem Boden. Angst – dieser alte, in seinem Hinterkopf pfeifende Schatten – war seine erste Reaktion. Die zweite war nahezu berauschende Erleichterung.

„Vielleicht ist es Merlo gelungen, seinen Entführer zu verletzen", sagte Tancredi hoffnungsvoll, wenn auch nicht ganz überzeugt.

„Von wem es auch stammt – ich hoffe, derjenige blutet weiter", erwiderte Cloister. Er zog Bourneville am Halsband zu sich, um die Leine lösen zu können. Ihre Muskeln bebten vor Eifer, als sie wartete. „So kann sie der Spur folgen."

„Das hoffst du", sagte Tancredi.

Cloister tat ihren Einwand mit einem Schnauben ab und gab Bournevilles Halsband frei. Sie schoss los, rannte mit wie ein Pfeil gestrecktem Körper und durch die große Geschwindigkeit an den Kopf gedrückten Ohren in die Richtung einiger Bäume.

„Hoffnung ist für Lottoscheine, Tancredi", rief er über die Schulter nach hinten, als er Bourneville folgte. „Ich kenne meinen Hund."

29

DER LÄRM zerstreute Javis Verstand. Obwohl er bei Bewusstsein war und sich wieder bewegen konnte – auch wenn sein Körper mit Lehm gefüllt zu sein schien –, hallte jedes Knacken und jeder Atemzug um ihn herum durch seinen Kopf wie ein verzerrtes, atonales Echo. Es war schwer, sich dabei zu konzentrieren.

Er lag in unbequemer Haltung zusammengekauert an einem engen Ort. Seine Oberschenkel waren verkrampft und Schmerzen breiteten sich langsam von seinem Kreuz bis zu seinen Schultern aus. Es war heiß. Die Luft trocknete ihm beim Einatmen den Mund aus und schien kaum seine Lunge zu füllen. Als er versuchte, seine Position zu verändern, stießen seine Schultern und Füße gegen heißes Metall.

Javi schloss die Augen und zwang sich, ruhig zu atmen. Es war kein „enger Ort". Es war ein Kofferraum. Das war eine Tatsache und er konnte damit umgehen. Als er die Hände hob, um sich den Schweiß vom Gesicht zu wischen, kratzte der um seine Handgelenke geschlungene Kabelbinder über sein Kinn. Es gelang ihm sich auf den Rücken zu drehen, doch es war nicht genug Platz für seine Knie. Seine Augen brannten, als er in die Dunkelheit blinzelte.

Selbst sein Blinzeln konnte er hören.

Wieder versuchte die Panik, seine Brust zu sprengen. Er schloss die Augen – auch wenn es kaum ein Unterschied war – und analysierte seine Lage. Das GHB hatte für Schwindel und schwere Glieder gesorgt – und für das Erbrochene, das er sauer und warm unter seinem Kopf fühlte. Badesalze beschleunigten seinen Puls und nährten die Panik mit einer Flut aus Endorphinen und Paranoia. Was sich da in seinem Kopf wie eine Schallplatte mit Sprung wiederholte, unheimlich wie der Soundtrack eines Horrorfilms, war eine durch die Drogen hervorgerufene auditive Halluzination. Er hatte nicht die Kontrolle verloren. Da gab es nichts zu kontrollieren. Es handelte sich lediglich um chemische Reaktionen.

„Matthew", sagte er. Seine Stimme fühlte sich rau an, als hätte er geschrien, und klang in seinem Kopf wie Fingernägel auf einer Tafel. Javi presste die Handflächen gegen das heiße Metall über seinem Kopf. Die Schmerzen halfen ihm, sich zu konzentrieren. „Matthew, wir wollen Ihnen helfen."

Etwas knallte gegen den Kofferraum. Es hinterließ eine Delle im Blech und die Harmonien des Geräusches rollten durch Javis Brust, bis er wieder Brechreiz verspürte.

„Sie lügen. Keiner wollte mir oder meiner Schwester oder meiner Mutter helfen. Sie haben uns die Schuld gegeben. Wir hätten dies tun sollen, wir hätten das tun sollen", sagte Matthew. Wieder schlug er gegen das Blech und entlockte ihm ein metallenes Stöhnen wie einer gesprungenen Glocke. „Ihnen sind doch nur die wichtig. Reiche Kinder. Verwöhnte Kinder."

„Wie Birdie?", brachte Javi heraus. Er war schweißüberströmt, schweißgebadet, und es wurde noch heißer.

„Ja. Nein. Ich habe sie geliebt", sagte Matthew mit unsicherer Stimme. Das Auto quietschte und schwankte, als sich ein Gewicht davon erhob. „Aber sie wollte mich verlassen. Sie dachte, sie könnte weggehen, einfach so. Als wäre es nichts. Das konnte ich nicht zulassen, also habe ich es ihr gezeigt und dann … Ich wollte ihr nicht wehtun. Das war ein Unfall. Ein Missgeschick. Niemand war daran schuld."

„Sie wollten ihr nichts antun", stimmte Javi bereitwillig zu. Wenn er die Augen geschlossen hielt, ging es ihm besser. Beim Reden tastete er den Kofferraum ab, merkte sich jede Niete und Lötstelle. „Das verstehe ich jetzt. Den anderen haben Sie auch nichts angetan."

„Nein", antwortete Matthew. In seiner Stimme schwang etwas Merkwürdiges mit. „Das war das Problem. Keinem ist etwas passiert. Sie haben nicht gesehen, was ich gesehen habe."

Allmählich gewöhnte sich Javi an das Geräusch in seinem Kopf. Er presste die Finger gegen das Blech, bis sich seine Nägel im Rost vergruben. Abblätternde Stücke rieselten auf sein Gesicht.

„Was haben Sie gesehen, Matthew?", fragte er.

Keine Antwort.

„Matthew?"

Keine Antwort und seine Stimme hallte wegen der Drogen wie durch den Dopplereffekt verzerrt in seinem Kopf wider. Er schloss energisch die Augen und schlug mit dem Kopf gegen das Plastik unter seinem Körper.

Nach einem tiefen Atemzug der säuerlichen, heißen Luft wälzte er sich auf die andere Seite. Er sah einen dünnen Streifen Licht, wo der Deckel auflag, und die Stellen, an denen die Rücklichter angebracht waren.

Tastend suchte er das Schloss, strich mit den Fingern über glattes Metall. Seltsame Gedanken schlugen ihre Krallen in seinen Verstand. Er kämpfte gegen die atemlos machende Vorstellung an, dass Matthew da draußen war, dass er neben dem Auto hockte und zuhörte, wie Javi versuchte zu entkommen. Endlich stieß er gegen den Zylinder der Verriegelung. Die Oberfläche war durch Rost und seltenen Gebrauch mit Blasen bedeckt und der Schließhebel zeigte nach links. Er zerrte an dem mit altem Öl verklebten Stück Metall. Nichts passierte. Für den Bruchteil einer Sekunde konnte er praktisch sehen, wie sich sein Entführer gegen das Auto presste und ihn mit glänzenden Augen beobachtete. Trotz aller Bemühungen fiel ihm das Atmen zunehmend schwerer und er spürte die Panik wie elektrostatische Ladung unter seiner Haut. Es wäre so leicht gewesen, einfach aufzugeben. Stattdessen versuchte er es ein zweites Mal.

Diesmal sprang der Kofferraumdeckel auf. Nachdem Javi sich ungeschickt aufgerichtet hatte, schob er sich trotz seiner noch schweren Glieder und verkrampften Muskeln über den Rand. Außerhalb des Kofferraums war es nicht wesentlich kühler. Er landete auf hartem Erdboden, rollte sich auf den Rücken und sog die frische Luft ein. Über sich sah er die hohen Balken einer Scheune und das grelle rote Licht von Wärmelampen.

Es musste die Scheune sein, in der früher angebaut worden war. Matthew hatte sein Auto in der Mitte abgestellt, wo Reihen von Pflanzen sich einst in der Wärme gesonnt hatten. Doch ihm fehlte jetzt die Zeit, darüber nachzudenken. Er rollte sich auf die Seite, um sich auf die Knie zu erheben. Dabei bewegte sich Übelkeit durch seinen Magen, als wäre sie eine Masse mit tatsächlichem Gewicht. Er wischte sich mit dem Ärmel über den Mund und musterte seine Umgebung. Matthew würde nicht lange fort sein.

Es gelang ihm, auf die Füße zu kommen – er bemerkte, dass sie nackt waren, auch wenn es der Rest von ihm glücklicherweise nicht war – und sich ungeschickt aufzurichten. Die gefesselten Hände hätten ihn stärker aus dem Gleichgewicht gebracht, wenn sie sich hinter seinem Rücken befunden hätten, doch leicht machten sie es ihm auch so nicht. Darum musste er sich als Nächstes kümmern. Obwohl der Kabelbinder eng war, gelang es ihm, das Ende zwischen die Zähne zu nehmen und den Verschluss bis zwischen seine Daumen zu ziehen. Dabei schabte das Plastik kleine Hautstücke ab und die Anstrengung machte ihn schwindlig und atemlos. Er schüttelte den Kopf, um etwas von der Benommenheit loszuwerden, während er seine Hände mit einem Ruck in Richtung Bauch zog. Ein stechender Schmerz und das Plastik gab nach.

Er schob es sich von den Handgelenken und warf es auf den Boden. Während er sich die geschwollenen Finger rieb und über das unangenehme Gefühl fluchte, als sie wieder durchblutet wurden, sah er sich in der Scheune um. Abgesehen von Matthews Auto und den Lampen war nicht viel zu sehen. Über ihm bog sich das rostige Gerüst einer unbenutzten Bewässerungsanlage durch und in einer Ecke stand ein kleiner Tisch mit einem alten Laptop. Kein Hinweis auf Drew Hartley.

Das Summen der Wärmelampen und die Geräusche des Windes bohrten sich in Javis Ohren. Am liebsten hätte er sich auf den Boden gelegt und gewartet, bis es aufhörte. Doch dafür blieb keine Zeit. Er spuckte den alten Geschmack von Erbrochenem aus und hinkte zur Vorderseite der Scheune.

Das Tor bestand aus altem, verwittertem hellem Holz, das sich knochentrocken anfühlte und sich mit einem leisen Quietschen öffnen ließ. Draußen sah er einen völlig verrosteten Pick-up, der nur auf Felgen stand. Gras und Unkraut wuchsen in dichten grünen Büscheln hindurch. Und er sah einen glänzend roten Buggy, den Matthew gerade gegen den Wind ankämpfend mit einer alten, abgenutzten Plane abdeckte. Der Wind zerrte an den Rändern und ließ die Stricke gegen seine Beine peitschen, wo sie rote Striemen hinterließen, wenn sie nackte Haut trafen.

Javis Glock, groß und schwarz, steckte an Matthews Rücken in seinem Hosenbund. Der sichtbare Beweis dafür, zugelassen zu haben, dass Matthew ihn überrumpelte, betäubte und entwaffnete, war kein schöner Anblick. Dennoch hatte er eine Chance, wenn sie sich dort und nicht in Matthews Hand befand. Er richtete den Blick hinter ihn, auf die Lücke zwischen den Bäumen und das schwere Tor, das zu neu wirkte, um zur alten Farm zu gehören. Der Sonnenstand bestätigte ihm, dass es die ungefähr richtige Richtung für eine Flucht wäre, falls er entkommen konnte.

Nach einem letzten tiefen Atemzug schob er die Scheunentür ganz auf, kämpfte gegen den Wind an, der sie wieder zudrücken wollte. Dann rannte er mit stolpernden Schritten los, nackte Füße auf unebenem Boden, der sich in seine Fußsohlen grub, und warf sich auf Matthew. Es war unelegant und würdelos, doch er durfte Matthew keine Gelegenheit geben, nach der Waffe zu greifen, wenn er nicht wieder im Kofferraum landen wollte.

Die Wucht des Aufpralls warf sie beide gegen den Buggy und er packte das heiße Metall der Pistole. Bevor er sie jedoch herausziehen konnte, warf Matthew seinen vernarbten Kopf nach hinten, schlug seinen Schädel gegen Javis Wangenknochen. Schmerz zuckte auf wie ein schwarzer Blitz und Javis Finger rutschten von der Waffe. Als sie auf dem Boden landete und Matthew einen Satz nach vorn machte, um sie zu erreichen, warf sich Javi erneut auf ihn. Matthews Finger gruben sich nur in den Boden.

Das Ganze endete in einer Rauferei, bei der sie sich auf dem Boden wanden und mit brutalem Enthusiasmus zuschlugen und ihre Fingernägel einsetzten.

Obwohl ihm eine gegen seine Rippen prallende Faust den Atem raubte, gelange es Javi schließlich, sich auf Matthew zu schieben. Die unsichere, gebeugte Haltung, mit der sich Matthew gezeigt hatte, war trügerisch – er war auf drahtige Weise muskulös und nicht an einem fairen Kampf interessiert: Er packte Javis Gesicht und versuchte, ihm die Daumen in die Augen zu bohren. Javi neigte den Kopf so weit wie möglich nach hinten, sodass die schmutzigen Nägel lediglich über seine Wangenknochen kratzten. Gleichzeitig legte er Matthew die Finger um den Hals und drückte zu.

Der harte Vorsprung seines Adamsapfels gab unter Javis Handflächen nach, die Sehnen spannten sich unter seinen Fingern. Matthews Körper zuckte mit verzweifelten, keuchenden Atemzügen, als er von Javis Augen abließ und stattdessen an seinen Händen zerrte. Abgebrochene Fingernägel kratzten rote Striemen und blutige Risse in Javis Haut.

Javi drückte fester zu und schlug Matthews Kopf gegen den Boden. Als sein Körper unter ihm erschlaffte, lockerte Javi langsam den Griff und richtete sich auf.

„Bleib liegen", befahl er heiser.

Stattdessen schlug ihm Matthew das verknotete Ende des Planenseils ins Gesicht. Es traf Javis Augenwinkel und er zuckte zurück, presste eine Hand auf sein Gesicht, als sein Blickfeld sich mit Blut füllte.

196

Er rollte sich zur Seite und der harte Boden kratzte über seine Schulter, als er sich davon abstieß und versuchte, auf die Beine zu kommen. Matthew war schneller. Mit seinem unverletzten Auge sah Javi noch, wie die verschwommene Gestalt sich stolpernd näherte, und dann rammte sich schon ein Fuß in seinen Magen. Javi würgte schmerzhaft, obwohl es nichts mehr zum Hochwürgen gab.

„Ich wusste, dass es Ihnen egal ist", schrie Matthew. Sein Fuß traf Javis Hüfte und sandte stechenden Schmerz durch seinen Körper, während seine Stimme schaurig schrill durch Javis Kopf hallte. „Ich wusste es. Sie interessieren sich nur für die. Obwohl sie meine Familie umgebracht haben, kümmern Sie sich nur um die. Die Reichen. Die Gierigen. Die …"

Wenn man damit rechnen musste, zu sterben, ging einem vieles durch den Kopf. Es war ihm bereits ein- oder zweimal passiert und das Gröbste wiederholte sich immer: Familie, Dinge, die man bedauerte, und der Wunsch, dieser einen Person gesagt zu haben, wie sehr man sie hasste. Diesmal huschte ihm allerdings auch der Gedanke durch den Kopf, dass er Cloister noch einmal hätte küssen sollen.

Javi dachte, dass er deshalb Cloisters Stimme hörte – eine durch sein Bedauern ausgelöste auditive Halluzination. Ihm wurde erst klar, dass er sich irrte, als Matthew mit verzweifeltem Gesichtsausdruck stolpernd zurückwich. Er hob die Hände und an seinen Unterarmen war Blut zu sehen. Dann floh er in Richtung der Scheune.

Er hatte keine Chance. Bourneville schoss wie aus einem Katapult abgefeuert über den Platz vor der Scheune, ganz schwarzes Fell und gebleckte Zähne. Sie prallte mit voller Wucht gegen seinen Rücken und warf ihn um. Er ging zu Boden, rollte sich ab und schaffte es auf alle viere, doch Bourneville stieß ihn erneut um, stellte sich auf seine Brust und schnappte knurrend vor seinem Gesicht in die Luft. Speichel tropfte ihm ins Gesicht, während er sich wie eine verletzte Schlange wand.

„Bleiben Sie liegen, dann rufe ich sie zurück", rief Cloister in lautem Befehlston. Staubig und schwer atmend kam er in Javis Sichtfeld gelaufen. „Bleiben. Sie. Liegen."

Stattdessen schlug Matthew mit der Faust nach ihr. Es war ein panischer, wirkungsloser Schlag. Bourneville duckte sich, wand sich wie eine Katze und versenkte die Zähne in seinem Arm, schüttelte ihn knurrend von rechts nach links.

„Halten Sie still", sagte Cloister, „oder sie beißt Ihnen die verdammte Hand ab."

Diesmal gehorchte Matthew und blieb so still liegen, wie es ihm zwischen Schock und Schmerzen möglich war. Sein Körper bebte, als er schluchzte, während Bournevilles Zähne noch seinen Arm umklammerten und ein gedämpftes Knurren aus ihrem Maul drang.

Anstatt Bourneville zurückzurufen, ließ sich Cloister neben Javi auf die Knie sinken. Vorsichtig schob er ihm eine Hand unter die Schultern und überprüfte seinen Oberkörper von der Brust bis zu den Rippen.

„Meine Güte", murmelte er. „Geht es, Javi? Bist du bei uns?"

Javi stützte sich auf einen Ellbogen und umklammerte mit der anderen Hand Cloisters Bizeps. Er dachte darüber nach, ihn zu küssen. Bevor er sich jedoch dazu hinreißen lassen konnte, sah er Tancredi, die nicht weit entfernt auf sie zustolperte.

„Hilf mir hoch", murmelte er stattdessen.

Cloister zog ihn auf die Füße. Seine Hand legte sich mit rauer Haut und sanften Fingern in Javis Nacken. „Du siehst schlimm aus", sagte er.

„Ich glaube, ich habe Kotze in den Haaren", erwiderte Javi.

Cloister zeigte ihm seine Hand. „Es ist Blut."

„Oh. Gut", sagte Javi. Er packte den Rand des Buggys und ließ sich auf den rissigen Kunststoffsitz sinken. Bis jetzt tat kaum etwas weh. Der Schmerz verbarg sich irgendwo unter der pochenden Energie hinter seinen Augen. Später würde es wehtun. Er beugte sich vor, stützte sich mit den Ellbogen auf die Knie und entschied, Cloister damit durchkommen zu lassen, dass er ihm über die Schulter streichelte. „Drew habe ich nicht gesehen."

„Wir finden ihn", sagte Cloister.

Als Tancredi sich mit einer Flasche näherte, nahm Javi sie mit einem dankbaren Brummen entgegen und leerte sie in großen Zügen. Seinen Durst konnte es kaum lindern. Die Flüssigkeit schien umgehend von seinem Körper aufgesaugt zu werden und zu verschwinden. Genau wie Cloister. Als er den Kopf hob, war dieser nämlich dabei, Bourneville von einem schluchzenden Matthew zu ziehen.

„Braves Mädchen", lobte er den Hund überschwänglich, während er Matthew auf die Füße half und ihm Handschellen anlegte. Blut rann an Matthews Arm hinunter. „Das hast du brav gemacht, Mädchen."

Bourneville saß neben seinen Füßen und lauschte aufmerksam den Lobesworten. Wenn sie das Wort „brav" hörte, neigte sie den Kopf von einer Seite zur anderen und ihre Ohren flatterten im Wind.

„Wir finden Drew", versicherte ihm auch Tancredi. Sie lehnte sich neben ihn an den Buggy und senkte den Kopf, um mit dem Funkgerät ihren Standort weiterzugeben. „Bald ist er wieder bei seiner Familie."

Aber vielleicht auch nicht, dachte Javi düster. Dass er Mist gebaut hatte und Matthew ohne einen Plan in die Falle gegangen war, würde vielleicht zum Tod eines zehnjährigen Jungen führen.

30

BOURNEVILLE BELLTE zweimal durchdringend und kratzte an der Tür zum Schuppen. Er war alt, weshalb das morsche Holz unter Bournevilles Krallen abblätterte, doch das daran angebrachte Vorhängeschloss sah brandneu aus.

„Wir haben etwas gefunden", rief Cloister, während er durch aus jungen Bäumen bestehendes Unterholz eilte und über eine schmale Rinne sprang, durch die in nasseren Jahren vermutlich Wasser floss. Bourneville bellte erneut und entfernte sich von der Tür, um schnüffelnd und wedelnd um den Schuppen zu laufen, wobei sie bellend an jeder Wand kratzte.

Als Cloister den Schuppen erreicht hatte, stand sie wieder vor der Tür, presste ihre Nase gegen den Spalt und winselte unruhig, als sie darauf wartete, dass er sie öffnete. Er packte das Schloss und zog mit aller Kraft. Die Hälfte der Schrauben löste sich aus dem Holz, ließ Splitter und Holzstaub auf Bourneville rieseln. Sie schüttelte den Kopf und nieste, wich jedoch nicht von der Tür zurück. Ein zweiter Ruck und er hielt das Schloss in der Hand.

Er ließ es fallen, doch bevor er die Tür öffnen konnte, hatte Bourneville sie bereits mit der Nase aufgestoßen. Sie wand sich durch den Spalt und bellte wieder. Ihre wedelnde Rute traf dumpf das Holz. Cloister öffnete die Tür weiter, um ihr folgen zu können.

Auf dem Boden lag Drew Hartley. Sein Gesicht war gerötet, sein Haar stand in verschwitzten Strähnen von seinem Kopf ab und seine Augen wirkten eingefallen. Er bewegte sich nicht, selbst als Bourneville ihm ins Ohr bellte. Neben ihm lag eine große Wasserflasche, die jedoch leer war.

„Ruhig", befahl Cloister Bourneville. „Sei still, Mädchen."

Sie gehorchte und er lobte sie abgelenkt, während er sich neben Drew hockte. Vor der Tür hörte er wie aus weiter Ferne eilige Schritte und Rufe durch die Bäume hallen, als er sich vorbeugte, um mit den Fingern unter Drews Kinn seinen Puls zu fühlen.

Er war langsam, aber er war da.

Erleichtert sank er in sich zusammen und schob seine Hand an Drews Nacken hinauf, um sie kurz an seinen Hinterkopf zu legen. „Bald bist du zu Hause, Drew."

„FÜR IHN waren die Santa Anas der Auslöser", erklärte Cloister. Er saß auf einer Bank im Krankenwagen, der schwankend über unebene Nebenstraßen holperte. „In dem Jahr, in dem seine Familie gestorben ist, waren sie schlimm."

Javi lag mit zusammengebissenen Zähnen und einer Infusionsnadel in der Armbeuge auf dem dünnen weißen Laken. Sein Auge war mit Mull bedeckt und an Rippen und Kiefer bildeten sich Blutergüsse.

„Ich wusste es", sagte Javi. „Das Auto?"

„Dasselbe", antwortete Cloister. Dann hielt er inne und verbesserte sich: „Zumindest das gleiche Modell von der gleichen Marke."

„Und der Junge?" Javi öffnete sein unverletztes Auge einen Spalt, um Cloister anzusehen. „Wie geht es ihm?"

„Er lebt."

Javi schloss das Auge wieder. „Da gibt es viel Spielraum."

Der Krankenwagen fuhr durch ein Schlagloch und Cloister streckte die Hand aus, um Javi ruhig zu halten. Er legte sie fest auf seine Schulter, während der Fahrer ihnen eine Entschuldigung zurief.

„Tut mir leid", sagte Cloister nach einer Sekunde und ließ Javi los. „Drew stand unter Drogen und war dehydriert, aber davon abgesehen schien ihm nichts zu fehlen. Die Sanitäter waren optimistisch, aber bis er aufwacht …"

Ein Schulterzucken drückte seine Hilflosigkeit aus.

„Und du?", fragte Javi. „Du hast den vermissten Jungen gefunden. Du bist der Held des Tages."

Der leicht missgünstige Unterton war Cloister unangenehm. Er hatte keinen Ehrgeiz. Er war ein Mann ohne große Ansprüche – er mochte Hunde, mochte es, Menschen zu finden, und genoss hin und wieder ein Bier. Doch Menschen mit Ehrgeiz glaubten ihm das nie.

Drew zu finden hatte nicht einmal dazu geführt, dass er sich besser fühlte. Das tat es nie. Natürlich freute er sich darüber, dass Drew unverletzt zu seiner Familie zurückkehren konnte, doch es änderte nichts an der Last auf Cloisters Schultern. In dieser Nacht würde er nicht besser schlafen.

Irgendwie hätte sich das vielleicht erklären lassen, doch im Augenblick erschien es ihm zu schwer. Stattdessen beugte er sich zu Bourneville hinunter, die sich um seine Füße zusammengerollt hatte, und streichelte sie. „Das meiste hat sie getan. Vielleicht überreicht man ihr den Stadtschlüssel."

Javi schnaubte. Dann hob er den Arm, der nicht mit dem Tropf verbunden war, und presste sich die Faust gegen die Stirn bis seine Fingerknöchel Abdrücke hinterließen. Fast eine Minute lang atmete er nur bewegungslos, bis überstanden war, was auch immer der Drogencocktail in ihm ausgelöst hatte. Dann ließ er den Arm schlaff auf seine Stirn fallen.

„Wenigstens weiß Mr. Utkin jetzt, dass er recht hatte, was den Freund seiner Tochter angeht."

Das Holpern und die scharfen Kurven der kleineren Straßen waren zum Stop-and-go der Innenstadt geworden. Cloister erhob sich, so weit es das niedrige Dach erlaubte, um durch die Heckscheibe zu schauen.

„Wir sind fast da", sagte er.

Die Antwort war ein Brummen.

Cloister wandte sich um, betrachtete Javis ausgestreckten Körper mit seinen Schrammen und Blutergüssen. Er kannte ihn kaum und Javi hatte deutlich gemacht, dass er nicht *wollte*, dass Cloister ihn besser kennenlernte. Dennoch hätte er es gern getan.

Nachdem der Krankenwagen angehalten hatte, halfen der Fahrer und sein Kollege Javi in einen Rollstuhl. Obwohl er das Gesicht verzog, sank er widerspruchslos hinein.

Bevor sie Javi durch die schmutzige Glastür ins Krankenhaus schieben konnten, stoppte Cloister sie noch einmal.

„Special Agent Merlo", sagte er und legte Javi eine Hand auf die Schulter. Die Muskeln darin spannten sich wie Drahtseile unter von Blutergüssen verfärbter Haut. „Sie sind kein so großes Arschloch, wie ich dachte."

Javi warf ihm einen humorlosen Blick zu und fragte trocken: „Aber ein Arschloch bin ich trotzdem, Witte?"

„Ähm, ja. Haben Sie sich mal getroffen, Agent?" Cloister machte einen Schritt zurück und hob die Hand zu einer trägen Abschiedsgeste. „Machen Sie's gut Merlo. Man sieht sich."

Er wartete, bis sie Javi in das Gebäude geschoben hatten, bevor er sich auf die Suche nach einem der anderen Deputies machte, mit dem er zur Station zurückfahren konnte.

Zwei Tage später, als er das Büro betrat, weil er sich um seine Berichte kümmern wollte, stand eine edle schwarze Geschenktüte mit einer Weinflasche auf Cloisters Schreibtisch. An der anderen Seite des Schreibtisches saß Lara Hartley. Ihre Augen waren noch gerötet und ihre Fingernägel abgekaut, doch ihr Lächeln, als sie ihn kommen sah, strahlte frei von Schatten.

„Deputy Witte." Sie erhob sich und schüttelte ihm mit kräftigem Händedruck die Hand. „Ich wollte Ihnen nur sagen, wie dankbar ich Ihnen für alles bin, was Sie für uns getan haben."

„Ich bin froh, dass wir Drew zurückbringen konnten", antwortete er mit einem schiefen Lächeln. „Aber das war vor allem Bournevilles Verdienst und Wein ist nicht unbedingt ihr Ding, Doctor Hartley."

Sie schniefte. „Ich habe bereits in ihrem Namen für das Ruhestandsprogramm der Hundestaffel gespendet", sagte sie. „Aber Billy hat mir erzählt, wie sehr Sie ihm geholfen haben, und dafür wollte ich Ihnen ebenfalls danken. Ich bin ziemlich sicher, dass ich ihm vergeben und eingesehen hätte, dass er Drew nichts antun würde … früher oder später. Aber er hätte sich selbst wahrscheinlich nicht vergeben können, wenn er nicht mit uns geredet hätte. Also haben Sie nicht nur einem meiner Söhne geholfen, Deputy."

Cloister schüttelte den Kopf und bedeutete ihr, sich wieder zu setzen. Er nahm ebenfalls Platz.

„Ich habe nur meine Arbeit gemacht", sagte er. „Dass außer einem Gehalt noch zusätzliche Leistungen erwartet wurden, ist einer der Gründe, aus denen das Polizeipräsidium nicht mehr existiert. Ich weiß Ihren Dank zu schätzen, aber mehr brauche ich nicht."

Lara biss sich auf die Unterlippe und musterte ihn kurz. „Billy hat mir gesagt, was Sie ihm über Ihren Bruder erzählt haben." Nach kurzem Zögern schob sie die Tüte auf ihn zu. „Nur dieses eine Mal, Deputy. Ich erwarte keine Gegenleistung."

Die Flasche stand zwischen ihnen auf dem Tisch.

„Aber ich mag gar keinen Wein", protestierte Cloister, schob die Tüte jedoch nicht von sich. Vielleicht konnte er sie einfach für die Halloween-Tombola stiften.

Lara stand auf und strich ihren Rock glatt. „Javi schon." Sie berührte den Flaschenhals mit den Fingerspitzen. „Es ist sein Lieblingswein."

Damit hatte Cloister nicht gerechnet. Lara sah ihm amüsiert zu, als er etwas Zusammenhangloses stotterte.

„Wir waren Freunde", sagte sie schließlich. Ihr Mund verzog sich um die unausgesprochenen Worte, dass sie es nicht mehr waren. Ihrem Sohn hätte sie vielleicht verzeihen können, doch für Javi gab es keine Familiennachsicht. „Nehmen Sie die Flasche, Deputy Witte, und ich hoffe, Sie finden eines Tages Ihren …"

„Danke, Doctor Hartley", unterbrach er sie. „Wollen Sie jetzt nicht lieber nach Hause gehen und Ihre Familie genießen?"

Eine Reihe komplizierter Gefühle spiegelte sich in ihrem Gesicht wider, doch sie nickte. „Das sollte ich", antwortete sie. „Verstehen Sie das nicht falsch, Deputy, aber ich hoffe, wir sehen uns nicht wieder."

„Das hoffe ich auch, Doctor."

Zum Abschied schüttelte sie ihm die Hand und drücke sie fest genug, um ihn an ihre noch vor kurzem verspürte Verzweiflung zu erinnern. Dann ging sie. Cloister ließ sich wieder an seinem Schreibtisch nieder und starrte unentschlossen die Weinflasche in ihrer edlen Tüte an, bis Tancredi auf ihrem Weg durchs Büro neben ihm stehen blieb und sagte: „Ich wüsste ja gern, worüber du so angestrengt nachgrübelst."

„Du wärst enttäuscht", erwiderte er.

Auch wenn er noch nicht sicher war, was er mit dem Wein tun sollte, musste er erst seine Schicht beenden. Er nahm die Flasche und verstaute sie in einer Schublade. Am Ende seines Arbeitstags würde er vielleicht einen klareren Kopf haben … oder zu müde sein, um darüber nachzugrübeln.

Dass sie Drew gefunden hatten, bedeutete nicht, dass es dort draußen keine anderen vermissten Kinder gab, die darauf warteten, nach Hause zu kommen.

EPILOGUE

JAVI LAG mit einem über die Rückenlehne geworfenen Arm auf seiner Couch und sah sich die Nachrichten an. Drew Hartleys Verschwinden und Rettung waren bereits nicht mehr aktuell genug. Das Fehlverhalten eines College-Footballspielers vor einem wichtigen Spiel hatte den Platz der Geschichte eingenommen.

„Das ist ein offensichtlicher Versuch der gegnerischen Mannschaft, seinen Namen zu beschmutzen", behauptete der rotgesichtige Trainer Barney Jenks. „Patterson wird trotzdem spielen und ich bin davon überzeugt, dass die Vorwürfe schon bald ..."

Javi schaltete den Fernseher aus.

Die Ärzte hatten ihn gegen seinen Willen für den Rest der Woche krankgeschrieben. Bevor er wieder arbeiten durfte, musste er sein Auge – zurzeit geschwollen, von einem Bluterguss umgeben und rot verfärbt, wo es weiß sein sollte – verheilen lassen und ein Gespräch mit dem für den LA-Zweig zuständigen Psychiater hinter sich bringen.

Er hatte zu viel Zeit, und wenn er zu viel Zeit hatte, traf er schlechte Entscheidungen – zum Beispiel hatte er in den letzten zwei Tagen viel zu häufig darüber nachgedacht, Cloister anzurufen, hatte sogar bereits die Nummer auf dem Display gehabt, während sein Daumen über dem Anrufsymbol schwebte. Es war eine schreckliche Idee und er wollte Cloister nicht verletzen. Er hätte es getan, aber er wollte es nicht.

Das Geräusch von Fingerknöcheln an der Tür riss ihn aus seinen Gedanken. Er erwartete niemanden. Seine Blutergüsse schmerzten, als er aufstand, während eine angebrochene Rippe bei jedem Atemzug ein Stechen durch seinen Körper sandte, doch dafür hatte er später Whiskey und Schmerztabletten.

„Augenblick."

Mit nackten Füßen tappte er zur Tür und sah sich das Bild der Überwachungskamera an. An der Tür lehnte Cloister mit einer braunen Papiertüte in der Armbeuge. Er war ganz in Schwarz gekleidet, von den Schuhen bis zu der alten Lederjacke, die seine Schultern noch breiter erscheinen ließ. Offenbar konnte man sich einige schlechte Ideen ansehen und einfach wissen, dass sie es wert waren.

Javi öffnete die Tür. „Was machst du hier?"

Cloister hob die Tüte. „Ich schulde dir noch ein Essen", antwortete er. „Und das hier ist das beste Grillhähnchen in der Stadt."

„Ich lasse mich nicht auf Dates ein", sagte Javi.

„Hätte ich ein Date geplant, hätte ich Wein mitgebracht", antwortete Cloister. „Du bekommst Grillhähnchen ... wenn du es willst."

203

Das wollte er. Er wollte auch Cloister, und es war nicht so, als hätte er ihm irgendwelche Versprechungen gemacht, um ihn herzulocken. Er hatte ein reines Gewissen.

Also packte er Cloisters Kragen – das Leder fühlte sich butterweich an –, zog ihn durch die Tür und küsste ihn. Der Hund kam ebenfalls herein, doch daran musste er sich wohl gewöhnen. Außerdem hatte Bourneville ihm das Leben gerettet.

„Das Hähnchen wird kalt", sagte Cloister, als er sich aus seiner Jacke wand.

„Sei still", antwortete Javi. „Und zieh dich aus."

Später am Abend musste Javi zugeben, dass das Hähnchen selbst in kaltem Zustand hervorragend schmeckte.

TA MOORE glaubte als kleines Kind wirklich, sie wäre vom Storch gebracht worden. Es war nur der Anfang einer lebenslangen Vorliebe für das Fantastische und Außergewöhnliche. Heute lebt sie in einer Kleinstadt an der Küste von Nordirland und ihre Freunde haben die Regel aufgestellt, dass sie ihnen pro Monat nur drei komische und verstörende Links schicken darf (auch wenn sie nach wie vor der Meinung ist, dass die Anleitung zur Penisbifurkation interessant und nicht verstörend war). Sie glaubt daran, dass der Zusatz „im Weltraum!" alles um mindestens 40% cooler macht, streichelt so ziemlich jedes Tier, dem sie begegnet (Schlangen eingeschlossen, Insekten ausgeschlossen), und hat einmal einer Freundin gegenüber behauptet, dass sie den ganzen Weg bis Tintagel Castle in Cornwall hinaufgeklettert sei, obwohl sie das Vorhaben wegen der furchteinflößenden Höhe bereits am Strand aufgab.

Sie strebt danach, ein zynischer Misanthrop zu sein, auch wenn es ihr schwerfällt, da sie ein sonniges Gemüt besitzt und nicht in der Lage ist, gemein zu Fremden zu sein. Wenn TA Moore gemein zu euch ist, bedeutet es, dass ihr nun Freunde seid.

Website: www.nevertobetold.co.uk
Facebook: www.facebook.com/TA.Moores
Twitter: @tammy_moore

Von TA MOORE

Die Spürnasen

Veröffentlicht von DREAMSPINNER PRESS
www.dreamspinner-de.com

www.ingramcontent.com/pod-product-compliance
Lightning Source LLC
Chambersburg PA
CBHW022145240626
47153CB00007B/2521